KNAUR

Über die Autorin:
Louise Pentland ist eine preisgekrönte Lifestyle- und Beauty-Vloggerin, Modedesignerin und Autorin. Als UN-Botschafterin setzt sie sich für die Gleichberechtigung der Geschlechter ein. Ihr erster Roman *Verrückt wie du und ich* stieg sofort auf Platz 1 der *Sunday Times*-Bestsellerliste.
www.louisepentlandnovel.com

LOUISE
PENTLAND

Verrückt wie unser Leben

ROMAN

Aus dem Englischen
von Sabine Thiele

KNAUR

Die englische Originalausgabe erschien 2018 unter dem Titel »Wilde About The Girl« bei Zaffre, ein Imprint von Bonnier Zaffre Limited, London.

Besuchen Sie uns im Internet:
www.knaur.de

Ein Imprint der Verlagsgruppe
Droemer Knaur GmbH & Co. KG, München

Redaktion: Antje Steinhäuser
Covergestaltung: ZERO Werbeagentur, München, nach einem Entwurf von Alexandra Allden, Illustration Sinem Erkas
Satz: Daniela Schulz, Rheda-Wiedenbrück
Druck und Bindung: CPI books GmbH, Leck
ISBN 978-3-426-52316-2

2 4 5 3 1

Für Eli, die klug, witzig, lieb und kreativ ist.
Genau wie Robin.

TEIL EINS

Durch Schein zum Sein …

EINS

März

Ich rocke das Leben total, denke ich lächelnd, als ich die Wagentür mit einer Hand zuschlage und mit der anderen meine Starbucks-Bestellung vom Autodach nehme, während ich gleichzeitig einen dicken Stapel Unterlagen und einige Proben im Arm halte und mir meine alte, zerknautschte braune Handtasche (die immerhin aus weichem Leder ist und Platz für einen brandneuen YSL-Lippenstift und eine Bentobox hat, jawohl) über die Schulter schiebe. Wieso kann man das auf einmal, sobald man Kinder hat? Im einen Moment trinkt man mit seinen Studentenfreunden noch billigen Fusel aus Plastikbechern, und im nächsten ist man eine stocknüchterne, arbeitende Mutter eines kleinen Menschen und kann 846 Gegenstände mit dem linken Arm transportieren. Ich sag's euch, man lernt nie aus.

Nachdem ich die Straße überquert habe, ohne etwas fallen zu lassen, und die Tür zu MADE IT aufgestoßen habe, empfängt mich eine Wolke aus warmer Luft, und ich wünsche mir insgeheim, dass die Mädchen die Heizung nicht immer so aufdrehen. Wir sind hier nicht beim Hot Yoga, sondern in einem Büro, verdammt noch mal. Meinem Büro, um genau zu sein. Nun, zumindest solange Natalie nicht hier ist.

MADE IT war und ist das Werk von Natalie Wood, der souveränsten, cleversten und inspirierendsten Geschäftsfrau, die ich kenne. Die mittlerweile wohl auch meine Freundin ist. Natalie hat ihre Make-up- und Modelagentur hier in Cambridge kurz vor der Geburt ihres ersten Sohnes gegründet. Mittlerweile studiert er, und sie nimmt sich eine wohlverdiente Auszeit und bereist die Welt mit ihrem Ehemann Martin, der ihr eine unglaubliche Unterstützung war, während ihre anderen beiden Söhne mit Bestnoten die Schule absolvieren. Und hier bin ich: früher ihre Assistentin, jetzt während ihrer Abwesenheit ihre Stellvertreterin.

Ich habe hart gearbeitet, um das zu erreichen, und ich will mich unbedingt beweisen. Das letzte Jahr war zugleich eines der schlimmsten und eines der besten meines Lebens. Doch nachdem ich eine wirklich heikle Geschichte in New York bewältigen konnte (bitte, fragt nicht) und Natalie damit gezeigt habe, was ich alles managen kann, fragte sie mich, ob ich sie während ihrer ersten richtigen Auszeit seit Jahren vertreten könnte. Zuerst habe ich gezögert, aber wenn mir das Leben – und Natalie – in letzter Zeit etwas beigebracht hat, dann dass man mutig sein und auf sich selbst vertrauen soll. So wird es dieses Jahr auch sein. Und wenn ich schon dabei bin, bringe ich es auch gleich meiner kleinen Tochter bei.

Seit Januar halte ich die Stellung, und Natalie will Anfang April zurückkommen. Falls jemand fragen sollte, ich liebe jede Sekunde, alles ist unter Kontrolle, und ich liege nachts nicht im Bett und gehe im Kopf die Sachen durch, die ich am nächsten Tag erledigen muss. Ich wünsche mir manchmal *nicht* verzweifelt, Natalie möge zurückkommen, und *niemals* verfalle ich für fünf Minuten auf dem Klo in absolute Panik, und natürlich muss ich nie den Hashtag #LadyBoss auf Instagram nach Motivation vor Meetings absuchen (auch wenn mir der Begriff zuwider ist, wir sagen ja schließlich auch nicht #MannChef, nicht wahr? Es ist ja gefälligst nicht so unglaublich, dass eine Frau Chefin sein kann. Aber ich schweife ab). Okay, vielleicht flippe ich ab und zu tatsächlich ein bisschen aus, aber wenn ich daran zurückdenke, wie es mir vor zwölf Monaten ging, bin ich verdammt froh, hier zu sein und würde das um nichts in der Welt ändern wollen. Außer diese »Welt« wären eine Milliarde Pfund, kalorienlose Kohlenhydrate und ein Kind, das mir gehorcht, wenn ich es bitte, sich für die Schule anzuziehen.

Hier bin ich also – Robin Wilde, knallharte, alleinerziehende Mutter, Chefin der Extraklasse und verdammt gut in ihrem Job. Nun ja, gerade verstecke ich mich mit meinem Caramel Mocha in meinem Büro und hoffe, so wenig wie möglich mit Skye Bristly zu tun zu haben, dem Büroliebling, der mich fürchterlich einschüchtert. Gleichzeitig will ich natürlich cool und chefig genug wirken, sodass mich die anderen Mädchen bewundern, die bei mir ihre Berichte und Portfolios abgeben und sich die Einweisung für neue Aufträge abholen.

Ich will mich nur in Ruhe um die Budgets kümmern, das Kreativmeeting leiten, den Auftragsdienstplan organisieren und die Shootings des nächsten Monats planen, ohne in Gespräche über Realityshows oder den neuesten veganen Joghurt verwickelt zu werden. So etwas zieht immer an mir vorbei. Ich bin mehr so die »Chillen mit Netflix«-Frau. Das heißt, ich schaue Netflix, esse dabei die Fischstäbchen, die meine siebenjährige Tochter übrig gelassen hat, und liege dabei so auf dem Sofa, dass ich keinen einzigen Muskel in meinem Körper bewegen muss.

Wie gesagt, ich rocke das Leben total.

Ich setze mich an meinen Schreibtisch und atme tief durch. Heute werde ich definitiv die Papierstapel vor mir angehen. Die Spesen abzeichnen, Budgetplanung machen, Ideen auf Moodboards anordnen, Rechnungen eintreiben, Dienstpläne fertigstellen und erledigte Aufträge ablegen. Vielleicht nehme ich auch die Stapel in Angriff, die »organisiert« auf dem Fensterbrett liegen.

Ich liebe es, mein eigenes Büro zu haben. Vier Wände, ein Schreibtisch und Schubladen für einen ganz allein haben etwas sehr Befriedigendes. Es ist jetzt nicht so glamourös wie ein

Hochhausbüro in Manhattan mit umwerfendem Ausblick, aber ein Fenster geht auf die Straße hinaus, ich habe einen Heizkörper, an dem ich mir im Winter den Hintern wärmen kann, und zwei riesige Pinnwände, die ich mit Inspirationen füllen kann – und natürlich mit Bildern von meiner Tochter Lyla. Ich habe fast eine ganze Wand von ihr (sie als Baby, wie sie auf einer gehäkelten Decke von Tante Kath liegt, wir beide, wie wir in einem Streichelzoo in der Nähe eine Ziege füttern, wie sie mit fünf auf den Knien meiner besten Freundin Lacey sitzt, wie sie bei einem unserer seltenen Besuche in Cornwall bei meinen Eltern im Meer paddelt). Dazu gesellen sich noch ein paar (falsche) Sukkulenten und eine geheime Schublade voller Schokoriegel, und schon hat man alles für einen stressigen Tag im Büro. Und nachdem niemand auf meinen Laptopbildschirm schauen kann, kann ich meine Zeit zu hundert Prozent mit *Total Wichtiger Arbeit* füllen und mich niemals, unter gar keinen Umständen von sinnlosen Videos auf Facebook ablenken lassen. Wie etwa das eine, in dem ein Schwanenpaar wieder zusammengebracht wurde, nachdem das Weibchen operiert werden musste. Oder das, in dem der Panda im Zoo in China aus dem Korb klettert. Oder das … Aber das ist jetzt nicht wichtig, ich schaue sie mir ja sowieso nicht an. Oder nur sehr, sehr selten. Ich bin professionell.

Die Tür öffnet sich, und ich blicke auf. Skye steht im Türrahmen und wirft sich ihre Extensions über die Schulter. »Oh, du bist ja da«, sagt sie überrascht, als wäre ich nie im Büro. In dem Büro, das ich jetzt leite. Ich werde ihr gleich zeigen, wer hier der Boss ist. Ich werde so cool sein.

»Ja, da bin ich. Ich habe mir nur noch einen Mocha unterwegs geholt«, antworte ich mit einem entschuldigenden Lachen und hebe den Becher von einem Stapel mit Spesenabrechnungen. Warum klinge ich so schuldbewusst? Ich sollte doch cool sein! Natalie wäre nicht so. Natalie müsste nicht so sein.

»Hat Natalie nicht letztes Jahr ein Memo rumgeschickt, dass wir BPA-freie Trinkflaschen und Edelstahlbehälter für unser Essen verwenden sollen?«, fragt sie herablassend und mustert meinen To-go-Becher. Da hat sie leider nicht ganz unrecht, gestehe ich zähneknirschend ein. Ich lasse mich nicht oft von dem Coffeeshop verführen, aber heute Morgen hatte ich solche Lust darauf. Und ich besitze tatsächlich diverse Bentoboxen, seitdem die ganzen schicken Mütter in der Schule sich gegenseitig an Kreativität übertreffen wollten und normale Brotdosen mit Sandwiches und Penguin-Schokoriegeln außer Mode kamen. Meine Boxen sind allerdings aus Kunststoff … Und ob sie BPA enthalten, weiß ich auch nicht. Dazu müsste ich erst mal wissen, was BPA ist.

»Danke, Skye. Ich werde daran denken«, antworte ich mit einem Lächeln, das hoffentlich aussagt: *Mal langsam, Lady, ich bin mit einem heißen, süßen Getränk bewaffnet,* oder zumindest: *Es tut mir ja schon leid, dass ich die Erde zumülle, können wir jetzt über was anderes reden?* »Kann ich dir helfen?«, ergänze ich dann.

»Ja, ich wollte nach dem Dienstplan fragen. Mein Freund Neil will mit mir für ein langes Wochenende wegfahren. Natalie hat uns immer zwei Wochen im Voraus Bescheid gegeben, damit wir unser Leben planen können. Sie hat alles auf der Pinnwand in der Küche ausgehängt. Vielleicht könntest du dich damit etwas beeilen?«

Natürlich will Neil mit ihr wegfahren. Ich wette, Neil tut nichts lieber, als seine Gisele-Bündchen-Freundin übers Wochenende zu entführen. Vor einem Jahr wäre ich noch eifersüchtig gewesen, doch jetzt fällt mir nichts ein, was ich noch weniger gern täte, als Neil beim Zusammenrühren seines Proteinshakes zuzuschauen oder dabei, wie er die Ärmel seiner T-Shirts abschneidet, damit seine Muskeln besser zur Geltung kommen. Ich will am Wochenende Zeit mit Lyla verbringen und es langsam angehen lassen – Chefin zu sein ist ganz schön anstrengend.

»Also, ich bin gerade erst reingekommen und mache jetzt die Aufträge fertig. Sobald ich Bescheid weiß, wirst du es auch erfahren«, antworte ich sehr professionell, trinke einen Schluck von meinem warmen Kaffeenektar und fühle mich ruhiger.

»Na gut, aber vergiss nicht, den Plan auszudrucken und in der Küche auszuhängen«, erinnert mich Skye überheblich und stemmt ihre manikürte Hand entschiedener in die jeansbekleidete Hüfte, als es um Viertel nach neun Uhr morgens möglich sein sollte. Skyes schwarze Jeans passen so perfekt, wie ich es noch nie gesehen habe. Ich wette, sogar Piper würde sich die Lippen danach lecken. Piper ist übrigens die kleine Schwester meiner besten Freundin Lacey. Wir sind alle zusammen aufgewachsen, jetzt arbeitet sie in New York in der Kunstszene. (Wer behauptet, er kenne eine modischere, selbstbewusstere und schickere junge Frau als sie, der hat leider unrecht.)

Ich habe, glaube ich, noch nie eine Skinny Jeans gefunden, die nicht den Hüftspeck aus dem Hosenbund drückt oder an den Knöcheln eng genug sitzt. Skye offensichtlich schon. Ihre Knöchel werden durch den dunklen Stoff betont, und von Speck kann gar keine Rede sein. Vielleicht sagt das allerdings auch mehr über unsere Körperformen als über die Jeans … Zu der perfekten Hose trägt sie ein khakifarbenes Baumwolltop mit Spaghettiträgern und kreuz und quer über der Brust angebrachten Stoffstücken, einen Gürtel im Gucci-Stil *(ist der echt?)* und klobige schwarze Sandalen mit Absatz. Was für sie lockere März-Arbeitskleidung ist, wäre für mich ein schickes Ausgehoutfit im Sommer. Sie ist am ganzen Körper gebräunt (meine Methode, dass nur die sichtbaren Körperteile braun sind, funktioniert bei Spaghettiträger-Oberteilen nicht) und steht ohne Probleme auf ihren stelzenartigen Schuhen. Ich dagegen trage eine blaue Jeans, die gerade noch skinny ist und so viel Stretch enthält, dass sie total bequem ist, einen übergroßen cremefarbenen Strickpullover mit Zopfmuster von Zalando, der letztes Jahr im Angebot war, und hellrosa Converse. Mein kastanienbraunes Haar habe ich zu einem hohen Pferdeschwanz gebunden und nur eine leichte Schicht Grundierung aufgetragen, weil meine Haut zum Glück gerade in einem ordentlichen Zustand ist. Natürlich habe ich schöne Klamotten, und ich sehe gut aus in meinen Outfits, aber wenn man sowieso schon darum kämpft, Arbeit und Mutterdasein unter einen Hut zu bringen, dann sind Konturen und Selbstbräuner auf dem Bauch nun wirklich keine Prioritäten. Und auch wenn ich jetzt vielleicht alt klinge, ihr muss doch kalt in dem Top sein! Geräumige Strickpullover und bequeme flache Schuhe für mich, danke schön. Ich rocke es immer noch. Und dabei habe ich es warm und bequem.

»Ja, mache ich. Wie ich gerade gesagt habe.« O nein, sie wird hier nicht das letzte Wort haben. Ich bin die Chefin. Wie ein Gorilla im Urwald muss ich meine Position behaupten.

»Okay, cool.« Noch mehr Hüfte, noch mehr Arroganz, und sie steht immer noch in meiner Tür. »Du weißt übrigens schon, dass diese Kaffeekonzerne keine Steuern zahlen, oder? Denk mal drüber nach, wenn du dir das nächste Mal was *gönnen* willst.«

Igitt. Ich kenne ihr Spiel. Sie will mich nur verunsichern. Doch sie wird nicht gewinnen. Heute nicht, Missy.

Ich setze meinen besten »Mom lässt dir das nicht durchgehen«-Blick auf, den sonst nur Lyla zu sehen bekommt, wenn sie nicht aus dem Bällebad will, und dieser Blick zeigt ihr, dass ich es ernst meine. Nachdem mir fast die Tränen in die Augen steigen, weil ich so lange nicht geblinzelt habe, trollt sich Skye endlich, ganz sicher, um sich einen Bio-Chai in einem wiederverwendbaren Thermobecher zu kochen.

Das ist das Problem als Chefin. Zuerst denkt man, wie cool es doch ist, befördert zu werden, doch dann muss man sich mit Leuten wie Skye und ihren Freundinnen herumschlagen. Das restliche Team ist nett, doch es kommt schon vor, dass alle plötzlich verstummen, wenn ich den Raum betrete. Alle scheinen Skye völlig zu vergöttern und behandeln sie wie ihre Königin, was ihr Ego, das sie auf ihren schlanken, gebräunten Schultern mit sich herumträgt, natürlich nur noch vergrößert.

Schluss jetzt, denk wie eine Führungskraft, Robin.

Ich weiß, warum Natalie sie eingestellt hat. Sie ist eine gute Make-up-Künstlerin. Eine sehr gute. Sie hat tolle Ideen, die die Kunden lieben, ist in Spezialeffekten ausgebildet, kann perfekt mit Pinsel und Puder umgehen und hat genug mit den Models gemein, dass sie sie lieben (wenn eine Frau das Posieren auf Instagram kann, dann Skye. Keine Ahnung, wie ihr manche Winkel gelingen). Und das Frustrierendste ist, dass sie härter und länger als alle anderen arbeitet. Kein Wunder, dass sie mich einschüchtert, oder etwa nicht?

Und schon ist es Zeit für unser Kreativmeeting. Diesen Teil meines Jobs liebe ich am meisten. Alle, die für nächste Woche gebucht sind, kommen, wir gehen die Aufträge durch, diskutieren Ideen und besprechen eventuelle Probleme. Als ich zu MADE IT gekommen bin, habe ich Natalie in diesen Meetings grenzenlos bewundert. Sie hat sich aufmerksam alle Ideen angehört und das Gespräch geschickt moderiert, sodass jeder zu Wort kam, und diejenigen ermutigt (also meistens mich), die etwas schüchtern waren. Diese Meetings sind das Herz der Agentur und zeigen, was wir alles geschafft haben – früher bekamen wir Aufträge in der Stadt, kleine Fotoshootings, Hochzeits-Make-up. So etwas machen wir jetzt auch noch, aber MADE IT ist so stark gewachsen, dass wir jetzt von überallher Aufträge bekommen. Bei jedem Meeting sind es mehr Jobs, mehr Möglichkeiten – und ich will Natalie unbedingt zeigen, dass ich das schaffe. Wenn sie von ihrem Sabbatical zurück ist, wird sie wieder die Leitung übernehmen, doch im Moment habe ich hier die Verantwortung, zusammen mit meinem Umweltkillerbecher, den ich natürlich nicht noch mal kaufen werde.

Diese Woche sind wir zu acht, doch als wir die anstehenden Aufträge durchgehen und einander Ratschläge geben, wird deutlich, dass Skye im Mittelpunkt steht. Sosehr ich auch versuche, das zu verhindern, alle hängen an ihren Lippen, und tatsächlich hat sie auch die besten Ideen und Tipps.

»Also gut«, zwitschere ich so selbstbewusst wie möglich, »nächste Woche haben wir einen Auftrag bei einer Gruppe behinderter Kinder. Sie wandeln ihr Zentrum für einen Tag in einen Feengarten um und haben uns gebeten, zwei Junior-Artists zu schicken, um zarten Lidschatten aufzulegen, falsche Klimperwimpern anzukleben und bestimmt eine ganze Menge Glitzer aufzutragen.«

Skye mischt sich sofort ein, man könne die Ohren der Kinder ja mit einer Latexspitze verlängern, damit sie pixiehafter aussehen. Und nachdem noch niemand von unseren Junior-Artists eine Ausbildung in Spezialeffekten hat, stimmt Skye zu, zu einem geringeren Lohn als normal zu dem Auftrag zu fahren. Ich bin sprachlos, aber die anderen Anwesenden nehmen natürlich einfach hin, dass die wunderbare Skye derart großherzig ist. Kareem, einer unserer Teilzeitmitarbeiter, legt ihr sogar die Hand auf die Schulter und sagt: »Du bist eine unglaubliche Inspiration.« Skye sieht gelassen nach unten und nickt lächelnd. Bin ich zu einer krassen Zynikerin geworden?

Wir kommen zum letzten Punkt auf der Tagesordnung. Alle dürfen jetzt vortragen, was sie sonst noch auf dem Herzen haben, und natürlich meldet sich Skye.

»Skye, bitte, was beschäftigt dich?«, sage ich in dem bestärkenden Ton, den ich von Natalie gelernt habe.

»Hast du die Dienstpläne schon fertig?«

Wie bitte? Vor einer Stunde war sie deshalb bei mir. Will sie mich jetzt hier vor allen vorführen?

»Wir haben doch schon darüber gesprochen, Skye«, antworte ich ruhig. Ich bin wie ein Schwan. An der Oberfläche gefasst und souverän, doch darunter strampele ich verzweifelt.

»Das haben wir, aber du erinnerst dich vielleicht noch aus deiner Zeit als Teilzeit-Make-up-Assistant, also vor zwei Monaten, dass Natalie die Liste mit allen Aufträgen und Terminen immer zwei Wochen im Voraus ausgedruckt an die Pinnwand in der Küche gehängt hat. Sie war ja immer so effizient«, flötet Skye unschuldig.

Echt jetzt?

Nix, eines von Skyes Fangirls, pflichtet ihr bei. (Eigentlich heißt sie Nicola, aber man muss wohl nur ein x an seinen Namen hängen, und schon ist man cool. Ich heiße dann mal ab jetzt Robix.) »Versteh mich bitte nicht falsch, aber Skye hat schon recht. Natalie hatte die Dienstpläne wirklich gut im Griff, und viele von uns haben ja neben dem Job hier auch noch ein Leben, das sie organisieren müssen, also …«

»Danke, Nix, ich weiß genau, was du meinst. Mein Leben ist auch hektisch, und ich werde euch über die Pläne so schnell wie möglich in Kenntnis setzen«, antworte ich mit einem Lächeln, das von einer der Nonnen aus *Call the Midwife – Ruf des Lebens* stammen könnte. Ich sage mir im Stillen: *Töte sie mit Freundlichkeit.*

»Nein, ich meine, wir wollen ja schließlich noch weggehen oder auch mal wegfahren, so was«, erklärt Nix. Sie mag ja eine brillante Make-up-Künstlerin sein, aber sicher ist sie nicht die hellste Kerze auf der Torte.

»Ja, Nix, ich weiß, was ›ein Leben neben der Arbeit haben‹ heißt«, entgegne ich scharf und bin gleichzeitig wütend auf mich, dass ich mich dazu habe hinreißen lassen.

»Nix will dir sicher nicht zu nahe treten, Robin, ich finde nur, dass wir alle ein bisschen mehr Organisation von dir brauchen«, verkündet Skye so überheblich, wie ich noch nie jemanden habe reden hören. Kareem nickt ernst, und ein paar andere verlagern unbehaglich das Gewicht auf den Stühlen, als sie die Spannung bemerken. Ich bin eine reife Führungspersönlichkeit und beende das Thema.

»Super, dann hätten wir ja alles besprochen. Die einzige Änderung ist, dass Skye bei dem Feenauftrag dabei ist. Alle anderen wissen, was sie zu tun haben. Die Pläne kommen heute Mittag. Dann legen wir mal los.«

Ich stehe auf, sammle meinen hinreißenden rosagoldenen und pinkfarbenen Notizblock und die verfluchten Dienstpläne zusammen und flüchte mich in mein Heiligtum, mein Büro. Zwar mit dem Herzen in den Converse, jedoch erhobenen Hauptes.

Okay, die Pläne stehen, das Meeting ist geschafft, die Budgetübersicht … ist immerhin schon mal auf dem Bildschirm. Keine Notfälle. Skye hat nur eine Rundmail herumgeschickt, in der sie energisch darum bittet, dass »wer auch immer Radio 2 in der Musikanlage einstellt, das doch bitte vorher mit allen besprechen soll«. Sorry, Skye, Pech gehabt. Wer mag Radio 2 denn nicht? Krieg dich wieder ein.

Alles in allem ein guter Tag. Als ich mich gerade von Stuart und Alice, unserem Verwaltungsteam, verabschiede, fängt mich Skye ab. »Robin, bitte vergiss nicht, dass ich nächsten Montag nicht da bin. Mein Freund Neil fährt mit mir weg, du erinnerst dich?«

»Ja, hast du heute Morgen gesagt«, erwidere ich vielleicht etwas weniger enthusiastisch, als ich wollte. Aber ich möchte einfach nur raus aus dem Büro, ich habe Hunger, und bis Montag ist es noch eine ganze Woche.

Skye springt natürlich sofort darauf an und sträubt das sinnbildliche Fell. »Du musst nicht gleich so salty sein, weil ich einen Freund habe, Robin. Du findest sicher auch irgendwann jemanden.« Stuart und Alice schnappen angesichts dieser Dreistigkeit leise nach Luft. Wahrscheinlich genießen sie das Drama. Was ist denn in die Frau gefahren? Vielleicht, weil ich nicht inbrünstig genickt habe, als Kareem sie eine Inspiration genannt hat.

Was soll das eigentlich heißen, »salty«? Warum müssen diese jungen Menschen so viele neue Bedeutungen für Wörter haben, die ich nicht verstehe? Ich rate einfach, richte mich ein bisschen höher auf und knalle ihr meine messerscharfe Antwort hin.

»Skye, danke, dass du noch einmal auf deinen Beziehungsstatus hinweist. Ich freue mich sehr für dich. Mein Selbstwert hängt nicht von einem Partner in meinem Leben ab, genauso wenig wie mein Wohlbefinden. Vielleicht fühlst du dich eines Tages sicher genug, nicht mehr die Bestätigung eines Mannes zu brauchen, aber bis dahin gehe ich erst mal nach Hause.«

Zu meiner Befriedigung wirkt Skye erst schockiert und dann stinkwütend. Ich drehe mich um (nicht ohne noch Stuarts völlig verblüfftes Gesicht und Alice' leuchtende Augen wahrzunehmen), stolziere hinaus und überquere die Straße zu meinem Wagen.

Eins zu null für die knallharte, alleinerziehende Mutter und Chefin der Extraklasse.

Wenn ich da gewusst hätte, dass ich in weniger als vier Wochen fürchten muss, *alles* zu verlieren, wofür ich so hart gearbeitet habe, hätte ich mich anders verhalten …

ZWEI

Zu Hause! Nachdem ich im Auto die besten Powerballaden der Achtziger abgespielt habe, die Spotify zu bieten hat, kehrt wieder Normalität ein. Nun ja, in Wahrheit empfängt mich etwas, das wie eine Explosion in einer Apotheke aussieht. Cremes, Lotionen und unzählige Haufen mit getrockneten Lavendelzweigen liegen auf dem Wohnzimmerboden verstreut. Natürlich tue ich so, als würde ich mir keine Sorgen um den brandneuen cremefarbenen Teppich machen, den ich bei unserem Einzug Ende letzten Jahres verlegt habe. (Mein altes Haus hatte einen strapazierfähigen hellbeigen Boden, weshalb ich mir beim Umzug den neuen Teppich gegönnt habe, der zu den wunderschönen Eichenmöbeln und dem abgewetzten braunen Ledersofa passt. Es will schon was heißen, wenn ein Teppich eine Belohnung darstellt, nicht wahr? Wird die Suche im Internet nach einer besseren Hypothek mit festem Zinssatz die nächste Stufe sein? Oder werde ich mir Sommerpässe für Schlösser und Gärten kaufen? Wie wäre es mit den besten Angeboten bei Discountern? In letzter Zeit bin ich besessen von Mummy-Vloggern, die auf YouTube von ihren Beutezügen durch 1-Pfund-Läden erzählen. Vielleicht schaue ich mir noch ein paar an, wenn Lyla im Bett ist.)

Langsam fühlen wir uns wohler in unserem reizenden neuen Haus. Ich habe eine Menge Holzrahmen im marokkanischen Stil gekauft und endlich einen Haufen Fotos von meinem Handy ausgedruckt. Im Flur hängt jetzt eine Galerie an der Wand, auf den Fensterbrettern stehen kleine Tontöpfe mit winzigen bunten Blumen darin – genau wie bei den besten Deko-Instagrammern –, und für das vordere Zimmer habe ich in einen unglaublich flauschigen Quastenteppich investiert. Hoffen wir, dass er länger als drei Wochen sauber bleibt.

Doch ich schweife ab. Ich konzentriere mich auf das, was gerade vor mir passiert, als Lyla und unsere geliebte Tante Kath mich mit glücklichem Lächeln auf glücklichen Gesichtern begrüßen.

»Tante Kath hat ihre Sachen mitgebracht, Mummy! Wir machen gerade Lavendelbadekugeln. Seit Stunden, weil du so lange in der Arbeit warst. Ich habe schon gedacht, du bleibst da über Nacht. Warum musst du *immer* arbeiten, Mummy?«, will meine energische siebenjährige Tochter wissen, noch bevor ich nur Hallo sagen konnte.

»Ich freue mich auch, dich zu sehen, Bluebird!«, antworte ich, während ich mir einen Weg durch Plastikformen, Löffel und Messbecher bahne, um sie fest zu umarmen. Ah, der beste Teil des Tages!

»Hallo, Kath«, begrüße ich meine Tante, die mich anstrahlt. Sie ist ein Geschenk des Himmels, weil sie Lyla von der Schule abholt und auf sie aufpasst, bis ich nach Hause komme. Lyla schlingt ihre Arme so fest um meinen Bauch, dass ich einen Schrei unterdrücken muss.

»Hallo, Liebes. Genau, wir machen gerade Lavendelkosmetik. Das ist sehr entspannend. Und es hilft so gut gegen die nächtlichen Schweißausbrüche der Wechseljahre! Wenn ich sie nicht verwende, wache ich nasser auf als eine Dame der Nacht, aber mit ihnen bin ich taufrisch«, verkündet Kath fröhlich.

Ich versuche, ernst zu bleiben.

»Ich bin wirklich völlig besessen von Lavendel, Liebes. Im Internet habe ich von den heilenden Eigenschaften gelesen, und beim Cupcakes-und-Häkel-Kränzchen haben wir die ganze Woche darüber gesprochen. Sue sagt, dass Lavendelöl ihre Hautprobleme seit den Wechseljahren beseitigt hat, und du weißt ja noch, was für ein Streuselkuchen sie war!« Kath kichert. Ich bin jedoch gerade damit beschäftigt, Dinge aufzuheben und die kleinen lila Flecken auf meinem besagten eleganten neuen Teppich zu betrachten.

»Sind die für dich oder ein Geschenk?«, frage ich und will die Antwort eigentlich gar nicht hören. Ich bin mir nicht sicher, ob ich Lavendelseife mit Teppichfusseln und Kekskrümeln möchte und einem, äh, austrocknenden Effekt auf bestimmte Körperregionen.

»Für *dich!* Du kannst sie alle haben, ich bastele daheim schon die ganze Zeit daran. Mittlerweile habe ich Hunderte«, erwidert

Kath und öffnet die Formen, aus denen sie kleine lilafarbene Kugeln herausdrückt. Eigentlich sehen sie ganz gut aus.

»Äh, toll, vielen Dank!«, sage ich und gehe vorsichtig zurück zur Tür, um meine Tasche auf den kleinen Flurtisch zu legen, den ich in einem winzigen Laden in der Stadt gefunden habe. Ich wollte schon immer eine Frau sein, die einen großen Eingangsbereich mit einem kleinen Tisch hat, auf dem ein Krimskramstablett liegt und eine Vase mit einem eleganten Blumenstrauß steht. Unsere Blumen sind künstlich und von Poundland, aber das sieht man aus der Ferne nicht, und nur Lacey zieht die Augenbrauen hoch (sie kauft bei John Lewis). »Frische Blumen sind besser«, sagt sie immer und fügt dann netterweise hinzu: »Ich bringe dir welche mit.« Ja, wenn man einen Blumenladen hat, sind frische Sträuße daheim auch keine Kunst, erkläre ich ihr dann.

»Für meine Freundinnen habe ich auch schon welche gemacht«, fährt Kath begeistert fort. »Moira schwört darauf. Sie hat gesagt, nach einem Bad mit einer meiner Kugeln hat sie sich so sinnlich gefühlt, dass sie die Feuchtigkeitscreme mit in ihr Boudoir genommen und ihren Allan gebeten hat, sie aufzutragen! Was dann passiert ist, kannst du dir ja vorstellen …«

Die Vorstellung, wie Kaths Nachbar Allan ihre neueste Mixtur auf dem nackten Oberkörper seiner Frau verteilt, ist ziemlich abschreckend, aber ich nicke enthusiastisch und versuche, die Bilder aus meinem Kopf zu verdrängen. Selbst die Dame-der-Nacht-Assoziation war ansprechender als Moira und ein allzu zutraulicher Allan. Ich hoffe, Kath geht es gut. Ist es noch normal, in seiner Freizeit Hunderte und Aberhunderte von Badekugeln anzufertigen, die Rentnern wieder Lust auf Sex machen?

»Was ist ein Boudoir?«, fragt Lyla plötzlich. Mit ihren gletscherblauen Augen und der elfenhaften Nase ist sie ein Bild der Unschuld.

»Ein Schlafzimmer! Einfach nur ein anderes Wort für Schlafzimmer, Schatz«, erkläre ich schnell und suche verzweifelt nach einem Themawechsel, bevor sie auch noch nach der Bedeutung von »sinnlich« fragt.

»Soll ich uns ein paar Ofenkartoffeln machen?«, sage ich und steuere auf die Küche zu, weg von dem ganzen Irrsinn.

»Nicht nötig, Liebes. Ich habe heute Morgen eine Lasagne gemacht, im Kühlschrank ist Knoblauchbrot, und Lyla hat mir nach der Schule mit einem Salat geholfen. Als Nachtisch gibt es Crumble.«

»Oh, Kath.« Ich steige vorsichtig über die Lavendelfabrik und umarme meine Tante. »Was würde ich nur ohne dich machen?«

DREI

Heute ist mein freier Tag, auf den ich mich schon seit Ewigkeiten gefreut habe. Ich werde Lacey besuchen. Die Freuden flexibler Arbeitszeiten und gelegentlicher Wochenendaufträge: ein freier Tag unter der Woche. Statt wieder nach Hause zu fahren, nachdem ich Lyla zur Schule gebracht habe, um mir ein heimliches Twix zu gönnen (man kann frühmorgens einfach keine Schokolade naschen, wenn eine Siebenjährige in der Nähe ist – Kinder haben einen siebten Sinn für Süßkram –, außer man nimmt völlig überdrehten Nachwuchs mit Zuckerschock in Kauf. Daher muss man alles verstecken und es später am Tag essen), schlage ich den Weg zu Dovington's ein.

Seit ich Natalies Angebot, die Agentur zu leiten, angenommen habe, treffen Lacey und ich uns nur selten, und das ist eine

Schande. Ich vermisse unsere wöchentlichen Treffen an dem riesigen Eichentisch im Hinterraum des Blumenladens, den sie von ihrer Großmutter geerbt hat. Lacey ist meine älteste und beste Freundin und der ideale Mensch, um die Welt wieder in Ordnung zu bringen.

Bevor ich hineingehe, sehe ich nach oben. Über dem Laden wohnt eine nette alte Dame, und wir vermuten, dass sie ein wenig einsam ist. Sie lebt zurückgezogen, doch Lacey kauft öfter für sie ein und stellt ihr abends oft ein paar Blumen vor die Tür, die vom Tag übrig geblieben sind. Der Strauß der Woche leuchtet stolz in einer Vase im Fenster.

Ich schiebe die Tür auf, und als ich das vertraute Klingeln der Glocke höre, muss ich lächeln. Dovington's ist so einladend und riecht herrlich nach zarten Blumen und warmem Räucherduft, den Terri, Laceys rechte Hand, überall verteilt. Hier muss man sich einfach wohlfühlen. Die vordere Hälfte des Ladens, mit seinen deckenhohen Schaufenstern, steht voller Blumen in großen weißen Vasen und Eimern. Man kann sich entweder einen fertig gebundenen Strauß aussuchen oder – was ich am liebsten mache – einen flachen Weidenkorb nehmen und alle Blumen einzeln auswählen und zusammenstellen. An einer Wand stehen auf großen Metallregalen schicke Übertöpfe, Gießkannen, Sukkulenten, kleine Pflanzen, die bereits blühen, verlockender Gartenschmuck, Geschenkartikel und wunderschöne Vasen und Töpfe. Daneben stehen zwei große, hohe Tische mit Geschenkpapier und Zellophan und einer alten, angeschlagenen Kasse, die schon bessere Zeiten gesehen hat.

Dahinter beginnt mein Lieblingsbereich: der große Hinterraum. Lacey arbeitet hier, hält Workshops ab (der Kurs für frische Blütenkronen ist während der Hochzeitssaison immer ausgebucht) und – das ist das Wichtigste – unterhält sich mit mir bei großen Tassen mit heißem Tee.

»Ich bin's nur!«, sage ich und stecke den Kopf zur Tür von Laceys »Büro« herein (nichts sieht weniger wie ein Büro aus). Es ist wie die warme Umarmung einer Freundin. Auch wenn es schon Frühling ist, ist es draußen immer noch frisch. Im Radio läuft irgendein fröhlicher Popsong, und Laceys Tisch ist bis zum letzten Winkel mit pastellfarbenem Krepppapier bedeckt sowie Draht, Bindfaden und einer Schere.

»Ah, hallo! Du kommst wie gerufen. Möchtest du die nächste Stunde deines Lebens damit verbringen, mit mir diese verflixten Pastellpompons fertig zu machen?«, fragt Lacey verzweifelt.

»Mein größter Wunsch geht in Erfüllung«, antworte ich, setze mich und streiche durch die winzigen Papierfetzen. »Was genau machst du da eigentlich? Und weshalb?«

Während Lacey mutig erklärt, wie man einen Papierpompon macht (ach, Pinterest, was täten wir ohne deine Inspiration) und warum wir fünfundvierzig brauchen (sie sollen von der Ladendecke hängen und sind Teil der Deko zum Muttertag, einem der stressigsten Tage des Jahres), merke ich, dass es ihr nicht gut geht.

»Was beschäftigt dich?«, frage ich sie. Ob ich lange nachbohren muss, um es aus ihr herauszulocken?

»Ach, ich versuche nur alles für den Muttertag zu organisieren. Da ist immer so wahnsinnig viel los«, wiegelt sie ab.

»Nein, ich meine, was ist los mit dir? Ich sehe doch, dass etwas nicht stimmt.« Ich lasse mich nicht leicht abwimmeln, und das weiß sie.

»Ehrlich, alles ist super. Karl ist gerade befördert worden, Piper gefällt es immer noch gut in New York, ich bin glücklich hier. Alles ist toll.«

Netter Versuch, Lacey.

»Lacey Hunter, du kannst ja vielen Leuten überzeugend etwas vormachen, aber mir nicht. Also los, raus damit.« Ich bin selbst überrascht, wie streng ich klinge.

»Du nimmst dir den Managerposten wirklich zu Herzen, was?«

»Ja, das mache ich. Ich bin eine richtig knallharte Chefin, und ich verlange, dass du es mir erzählst.« Ein bisschen Humor mildert den strengen Ton etwas ab. Lacey lächelt kurz, wird dann aber wieder ernst und wickelt ein Stück Draht um ihren Daumen.

»Ich liebe dich, Lacey, ich will dir helfen, auch wenn ich vielleicht nur zuhören kann«, sage ich, jetzt sehr viel sanfter.

»Ich weiß, ich will nur nicht schon wieder darüber reden«, antwortet sie und sieht traurig auf ihre Hände.

Und schon weiß ich Bescheid.

»Der Muttertag macht mich fertig. Ich dachte, ich wäre schon Mutter oder zumindest strahlend schwanger, aber jetzt muss ich *wieder* zuschauen, wie alle gefeiert werden, während ich es ›weiterversuche‹ und nichts passiert. Es belastet Karl und mich sehr. Es macht keinen Spaß, streng nach Kalender bei meinem Eisprung miteinander ins Bett zu gehen, und wir streiten dauernd. Es ist hart, Robin.« Schwere Tränen rollen über ihre Wangen und durchweichen die kleinen Stücke lilafarbenen Krepppapiers in ihrem Schoß.

»Oh, Lace.« Ich will eine Hand auf ihre legen, doch sie zieht sie zurück. »Es wird klappen, ganz bestimmt.«

»Das sagst du immer, und trotzdem hat es das nicht. Das dauert jetzt schon so lang. Wir gehen zu einem Paartherapeuten, aber es ist schrecklich. Ich habe die Hoffnung aufgegeben. Karl gibt sich tapfer, aber ich weiß, dass auch er sich Sorgen macht und deshalb so aggressiv ist. Es ist so beschissen, Robin. Ich fühle mich wie eine verdammte Versagerin.«

Lacey droht in ein vertrautes Loch zu stürzen, und ich kenne sie gut genug, um zu wissen, dass ich sie mit Plattitüden und hohlen Phrasen nicht wieder herausholen kann.

»Du bist keine Versagerin – auf gar keinen Fall –, der Pompon aber schon, wenn du ihn noch weiter gießt«, versuche ich, sie abzulenken.

Lacey schluchzt lachend auf und sieht zu mir. Noch ist sie nicht über den Berg.

»Ich weiß, wie unglaublich mega-ultra-beschissen es sein muss, aber du bist auf dem richtigen Weg. Du berätst dich mit den richtigen Leuten, und ich weiß einfach, dass du eine Lösung finden wirst. Wenn irgendjemand eine großartige Mutter sein wird, dann du. Es wird klappen. Bis dahin stürzen wir uns aber auf diese verfluchten Puscheldinger, dekorieren den Laden zu Tode und machen uns einen schönen Tag!«, verkünde ich mit so viel Enthusiasmus, wie ich aufbringen kann. Ich kann nicht versprechen, dass sie schwanger wird, aber ich weiß, dass sie irgendwie, irgendwann Mutter sein wird. Doch *irgendwie, irgendwann* hört man natürlich nicht gern. Ich an ihrer Stelle würde wahrscheinlich auch durchdrehen. Im Moment scheint nur Ablenkung zu helfen.

»Es ist einfach nicht fair. Wir sind schon so lange ›auf dem richtigen Weg‹. Karls Mutter hat gesagt, als wir nach der Hochzeit in das Haus gezogen sind: ›Neues Haus, neues Baby‹, und jetzt muss ich jedes Mal daran denken, wenn sie bei uns ist. Das Haus ist nicht mehr neu.« Ihre Stimme zittert.

»Na, von dem Haus wirst du ja auch nicht schwanger, oder?«, sage ich.

»Autsch, das würde ganz schön wehtun!« Lacey bringt ein schwaches Lachen zustande, und ich lache mit ihr. Sie wischt sich das Gesicht ab, atmet tief durch und richtet ihre Aufmerksamkeit auf mich.

»Also, wie läuft es mit dem geheimnisvollen Loverboy?«

»Ich habe keine Ahnung, von wem du sprichst?«, antworte ich fröhlich.

»Der mysteriöse Mann aus fernen Landen«, wagt sie sich weiter vor.

»Ich weiß immer noch nicht, wen du meinst.« Ha! Ich werde nicht einknicken.

»Mr Loverboy, mit dem du Wein trinkst und Pasta isst und um halb elf Uhr abends vögelst.«

Ich wünschte, ich hätte Lacey nicht bei unserem letzten Treffen von dem Post-Pasta-Sex erzählt.

»Tut mir leid, keine Ahnung, es gibt keinen ›Mr Loverboy‹ in meinem Leben.« Ich versichere es mir ebenso wie Lacey. Mit Liebe hat das gar nichts zu tun.

»Na gut! *Edward!* Der Typ aus New York, mit dem du dich jedes Mal triffst, wenn er hier ist!« Lacey wirft entnervt die Hände in die Luft und verteilt dabei Papierfetzen über den ganzen Tisch.

»Ach, *den* meinst du? Ja, Edward geht es gut – denke ich mal. Wir reden nicht so viel, er meldet sich, wenn er in England ist.« Ich erröte, als ich an das verträumte Date, aus dem ein ganzes Wochenende im Januar wurde, denke. »Vor zwei Wochen habe ich ihn gesehen. Als er in London gearbeitet hat, bin ich zu ihm gefahren, wir haben uns ein Konzert angeschaut, fein italienisch gegessen …«

»Feinen Sex gehabt …«

»Ha! Aber ja, doch, es war sehr schön.« Ich lache bei dem Gedanken, Sex so zu beschreiben. Doch es stimmt. Es macht wirklich Spaß mit ihm. Mein Ex Theo war eher der Stoßer und Grunzer, und Lylas Dad Simon hat im Dunkeln unsicher an mir herumgetatscht, aber Edward und ich scheinen sehr gut zusammenzupassen.

»Du verliebst dich also in ihn, oder?«, tastet sich Lacey mit einem Lächeln und funkelnden Augen vor.

»Himmel, nein! Ich verliebe mich in niemanden, Lace. Ich will einfach nur meine Arbeit machen, Mutter sein und diese Pompons hier anfertigen«, sage ich und werfe eins von den Papierdingern in die Luft. »Ich bin wirklich nicht auf der Suche nach etwas Festem – ich will keinen zweiten Theo am Hals haben.« Und das ist die Wahrheit. Alles ist gut so, wie es ist.

»Aber Edward ist nicht Theo«, stellt Lacey nüchtern fest.

»Aber Edward ist ein Mann, Lacey, und so jemanden brauche ich nicht. Ich mag ihn. Das ist alles. Und es reicht«, erwidere ich freundlich.

»Scher nicht alle Männer über einen Kamm, Robin. Der hier scheint richtig nett zu sein, mehr will ich gar nicht sagen.« Mist, warum ist sie so vernünftig? Sie hat recht, aber ich beschließe, es zu ignorieren. Alles ist gut, so wie es ist. Das soll mir nichts und niemand verderben.

»Ja, er ist nett. Das stimmt. Ich verbringe gern Zeit mit ihm, aber nein, wir sind nicht *zusammen,* wir treffen uns ab und zu.« Ich sehe sie fest an, um ihr zu bedeuten, dass das Thema beendet ist.

»Okay.« Zum Glück versteht sie mich. »Ich bin stolz auf dich, Robin, dass du hart bleibst und dich nicht fortreißen lässt und das Leben liebst, das du bereits hast.«

Dann schauen wir uns ein YouTube-Tutorial an und versuchen, den dünnen Draht in der Mitte um die Pompons zu wickeln. Die fertigen Bällchen stapeln wir auf dem Tisch. Eigentlich sieht es ganz cool aus, und ich bin beeindruckt, dass ich bei so etwas mitgeholfen habe.

»Läuft es mit deinen anderen Freunden auch gut?«, fragt Lacey und will beiläufig klingen, doch ich höre einen leicht panischen Unterton heraus. So war sie schon in der Grundschule, wenn ich manchmal mit einem anderen Mädchen namens Sarah gespielt habe (Was wohl aus ihr geworden ist? Ich muss mal auf Facebook schauen, wenn ich wieder daheim bin) und Lacey Angst hatte, dass sie meine neue beste Freundin wird. Ich musste ihr drei Pogs schenken (kennt die noch wer?) und ein Freundschaftsarmband, um sie endgültig davon zu überzeugen, dass sie für immer meine beste Freundin sein würde. Und das haben wir auch geschafft!

»Meinst du Finola und Gillian? Alles in Ordnung. Ich glaube, wir treffen uns nächste Woche mit allen Kindern in Finolas Stall, was entweder ganz großartig oder – wahrscheinlicher – das reinste Chaos wird«, erzähle ich lachend und bemerke Laceys Gesichtsausdruck. Ich bin mir nicht sicher, ob bei ihr der Gedanke »Du hast neue Freunde« oder »Du hast ein Kind und triffst andere Kinder« den Anflug von Traurigkeit ausgelöst haben, aber ich will nicht, dass sie wieder abstürzt, weshalb ich rasch das Thema wechsele.

»Aber weißt du was, Lace, Skye nervt unglaublich. Ich werde noch wahnsinnig.«

Lacey wird bei der Aussicht auf ein wenig Klatsch oder Lästereien sofort munterer. Sehr gut.

»Das total hübsche, total junge, total talentierte Ding, das du hasst?«, fragte sie ein bisschen zu eifrig.

»Genau! Nein, ich *hasse* sie nicht, und wenn, dann nicht, weil sie jung und hübsch und talentiert ist, was leider alles zutrifft. Nein, es ist die überhebliche Art, wie sie mit mir umgeht. Letztens hat sie gesehen, wie ich in der *Mail Online* einen Artikel über Feminismus gelesen habe, woraufhin sie mir gleich unter die Nase reiben musste, dass *sie* ja keine Feministin ist, sondern alle Menschen die gleichen Rechte haben sollen. Wie schön, sagte ich, doch als ich hinzufügte, dass ich sehr wohl stolze Feministin sei, hat sie geantwortet: ›Ach, Labels sind einfach so uncool.‹ Sie denkt immer, dass sie recht hat und jeder ständig so verdammt perfekt wie sie sein müsste.«

»Du bist aber auch perfekt«, springt Lacey mir ohne zu zögern bei.

»Aber alle lieben sie, sie ist toll in ihrem Job, sie sieht großartig aus, sie rettet die Erde, alles! Einmal waren wir beide bei einem Shooting, und es lief richtig gut. Wir hatten unsere eigenen Arbeitsbereiche, sodass wir zwar zusammen am Set waren, aber nicht als Team wie Natalie und ich früher, auch wenn sie mir eigentlich hätte assistieren sollen. Sie hat sich um die Grundierungen gekümmert und ich mich um den anspruchsvolleren Rest – dazu komme ich ja nicht mehr so oft, seit ich so viel im Büro bin. Am Abend kam die Fotografin und hat von meiner Arbeit mit den Models geschwärmt und wie schön ihre Augen gewesen seien. Ohne mit der Wimper zu zucken, hat sich Skye für ihre netten Worte bedankt. Sie hat keinen Strich am Augen-Make-up gemacht. Ich war so sprachlos, dass ich einfach nur dastand. Und als ob das nicht genug wäre, hat die Fotografin auf der Facebook-Seite der Agentur eine positive Bewertung hinterlassen, in der sie Skye Bristly für ›das beste Augen-Make-up in der Stadt und ihren wunderbaren Blick für Details‹ gedankt hat. Das hätte eigentlich mir gelten sollen, aber sie ist wie immer der Star, und ich bin nur die alte langweilige Robin, die nie die Dienstpläne rechtzeitig aushängt«, erzähle ich und werfe einen halbfertigen Pompon auf den Tisch.

»Dann bin ich jetzt an der Reihe mit Aufmuntern. Robin Wilde, du bist der Hammer. Schau nur, was du alles in deinem Leben erreicht hast. Du hast ein wunderschönes neues Zuhause, du bist die Chefin einer großen Agentur, du bist alleinerziehende Mutter ohne jede Unterstützung, du hast eine Fernbeziehung und trotzdem noch Zeit, mit deiner Freundin zusammen verrückte Papierdeko zu basteln. Du bist die größte, beste, wunderbarste Wilde auf der ganzen Welt! Lass dir das bloß von niemandem ausreden!«, sagt Lacey voller plötzlicher Leidenschaft, bei der mir das Herz aufgeht.

Sie übertreibt natürlich kolossal, aber wegen Skye fühle ich mich doch etwas mies, weshalb ich das Lob annehme. In Wahrheit habe ich jetzt eine Putzhilfe, und ich bin nur vorübergehend Chefin; Simon und seine Freundin Storie unterstützen mich mit Lyla, zusammen mit Kath; und ich habe keine Beziehung mit Edward. Aber manchmal muss man einfach lächeln und Danke sagen. Gott segne Lacey, sie ist einfach die Beste. Es ist so grausam.

Meine arme Laceyloo. Ich hoffe so sehr, dass sie und Karl es schaffen. Ich weiß nicht, wie viele niederschmetternde monatliche Enttäuschungen die Ehe noch verkraftet.

Ich würde alles tun, um ihr das geben zu können, was sie sich so unbedingt wünscht.

VIER

Endlich Samstag! Die Woche war lang, und ich bin froh, dass ich dringend nötige Zeit mit meinem kleinen Mädchen verbringen kann. Wir sind auf dem Weg zu Finolas Stall, nachdem wir endlich ein Datum festlegen konnten (mit Freizeitbetreuung der Kinder, Arbeitsverpflichtungen und diversen Ehemännern, die im Weg waren, war der heutige Termin gar nicht so leicht zu realisieren), und ich bin ganz schön aufgeregt. Es ist unglaublich, wie ich mich von angespannten Wochenendtreffen auf dem Indoorspielplatz und Partys weiterentwickelt habe, auf denen ich nie wusste, was ich zu den Furcht einflößenden »guten Müttern« sagen sollte. Schon irre, was in einem Jahr alles passieren kann.

Lyla und ich haben es nicht so mit der Natur. Wir sind lieber bei John Lewis in der Kosmetik- oder Spielwarenabteilung als im Freien, aber die reizende Gillian, die schon einmal hier war, hat mir versichert, dass es einen Wasserkocher gibt, Steckdosen, um mein Handy aufzuladen, und ganz liebe Ponys, Pferde, Hunde und Hühner, die Lyla in ihr Herz schließen wird. (Hoffentlich!) Mir gefällt die Vorstellung wirklich, die Natur in unser Leben zu lassen und eine Beziehung zu Tieren aufzubauen. Ponyreiten haben wir schon mal versucht, Lyla konnte damit aber überhaupt nichts anfangen. Dennoch hoffe ich, dass es ihr jetzt, da sie älter ist, besser gefällt. Sie soll unbedingt eine vollwertige Kindheit haben, in der es nicht nur um Bildschirme und Indoorspielplätze geht, sodass es mir sogar nichts ausmacht, dass wir kein WLAN haben werden und ich ein paar Stunden meine Arbeitsmails nicht checken kann.

Ich habe versucht, Lyla für den Stall geeignete Kleidung anzuziehen – Leggins, T-Shirt, Pulli und Gummistiefel –, doch sie ist sieben und hat andere Vorstellungen. Mir war schnell klar, dass sich der Kampf nicht lohnen würde, weshalb ich die Stallkleidung in meine Tasche gepackt habe und Lyla jetzt einen Zweiteiler mit Pailletten, einen Regenmantel und eine Tiara trägt. Meine Prinzessin macht keine halben Sachen.

Ich habe mich in uralte bequeme Jeans geworfen, die zwischen den Oberschenkeln schon ganz dünn sind (ich weiß, total sexy, aber das wird niemand sehen), und einen weiten Pullover, in dem ich mich beim Anprobieren süß fand, der mich aber eigentlich wie ein Marshmallow aussehen lässt. Na, auch egal.

Wir biegen auf einen großen Parkplatz ein, auf dem Anhänger und Pferdehänger stehen, und ich sehe Gillian in ihrem Wagen sitzen. Wir parken neben ihrem vernünftigen silbernen Qashqai und winken übertrieben wie Wahnsinnige, doch dann sehen wir, dass Clara den Tränen nahe ist und Gillian verärgert aussieht. Sonst ist sie immer ruhig und entspannt.

»Huhu«, rufe ich, als ich aussteige und zögerlich mit hochgezogenen Augenbrauen und einem zaghaften Lächeln winke. Lyla folgt mir mit im schwachen Sonnenschein glitzernder Tiara.

Gillian steigt aufgeregt und mit gerötetem Gesicht aus. »Hallo! Tut mir leid, heute ist einer dieser verdammten Tage!«, sagt sie, öffnet Claras Autotür und nestelt an dem Sicherheitsgurt herum. Ich bin zu verblüfft, um etwas zu antworten. Gillian hat *geflucht.* Nur ein mageres »verdammt«, aber für sie ist das unerhört.

»Clara weigert sich, den Wagen zu verlassen«, fährt Gillian fort, wobei sie halb zu mir, halb zu der starrköpfigen Siebenjährigen spricht, die sich auf ihrem Kindersitz versteift. Wenn man sie so ansieht, könnte man Clara für einen Engel halten. Sie hat lange, aschblonde Haare, die ihr bis auf den Rücken reichen, einen perfekt geschnittenen Pony, von dem ich nur träumen könnte (ich hatte einmal einen Pony – und habe ihn mir, über das Waschbecken gebeugt, immer extra gewaschen, weil ich nicht alle Haare waschen wollte, und echt, so sollte wirklich niemand leben müssen!), und große blaue Augen mit langen Wimpern, von denen ich auch nur träumen kann. Clara ist wie eine Puppe. Ein perfektes kleines Wesen, das kein Wässerchen trüben könnte. Außer man sieht, was sich gerade vor unseren Augen abspielt. »Clara scheint zu glauben, dass das ein akzeptables Verhalten ist, das Mummy durchgehen lässt. Aber das wird Mummy nicht tun, und Mummy wird gerade sehr, sehr böse!« Gillians Stimme wird immer höher. Wenn jemand in der dritten Person von sich spricht, wird es ernst.

»Lass mich helfen. Soll ich deine Tasche halten, während du sie heraushebst?«, frage ich. Ich weiß nicht, ob das eine so große Hilfe wäre, aber was soll man machen, wenn sich ein Kind im wahrsten Sinn des Wortes querstellt? Gillians normalerweise buttermilchzarte Haut bekommt rote Stressflecken, und ihre Fingerknöchel treten weiß hervor, als sie den Türrahmen umklammert.

Plötzlich sehe ich Pailletten aus den Augenwinkeln, und Lyla krabbelt durch die Beifahrertür in den Wagen. Ich will Gillian auf keinen Fall noch weiter aufregen, doch bevor ich meinen glitzernden Nachwuchs zurückholen kann, beginnt sie zu sprechen.

»Clara, komm und steig auf meiner Seite aus, dann gehen wir spielen«, sagt sie lieb und mit einem Lächeln.

Clara entspannt sich sofort und antwortet kaum hörbar: »Ich kann nicht. Ich hasse ihn.«

Gillian und ich wechseln einen panischen Blick. Wen meint sie? Wird sie belästigt? Davor hat man uns letztes Semester in Mr Ravelles Seminar zum Thema »Onlinesicherheit für Kinder« gewarnt. Es war schrecklich. Die einzige Erlösung war das kostenlose Gebäck, das die Caterer zu Tee und Kaffee gestellt hatten. Doch jetzt ist keine Zeit, darüber nachzudenken, denn Clara ist in furchtbarer Gefahr.

»Wen denn? Roo?«, fragt Lyla unschuldig. Sie denkt offenbar nicht wie wir in Richtung Onlinebelästigung, sondern hält Finolas rundgesichtigen Sohn mit dem Topfschnitt für den Schuldigen. O nein. Hat sie das von mir? Denkt sie, dass alle Jungen böse sind? Soll ich ihren Dad öfter loben, um ihr Männerbild geradezurücken?

»Nicht Roo, Fudge. Er ist zu groß, und er tritt mich.« Clara steigen Tränen in die großen blauen Augen und rollen über ihre Wangen, als sie sie zusammenpresst.

»Dann gehen wir nicht zu seiner Box. Du kannst meine Hand halten. Ich passe auf dich auf«, sagt Lyla und streckt ihre Hand aus.

Mein Baby hat den Tag gerettet. Es ist ein Wunder. Ich sehe zu Gillian und denke, dass sie so erleichtert ist wie ich, dass sie vielleicht gleich die Faust in die Luft stößt oder einen kleinen *Dab-Dance* hinlegt. Doch sie verfolgt nur müde, wie Clara aus dem Kindersitz klettert, nach draußen zu Lyla hüpft und mit ihr davonspringt. Als sie außer Hörweite ist, seufzt Gillian tief.

»Tut mir leid«, sagt sie, schließt den Wagen ab und verstaut die Schlüssel in ihrer Mulberry-Tasche. »Sie war schon den ganzen Morgen so schwierig. Ich weiß nicht, was ich falsch mache.«

»Fieser Fudge!«, sage ich lächelnd und zwinkere, und Gillian reagiert mit einem schiefen Lächeln. »Mach dir keine Gedanken, Gillian. Ehrlich, mein halbes Leben lang frage ich mich, was ich falsch mache. Wenn ich so oft so entspannt wäre wie du, wäre ich glücklich! Du bist eine tolle Mutter, und wir machen einfach einen großen Bogen um diesen Fudge. Kerlen aus dem Weg zu gehen, kann ich sehr gut. Das schaffen wir schon.«

Wir gehen nebeneinander zu den Stallgebäuden, wo Lyla und Clara mit Honor und Roo spielen, die schon reiten, seit sie ihren eigenen Kopf hochhalten konnten. Honor und Roo sind Finolas Kinder. Honor ist ein hübsches zehnjähriges Mädchen und kommt ganz nach ihrer Mutter, nimmt kein Blatt vor den Mund und stapft energisch herum. Sie hat einen praktischen Kurzhaarschnitt und hält ihr braunes Haar oft mit einem dicken Haarband zurück. Sie kommandiert gern ihre Freunde herum (so wie jetzt, als sie mit dem Fuß aufstampft und Roo, Clara und Lyla anbrüllt: »Nein, ihr bleibt da und wartet auf meinen Befehl, und dann rennt ihr zu den Stalltüren und sucht den Schatz!«). Roo, Finolas und Edgars siebenjähriger Sohn, ist Lylas Komplize, das Yin zu ihrem Yang, Clyde zu ihrer Bonnie. Roo ist ein entzückender kleiner Junge. Rote Wangen und dichtes braunes Haar, sanfte grüne Augen und ein markanter Kiefer – in zehn Jahren wird er einmal ein echter Herzensbrecher (wahrscheinlich wird es auch Lyla erwischen, armes Ding). Himmel, dann bin ich neununddreißig! Hör auf, Gehirn. Zum Glück reißt mich Finola aus meinen Gedanken.

»Ah, hallo, ihr zwei! Bereit für den Pferderücken?«, ruft sie, als sie in Reithosen, Stiefeln und einer Steppweste auf uns zumarschiert. Sie ist wahrscheinlich die größte Pferdenärrin aller Zeiten. Ihr Leben als Frau des begüterten Edgar dreht sich um ihre zwei Kinder und den Stall. Finola lebt und atmet Pferde, Hunde und alles, was dazugehört. Würde man sie entzweischneiden, würde sie *Horse & Hound*-Ausgaben bluten.

»Ach, wie schade! Wenn ich gewusst hätte, dass wir reiten, hätte ich vernünftige Schuhe angezogen«, sage ich, verzweifelt auf der Suche nach einem Ausweg. Ich habe keine Reitstiefel, aber

Finola denkt, dass jeder Mensch eine vollständige Reitausrüstung besitzt, weshalb sie meine lahme Ausrede auch nicht infrage stellt.

»Außerdem können wir die Kinder nicht allein lassen. Clara ist schon etwas angespannt wegen Fudge«, fügt Gillian mit leichter Untertreibung hinzu.

»Guter Punkt. Die Kinder sollen ihn nicht aufregen. Er hat am Wochenende ein Rennen und kann jetzt keine Ablenkung gebrauchen«, stimmt Finola zu, während sie ihren Helm abnimmt. Wer hier wen aufregt, hat sie völlig missverstanden. Ich werde es ihr bestimmt nicht sagen, um auf keinen Fall doch noch reiten zu müssen.

»Wie geht es euch beiden eigentlich? Wie schön, dass ihr zu uns ins Nirgendwo gekommen seid!«, freut sich Finola. »Hier könnt ihr richtig durchatmen und euch entspannen. Und alles rauslassen, meine Lieben!« Prompt macht sie einen tiefen Atemzug, und wir folgen gehorsam ihrem Beispiel. Ich rieche nur Dung und nassen Hund, aber für Finola ist das wahrscheinlich das reinste Paradies.

»Mmm, so schön frisch«, sage ich, und Gillian nickt aufrichtig neben mir. »Hattest du nicht gesagt, dass ihr einen Wasserkocher im, äh, Büro habt, Finola?«

Wir gehen in ein großes Holzgebäude, in dem Leitern, Eimer, Pinsel und Schaufeln untergebracht sind sowie Reithelme an den Wänden hängen, und setzen uns.

Während Gillian berichtet, was sie dieses Jahr alles pflanzen will (ja, sie wird einen großen Sack Dünger kaufen), schaue ich durch die Tür nach draußen und beobachte lächelnd, wie die Kinder sorglos mit Finolas Hunderudel spielen. Wie schön es ist, sieben Jahre alt zu sein.

Finola reicht uns unsere Teetassen. »Nun, meine Lieben, Rose hat mir gestern Abend erzählt, dass Mrs Barnstorm die Ergebnisse hat.«

Wir atmen zischend ein. Mrs Barnstorm ist der Chefhütehund der Hesgrove Pre-Prep School und ein wenig Furcht einflößend; Rose ist ihre Lebensgefährtin. Sie kennt Finola gut und ist unsere Verbindung nach drinnen. Im letzten November wirkte Mrs Barnstorm immer blasser und war öfter krank. Mr Ravelle, der Direktor, gab im ersten Rundbrief des neuen Jahres bekannt, dass sie an Brustkrebs erkrankt war und einige Zeit wegen der Behandlung aussetzen würde.

»Der Tumor ist noch da. Er ist kleiner, aber immer noch gefährlich, weshalb sie eine weitere Chemo braucht«, informiert uns Finola ernst.

Wir sehen zu unseren Kindern, wissen nicht, was wir sagen sollen. Ich habe sie nie besonders gemocht, und sie hat mich oft getadelt, weil ich etwas vergessen hatte oder zu spät war, aber gegen Ende des letzten Jahres hatte sich unser Verhältnis etwas gebessert.

»Nun, Kopf hoch. So ist die Situation nun mal, und es hilft niemandem, wenn wir hier Trübsal blasen.« Die gute alte Finola, pragmatisch wie immer.

»Wir alle könnten sicher helfen, also alle Mütter, meine ich«, bemerkt Gillian etwas fröhlicher.

»Vielleicht nicht unbedingt *alle* Mütter.« Ich trinke einen Schluck von meinem sehr willkommenen süßen Tee. »Bei Val kann ich mir nicht vorstellen, wie sie jemandem etwas Gutes tun will.« Erst letzte Woche habe ich gehört, wie Valerie Pickering, eine der biestigen Mütter, am Schultor eine der anderen Mums wegen ihres iPhone 5 ausgelacht hat. »Oh, so eines habe ich ja schon ewig nicht mehr gesehen! Das ist ja schon ein Museumsstück, Herzchen.« Die andere Mutter war vermutlich neu und wurde knallrot. Ich erinnere mich noch gut, wie *ich* diese Mum war. Ich weiß nicht, warum Valerie so etwas überhaupt auffällt. Am besten geht man ihr aus dem Weg.

»O jaaa, aber weißt du auch, warum?«, wirft Gillian mit einem seltenen verschwörerischen Funkeln in den Augen ein. Was ist denn heute los mit ihr? Erst ein Schimpfwort, jetzt ein bisschen Klatsch. Wenn wir nicht aufpassen, lässt sie sich gleich noch tätowieren und vertickt Drogen auf dem Schulhof.

»Ihr Mann hat sie verlassen! Er hatte es wohl satt, dass sie so viel Geld ausgibt, ihn ständig heruntermacht und sie andauernd streiten. Er hat sich in seine dreiundzwanzigjährige Assistentin verliebt, ist zu ihr in ihr Reihenhaus in der Stadt gezogen und hat Val mit Corinthia, dem Haus und drei ihrer Autos zurückgelassen«, sagt Gillian leise, als ob die Kinder uns über dem Lärm, den sie mit den Hunden veranstalten, hören könnten.

»Lieber Himmel!«, meine ich schockiert.

»Männer sind wie Hunde. Geduldig und liebevoll, bis man sie zu sehr geärgert hat, dann schnappen sie, und man bereut es«, bemerkt Finola nüchtern.

»Geschnappt hat er ganz sicher. Sich nämlich die Assistentin!« Ich lache. »Dann wird sie noch unerträglicher als sowieso schon sein, wenn die Schule nach Ostern wieder beginnt. Ob die PaGS das schon weiß?« Im Januar, als mein Leben so viel besser aussah, habe ich mich bei der PaGS (Parents and Guardians Society – dem Elternausschuss) angemeldet, die sich als Komitee zum Fördermittelsammeln sieht, außerschulische Aktivitäten veranstaltet und die anderen Eltern unterstützen soll. Vor allem aber hat es sich als alle zwei Wochen stattfindender Tratschabend für gelangweilte Mütter herausgestellt, die die Angelegenheiten anderer Menschen gnadenlos durchhecheln. Ich weiß, das sollte man eigentlich nicht genießen, aber ich tue es. Irgendwo muss man sich ja seinen Kick holen, oder? Woher sollte ich denn sonst wissen, dass die Zwillingstöchter einer neuen Mum nach Ostern in der zweiten Klasse anfangen? *Gloria* ist anscheinend eine alleinerziehende Selfmademillionärin, die gerade ihr Unternehmen verkauft hat und – wie Helen Wilson, die Vorsitzende der PaGS, es formuliert hat – »sehr schillernd ist«. Plötzlich mache ich mir

Sorgen. Sosehr ich es auch liebe, alle Neuigkeiten zu erfahren, wird es mir gerade zu viel. Mit den langen Arbeitstagen in der Agentur und den Elterntreffen alle zwei Wochen bin ich völlig darauf angewiesen, dass Kath auf Lyla aufpasst. Mein Ex Simon nimmt sie gern an den vereinbarten Tagen, aber auch er arbeitet Vollzeit, weshalb alles ein bisschen schwierig ist, vor allem mit den bevorstehenden Osterferien. Ich habe das Gefühl, als würde ich mich ständig zwischen verschiedenen Dingen zerreißen, und Lyla will doch nur ihre Mummy ganz für sich. Wieder einmal fühle ich mich schuldig.

Wir überlegen gemeinsam, was Valerie Pickering wohl als Nächstes tun wird, und ich erzähle von Gloria.

»Wie eine Katze in einem Taubenschwarm«, sagt Finola mit hochgezogenen Augenbrauen. Gillian trinkt Tee und nickt. Wie aufregend!

Dann treiben wir die Kinder in den Stall und sehen zu, wie Finola Lyla und Clara bei einem Pony zeigt, wie man auf- und absteigt, während Honor und Roo mit zwei der größeren Pferde um das benachbarte Feld reiten.

»Mummy, schau!«, ruft Lyla, als sie auf ihrem Pony langsame Kreise um den Hof zieht. Sie sieht so stolz aus im Sattel, mit ihren kleinen Füßen in den Steigbügeln. »Mummy, schau! Schaust du auch, Mummy?«

»Ja, Lyla, natürlich!«, sage ich leicht gestresst, nachdem ich sie nicht eine Sekunde aus den Augen gelassen habe. »Du machst das ganz toll!«

»Du musst richtig schauen! Und ein Foto machen!«, ruft sie weiter. Himmel, was habe ich ihr nur beigebracht? Dass man erst zuschaut, wenn man wie wild mit dem Handy knipst? Vielleicht sollten wir uns mal eingehender über moderne Technik unterhalten.

Als ich gerade »digital detox« auf dem Handy googele, galoppiert Roo auf einem Pferd vorbei, das so groß wie ein Land Rover ist, und ruft: »Mummy, Julien galoppiert nicht mit voller Geschwindigkeit, aber ich habe ihn ordentlich laufen lassen.«

»Gut gemacht, Schatz«, sagt Finola beiläufig, während sie Lyla und Clara auf ihren Ponys weiter im Kreis führt.

Vielleicht werden wir ja doch noch zu Naturmenschen. Storie (die Hippiefreundin von Lylas Vater, die aber sehr nett ist) wäre begeistert, und ich könnte mich insgeheim dafür loben, dass Lyla durch mich ihre Liebe zur Natur entdeckt hat. Ha! Das wäre mal ein Rollentausch.

Wie auch immer, meine Tochter hatte einen großartigen Tag, und ich habe mich nicht einmal wegen der Arbeit verrückt gemacht.

FÜNF

Lyla ist über die Osterfeiertage bei ihrem Dad und Storie. Wir haben einen Tag vorher schon Ostern gefeiert mit Eiern, kleinen Spielzeughasen in einem Weidenkorb, den Kath mit fliederfarbenem Vichy-Stoff ausgekleidet hat, lilafarbenem Pompon-Rand und einem kleinen Lavendelzweig am Griff (die Lavendelphase ist immer noch aktuell). Das Haus ist leer, und ich nutze die Zeit für mich. Ich schreibe Edward eine Nachricht und erlaube mir ein bisschen Tagträumerei.

Hey Edward! Wie läuft es da drüben bei dir? Hier hat gerade Ostern angefangen, weshalb ich jetzt ohne Schuldgefühle Schokolade essen kann. Ha! Bist du bald mal wieder in England? Dann lass uns abhängen. X

Senden.

Hm, ich hätte mir etwas mehr Zeit dafür nehmen sollen. Sagt man heutzutage noch »abhängen«? Lyla hat letztens auf meine Bitte, sie solle ihre Lesemappe holen, geantwortet, »alles easy, bae«, und ich musste fast im Wörterbuch nachschlagen. Nun, jetzt ist die Nachricht auf dem Weg, und ich werde mich deshalb nicht verrückt machen. Es wird ihm sowieso egal sein, wir reden hier schließlich von Edward. Das ist das Tolle an ihm. Er ist so entspannt.

Er ist Brite, lebt und arbeitet aber in New York – vielleicht macht die Entfernung alles so einfach. Wir wissen beide, was wir vom anderen erwarten können. Ich habe ihn letztes Jahr in einer Bar kennengelernt, als ich auf einem Filmset in Manhattan gearbeitet habe (ja, ich weiß, wie glamourös das klingt, und ich stehe dazu). Wir sind danach bei ihm gelandet, für einen unglaublich befreienden One-Night-Stand (zumindest dachte ich, dass es dabei bleibt), und jedes Mal, wenn er wegen der Arbeit in London ist, treffen wir uns auf ein paar Drinks und eine wunderbare Wiederholung des One-Night-Stands. Ich will ihn nicht heiraten oder als festen Freund, aber er ist eine angenehme Gesellschaft, wir verstehen uns gut, und der Sex ist super. Er weiß, wie es läuft. Nach Theo will ich keine enge Bindung, kein Drama – der Traum eines jeden Mannes, oder? Und ihm geht es genauso. *Robin Wilde, du hast wirklich den Hauptpreis gewonnen,* denke ich, als ich eine Flasche herrlich kalten Weißweins öffne.

Unser erstes richtiges Date, als Edward im Januar hier war, war echt schön. Als wir uns im Februar trafen, hatte ich das Gefühl, als ob wir einander wirklich verstünden. Da war er eine Woche in der Stadt, wegen eines neuen Projekts für die Inneneinrichtungsfirma, für die er arbeitet. Ich weiß nicht genau, was er macht – das muss ich auch alles gar nicht so genau wissen –, aber er sucht nach neuen Designern für eine Zusammenarbeit mit einer amerikanischen

Firma. Das Unternehmen hat einen kleinen Ableger in London, weshalb er oft hin- und herreist. Für mich ist das ideal, aber ich weiß, dass er seinen Arbeitsplatz in Manhattan liebt.

Es war wie ein Wink des Schicksals, als er mir an einem der seltenen Freitage im Februar schrieb, an denen ich freihatte. Lyla war bei ihrem Vater – am Samstagmorgen sollte sie mit Storie einen Bestimmungskurs für Tiere und Pflanzen machen (wie schön für das Kind) –, weshalb ich mich in den Zug setzte. Bei unserem Treffen im Monat zuvor hatten wir eine herrliche Zeit miteinander verbracht, weshalb ich dieses Mal nicht vor Nervosität schweißgebadet war.

Im Zug dachte ich an die angespannten Fahrten zu meinem Ex Theo zurück, der sich als totales Arschloch herausgestellt hatte. Wie ich mir fast die Finger gezerrt hätte, nur um seine Nachrichten so schnell wie möglich zu öffnen, wie die Schmetterlinge in meinem Bauch so stark herumgeflattert waren, dass ich mich beinahe in meine leere Sandwichtüte von Starbucks übergeben hätte. Ich weiß noch, wie unruhig ich auf seine Antworten gewartet habe, Nachrichten, die er nur schrieb, wenn es ihm gerade passte. Für Theo war ich immer nur eine Ablenkung – jemand, mit dem er spielen konnte, wenn er gerade nichts Besseres zu tun hatte oder die Frau nicht haben konnte, die er wirklich wollte. Ich bin nicht stolz darauf, wie er mich behandeln durfte. Damals fand ich es aufregend und magisch, aber jetzt ist mir klar, wie anstrengend das Ganze war. Und falsch für mich. Mit Edward ist alles so unkompliziert. Ich muss mir um nichts Sorgen machen – vor allem nicht, ob ich ihn Lyla vorstelle. Ich ziehe mich einfach an, treffe mich mit ihm, wir haben Spaß, jeder geht nach Hause.

Als ich an diesem eiskalten Februartag an der Londoner Liverpool Station ankam, überprüfte ich mein Handy auf Nachrichten.

Hey! Ich kann dich leider nicht am Bahnhof abholen, es wird ein bisschen später! Ist es okay, wenn wir uns in dreißig Minuten am Seven Dials treffen? x

Er hatte in dem Moment geschrieben, als ich mein Telefon entsperrte.

Ja, kein Problem, ich brauche sowieso dreißig Minuten, um mich von meinem anderen Liebhaber zu verabschieden. x

Was glaubst du, was ich im Büro mache?? Ich muss noch die ganzen Stripperinnen loswerden, bevor ich aufbrechen kann. x

Perfekt, ein bisschen Zeit! Ich ging am Bahnhof auf die Toilette (die jeden der dreißig Pence Gebühr wert ist), zupfte an meiner Frisur herum, legte noch etwas Concealer auf und ging zur U-Bahn. Auch wenn ich nicht in den Typen verliebt bin, kann ich ja hübsch aussehen, oder?

Eine halbe Stunde später sitze ich vor dem Mercer Street Hotel. Ich mag diesen Ort so sehr. Das Mercer Street Hotel verströmt meinen Lieblingsgeruch in London. Ja, das klingt etwas verrückt, aber jedes Mal, wenn ich in Covent Garden bin, gehe ich in die Lobby, um die unglaublichen Kerzen zu riechen, die dort brennen. Vor dem Hotel verläuft eine belebte Kreuzung mit einer riesigen Statue in der Mitte, auf deren Steinstufen man sitzen und die Passanten beobachten kann. Leuteschauen ist eine meiner liebsten Freizeitbeschäftigungen (nach Netflix-Abenden und Kosmetik-Tutorials im Internet), weshalb ich überrascht aufblickte, als Edward lächelnd auf mich zukam und sagte: »Ach was, du hier?«

»Von allen Männern dieser Welt musst ausgerechnet du zu meinem … Seven Dials kommen«, beende ich den Satz etwas lahm.

»Das hat jetzt nicht so gut geklappt, wie du es dir vorgestellt hast, was?« Er lächelte, und in den Winkeln seiner grünbraunen Augen bildeten sich verführerische Fältchen.

»Nein. Aber ich habe es versucht. Das gilt doch, oder?« Ich erwiderte das Lächeln.

»Ja, vierzig Punkte für die Lady in dem wunderhübschen Kleid!«, sagte Edward und riss einen Arm in die Luft, als wollte er meinen Gewinn dem halben Covent Garden mitteilen.

»Das alte Ding? Das habe ich immer auf Ausflügen an«, wiegelte ich ab. Natürlich stimmte das nicht. Es war neu, aber das musste er nicht wissen.

»Dann lass uns das Beste daraus machen! Hast du Hunger? Ich habe einen Tisch im Balthazar um die Ecke reserviert, aber wir können auch gern woandershin gehen, wenn dir das lieber ist.«

»Balthazar klingt super, da wollte ich schon lange mal hin.« O ja! Das stimmte wirklich.

»Behandeln dich deine anderen Verehrer nicht so gut wie ich?«, fragte er mit einem hinterhältigen Funkeln in den Augen.

»Nein, wenn ich Glück habe, essen wir ein Sandwich von Pret a Manger zusammen. Du bist mein absoluter Favorit!«

»Dann musst du mich wohl behalten«, meinte er grinsend.

Ich zögerte.

»Ha, ich behalte dich bis nach dem Essen!«, erwiderte ich dann lachend.

»Abgemacht!« Mein Unbehagen entging ihm, als er meine Hand nahm und wir gemeinsam zum Zentrum von Covent Garden spazierten.

Das Balthazar war genauso schön, wie ich gehört hatte. Ich hätte mich auch über Arancini und eine Pizza bei Zizzi gefreut, weshalb das hier ein echter Bonus war. *Theo hätte es hier gefallen,* dachte ich plötzlich. *Es ist edel und teuer und passt total zu ihm …* Rasch verdrängte ich den Gedanken an ihn und konzentrierte mich auf die vor mir liegende Aufgabe, hinter einem sehr eleganten und leicht Furcht einflößenden Ober her zu unserem Tisch zu gehen.

Auch wenn wir uns immer ungezwungen unterhalten, muss ich zugeben, dass Edward ein echter Gentleman ist. Es ist reizend, dass mir ein netter Mann den Stuhl herauszieht, und das Restaurant ist perfekt. Theo Salazan hatte uns einmal den OXO Tower gemietet, aber das wollte ich auch gar nicht mehr. Ich ging gern mit diesem Mann in der Menge unter. Mein Herz hämmerte nicht wie verrückt, und ich lief nicht Gefahr, mir Wachsverbrennungen dritten Grades an den Rückseiten meiner Beine zu holen … Aber das ist eine andere Geschichte.

Wir blätterten in der Speisekarte.

»Wirkt es nicht ein bisschen traurig, wenn man Makkaroni mit Käse in so einer schönen Umgebung isst?«, fragte ich, weil ich plötzlich Angst bekam, ob ich nicht etwas Anspruchsvolleres nehmen sollte.

»Nein! Du nimmst, was du möchtest«, antwortete Edward, ohne zu zögern.

»Mit dieser Haltung zu Kohlenhydraten musst du mein Seelenverwandter sein.«

»Vielleicht bin ich das ja auch.« Dabei wirkte er ein bisschen ernst.

»Ich gehe mir nur kurz die Hände waschen«, murmelte ich, tastete nach meiner neuen schwarzen Lack-Clutch und steuerte mit gerötetem Gesicht auf die Damentoilette, wobei ich seinen Blick mied. *Er wird mich für eine solche Idiotin halten, dass ich mich von einem offensichtlichen Witz aus der Fassung bringen lasse,* dachte ich. *Warum habe ich das getan? Entspann dich, Robin.*

Ich ging die prachtvolle Treppe zu den Toiletten hinauf und fühlte mich dumm, weil ich so verrückt war. Ich musste mich entspannen. Er bat mich nicht, ihm mein Haus zu überschreiben und seinen Nachnamen anzunehmen, es war Geplänkel. Normales

Geplänkel. *Das liebe ich doch. Das könnte ich den ganzen Tag betreiben,* sagte ich mir. *Ich werde jetzt schnell vor Nervosität pinkeln, mir die Hände waschen, tief durchatmen und einen normalen, netten Abend mit einem normalen, netten Typen verbringen. Schließlich trage ich den Spitzentanga nicht umsonst.*

»Tadaaa!«, sagte Edward sehr viel heiterer, als ich nach fünf Minuten wieder zurück an unserem Tisch war. An meinem Platz stand ein großes Glas mit rosafarbener Flüssigkeit. »Ich habe dir zu deinen Makkaroni mit Käse ein Glas rosa Champagner bestellt«, verkündete er stolz.

»Gott sei Dank!«, antwortete ich. »Ich esse Pasta mit Käse daheim nie ohne eine Flasche Moët Rosé. Man muss schon einen gewissen Standard halten.«

Ich trank einen Schluck Champagner und beschloss, mich etwas vorzuwagen.

»Also, Edward, die Eckdaten kenne ich alle. Du lebst und arbeitest in Manhattan, bist in Hampshire aufgewachsen, du magst schönes Design, gutes Essen …« – ich deutete mit der Gabel auf unsere Teller – »und guten … äh … Nächte« – guter Sex klingt etwas überheblich – »aber ich will noch mehr wissen.«

»Ach ja?«, meinte er grinsend. »Was denn?«

»Nun, zum Beispiel, wie deine Familie ist.«

Edward holte tief Luft, als müsste er sich gleich anstrengen.

»Also gut, ich würde sagen, wir sind ziemlich normal. Mum und Dad, oder Amanda und Dominic, leiten ein Heim für Erwachsene mit schweren Lernbehinderungen. Sie sind reizend. Viele Bewohner leben seit der Eröffnung des Heims dort, da war ich ein Teenager. Ich schaue immer vorbei, wenn ich zu Hause bin. Das sind wirklich die liebsten Menschen, die man sich vorstellen kann.«

Mir zerfloss beinahe das Herz bei Edwards mitfühlendem Ton. »Wow, das klingt, als sei es für sie eine echte Berufung.«

»Ja. Sie arbeiteten schon damals mit psychischen Erkrankungen, als man darüber noch nicht laut sprach. Sie haben viel dafür getan, dass sich die Einstellung dazu geändert hat. Wenn sich irgendjemand um die Art Bewohner kümmern sollte, die sie betreuen, dann sie. Sie lieben es. Dad ist fast siebzig und Mum nicht viel jünger, weshalb sich Manager um die Alltagsgeschäfte kümmern, aber Dad ist immer noch jeden Tag dort und überwacht alles. Mum hilft viel meiner Schwester.«

»Ach ja?«

»Annabelle ist fünf Jahre älter als ich, auch wenn man eher zehn denken könnte, so herrisch ist sie. Sie wurde kürzlich geschieden und hat es gerade nicht leicht. Sie hat vier Kinder – zehn, acht, sechs und vier Jahre alt –, die sie auf Trab halten. Mum passt fast jeden Tag nach der Schule auf die Kinder auf und unterstützt Annabelle.«

»Deine Mum klingt wie meine Tante Kath. Ist sie auch besessen von Lavendel und Handarbeit?«, fragte ich lächelnd, während ich die köstlichsten Makkaroni mit Käse meines Lebens aß. Oder vielleicht schmeckte mit dem Champagner alles besser.

»Nein, nein, so exzentrisch wie die berühmte Tante Kath ist sie nicht, aber bestimmt genauso reizend.«

»Also, ein Heim, zwei Kinder und vier Enkelkinder – deine Eltern sind ganz schön beschäftigt«, fasste ich zusammen.

»Nun, ein Heim und drei Kinder, um genau zu sein.« Edward schwieg einen Moment. »Mein Bruder Thomas wurde 2002 in Afghanistan getötet. Eine Bombe am Straßenrand.«

Ich hielt inne, weil ich nicht wusste, wie ich reagieren sollte. »Edward«, sagte ich und griff nach seiner Hand, »das tut mir so leid. Du musst nicht weitererzählen, wenn es zu schwer ist.«

»Ist schon okay. Ich rede gern über Thomas, weil er nicht in Vergessenheit geraten soll. Er hat gelebt, er ist gestorben, und er ist immer noch mein großer Bruder. Er war zwanzig, als er getötet wurde, und für mich war er eine Legende. Er war mutiger, als wir alle je sein könnten.« Edward wirkte sehr ruhig und gefasst. Ich wäre sicher in Tränen aufgelöst.

»Das war er ganz bestimmt. Es ist schön, dass du liebevoll von ihm sprichst und nicht traurig.«

»Das tun wir alle. Annabelles ältester Sohn ist nach ihm benannt, und Mum und Dad haben ihm zu Ehren einen Baum bei dem Heim gepflanzt, den die Bewohner mit selbst gebastelten Anhängern dekorieren. Für sie ist er sehr wichtig.« Edward lächelte traurig und fasste sich dann wieder. »Aber lassen wir uns einen schönen Abend davon nicht verderben.«

»Nein, es stört mich nicht. Ehrlich, es berührt mich sehr, dass du es mir erzählt hast. Er ist dein Bruder, natürlich sollten wir an ihn denken.« Ich hob mein Champagnerglas. »Auf Thomas, deinen großartigen Bruder«, sagte ich, und Edward stieß, schon sehr viel fröhlicher, lächelnd mit mir an.

Dann erzählte ich von meiner Familie, von Kaths letzten Bastelphasen (der Spitze, den Pompons, den Muscheln und jetzt dem Lavendel), Lylas Begeisterung für Musik und Tanz, und auch über Mum und Dad sprach ich ein wenig. Nachdem seine Eltern so wundervoll klangen, wollte ich mich nicht weiter darüber auslassen, dass meine Eltern sich nur um ihren Rotary Club und ihr Rentnerleben in Cornwall kümmerten.

Wir unterhielten uns angeregt, und plötzlich hatten wir fertig gegessen und die meisten Gäste das Lokal schon verlassen.

Ich bot an, mich um die Rechnung zu kümmern oder wenigstens meine Hälfte zu übernehmen, doch Edward wollte davon nichts wissen. Aber nicht auf eine überhebliche »Ich bin so viel besser als du«-Art, sondern auf »Freunde, die etwas zusammen essen«-Art. Wer war ich schon, dass ich mit einem Mann diskutierte, der mir unbedingt Essen für die Seele und Blubberbläschenwasser kaufen wollte? Beim nächsten Mal würde ich zahlen. Aushalten lasse ich mich nicht.

»Also«, sagte ich etwas angeheitert, »ich sollte jetzt zum Bahnhof gehen.«

»Das musst du nicht. Meine Airbnb-Wohnung passt super zu Makkaroni mit Käse und Moët. Und zu dir.«

»Was schlagen Sie vor, Mr Edward aus New York?« *Vielleicht bin ich nicht nur ein bisschen angeheitert,* dachte ich, als ich seine Krawatte befingerte und hoffte, es sah nach einer verführerischen Geste aus und nicht nach einer betrunkenen Frau, die sich an einer Efeuranke festhielt.

»Ich glaube, Sie wissen, was ich vorschlage, Ms Robin aus Cambridge«, sagte er, nahm meine Hände von seiner Krawatte und küsste mich. Ich schloss die Augen. Champagnerküsse sind toll.

Wir gingen in die frische Nachtluft hinaus, und dann standen wir unter der sich drehenden Ballerina vor dem Theater auf der anderen Straßenseite und küssten uns. Ich vergrub meine Hände in Edwards Haaren, drängte mich gegen ihn und ignorierte die mittelalte Frau mit dem Pelzkragenmantel und ihre missbilligenden Geräusche ebenso wie die alten Säcke, die, aus dem Pub in der Nähe kommend, an uns vorbeistolperten und uns anzügliche Dinge zuriefen.

»Lässt du den Zug sausen?«, fragte Edward und lehnte sich zurück.

»Wie weit ist es bis zu dir?« Ich küsste ihn wieder.

»Zwei Minuten«, murmelte er an meinem Mund.

Hand in Hand gingen wir zu ihm und blieben ab und zu unter einer Straßenlaterne stehen, um uns zu küssen. Etwas mehr als zwei Minuten später stolperten wir durch seine Tür. Er zog mir mein hübsches kurzes Kleid über den Kopf, fummelte am BH-Verschluss herum, und ich zerriss beinahe seine Krawatte. Etwa vier Sekunden lang war das sexy, und dann hielten wir inne und lächelten uns an, als uns klar wurde, dass ich mich besser selbst um den störrischen Verschluss kümmerte und er sich um seine Krawatte.

Rückwärts gehend führte er mich zu dem Bett auf der anderen Seite des schicken Studioapartments mit den Ziegelwänden und zog mich auf sich, während wir auf die Matratze fielen. Ich war so froh, dass ich mir die Beine rasiert hatte, zueinander passende Unterwäsche trug (okay, zumindest waren beide Teile schwarz und mit Spitze) und eine säuberlich gestutzte Bikinilinie hatte. Ich fühlte mich gut. Er fühlte sich gut an unter mir. Alles fühlte sich gut an. Und das tat es auch die nächsten zwei Stunden, bis wir verschwitzt waren und vor Erschöpfung keuchten. Gut.

Als ich mich am nächsten Morgen nach dem Frühstück mit einem Kuss verabschiedete, fühlte ich mich leicht und fröhlich und freute mich auf ein gemütliches Wochenende mit meinen Mädchen.

SECHS

April

Natalie ist zurück! Sie und Martin haben ein unglaubliches Sabbatical mit Reisen verbracht, aber jetzt stürzt sie sich wieder mit mehr Leidenschaft als je zuvor in die Agentur.

Sosehr ich es genossen habe, dass ich die Leitung übernehmen durfte, bin ich auch froh, dass sie wieder da ist. Ich habe alles zusammengehalten – das stimmt. Ich habe viel über Management gelernt und wie man ein Unternehmen führt, aber es war richtig, richtig hart. Ich würde es niemandem gegenüber zugeben, nicht einmal Natalie gegenüber, aber ich habe mich ein bisschen wie eine Hochstaplerin gefühlt. Jeden Tag komme ich mit hocherhobenem Kopf herein, in der manikürten Hand den Thermobecher (ein weiteres Gespräch mit hilfreichen »Tipps« von Skye hätte ich nicht ertragen), und ich bilde mir gern ein, dass ich meine Arbeit mit Würde und Selbstvertrauen erledige, aber eigentlich habe ich mich jeden Tag furchtbar unsicher gefühlt. Nicht so schlimm wie bei der Großen Leere letztes Jahr, als ich an einem absoluten Tiefpunkt angelangt war, aber ich habe immer noch ein bisschen Angst, dass mich jemand durchschaut und sagt: »Du hast Angst, das hier zu vermasseln, nicht wahr?«, oder: »Du bist vielleicht gar nicht so gut, wie alle immer denken.« Niemand hat das laut gesagt, aber nach ein paar Momenten, die mich wirklich gefordert haben, bin ich ganz froh, es wieder etwas ruhiger angehen lassen zu können. Ich freue mich, etwas zu den wöchentlichen Kreativmeetings beitragen zu können, sie aber nicht leiten zu müssen und mich nicht von hippen Mittzwanzigern untergraben fühlen zu müssen, die mich für eine alte Oma halten, weil ich einmal gefragt habe, wie man Insta-Storys mit Filtern versieht. Ich werde mich immer noch um viel kümmern – leider auch um die Dienstpläne – und Aufgaben im Büro haben, aber allein das Wissen, dass Natalie wieder am Steuer ist, ist eine Erleichterung. Ich bin stolz auf mich, aber auch bereit, wieder mit Make-up zu arbeiten. Ich liebe es, einen Look zu kreieren, herauszufinden, womit sich Kunden schön fühlen oder wie ein Model vor der Linse zum Leben erwacht. Ich liebe es, etwas zu tun, in dem ich gut bin.

»Ich habe Neuigkeiten«, verkündet Natalie bei unserer ersten Teamsitzung mit einem breiten Lächeln. Sie wirkt so voller Energie, und ihre dunkelbraune Haut strahlt vor Frische. Die Auszeit mit Martin hat sie ganz offensichtlich belebt und ihr neuen Schwung verliehen. »Wir haben da etwas hereinbekommen, zu dem ich während meiner Abwesenheit recherchiert habe …«

Gott, sie gibt wirklich nie Ruhe. Wenn ich mit meinem wunderbaren Mann durch die Serengeti reisen würde, würde ich nicht meine E-Mails lesen. Natalie ist eine Maschine. Eine Maschine, die an den unwahrscheinlichsten Orten WLAN finden kann.

Wie aufregend! Und ein willkommener Themenwechsel, nachdem Skye damit angegeben hat, wie sehr sie in Natalies Abwesenheit brilliert und von *allen* ihren Kunden ein ausgezeichnetes Feedback bekommen hat. Natalie war beeindruckt. Darüber sollte ich mit ihr reden. Ich habe die Arbeit am Set vermisst. Meine Ausrüstung setzt Staub an, und ich bin eifersüchtig auf Skye, die sich kreativ dermaßen austoben kann. Ich muss da wieder raus. Ich hoffe, dass die jüngere, lebendigere Skye mich nicht verdrängt. Man weiß, dass man älter wird, wenn man sich über die Jüngeren Sorgen macht. Bis vor zwei Minuten war ich die Jüngere. Wo ist die Zeit geblieben?

Ich konzentriere mich wieder auf das Meeting und spüre aufgeregte Erwartung in der Runde.

Natalie holt Luft und spricht weiter: »In fünf Monaten ist die London Fashion Week, auf der die Kollektionen für das Frühjahr 2019 präsentiert werden. Es ist das größte Modeevent des Jahres, und es wäre eine große Sache, wenn wir dabei wären. Mara Isso hat uns gebeten, einen Pitch für Haare und Make-up für ihre neue Kollektion einzureichen.«

Alle schnappen nach Luft.

Mara Isso bringt jedes Jahr umwerfende Kreationen auf den Markt und setzt ständig neue Maßstäbe in Sachen Kreativität.

»Wir haben weniger als einen Monat, um einen erstklassigen Pitch vorzubereiten!«

Alle sehen sich mit vor Aufregung großen Augen an.

»Dieses Jahr«, fährt Natalie mit funkelnden Augen fort, »verstößt Mara wieder gegen die Normen und ändert alles. Ihr ist der eklatante Mangel an positivem Körperbewusstsein bei der durchschnittlichen britischen Frau aufgefallen, und deshalb hat sie beschlossen, das Bild von Schönheit in der Mode- und Beautyindustrie zu verändern und auf dem Laufsteg nur Plus-Size-Models verschiedener ethnischer Herkunft einzusetzen.«

Das ist der Hammer.

Kareem murmelt leise »Was zum Teufel?«, und ich steuere ein »Hurra!« bei. Darauf haben wir gewartet. Ein Hoffnungsschimmer für Frauen, die in Zeitschriften nur Körper sehen, die keinerlei Ähnlichkeit mit ihrem eigenen haben. Seit meinem Aufenthalt in New York im letzten Jahr ist das genau die kreative Gelegenheit, auf die *ich* gewartet habe.

»Das ist ein großer Schritt. Plus-Size-Models haben wir schon gesehen, aber noch nie hat eine Top-Designerin den ganzen Laufsteg mit Models besetzt, die alles andere sind als unglaublich dünne, große Frauen mit alabasterweißer Haut, die irgendwie krank aussehen, um ganz ehrlich zu sein«, fährt Natalie fort. »Wie immer wird Mara aufs Ganze gehen, und das Level müssen wir halten. Sie hat mir ein paar Muster geschickt, und sie sind … atemberaubend!«

Sie sieht uns nacheinander an.

»Das ganze Team wird zusammenarbeiten müssen, aber ich glaube, dass wir die Fähigkeiten, die Finesse und die kreative Dynamik besitzen, um das zu schaffen!« Ich höre die Entschlossenheit in ihrer Stimme.

»Vergesst nicht, wir treten gegen einige der besten an. Wir haben nicht viel Zeit. Zwei Wochen für Recherchen, Entwürfe und das Design, eine Woche zur Verfeinerung und um den Pitch zu üben. Dann stelle ich ihnen alles in ihrem Büro vor. Ich habe vollstes Vertrauen in uns. Seid ihr dabei?«, beendet sie ihre Ansprache mit einem Lächeln.

Ich öffne schon den Mund, doch Skye kommt uns allen zuvor.

»*JA!* Natalie, das ist unglaublich! Das rocken wir, oder, Leute?«, wendet sie sich an das restliche Team. Alle nicken und stimmen ihr fröhlich zu, als sei sie ihre oberste Anführerin. »Und wir sind das richtige Team für den Job – schließlich haben wir die perfekte Mischung aus jungen, trendbewussten Leuten« – sie deutet auf sich – »zusammen mit unkonventionellen Körpern und Gesichtern, die wir normalerweise nicht auf dem Laufsteg sehen.« Sie sieht bedeutungsvoll zu mir. Ich koche innerlich, werde mir das aber nicht anmerken lassen.

»Ich bin wirklich begeistert«, sage ich. »Es ist fantastisch, sehr viel realere Frauen auf dem Laufsteg repräsentiert zu sehen. In Kleidern, die für uns alle tragbar sind.«

»Genau, Robin, du sagst es. Das ist eine große Sache für die Mode, für das allgemeine Bild von Schönheit, für Frauen. Es wäre eine Ehre, diesen Auftrag zu bekommen, außerdem natürlich ein lukratives Geschäft«, erwidert Natalie.

Ha! Nimm das, makellose Skye!

»Skye«, fährt Natalie fort. »Ich möchte, dass du die erste Phase leitest. Alice, bitte such alle Angebote heraus, die wir jemals für Laufstegaufträge erstellt haben. Stuart, blocke bitte vorläufig für alle die betreffende Woche im September.«

Fuck. Sie will, dass *Skye* alles leitet? Bisher hat sie mich nicht einmal erwähnt. Wie bitte? Habe ich während ihrer Abwesenheit meine Sache nicht gut genug gemacht? *Teamarbeit,* rufe ich mir in Erinnerung und versuche, ein überzeugendes Lächeln aufzusetzen.

»Robin, ich möchte, dass du den ganzen Pitch überwachst. Du hast letztes Jahr in New York großartige Arbeit geleistet, und in den letzten Monaten auch. Ich brauche deine Erfahrung bei dieser Sache, und ich weiß, dass du und Skye zusammen etwas Unglaubliches erschaffen werdet.«

Skye wirkt so entzückt wie ich, also in etwa wie eine Frau, die gerade aus Versehen ein Foto ihres Ex gelikt hat.

»Kein Problem, Nat, das wird total lit«, sagt Skye, die sich rasch wieder gefasst hat.

Nat? *Lit?*

»Ja … Großartig, wir fangen gleich an«, meine ich in etwas verständlicherer Sprache, während ich mir vornehme, herauszufinden, was das bedeuten soll. Vielleicht sollte ich es in mein Vokabular übernehmen, um meine »Street Credibility« zu erhöhen. Sagt man heute überhaupt noch »Street Credibility«?

Vier Stunden später ist die Aufregung des Meetings abgeklungen, ich habe meine Verwaltungsarbeit erledigt und denke jetzt über den Pitch nach. Wir müssen dynamisch sein, lebendig. Wir müssen herausstechen. Das wird ein Fest. Frauen mit Plus-Size-Körpern werden die Laufstege der London Fashion Week entlangspazieren, und das ist wirklich ein Grund zum Jubeln. Ich bin nicht begeistert, dass ich eng mit der Diva Skye zusammenarbeiten soll, aber ich freue mich sehr auf den Auftrag und darauf, ein Teil von etwas Großem zu sein. Ich dachte, das Filmset in Manhattan letztes Jahr wäre *das* Highlight meiner Karriere gewesen, aber wenn wir diesen Job bekommen, wenn mein – okay, unser – Pitch gewinnt, dann würde das mein Arbeitsleben auf ein ganz neues Level heben!

Ich schicke gleich eine Mail an Skye, die schon nach Hause gegangen ist, um die richtigen »Vibes« für das Angebot zu finden.

Hey! Ich freue mich total auf die Arbeit an dem Pitch, das wird sicher richtig lit.

Ich habe es gegoogelt, es heißt »gut«. Das wird einfach. Ich schaffe das.

Warum setzen wir uns morgen nicht zusammen, oder gehen am Abend was trinken und werfen mal unsere Ideen in einen

Topf? Die Zeit ist knapp, aber ich weiß, dass wir bis Freitag etwas Tolles für Natalie zusammenstellen können, das sie dann aufhübscht.
Robin

Na also. Es hat überhaupt keinen Sinn, sich wegen der Zusammenarbeit mit ihr zu stressen. Sie ist unsere kreativste Mitarbeiterin, und ich weiß, dass sie tolle Ideen haben wird. In der Zwischenzeit werde ich meine eigenen Recherchen durchführen. Diesmal wird kein Ausflug zu Pinterest und den üblichen Mode- und Beautybloggern reichen, um Natalie zu zeigen, dass ihr Vertrauen gerechtfertigt ist. Skye wird einige Killerlooks kreieren, aber ich soll das große Ganze im Blick behalten – die Geschichte hinter diesen Looks erzählen. Ich denke an die ganzen Gutenachtgeschichten, die ich Lyla erzählt habe. Genau das ist es – Märchenstunde. Showtime.

Als ich Lyla um fünf Uhr nachmittags von der Hausaufgabenbetreuung abhole, läuft mein Gehirn immer noch auf Hochtouren. Ich habe den ganzen Nachmittag meine Inbox ignoriert und alte Ausgaben der *Vogue* auf der Suche nach Inspiration durchgekämmt. Das wird doch sehr viel schwerer als bisher gedacht. Es ist nicht leicht, wirklich *neue,* erfrischende Beauty-Ideen zu finden. Ich will, dass unsere Models herausstechen. Maras Muster sind alle hinreißend, in lebhaften Farben – Butterblumengelb, Limettengrün, Akzente in Neonrosa. Aber alles fließt auf dem Stoff wie Wasserfarben nahtlos ineinander. Ich habe ein paar mutige Sachen wie falsche Wimpern in leuchtenden Farben überlegt oder sogar farbige Augenbrauen und sie mir notiert, um mit Skye darüber zu sprechen. Wir müssen uns ranhalten und Natalie bald unsere Ideen präsentieren …

»Mummy!«, ruft Lyla glücklich, als ich sie abhole.

»Lyla!«, rufe ich im selben Tonfall zurück. Ich nehme ihre Büchertasche, fasse ihre Hand und gehe mit ihr durch die großen Eisentore zum Auto.

»Heute war es so toll! Mr Ravelle hat einen Vortrag zum Brandschutz gehalten, und ein Feuerwehrmann war auch dabei, und dann sind wir nach draußen gegangen, und eine Feuerwehrfrau hat uns erlaubt, uns in das Feuerwehrauto zu setzen, und Roo hat die Sirene eingeschaltet, auch wenn er das nicht durfte, und Mr Ravelle wurde total rot und fleckig«, sprudelt Lyla hervor und kann vor Aufregung kaum geradeaus laufen. Skandale für Siebenjährige sind ganz schön niedlich.

»Wow! Das scheint ja ein unglaublich verrückter Tag gewesen zu sein«, sage ich lächelnd. Ich wünschte, ich hätte den Tag mit heißen Feuerwehrmännern verbracht. »Weißt du, was ich gemacht habe?«, frage ich, als wir ins Auto steigen.

»Fernsehen geschaut?« Sie zuckt mit den Schultern.

Glaubt sie wirklich, dass ich so meine Tage verbringe?

»Äh, nein«, antworte ich stirnrunzelnd und mache mir etwas Sorgen, weil das ihr erster Gedanke gewesen war.

»Leute geschminkt?«, vermutet sie ebenso beiläufig.

»Auch nicht, aber ich war im Büro«, erwidere ich und hoffe, dass sie noch einmal rät.

»Keine Ahnung«, sagt sie und wirft theatralisch die Hände in die Luft.

»Na gut, ich erzähl's dir. Es ist total aufregend! Eine berühmte Modedesignerin will, dass wir uns um ihre Show bewerben!«, verkünde ich begeisterter als gedacht.

»Hm?« Ich werfe Lyla einen Blick im Rückspiegel zu, und sie hat keine Ahnung, wovon ich rede. Natürlich. Ich muss das kinderfreundlicher verpacken.

»Also, da ist eine Frau, die heißt Mara Isso, und sie macht wunderschöne Kleider. Sie wird sie bei einer großen Show allen

Leuten zeigen. Models werden die Kleidungsstücke vorführen, und sie hat mich und Natalie gefragt, ob wir sie schminken wollen.« Nicht ganz die Wahrheit, aber verständlicher.

»Ach so, ein Make-up-Shooting! Kann ich mitkommen?«, fragt Lyla, die das Ganze jetzt besser versteht und spürt, dass es aufregend werden könnte.

»Das weiß ich nicht.« Mist, ich will ihr nicht sofort wieder die Stimmung verderben. »Weißt du, was total spannend ist?«

»Was?« So richtig interessiert klingt sie allerdings nicht.

»Die Models werden alle aussehen wie völlig normale, glückliche Frauen, wie Mummy und Finola und Gillian!«, verkünde ich und quietsche fast vor Freude.

»Und? Sie sehen doch immer so aus.«

Wie schön, dass meine siebenjährige Tochter keinen Unterschied zwischen mir und einem Model macht.

»Nun, ja, aber normalerweise werden für so was nur sehr, sehr dünne und richtig, richtig hübsche Models ausgewählt. Dieses Mal werden ganz verschiedene Frauen dabei sein – weiße und schwarze und welche mit brauner Haut. Manche werden nicht so dünn sein, sondern einfach ganz reizende normale Menschen«, erkläre ich und lächele ihr im Rückspiegel zu. Dieser wunderschöne Moment, in dem ich ihr etwas über Selbstliebe beibringe, ist mir richtig gut gelungen.

»Sind die Frauen dann fett?«, fragt Lyla, ohne zu zögern.

Wie bitte? »Es werden Models mit allen Körperformen und -größen dabei sein, Lyla. Plus Size heißt, dass man ein bisschen kräftiger ist und sehr hübsch. Und das ist das Tolle daran – wir sollten überhaupt nicht alle gleich aussehen wollen«, sage ich so taktvoll wie möglich. So hatte ich mir den Gesprächsverlauf nicht vorgestellt.

»Fett ist eklig! Sie müssen eine DASH-Diät machen!«, entgegnet Lyla nachdrücklich.

Vor Schock trete ich fast auf die Bremse. Warum sagt mein reizendes Mädchen das nur? Und woher zum Teufel hat sie das?

»Lyla! Wer hat dir das erzählt? Was ist eine DASH-Diät?«, frage ich entsetzt.

Sie senkt den Kopf. Sie ist sieben, sie weiß, was »fett« heißt. »Corinthia hat es mir gesagt. Sie hat gesagt, ihre Mum ist so fett, dass es eklig ist, und sie muss ihr Mittag- und ihr Abendessen aus kleinen Dosen aus dem Kühlschrank essen.« Lyla gibt das so sachlich wieder, als ob sie mich informieren würde, dass es später regnen soll. »Corinthia hat gesagt, ihre Mum lässt was an ihrem Busen machen und würde im Herbst dann umwerfend aussehen.« Die letzten zwei Worte sagt sie mit einer Stimme, die wohl Val nachahmen soll. Wahrscheinlich hat Corinthia es auch getan.

Den Rest unserer kurzen Fahrt schweige ich sprachlos.

Wir biegen in die Auffahrt ein und genießen es, dass unser neues Haus so nahe bei der Schule liegt (wenn das Wetter besser wäre, könnte ich auch laufen). Ich atme tief durch. Das kann nicht warten. Ich schnalle mich ab und drehe mich zu Lyla um. Blickkontakt ist entscheidend.

»Hör mal, das ist wirklich wichtig.« Ich versuche so ruhig wie möglich zu sprechen. »Jeder Mensch sieht anders aus, und das ist okay. Wenn jemand ›fett‹ ist, heißt das nur, dass sein Körper etwas größer ist als der von anderen Menschen. Das hat nichts mit dir zu tun, und du darfst das auch nicht ›eklig‹ nennen. Wir sprechen nur nett über andere Leute, und ›eklig‹ ist nicht nett, wenn man das über jemand anderen sagt. Du wärst sehr traurig, wenn dich jemand so nennen würde, und ich wäre es auch. Corinthias Mummy ist sehr hübsch.« Autsch, das tat weh. Ich kann die Frau nicht ausstehen. »Wenn Corinthias Mummy dick oder dünn wäre, groß oder klein, sie wäre immer noch schön, weil jeder Mensch etwas Besonderes an sich hat.«

»Warum macht sie dann Diät und isst ihr Essen aus Tupperdosen?« Lyla klingt verwirrt.

»Was Corinthias Mummy mit ihrem Essen macht, geht uns nichts an. Das ist ihre Sache. Okay?«

»Aber warum lässt sie dann was an ihrem Busen machen, damit er größer wird?«

»Nun, das ist ihre Entscheidung. Wenn sie es machen möchte, dann darf sie das, weil es ihr Körper und ihre Wahl ist«, erwidere ich und nehme mir vor, Gillian und Finola dieses Detail über unsere »Busenfreundin« sofort zu erzählen (haha, guter Witz). Dann hatte ich also recht – Botox und OP, ha!

»Aber *sie* hat gesagt, sie ist fett und eklig. Corinthia hat mir gesagt, dass ihre Mum das gesagt hat. Nicht *ich* sage das!« Lyla ist frustriert, weil sie sich bei diesem aufgezwungenen Gespräch ungerecht behandelt fühlt.

»Aber du gibst es weiter. Du solltest Corinthia antworten: ›Nein, deine Mummy ist schön.‹ Und dann macht ihr etwas anderes. Wir Mädels müssen zusammenhalten. Wir dürfen keine bösen Sachen sagen und uns gegenseitig traurig machen, nicht wahr?« Bei der letzten Frage hebe ich die Augenbrauen.

»Nein.« Lyla nestelt an ihrem Rocksaum und sieht mit großen Augen zu mir auf. »Mummy, ich finde, du bist wunderschön, die schönste Mummy von allen.«

Mein Herz schmilzt. Was für eine Schmeichlerin.

»Baby, ich finde, du bist die perfekteste Lyla auf der ganzen Welt. Sollen wir reingehen und Fischstäbchen essen?«

Wir wunderschönen Menschen steigen aus, gehen die wunderschöne Auffahrt entlang, ins Haus und essen wunderschöne Fischstäbchen, Kartoffelbrei und Bohnen. Die Krise ist hoffentlich abgewendet.

SIEBEN

Am nächsten Morgen spiele ich auf der Fahrt zur Schule »I Am Woman« von Helen Reddy, um die Botschaft von selbstbewussten Frauen nachdrücklich zu vermitteln. Hoffentlich nimmt Lyla die unterschwellige Botschaft auf, dass jeder Mensch ein Sieger ist, und nennt nie wieder jemanden fett oder eklig. Auch wenn ich es ehrlich gesagt nicht erwarten kann, den anderen von der vermutlichen Brustvergrößerung zu erzählen! Dann rufe ich mich zur Ordnung, denn auch wenn Val gemein ist, sollte ich mich an meinen eigenen Rat halten.

»Guten Morgen!«, zwitschert Skye in dem Moment, in dem ich mich an meinen Schreibtisch setze. Wie immer ist sie topmodisch gekleidet. Heute trägt sie locker sitzende »Boyfriend-Jeans« (ich wette, dass sie nicht ihrem Freund gehören, denn seine Schenkel sind derart Proteinshake-gestählt, dass er Hosen in Übergröße braucht), in die sie ein verwaschenes Gucci-T-Shirt gesteckt hat. Um den Hals trägt sie eines dieser kleinen schwarzen Plastikbänder, die Haare sind zu zwei Knoten auf dem Kopf gedreht. Sollten sich die Spice Girls reformieren, würde sie perfekt dazupassen. Sie wäre dann Beauty Spice. Oder Sassy Spice. Oder Arrogant Spice.

Mir wäre es lieber, wenn Skye mir noch ein wenig Zeit gäbe, erst mal das Wichtige wegzuarbeiten – also den Deal des Tages bei Amazon zu checken und einmal bei Facebook durchzuscrollen (selbst die professionellsten Businessmenschen machen das sicher auch). Doch hier ist sie schon, mit einer gebraucht aussehenden, aber natürlich ultratrendigen Leinentasche über der Schulter und einem Make-up, das ganz offensichtlich von Kylie Jenner inspiriert ist. Skye steht es allerdings sehr viel besser, was echt frustrierend ist. Sie ist hinreißend.

Sie kommt mit ihrem Bambusbecher, in dem irgendetwas Gesundes ist, herein und setzt sich mir gegenüber.

»Also, ich habe über den Mara-Isso-Job nachgedacht. Das ist eine ganz schön große Sache«, sagt sie, als wäre ich ein Frischling in der Branche.

»Äh, ja, richtig groß«, antworte ich gespielt fröhlich, damit sie nicht merkt, wie genervt ich von ihr bin. Oder dass ich unterschwellig Angst vor ihr habe.

»Wir brauchen daher ein aufwendiges Make-up«, fährt sie bestimmt fort und präsentiert mir ihre Ideen. »Ich dachte an ein paar Spezialeffekte mit Holo, verlängerten Wimpern, vielleicht ein bisschen geschicktes Strobing. Was hältst du von Bodyart? Körper bemalen, Körper zu Kunstwerken gestalten, tolles Konzept. Vielleicht könnten wir auch trendige Tattoos und Körperschmuck nehmen. Nichts total Verrücktes, aber hier und da etwas, das neugierig macht, was die Models herausstechen lässt.«

Skye lehnt sich auf ihrem Stuhl zurück und trinkt selbstzufrieden ihren Schlammsaft (Storie wüsste wahrscheinlich sofort, was es ist – Holzkohle-Matcha-Kurkuma-Irgendwas).

Ich atme tief durch, um eine Antwort herauszuzögern, und versuche, mir ihre Vorschläge vorzustellen. Holografisches Make-up ist schwierig, kann aber bei entsprechendem Können toll aussehen. Skye hat großes Talent für Spezialeffekte, weshalb sie da sicher etwas Umwerfendes kreieren wird. Wimpern? Ja, Wimpern sind immer schick, und ich könnte meine Idee einbringen, sie zu färben und damit an jedes Outfit und jede Hautfarbe entweder anzupassen oder in Kontrast zu setzen. Mit Bodyart, Tattoos und Körperschmuck würden die Models auf jeden Fall »herausstechen«.

»Einzeln gefallen mir alle Ideen sehr gut, aber sind sie das Richtige? Sollte nicht die Kleidung am meisten für sich sprechen?«, frage ich, während ich noch über ihre Vorschläge nachdenke und mir meine neongrünen Wimpern zusammen mit holografischem

Make-up, Piercings, Airbrush-Farbe, Bodyart und Glitzer vorstelle. Vielleicht ist das alles ein bisschen viel?

»Ich will aber, dass die Models auffallen. Sie sollen so wild aussehen, dass einem die Kleider völlig egal sind«, antwortet sie nachdrücklich.

»Aber das ist doch der Witz an der London Fashion Week. Die Mode. Die Kleidung. Die Outfits«, entgegne ich freundlich.

»Das weiß ich, aber das ist unsere Chance, richtig aufzutrumpfen«, sagt Skye, ohne zu zögern, und sieht mich an, als sei ich langsam von Begriff.

Doch ich glaube, *sie* kapiert es nicht. Ich vermute, dass sie es als Chance sieht, ihre Arbeit in allen Facetten zu präsentieren. Was zum Teil ja auch zutrifft, aber sie versteht den tieferen Sinn dahinter nicht. Ich will ihre Ideen und ihre Kreativität aber nicht abqualifizieren, weil sie wirklich gut ist – sosehr sie mich auch in den Wahnsinn treibt – und ich sie auch nicht verletzen will. Deshalb muss ich diplomatisch vorgehen.

»Ich verstehe, was du sagst«, fange ich an. »Mir gefällt sehr gut, wie du der Vorgabe, etwas Besonderes zu machen, deinen ganz persönlichen Skye-Anstrich verpasst hast – deshalb hat Natalie dir auch die Leitung über den kreativen Teil übertragen, weil du das großartig kannst. Ich finde nur, dass du vielleicht ein bisschen zu viel Spannendes hineinpackst, verstehst du? Vielleicht sollten wir uns deine Ideen, die jede für sich super ist, einzeln ansehen und entscheiden, was das Beste ist. In Ordnung?«

Skye zuckt mit den Schultern und nickt dann. Mit Schmeicheleien erreicht man alles.

»Gib mir doch deine Vorschläge, und wir sprechen am Nachmittag noch einmal darüber. Vielleicht muss ich sie einfach nur ein bisschen sacken lassen, und dann finden wir den idealen Schwerpunkt«, sage ich in meinem mütterlichsten Tonfall, ohne jedoch überheblich zu klingen. Ein schmaler Grat.

Skye blinzelt. »Wenn du das so möchtest, okay. Ich habe ihn schon gefunden, aber wenn du noch eine Weile darüber nachdenken möchtest, ist das cool für mich.« Offensichtlich kann sie meine diplomatischen Bemühungen nicht wertschätzen. »Wahrscheinlich bin ich einfach sehr schnell, und andere Leute … Nun, du brauchst eben eine gewisse Zeit.«

Meine Güte, sie weiß wirklich, wie sie mich wütend machen kann. Ich lächele angespannt, als sie mein Büro verlässt, und sobald sie aus der Tür ist, öffne ich Facebook und suche das Schwanenvideo. *Das ist keine Prokrastination, sondern Therapie.*

Ein paar Stunden später bin ich mit meinem Latein am Ende. Ich habe mich mehrmals an potenziellen Looks mit Holoeffekten oder Bodyart oder Wimpern oder allem zusammen versucht. Aber ich sehe nicht, wie wir damit zum Ziel kommen sollen. Es passt einfach nicht zusammen. Und die Zeit wird knapp.

Ich schicke Skye eine Nachricht, ob sie im Büro vorbeikommen könnte, wenn sie Zeit hat. Sie wohnt im Ort, ist aber oft bei Shootings oder arbeitet von zu Hause, wie ich es letztes Jahr getan habe. Sie gibt Bescheid, dass sie reinkommen wird. Man kann ihr viel vorwerfen (also, ich zumindest), aber sie zeigt immer Einsatz.

Fünfundvierzig Minuten später sitzt sie wieder in meinem Büro und sieht immer noch makellos aus. Läuft sie daheim wirklich auch so herum? Sie trägt doch bestimmt auch genüsslich weite T-Shirts ohne BH und Jogginghosen?

»Also, ich habe über deine Vorschläge nachgedacht«, beginne ich. Es darf nicht so klingen, als würde ich alle ihre Ideen abschießen, auch wenn ich das letztendlich mache.

»Aha«, meint Skye, während sie beiläufig mit ihrer manikürten Hand den PopSocket an ihrem Handy zusammenschiebt.

»Ich liebe die Konzepte«, fange ich mit etwas Positivem an, »und ich würde sie unglaublich gern mal am lebenden Objekt sehen … Aber für das hier sind sie meiner Meinung nach nicht das Richtige.«

»Da liegst du falsch.« Skye spricht mit so viel untertriebenem Selbstbewusstsein, dass ich sie darum beneide. »Die Mädchen müssen auffallen, etwas Besonderes sein, und meine Idee ist etwas Besonderes.«

»Aber genau das ist der Punkt, Skye, sie sind bereits etwas Besonderes und werden auffallen, weil sie a) Teil von Mara Issos neuer Kollektion sind und b) weil sie die ersten Plus-Size-Models sind, die je für Mara gelaufen sind. Kein anderer Designer wird solche Frauen auf den Laufsteg schicken. Vielleicht müssen wir gar nicht das ganz große Geschütz auffahren.«

»Und was sollen wir sonst machen? Sollen wir sie einfach ungeschminkt losgehen lassen und sagen: ›Schaut sie euch an, sind sie nicht etwas Besonderes?‹«, entgegnet Skye mit leicht giftigem Unterton.

»Ja! Das ist es! O mein Gott, Skye, du hast es auf den Punkt gebracht«, lasse ich mich mitreißen. »Warum entscheiden wir uns nicht für wunderschöne natürliche, seidige Looks, mit locker fallendem Haar, Nägeln in Nude-Tönen, weichen Lippen, sanften Augen, strahlender Haut? Diese Show will zeigen, dass alle Frauen schön sind. Übertragen wir das auf die Haare und das Make-up und lassen ihre innere Schönheit erstrahlen, so kitschig das auch klingen mag.« Mir ist fast schwindelig, so begeistert bin ich von der Idee.

Skye verengt die Augen und runzelt die Stirn. »Dann also kein Bodyart?«, fragt sie in einem letzten Versuch, ihren Willen durchzusetzen. Ich werde sie besänftigen müssen.

»Hör mal, bitte denk nicht, dass mir deine erste Idee nicht gefällt. Sie ist wirklich gut. Ich habe deine Arbeit gesehen und weiß, was du alles kannst. Bodyart und Holoeffekte von dir wären unglaublich gut gemacht. Ich finde nur, dass sie nicht das Richtige für diesen Auftrag sind. Bei einem anderen vielleicht schon, vielleicht sogar bei einer anderen Show von Mara Isso – ja, dann hol die Pinsel und leg los, weil du dafür genau die Richtige bist!«, sage ich lächelnd und nicke so aufmunternd wie möglich. Als würde ich Lyla überzeugen wollen, dass etwas eine echt tolle Idee ist.

»Na gut. Auch wenn ich glaube, dass meine Entwürfe richtig heiß an den Models ausgesehen hätten, egal ob Plus Size oder nicht.« Sie ist verärgert, nimmt es aber besser an, als ich gedacht hätte. »Mir ist schon klar, dass das ein wichtiger Moment für die Modeindustrie ist, ich bin ja nicht dumm. Ich weiß, dass Frauen davon profitieren werden. Ich weiß, dass es lit wird. Dann eben natürliche Schönheit«, sagt sie und legt die Hände auf die Knie. »Klar.«

»Juhu!«, jubele ich, doch Skye wirft mir einen Blick aus den Augenwinkeln zu, als hätte ich etwas Verrücktes gesagt. »Ich glaube, wir haben es. Bald wird niemand mehr aus einem Klamottenladen gehen und sich schlecht wegen seiner Figur fühlen! Es ist so toll, dass jemand endlich etwas dagegen tut, und mit solchen Ideen sind wir vielleicht ein Teil davon. Juhu!!«

»Was du für komische kleine Wörter kennst«, sagt sie leise und steht kopfschüttelnd auf.

»Ja, ich weiß, und du bist so lit«, entgegne ich sarkastisch, doch die Ironie ist an sie vergeudet. »Ist es okay, wenn du einen vorläufigen Entwurf anfertigst? Ein paar Face Maps, Produktempfehlungen, ein paar Bilder, die unsere Vision illustrieren sollen, und ich schicke dir dann den Angebotstext?« Ich freue mich schon darauf, die Geschichte hinter den tollen Looks zu erzählen, die Skye ganz sicher finden wird.

»Ende der Woche ist alles fertig«, versichert sie.

»Super! Dann hat Natalie genug Zeit, um alles perfekt zu machen, bevor der Pitch offiziell eingereicht wird.« Ich liebe diese neue Rolle, dass ich aus dieser Richtung kreativ sein kann. Da ist dieser Kitzel wieder. Ich habe das aufregende Gefühl vermisst, hervorragende Arbeit zu leisten, wie letztes Jahr, als es in Manhattan so gut lief. Doch jetzt ist diese belebende Aufregung wieder da, die Freude. Ich kann es gar nicht erwarten, wieder kreativ zu arbeiten, vor allem bei einem so bahnbrechenden Projekt wie diesem hier. Wenn Skye nicht noch in meinem Büro säße, würde ich die Siegerfaust in die Luft stoßen.

»Klar«, sagt Skye ruhig und vielleicht ein kleines bisschen weniger begeistert als ich.

Egal. Das Leben ist gerade so schön, dass ich genug Begeisterung für uns beide habe.

ACHT

Die ganze Woche gehe ich wie auf Wolken. Nachdem ich das Grundkonzept des Pitchs angelegt hatte, wurde ich zu zwei Shootings gerufen (einem Werbekatalog und einer Hochzeitsprobe), habe Lyla zu drei verschiedenen Spielverabredungen kutschiert (dieses Kind hat ein sehr viel aufregenderes Sozialleben als ich) und diverse Anrufe einer aufgelösten Lacey entgegengenommen, die ihre Periode bekommen hat, obwohl sie sich diesen Monat doch so sicher gewesen war. Ich weiß nicht mehr, was ich ihr noch sagen soll, außer wie leid es mir tut. Ich spüre ihren Schmerz durch das Telefon und würde so gern alles für sie in Ordnung bringen, aber das kann ich nicht.

Als ich mich am Freitagabend auf unser altes Sofa setze (das Haus mag ja neu und groß sein, aber die bequemen, braunen, abgewetzten Ledersofas werde ich nie hergeben, auch wenn die Ritzen voller Krümel sind und sich unter den Kissen das eine oder andere Ferrero-Rocher-Papier versteckt), merke ich plötzlich, wie erschöpft ich bin. Der Text für den Pitch liegt bei Natalie, Simon hat Lyla heute von der Schule abgeholt und behält sie bis Montag bei sich, und vor mir erstreckt sich das ganze Wochenende. Nachdem die Woche so stressig war, habe ich nicht einmal daran gedacht, etwas zu planen. Eigentlich sollte ich ein paar Vlogs zum Thema Speedputzen anschauen, das Haus in Ordnung bringen, die Schubladen mit Kleinkram aussortieren, meine Make-up-Ausrüstung überprüfen und die Bügelwäsche erledigen. Stattdessen schreibe ich an Edward.

Ein kleiner Vogel hat mir gezwitschert, dass du dieses Wochenende in der Stadt bist.

Er antwortet umgehend.

Ist das kleine Vögelchen ein aufmerksamer Facebook-Stalker?

Mist.

So schwierig war das nicht. Du hast in Heathrow »eingecheckt«, dann im Ace Hotel. Auf der Flucht wärst du ganz schlecht.

Wie gut, dass ich nicht auf der Flucht bin! Wollen wir was machen?

Das klingt so unkompliziert. Theo hätte das nie gesagt. Er wäre viel zu sehr damit beschäftigt gewesen, Fahrer zu buchen und Museumstouren oder – wahrscheinlicher – Ausreden, um mich nicht zu sehen, sodass ich mich elend fühle. Der gute alte sexy

Edward, der sich klar und deutlich ausdrückt. Und bei jedem Treffen wird der Sex immer besser …

Ich denke über die Alternativen nach. Staubsaugen und Bügeln, nur mit YouTube als Gesellschaft, oder heißer Sex und lockere Unterhaltungen mit dem supernetten Edward, der nur eine Woche hier ist und wahrscheinlich sehr einsam sein wird. Ich würde ihm quasi einen Gefallen tun und eine gute Tat vollbringen.

Borough Market, morgen um zwölf?

Bis dann, schöne Frau

Wer braucht schon gebügelte Kleidung?

Am nächsten Morgen verbringe ich eine luxuriöse Stunde im Bad mit Körperpflege und – ganz wichtig – Rasieren. Wir alle wissen, worauf der heutige Abend hinauslaufen wird, und wie jeder gute Freund von Affären weiß, ist Vorbereitung alles. Er soll nicht denken, dass er ein Booty Call ist, aber gleichzeitig will ich mich nicht überraschen lassen.

Mit gemischten Gefühlen denke ich an den Abend im Balthazar zurück. Ich war doch ein wenig betrunkener, als ich dachte. Der rosa Moët floss die Kehle hinunter, und bevor ich michs versah, war ich nicht mehr aufrecht in einem schicken Restaurant, sondern in der Horizontalen im Bett eines Mannes. Die Erinnerung ist etwas verschwommen. Ich dachte eigentlich, ich wäre recht nüchtern, bis ich mich sehr leise und sehr zurückhaltend im Bad übergeben habe. Ich habe beide Wasserhähne zur Tarnung aufgedreht und mir danach die Zähne geputzt. Er hat nichts gemerkt, aber trotzdem. Heute werde ich mich mehr zusammenreißen, mir kein Selbstbewusstsein antrinken und den Stier sozusagen bei den Hörnern packen.

Wir treffen uns am Borough Market, und bevor ich nervös werden kann, werden wir von den Touristenmassen und Hipstern mitgerissen, die eine Million verschiedene Käsesorten probieren wollen, dampfend heißes Streetfood und frisch gepressten Orangensaft. Der Anblick und die Gerüche sind verführerisch: Überall sind Buden oder Tische voll köstlichem Essen, örtlichen Delikatessen, frischen Blumen, Handwerk, Kunstwerken auf Bestellung, und jeder Stand ist umringt von neugierigen Menschen.

Wir bleiben an einem Stand in der Nähe der Tür stehen, und Edward kauft uns überteuerten (meiner bescheidenen Meinung nach, die ich aber natürlich nicht laut aussprechen werde) frisch gepressten Orangensaft. Doch dann trinke ich einen Schluck dieses Götternektars.

»Wow, ich glaube, ich habe noch nie etwas so Gutes probiert«, sage ich, gehe leicht in die Knie und verdrehe unter Wimpernflattern die Augen, als ob ich gleich ohnmächtig werden würde.

»Und was ist hiermit?«, fragt Edward und küsst mich vor allen Leuten. Okay. Mutig. Das gefällt mir.

Ich lächele ihn an, als er zurückweicht, werde dann jedoch von den Rufen eines Markthändlers aus meinen verzückten Gedanken gerissen. »Junge Liebe, was?«, ertönt es, begleitet vom anzüglichen Lachen seines Kollegen.

»So was in der Richtung«, ruft Edward zurück, während ich tiefrot vor Schreck anlaufe. Am liebsten würde ich zurückgehen, den Becher hinknallen und brüllen: Nein, wir sind nicht verliebt! Wir sind kein Paar! Das alles hatte ich fast, und es hat furchtbar geendet. Das hier ist anders. Ich habe die Kontrolle, ich kann nicht verletzt werden. Das hier ist nur Spaß, ohne Verpflichtungen. Halt die Klappe, Markthändler! Stattdessen zwinge ich mich zu einem Lächeln, blicke zu Boden, trinke meinen Saft und sage: »Oh, da drüben haben sie Lavendel! Kath bringt mich um, wenn ich nicht einen Blick darauf werfe.« Ich ziehe Edward mit mir.

Der Stand wäre das reinste Paradies für Kath mit den großen, langen frischen Zweigen, den Zellophantüten mit getrocknetem Lavendel und einer Auswahl an Produkten mit kleinen blauen und lilafarbenen Punkten. Ich nehme ein paar, bezahle bei der Verkäuferin und lege sie in meinen Rucksack. Oder ich versuche es zumindest.

Ich hatte beschlossen, gar nicht erst so zu tun, als würde ich nicht über Nacht bleiben, sondern gleich meinen schwarzen Lederrucksack von Whistles genommen, in dem ich Sachen für eine Nacht unterbringe, anstatt einer kleinen Umhängetasche. Nichts gegen Spontaneität, aber ich möchte wenigstens ein Deo, eine Zahnbürste, frische Kleidung und mein Lieblings-Make-up dabeihaben.

Edward beobachtet mich, wie ich versuche, meine Einkäufe zu verstauen. »Hast du deinen ganzen Haushalt dabei?«

»Haha, nein, ich habe nur …« Ich versuche erneut, die Tüten hineinzuschieben. »… ein paar …« Stopf, stopf. »… notwendige Sachen eingepackt. Für den Tag, meine ich.«

»Ach, nur für den Tag?«, sagt er und verzieht seine frustrierend verlockenden Lippen.

»Ja, Edward, den Tag. Das ist doch ein Tagesausflug, oder?« Ich stelle mich auf die Zehenspitzen und bringe mein Gesicht dicht vor seines.

»Hm, so habe ich das nicht verstanden«, antwortet er leise, seine Lippen so nah an meinen, dass ich ihre Wärme spüre.

»Na, dann ist es ja gut, dass ich bei den Pfadfindern war und immer Sachen zum Übernachten dabeihabe, eine Rolle Zwirn und ein kleines Zelt.« Ich grinse.

»Warum sind wir noch auf dem Markt?«, fragt er und legt seine Hände auf meine Taille.

»Ich habe keine Ahnung.« Ich küsse ihn fest auf den Mund, und es ist mir scheißegal, als der Händler uns wieder etwas zuruft. »Nehmt euch ein Zimmer, ihr zwei Turteltauben! Das hier ist der Borough Market, nicht das Moulin Rouge!«

Fünfundvierzig Minuten und eine aufgeheizte Taxifahrt später sind wir in Edwards Hotelzimmer und er in mir.

Am nächsten Morgen, nach Stunden voller Sex, Unterhaltungen, Haarestreicheln (oh, das Haarestreicheln: Das liebe ich an Edward. Also nicht direkt lieben, aber es gefällt mir sehr) und ausgiebigem Zimmerservice (danke, Luxushotel auf Spesen) drehe ich mich zu meinem Telefon und sehe, dass ich vier verpasste Anrufe von Lylas lahmarschigem Dad Simon habe.

Ich liege nackt und nach Sex riechend mit einem anderen Mann im Bett und will um nichts auf der Welt meinen Ex-Verlobten anrufen, aber es ist ja schließlich kein Videochat.

»Hi, Simon, du hast es ein paarmal versucht. Ist alles in Ordnung?«, sage ich geschäftsmäßig.

»Nun, ja. Ähm. Nein, eigentlich nicht. Lyla ist ein bisschen, äh, schlecht beieinander.«

»Was soll das heißen? Hat sie sich übergeben? Oder ist sie anderweitig krank?«, frage ich frustriert, weil er mir keine klare Auskunft geben kann. Mir schwant Schlimmes.

»Ähm, sowohl als auch, schätze ich«, stottert er.

»Was ist passiert?«, hake ich nach, bevor er noch weiter herumeiert.

»Also, äh, Storie und ich haben uns für einen, äh, Pilzkurs angemeldet. Wir wollen mit dem Garten von Stories Mutter ein Geschäft für Biokräuter und -gemüse aufziehen, weshalb wir dafür recherchieren …« Er scheint zu glauben, dass ich weiß, was er damit meint. Das ist nur eine Tatsache, keine Erklärung. Was fehlt meinem kleinen Mädchen?

»Und?«, dränge ich zunehmend frustriert.

»Und gestern sollten wir, äh, eins mit Mutter Natur werden, auf der, äh, Pilztour.« Er verstummt.

»*Eins werden?* Was soll das heißen, Simon? Was ist passiert?«

»Wir glauben, dass Lyla, möglicherweise, Mutter Erde in sich aufgenommen hat und …«

»Simon, was ist los? Jetzt spuck's schon aus, ohne diesen Mist von Mutter Natur!«, unterbreche ich ihn verzweifelt.

»Lyla hat etwas Grünzeug gegessen, das sie bei den Pilzen gefunden hat; wir wissen nicht, was es genau war, aber sie hat auf keinen Fall, äh, einen Pilz erwischt, nur ein paar Wildkräuter. Sie hat sich die ganze Nacht übergeben, und Stories Medizin hilft nicht«, brabbelt Simon panisch.

»Verdammt noch mal, Simon! Warum hast du mich nicht gleich angerufen? Was für komische Medizin hat Storie ihr gegeben?« Ich explodiere gleich und habe völlig vergessen, dass Edward nackt und besorgt neben mir sitzt; ich fühle mich einfach nur schuldig, dass meine Kleine Schmerzen hat und ich nicht da bin, sondern in einem Hotelzimmer mit einem Mann im Bett liege. Ich verachte mich selbst.

»Wir haben uns darum gekümmert. Wir dachten, es ginge ihr bald wieder gut«, erwidert Simon mit einem leicht verärgerten Unterton in seiner ansonsten jammerigen Stimme.

»Dann ruft den Arzt. Ich komme sofort nach Hause und hole sie in zwei Stunden ab, ja? Sie muss bei ihrer Mum sein. Ich bin gerade noch in London. Bei einem Auftrag. Gib ihr viel Wasser zu trinken, miss ihre Temperatur, gib ihr Calpol-Saft und auf keinen Fall irgendetwas von Stories Naturheilkundemist!«

Mit einem wütenden Fingertipp auf den Bildschirm beende ich das Gespräch.

Edward streichelt mir den Rücken, und ich ziehe die Beine an die Brust und schluchze ein paarmal laut auf. Es ist mir egal, dass er mich so sieht. Nackt und verletzt, in Tränen aufgelöst, aber ich fühle mich so schrecklich, dass es keine Rolle spielt.

»O Robin. Geht es dir gut? Kann ich irgendwie helfen?«, fragt er leise.

»Ich muss los, Edward. Meine Tochter ist krank, und ihr Vater scheint völlig nutzlos zu sein«, erkläre ich, wische mir fest über die Augen und verschmiere das Make-up noch mehr als noch vor einer halben Stunde, als ich mit dem Gesicht nach unten auf den edlen ägyptischen Baumwolllaken lag.

»Ich habe es gehört …« Er streichelt weiter meinen Rücken. »Ich habe es gehört.« Er küsst mich auf den Scheitel. »Er klingt etwas durcheinander.«

»Tut mir leid, dass ich uns den Spaß verderbe.« Ich drehe mich zu ihm.

»Mach dir keine Gedanken. Du bist ihre Mutter, du musst zu ihr. Das kann bis zum nächsten Mal warten«, sagt er sanft und zuckt beim Anblick meines verschmierten Make-ups nicht zusammen.

Wow, er ist wirklich nett. Behält in einer Krise die Ruhe.

Ich lächele schwach, schmiege mich kurz an seine Schulter und gehe ins Bad, wo ich rasch dusche und meine zerknitterten Sachen einpacke. Dann verabschiede ich mich von ihm mit einem Kuss, der vielleicht ein bisschen länger dauert als beabsichtigt.

Storie war völlig aufgelöst, als ich bei ihnen eintraf, nachdem ich zum Glück einen schnellen Zug erwischt hatte. Lyla war blass und müde, Simon sah aus wie immer (verschmierte Brillengläser und ungekämmte Haare), doch Storie hatte offensichtlich geweint. Ihr Schlabberkleid sah noch zerknautschter aus als sonst, und ihr Kajal war verwischt. Doch ich konnte kein Mitgefühl aufbringen. Die Frau hatte zugelassen, dass sich mein kostbares Baby beinahe vergiftet hätte, und schien mir auch nicht erklären zu können, was der Arzt gesagt hatte.

»Mutter Erde will ihr keinen Schaden zufügen, Robin«, hatte sie gebrabbelt, als ich Lylas dünnen kleinen Körper in ihren Mantel gehüllt, das Handy zwischen Ohr und Schulter geklemmt und den ärztlichen Notdienst angerufen hatte.

»Das glaube ich dir, Storie, aber man lässt einfach keine verdammten siebenjährigen Kinder Gott weiß was vom Waldboden pflücken und essen!«, schnaubte ich. Ich war viel zu wütend, um mich um Storie und ihre Hippiewelt zu kümmern oder auf meine Ausdrucksweise bei Lyla zu achten.

Nachdem ich ihre Temperatur gemessen hatte, fuhr ich mein kleines Mädchen nach Hause, wo ich sie in ein weiches Nest aus Kissen, Decken und Morgenmänteln auf das Sofa bettete.

Jetzt ruhen wir uns den restlichen Tag aus. Die Frau am Telefon hat mir gesagt, ich solle sie im Auge behalten, für genügend Flüssigkeitszufuhr sorgen und noch einmal anrufen, wenn ihre Temperatur steigt. Das machen wir jetzt auch. Warum das für Simon und Storie dermaßen schwer war, werde ich nie erfahren, aber ich habe meine Tochter lieber zu Hause bei mir und nicht bei den beiden.

Allmählich wird mir solidarisch auch ein wenig schlecht. Wir brauchen beide Schlaf. Und morgen ist ein neuer Tag …

Zum Glück blieb Lylas Temperatur normal, und sie musste sich auch nicht mehr übergeben, weshalb sie am Montag in die Schule gehen kann. Ich dagegen habe das Gefühl, krank zu werden – wenn man sich so sehr auf das Wohlergehen des eigenen Kindes konzentriert, merkt man es irgendwann an sich selbst.

Deshalb gebe ich mir am Montag auch keine große Mühe, als ich Lyla zur Schule bringe. Es ist zwar schon April, aber immer noch bitterkalt. Ich trage Skinny Jeans, nachgemachte UGG-Boots, einen Pullover und eine riesige Daunenjacke. Immer noch sehr viel besser als der Schlafanzug unter dem Mantel vom letzten Jahr, jawohl.

An der Schule erspähe ich eine wieselartige Gestalt: Valerie Pickering, meine Hassfigur unter den anderen Müttern, die nie gute Laune hat. Val scheint das Wetter nichts auszumachen und trägt so enge Jeans, dass sie auch aufgesprüht sein könnten, ein schwarzes Trägertop aus Seide und einen winzigen Blazer mit Dreiviertelärmeln und einem Designerlogo, das ich nicht erkenne. Ihr Haar ist so straff zu einem Pferdeschwanz gebunden, dass ich nicht entscheiden kann, ob sie sich wieder hat botoxen lassen oder einfach nur ein echt gutes Haargummi hat. Ihr Make-up ist genauso streng.

Ich bin heute nicht in der Stimmung für Val – Skye hat Natalie unseren Entwurf für den Pitch am Freitag gegeben, und heute sollen wir Feedback bekommen. Je eher ich im Büro bin, desto besser – weshalb ich mit einem knappen Lächeln rasch an ihr vorbeigehe und nur »Morgen, Val« sage.

»Typisch!«, ruft Val mir nach, als ich mit Lyla an der Hand durch die Tür gehe. Sie kann sich natürlich nicht zurückhalten.

»Wie bitte?« Lustlos drehe ich mich um.

»Also, ich hätte gedacht, dass du schon ein bisschen mehr zu sagen hast«, erwidert Val mit einem zynischen Lächeln, doch ich sehe einen Hauch Verletzlichkeit in ihren Augen. Gegen mein besseres Wissen tut sie mir leid. Sie scheint keine Freunde zu haben, diese Fixierung auf die Ernährung rührt offensichtlich von ihrer tief liegenden Traurigkeit her, ihr Mann hat sie verlassen, und Gespräche führt sie anscheinend nur, indem sie Menschen anblafft, die sie für unter ihrer Würde hält.

Nein, ich beiße nicht an. Nicht heute.

»Tut mir leid, ich verstehe nicht«, sage ich daher nur.

»Ich habe gehört, dass du beim letzten PaGS-Treffen vor zwei Wochen das Protokoll geführt hast. Du hast es immer noch nicht an die Eltern geschickt«, erklärt sie anklagend.

Warum ist ihr das Protokoll denn so wichtig? Darin steht sowieso jedes Mal ungefähr dasselbe – so aufregend ist unsere Tätigkeit nicht. Wir organisieren mal eine Tombola, koordinieren Elternfreiwillige für die Kinderdisco …

Ich starre sie an und weiß nicht, was ich sagen soll.

»Ich dachte, nachdem du nun eine *Vertreterin* der Eltern bist, würdest du dir mehr Mühe mit den anderen Müttern geben, aber wie ich sehe, kümmerst du dich ja kaum um dich selbst. Willst du das Michelin-Männchen nachmachen, oder ist das nur der neueste Trick, um ein paar überflüssige Kilos zu kaschieren?« Sie lacht hell auf und stöckelt auf ihren hohen Absätzen davon.

Sprachlos stehe ich da. Was für eine Zicke. Ich atme tief durch und versuche, ruhig zu bleiben. Ihr Leben ist gerade richtig scheiße, und sie lässt es an anderen aus. Ich sollte Mitleid mit ihr haben; und das habe ich auch. Wenn ich mehr Energie hätte, würde ich natürlich etwas Geistreiches und Souveränes entgegnen, doch ich muss Lyla im Frühaufsteherclub abliefern und in die Arbeit fahren.

»Was hat sie gemeint, Mummy? Warum solltest du etwas mit deiner Jacke *kaschieren?*«, fragt Lyla und sieht zu mir hoch. Sie hält immer noch meine Hand und versteht Vals Angriff nicht.

»Sind ein paar überflüssige Kilos schlimm? Musst du jetzt dein Essen aus kleinen Schachteln essen und eine DASH-Diät machen?«

Heute schaffe ich es nicht, ihr etwas Lehrreiches über das Leben beizubringen, aber ich will nie wieder etwas über diese verfluchte Diät hören. »Weißt du was, Liebes? Valerie geht es nicht gut, in ihr drin, weshalb sie auch nach außen Schwierigkeiten hat, nett zu sein. Sie fühlt sich schlecht, deshalb sagt sie böse Sachen und will, dass auch andere Menschen traurig sind. Wir können uns dafür entscheiden, ihr nicht zuzuhören. Wir können uns aussuchen, dass wir uns innen schön und glücklich fühlen und das auch auf andere Menschen ausstrahlen. Außerdem glaube ich, dass sie heute mit dem falschen Fuß aufgestanden und einfach nur ein richtiger Miesepeter ist!« Ich lache. Das war hoffentlich lehrreich genug.

Lyla ist mit der Antwort zufrieden, lacht mit mir (ich zwinge mich zu einem weiteren Kichern), und wir gehen zu ihrem Klassenzimmer und verabschieden uns.

NEUN

Ich parke vor der Agentur, hole tief Luft, überprüfe mein Make-up im Rückspiegel (ich habe ein bisschen Notfallschminke auf dem Schulparkplatz aufgelegt; man kann schließlich nicht zu einem wichtigen Meeting in einer Agentur für Models und Make-up auftauchen und aussehen wie der lebende Tod), kneife mir ein wenig in die Wangen, werfe das Haar nach hinten und steige in die kalte Morgenluft aus.

Mir ist schlecht vor Nervosität, weil Natalie Skye und mir heute Rückmeldung zu unseren Ideen gibt. Hätte ich mich doch auf die holografischen Bodyartkreationen einlassen sollen?

»Natalie wartet mit Skye in deinem Büro auf dich«, sagt Alice, als ich am Empfang vorbeigehe.

Was? Die beiden sind schon da? Es ist erst zehn vor neun. Ich bin nicht zu spät. Was, wenn sie meine Schubladen aufziehen und die ganzen halb gegessenen Snacks und die Notizblöcke mit den Doodle-Kritzeleien sehen, die ich immer mache, wenn mir nichts Gutes einfallen will?

Ich gehe so schnell den kurzen Gang entlang, als würde eine Nanosekunde einen Unterschied bedeuten, und rede mir ein, dass sie wahrscheinlich breit lächelnd wegen des großartigen Pitchs auf mich warten. Ich weiß es. Ich habe letzte Woche alles genau durchgesehen, und Skye musste nur noch die Beispielfotos, Produktlinks und Referenzen einbauen. Es ist ein gutes, starkes Stück Arbeit. Ich bin eine gute, starke Frau.

Verdammt, ich muss gleich kotzen.

Ich öffne die Tür und trete ein.

Natalie sieht aus, als würde sie gleich jemanden umbringen wollen, und wenn Skye fähig wäre, sämtliche menschlichen Emotionen zu zeigen, würde sie wahrscheinlich weinen.

Natalie sitzt auf meinem Schreibtischstuhl und bedeutet mir, mich ebenfalls zu setzen. Ich ziehe nicht einmal meine Jacke aus.

»Ich habe die Agentur auf der Basis von Integrität, Gleichheit und harter Arbeit gegründet«, sagt sie ohne eine Begrüßung und sieht mich direkt an.

»Äh, ja.« Das ist doch lächerlich. Ich werfe Skye einen Blick zu, die starr nach vorne sieht. »Es tut mir leid, ich weiß nicht, was …«

»Ist der Mara-Isso-Auftrag ein Witz für dich?«, unterbricht mich Natalie. Jeder Muskel in ihrem Gesicht ist angespannt.

»Was? Nein! Warum sollte er das sein?« Langsam werde ich ein bisschen ärgerlich. Ich habe das Gefühl, als würde ich angegriffen, ohne den Grund zu kennen.

»Was ist dann das hier?«, spuckt Natalie hervor und hält die Mappe mit dem Pitch so fest umklammert, dass sich die Haut über ihren Fingerknöcheln spannt.

Ich nehme ihr die Unterlagen aus der Hand, sehe erst auf das Deckblatt, dann zu ihr, blinzele und antworte: »Das Angebot. Bist du nicht glücklich damit?«

»Nicht glücklich? Ich bin entsetzt! Wenn das rausgegangen wäre, wäre unser Ruf zerstört gewesen. MADE IT wäre ruiniert gewesen!« Natalie ist fast schon hysterisch. Sonst ist sie die Ruhe selbst, aber jetzt hat sie definitiv etwas aus der Bahn geworfen. »Es würde sich im ganzen Business herumsprechen, wir würden alles verlieren, von den Hochzeiten bis zu dem Filmjob!«

»Natalie, das ist nicht fair. Ich habe sehr hart an dem Pitch gearbeitet, und Skye auch. Wir finden, dass natürliche Schönheit uns voranbringt, und ich finde, dass die Plus-Size-Models für sich mehr als genug sind, um den Laufsteg erstrahlen zu lassen. Wir brauchen kein extra Brimborium. Wenn dir die Idee nicht gefällt, dann machen wir was anderes, aber ich denke nicht, dass die Agentur damit gleich ruiniert wäre.« Ich sehe sie ausdruckslos an. Meine Meinung ist klar. Sie wird sicher ausflippen. Ich habe ein bisschen Angst, aber das werde ich nicht zeigen. Die Welt steht wirklich Kopf.

»Warum um Himmels willen hast du sie dann *Fettsäcke* genannt?« Sie atmet schwer.

»*Wie bitte?*« Ich verstehe gar nichts mehr.

Endlich tut Skye etwas, nimmt mir die Unterlagen aus der Hand und blättert auf Seite vier. *Sieht doch alles gut aus,* denke ich, als ich den Text zu natürlicher Schönheit überfliege, ein ansprechendes Stockfoto einer hinreißenden Plus-Size-Lady auf dem Laufsteg sehe und darunter eine Liste mit Produkten.

»Tut mir leid, ich …«

Skye legt ihren Finger mit Nachdruck auf eine kleingedruckte Zeile in Kursivschrift unter dem Bild des Models. *»Hier Fettsackbild einsetzen.«* Was zum Teufel ist das denn?

Ich blättere weiter, und unter jedem Bild, das Skye eingebaut hat, steht klein und kursiv: *»Hier Fettsackbild einsetzen«*. Die Zeile kommt immer häufiger vor, je weiter ich blättere, und mir schlägt das Herz bis zum Hals.

Ich hatte Skye gebeten, die Referenzen und Stockbilder einzufügen, und offensichtlich hat sie den Hinweis für sich als Platzhalter eingefügt und später nicht gelöscht. Was für ein elender Mist.

»Natalie, es tut mir so leid, wir …«, beginne ich und sehe zu Skye, die zu Boden starrt.

»Ich habe dir die Leitung übertragen, Robin«, unterbricht mich Natalie wieder. »Ich habe dir vertraut. Ich habe mich auf dich verlassen. Du warst all diese Monate meine rechte Hand, und ich dachte, du würdest deine Sache gut machen.«

»Ja, das hast du. Skye und ich haben an dieser Idee gearbeitet und finden, dass es der richtige Ansatz für den Job ist«, fange ich an, auch wenn ich noch nicht genau weiß, worauf ich hinauswill. »Es ist gut, dass wir den Fehler gefunden und Zeit haben, ihn zu korrigieren, und dann können wir diesen starken Pitch rausschicken und uns auf die nächsten Schritte konzentrieren.« Wow, ich bin von mir selbst überrascht.

»Wer ist hierfür verantwortlich?«, fragt Natalie, ohne auf das einzugehen, was ich gerade gesagt habe.

Skye starrt ins Leere, vielleicht steht sie unter Schock, und ich sehe zu Natalie. Sie muss wissen, dass ich es nicht war, aber ich kann ihr Skye nicht zum Fraß vorwerfen. Das hier ist nicht das Büro des Schuldirektors, wie damals, als Ruth Ogilvie in Ms Simpsons Pinselwasser gespuckt hat. Das hier ist das wahre Leben. Wir sind erwachsen. Und was Skye getan hat, ist tatsächlich furchtbar.

»Ich will eine Erklärung. Eine Rechtfertigung für diesen nachlässigen, beleidigenden Fehler«, fordert Natalie, ein winziges bisschen ruhiger.

Ich wünschte, Skye würde dazu stehen, aber sie schweigt und ist offensichtlich wie gelähmt. Cool, Skye, danke.

»Ich habe diesen Teil des Angebots organisiert, weshalb ich dafür die Verantwortung übernehmen muss, Natalie«, sage ich mit zusammengebissenen Zähnen. Ich wünschte, ich hätte es gelesen, bevor alles an Natalie ging. Ich wünschte, ich wäre aufmerksamer gewesen; ich wünschte, ich hätte darauf bestanden, alles doppelt zu überprüfen. Doch jetzt ist es zu spät. Den schmerzhaften Schlag muss ich einstecken.

Ich drehe leicht den Kopf zu Skye. Ein Muskel an ihrem Kiefer bewegt sich kaum wahrnehmbar; sie hat meinen unterschwelligen Hinweis verstanden, dass sie jetzt ihren Fehler eingestehen könnte. Das Schweigen dehnt sich unendlich, doch sie ist so erstarrt wie eine dieser lebenden Statuen in der Fußgängerzone. Sie wird nicht dazu stehen. Ich spüre, wie sich meine Brust, mein Hals und das Gesicht röten. Das hier muss ich auf meine Kappe nehmen. Natalie wird glauben, dass ich dumme Fehler mache, aber vor allem wird sie denken, dass ich jemanden allen Ernstes »Fettsack« nenne. Dass ich so herabwürdigend sein kann. Verdammte Skye. Verdammte Robin. *Warum* nur habe ich es mir nicht noch einmal durchgelesen?

Natalie sieht mich eindringlich an, dann Skye, die ihren Blick meidet, und zurück zu mir. Ich weiß nicht, was sie denkt. Verdammt, sie wäre eine großartige Pokerspielerin. Dann wird ihr Gesicht etwas weicher.

»Okay. Robin, du arbeitest ab jetzt nicht mehr an dem Projekt.« Sie klingt so enttäuscht, dass ich weinen könnte. Das ist schlimmer als ihre Wut. Sie holt Luft. »Ich muss das in Ordnung bringen und dann wegschicken. Ich werde euch Bescheid sagen, wie es weitergeht.« Sie steht auf.

»Aber es war meine Idee. Ich liebe das Konzept!«, sage ich erschrocken.

»Robin, das ist nicht akzeptabel. Nimm dir den Tag frei. Skye, zurück an die Arbeit. Ich fahre nach Hause und mache dort alles fertig und denke darüber nach, was ich euch noch anvertrauen kann, wenn überhaupt. Ich bin wirklich sehr enttäuscht.« Natalie sammelt ihre Unterlagen auf, das Handy und die Chloé-Tasche.

Als sie den Raum verlässt, steigen mir Tränen in die Augen. Das habe ich nicht verdient. Ich habe so hart an dem Pitch gearbeitet, und Skyes widerliche Kommentare haben es uns um die Ohren fliegen lassen. Aber ich bin auch bescheuert, sage ich mir. Ich habe zu viel gearbeitet, war zu müde und habe dann solche Fehler zugelassen. Vielleicht hätte Natalie mir ja wirklich nicht vertrauen sollen. Ich sehe zu Skye, die immer noch stumm dasteht, und wieder kocht die Wut in mir hoch. Ich hätte nicht für sie die Schuld auf mich nehmen sollen. Weil ich mich anständig verhalten habe, werde ich wahrscheinlich gefeuert. Wenn ich meinen Job verliere, wie soll ich dann das Haus halten können? Wie soll ich mich um Lyla kümmern? Was soll ich Kath sagen? Skye geht stumm aus meinem Büro und sieht mich dabei nicht einmal an.

Der Rest des Tages ist schrecklich. Ich bleibe entgegen Natalies Aufforderung im Büro. Daheim würde ich mich nur quälen, weshalb ich mich um Verwaltungskram und die Dienstpläne kümmere, ein paar Anrufe wegen anstehender Aufträge erledige und mich selbst allen einfachen Jobs in der nächsten Woche zuteile, weil ich beschäftigt bleiben will.

Ich bin völlig erschöpft nach den Ereignissen des Morgens, und mir ist immer noch übel. Doch nicht wegen einer Magenverstimmung, sondern wegen der Demütigung. Es ist wie früher in der Schule, wenn man in einer Physik-Übungsklausur eine Vier hatte und der eigene Vater gesagt hat, dass er so viel mehr von einem erwartet hätte.

Lyla ist heute Abend wieder bei Simon (sie hat sich völlig von ihrem Kräuterkotz-Erlebnis erholt, und ich habe eine Flasche Calpol-Saft in ihren Rucksack gepackt, die sie bei ihrem Daddy neben dem Johanniskraut oder was auch immer deponieren soll), als Ausgleich, weil sie ja gestern bei mir war, und die Aussicht, allein zu Abend zu essen, ist nicht besonders verlockend.

Auf der Fahrt nach Hause rufe ich Lacey an, ob sie vorbeischauen will. Ich könnte die Gesellschaft einer guten Freundin gebrauchen. Vielleicht einen Schminkabend wie früher, oder ein paar Gläser Wein, um den Kummer zu ertränken. Ich habe so viel Arbeit in den Pitch gesteckt, und Natalie soll unbedingt wissen, dass ich nicht für den Fehler verantwortlich war. Ich würde nie jemanden »Fettsack« nennen. Um Himmels willen, ich bin doch nicht Valerie Pickering! Ich denke an meine vergeblichen Bemühungen, Lyla etwas über ein positives Körperbild beizubringen. Ich überlege, ob ich Natalie die Wahrheit sagen soll, aber das Erlebnis aus der Schulzeit hat mich geprägt, als ich Gary Boldman verpfiffen habe und er mir in der Mittagspause Schotter ins Gesicht geworfen und geschrien hat: »Scheißpetze!« Es ist zum Glück nicht viel passiert, aber seither habe ich niemanden mehr verpetzt. Es ist mir alles so peinlich. Was muss Natalie jetzt von mir denken? Ich brauche eine Freundin.

Ich höre den Freiton, und dann antwortet eine fröhliche Stimme: »Hi!«

»Du klingst aber sehr entspannt für fünf Uhr nachmittags an einem Montag«, sage ich und lächele zum ersten Mal seit dem Morgen. Vielleicht überträgt sich ihre gute Laune ja auch auf mich.

»Karl kommt heute früher nach Hause, und wir machen uns einen schönen Abend«, erzählt sie, mit Betonung auf »schön«.

»Oh, wie nett. Ich vermute, Wein und eine Unterhaltung mit mir ist keine Konkurrenz für einen *schönen* Abend mit Karl, oder?« Halb hoffe ich, dass ich unrecht habe.

»Ich würde so gern, aber ich habe meinen Eisprung«, erklärt Lacey, als wäre es das Normalste auf der Welt.

»Äh, ja …«

»Ich habe diese Tests gekauft, die einem genau sagen, wann man auf dem Höhepunkt seiner Fruchtbarkeit ist, und das ist heute. Wenn wir heute keinen Sex haben, dann sinken diesen Monat die Chancen auf eine Befruchtung. Wir haben gestern nichts gemacht, damit seine Spermien heute in bestmöglicher Verfassung sind«, sprudelt sie aufgeregt hervor.

»Oh, wow, das klingt wirklich total sexy«, scherze ich.

»Es hilft ja nichts! Ich will alles tun, was ich kann, bevor wir es mit IVF versuchen, und wenn das Teststäbchen sagt, dass ich fruchtbar bin, dann schießen wir los!«

»Na, das ist dann eher seine Aufgabe!«, sage ich, und wir lachen.

Wie schön für sie, denke ich, als wir auflegen. Ich bin froh, dass sie glücklich ist, und ich bin froh, dass sie einen *schönen* Abend mit Karl hat. Ich hoffe, er ist genauso engagiert dabei wie sie.

Als ich zu Hause ankomme, Tasche und Jacke im Flur deponiere und mir ein Glas Wein einschenke, bin ich schon etwas ruhiger.

Ich setze mich an die Frühstückstheke, scrolle ziellos durch Instagram und denke an Lacey und wie furchtbar es sein muss, ständig den Eisprung zu überwachen, Sex nach dem Kalender zu haben und jede Periode genau zu dokumentieren. Da fällt mir ein, einen Blick auf meine schicke kleine App zu werfen, die mir genau sagt, wann die nächste Periode fällig ist – also diese Woche. Krämpfe und Stimmungsschwankungen, genau das kann ich jetzt brauchen, so elend, wie ich mich fühle.

Ich öffne die App, die mir sogleich verkündet, wie viele Tage mein Zyklus dauert.

Wie bitte? Warum ist mein Zyklus neununddreißig Tage lang? Das kann nicht stimmen. Seit meinem vierzehnten Lebensjahr habe ich pünktlich alle achtundzwanzig Tage meine Periode bekommen, abgesehen von der Schwangerschaft mit Lyla. Die App muss fehlerhaft sein. Ich rufe den Handykalender auf, um nach dem Datum der letzten Menstruation zu sehen, und mir bleibt das Herz stehen. Sie ist tatsächlich so lange her. Dazwischen liegt der Abend mit dem rosa Champagner und den Makkaroni mit

Käse. Ich war so betrunken. Ich weiß, dass wir die Kondome, die ich gekauft hatte, benutzt haben, aber wir haben in dieser Nacht so oft miteinander geschlafen. Haben wir *jedes Mal* eins benutzt? Vielleicht nicht. Ich kann mich nicht erinnern …

Verdammt.

Bin ich etwa *schwanger?*

TEIL ZWEI

Die Gefahren von rosa Champagner

ZEHN

Die nächsten vierundzwanzig Stunden sind verschwommen.

Ich verbringe den Abend abwechselnd mit totaler Verleugnung, Wein und dem Zappen durch den Mist im Fernsehen (vor allem solche Sendungen, in denen junge Menschen in riesige Lagerhallen eingesperrt und nur herausgelassen werden, um sich zu betrinken oder miteinander zu vögeln – von denen wird keine schwanger, oder?). Ich starre auf die Daten, google Symptome wie Übelkeit und Erschöpfung, beginne das Unausweichliche zu akzeptieren, fühle mich schuldig wegen des Weins und versuche den Mut aufzubringen, mir einen Schwangerschaftstest zu kaufen.

Ich denke hundert Mal darüber nach, ob ich einen Test machen soll. Wenn die zwei blauen Linien erscheinen, wird alles real sein. Doch im Grunde weiß ich auch jetzt schon, dass es stimmt. Das ist nicht mein erstes Rodeo, und ich weiß, wie es sich anfühlt, schwanger zu sein. Trotzdem, wenn ich keinen Test mache, kann ich es immer noch verdrängen. Ich kann ohne schlechtes Gewissen dieses Glas Wein trinken, ich kann mit meinem glücklichen Singleleben weitermachen und mir sagen, dass sich nichts ändern wird.

Doch mir dreht sich der Kopf.

O Gott.

Lyla braucht jetzt kein Geschwisterkind. Zum ersten Mal seit langer, langer Zeit läuft alles richtig gut. Lyla entwickelt sich prächtig an der Schule, auf die sie dank Granny Wildes Geld gehen kann, wir haben unser Netzwerk aus Schicken Schulkindermüttern (SSM) für Spieleverabredungen und Geburtstagsfeiern, und Kath passt so gern auf Lyla auf. Doch ein windelfreies Kind, mit dem man sich unterhalten kann, ist eine Sache, aber ihr auch noch ein Baby aufzubürden, damit ich arbeiten kann? Meine Arbeit hat uns genug eingebracht, um gut davon leben zu können (bis zu dem Irrsinn heute Morgen, durchfährt es mich schmerzhaft). Nachdem ich so lange an mir gezweifelt habe, fühle ich mich endlich nicht mehr wie eine beschissene Mutter. Ich ertrage es nicht, das alles noch einmal durchzumachen.

Ich versuche mir vorzustellen, wie ich Lyla offenbare, dass ich ein weiteres Kind bekomme. Wie soll ich es ihr überhaupt erklären? Oder überhaupt jemandem? Ich denke an die Arbeit. Natalie hasst mich sowieso schon, dank Skye und ihren »Fettsackbildern«. Sie wird garantiert nicht begeistert sein, wenn ich ihr meine Schwangerschaft verkünde, nachdem sie so viel Vertrauen in mich investiert und mir letztes Jahr den riesigen Bonus und die Beförderung gegeben hat. Natürlich würde Natalie Frauen keine Steine in den Weg legen – aber trotzdem spricht man nicht gern mit seiner Chefin über so etwas. Und würde ich alles verlieren, was ich mir erarbeitet habe? Wie wäre es überhaupt mit der Elternzeit? Ich bin erst seit Kurzem fest angestellt und weiß nicht, was mir überhaupt zustehen würde. Ich denke an meine hohen Raten für das neue Haus. Beim letzten Mal war es anders. Simon war eine finanzielle Hilfe (wenn auch sonst nutzlos). Ich wäre ganz schnell keine knallharte alleinerziehende Mutter mehr, sondern nur noch eine ohne Geld.

Und wie sollte ich es meiner Mutter beibringen? Sie war seit dem »größten Fehler meines Lebens« nicht mehr dieselbe, das heißt, als ich den netten, sicheren, verlässlichen Simon verlassen habe, auch wenn ich ihr immer wieder erklärt habe, dass er mich betrogen und verlassen hat. »Er war in einer Midlife-Crisis,

Liebes. Das geht vielen Männern so!«, hatte sie mir von Cornwall aus erklärt, wohin sie praktischerweise kurz nach Lylas Geburt gezogen war. Er war Mitte zwanzig – das war keine Midlife-Crisis, egal was Mum oder die Damen aus dem Rotary Club glauben. Kath würde es nach dem anfänglichen Schock gut aufnehmen, denke ich, zumindest von ihr bekäme ich sicher emotionale Unterstützung.

Und dann wäre da noch die größte Frage. Wie würde ich es Edward sagen? »Oh, hi, Edward, du, das ist total cool, dass du auf der anderen Seite des Atlantiks lebst und wir auch keine Beziehung haben, weil ich mit deinem Kind schwanger bin und wir den Rest unseres Lebens aneinander gebunden sein werden ... Willst du jetzt über das geteilte Sorgerecht reden oder vielleicht erst, nachdem du dich vor Schock übergeben hast?«

Was für ein Chaos!

Nachdem ich mich die ganze Nacht hin und her gewälzt habe, wache ich am Morgen auf und habe für den Bruchteil einer Sekunde alles vergessen. Alles ist wunderbar normal, und ich muss nur aufstehen und in die Arbeit fahren. Die Übelkeit merke ich in dem Moment, als ich die Füße auf den Teppich stelle. Dann wird mir wieder klar, dass ich wahrscheinlich schwanger bin.

Ich kann heute nicht in die Agentur, weshalb ich Natalie eine Nachricht schreibe (ich ertrage es nicht mal, sie anzurufen), um ihr zu sagen, dass ich von zu Hause arbeite, aber sie sich melden soll, wenn sie mich braucht. Sie hat die Lesebestätigung eingestellt, weshalb ich sehe, dass sie meine Nachricht gelesen hat, aber sie antwortet nicht. Ihr größtes Problem mit mir ist im Moment das verpfuschte Angebot. Ich wünschte, das wäre auch mein größtes Problem.

Nach einem zwanzigminütigen Abstecher auf den Badezimmerboden, unterbrochen von herrlichen Übelkeitsattacken und einem kleinen selbstmitleidigen Heulanfall, rappele ich mich zögernd auf, ziehe ein weißes T-Shirt und dunkelblaue Nickijogginghosen an (wenn es je eine Zeit für Nicki gibt, dann jetzt), gehe nach unten und zwinge mich, an einer Scheibe Toast zu knabbern und eine Tasse Tee mit extra viel Zucker zu trinken. Jeder kocht Tee in einer Krise. Tee löst alle Probleme … oder auch nicht.

Wie konnte das passieren? Andere versuchen es monate- und jahrelang und werden nicht schwanger, und mich erwischt es nach einer alkoholgetränkten Nacht mit rosa Champagner und Makkaroni mit Käse.

Ach du heilige Scheiße. *Lacey.* Wie soll ich es ihr beibringen? Ausgerechnet ihr? Wie kann ich so abscheulich sein und ihr gegenüber auch nur durchscheinen lassen, wie ungeplant und ungewollt diese Schwangerschaft ist, wenn sie sich nichts mehr auf der Welt wünscht? O Gott, was habe ich getan?

Okay. Der Gedanke an Lacey hilft mir, mich der Situation zu stellen. Wenn ich schwanger bin, dann ist es so. Doch ich muss es wissen. Ich brauche einen Test.

Ich beschließe, zu einem Supermarkt in fünfundvierzig Minuten Entfernung zu fahren, damit mich hoffentlich niemand sieht, den ich kenne, wie ich den Test kaufe. Er ist wie eine riesige grellbunte Leuchtrakete, weshalb ich noch alle möglichen Dinge dazulege, die ich nicht brauche, nur damit die kleine Schachtel verdeckt ist. Ich habe sie hastig in den Korb geworfen, ohne mir die verschiedenen Ausführungen allzu genau anzusehen. Schon irgendwie ironisch, dass die Schwangerschaftstests neben den Kondomen hängen. *Dafür ist es jetzt ein klein wenig zu spät,* denke ich. Oder vielleicht sollen sie auch als Warnung dienen. »Du siehst ja, was ohne Kondom passiert«, höre ich fast schon die missbilligende Stimme einer älteren Dame. Vielleicht meiner Mutter, auch wenn sie niemals das Wort Kondom in den Mund nehmen, sondern nur lautlos »Schutz« mit den Lippen formen würde.

Nachdem ich die Einkäufe an der Selbstscannerkasse gezahlt habe, um jegliches Gespräch über die Schachtel des potenziellen Untergangs zu vermeiden, bin ich panisch nach Hause gefahren. Mir ist übel, als ich auf den weiß-blauen Teststab auf der Küchenarbeitsfläche blicke. *Das ist doch keine große Sache,* sage ich mir. *Frauen tun das jeden Tag. Ich schaffe alles. Vielleicht ist er ja doch negativ. Vielleicht habe ich nur einen Magen-Darm-Virus, und meine Periode ist aus irgendwelchen Gründen zu spät. Das könnte schließlich alles sein.*

Eine Tasse Tee später, teils zur Beruhigung, teils zur Beschleunigung des für den Test nötigen biologischen Vorgangs, ziehe ich mich ins untere Klo zurück und verrenke mich in die unwürdige Position, um auf das Stäbchen zu pinkeln, das über mein Schicksal entscheiden wird.

Da. Geschafft. Erledigt.

Ich lege es auf ein Stück Klopapier (schließlich habe ich gerade daraufgepinkelt), wasche mir die Hände so langsam wie möglich, um das Unausweichliche hinauszuzögern, und wage endlich einen Blick.

Schwanger. Kein Zweifel möglich. Schwanger.

Ich reagiere so pragmatisch und erwachsen darauf, wie mir möglich ist, werfe den Teststab in den Mülleimer, hole mir eine Auswahl an gesundem Essen aus der Küche (eine Schokoladenorange, zwei Packungen Skips-Krabbenchips, einen Kindersmoothie und eine Banane) und verziehe mich für den Rest des Tages nach oben ins Bett.

Um drei Uhr nachmittags habe ich lange genug geschlafen und geistlos auf den Fernseher gestarrt, um den Schock abzudämpfen, weshalb der Weg zur Schule bedeutend weniger stressig ist als die Fahrt heute Morgen zum Supermarkt. Ich beschwöre meine ganze Magic-Mum-Energie herauf (ungefähr dieselbe Kraft, die einen 850 Gegenstände auf einem Arm balancieren lässt, und darin habe ich eine Menge Übung aus den düsteren Tagen, als ich versucht habe, die Große Leere zu verbergen), hole Lyla ab und schalte auf dem Heimweg komplett auf Autopilot. Wir reden darüber, wie es bei ihrem Dad war, sprechen über ihre Hausaufgaben und Buchstabierübungen, ich reagiere mitfühlend, als sie mir erzählt, dass Corinthia mit Absicht im Ballett genau vor ihr getanzt hat (so etwas Gemeines würde Val auch machen), koche das Abendessen (auch wenn ich heute sogar gern Zeit in der Küche verbringe und einen Fischauflauf zubereite), wasche und föhne ihr die Haare und stecke sie ins Bett. Es hilft mir, mich methodisch und sorgfältig auf jeden Teil unseres Abends zu konzentrieren, weil ich mich dann umso weniger mit dem neuen Leben befasse, das in mir heranwächst, und damit, was ich jetzt tun soll.

Als ich mich auf Lylas schmales Kinderbett mit der Decke mit der weißen Rüschenbettwäsche (ein Weihnachtsgeschenk, das meine Mutter bei John Lewis gekauft hat; sie hat offensichtlich keine Ahnung, was kleine Mädchen vom Weihnachtsmann möchten, auch wenn sie selbst mal eines war und eines auf die Welt gebracht hat) setze – und auf etwa sechs Häkeldecken von Kath, zwischen denen Lyla sich nicht entscheiden kann – und mich an die Kissen und Kuscheltiere lehne, um meiner Tochter eine Gutenachtgeschichte vorzulesen, ist die Welt ganz ruhig. Ich liebe diesen Teil des Tages.

Es brennen nur Lichterketten und eine kleine Lampe auf dem Nachttisch, Lyla riecht köstlich nach Erdbeershampoo, und wir vertiefen uns in eine Geschichte über Mäuse, die in Hecken wohnen und im Lauf der Jahreszeiten Abenteuer erleben. Sie wollen nur Beeren sammeln und sich umeinander kümmern. Ich fühle mit den Mäusen. Ich will auch nur das sammeln, was ich wirklich brauche, mich um meine süße Tochter kümmern und mich in unserem gemütlichen Nest vergraben und die große weite Welt ausschließen. Lyla lauscht der Geschichte aufmerksam und streichelt sanft meinen Arm, ohne es zu merken.

Als wir fertig sind, steigen mir Tränen in die Augen. Mir ist klar, wie kostbar mein Leben mit ihr ist, wie sehr ich sie liebe und dass ich es nicht ertrage, dass sich etwas ändert, wenn doch jetzt gerade erst alles so gut geworden ist.

»Bist du wegen der Mäuse traurig, Mummy?«, fragt Lyla leise.

»Nein, die dumme Mummy hat was ins Auge bekommen«, flüstere ich zurück, zwinge mich zu einem Lächeln und drücke sie fest an mich.

»Dumme alte Mummy, ich habe dich lieb«, sagt sie und kuschelt sich an mich.

Mein Herz zerspringt gleich. Vielleicht wäre noch so ein Kind wie sie gar nicht so schlimm?

ELF

Der kurze Hoffnungsschimmer während des Vorlesens verschwand heute Morgen, als ich mich übergeben musste, während ich versuchte, ein Schinkensandwich für Lylas Brotzeitdose zu machen. Der Übergang von leichter Übelkeit zu spontanen Kotzattacken ist blitzschnell. Also gut, dann ist uns also jeden Morgen schlecht.

Super.

Was habe ich nur gestern Abend gedacht? Ich schaffe das nicht! Ich habe kaum unsere Morgenroutine im Griff, wie soll ich da den ganzen Alleinerziehende-Mutter-Mist noch mal von ganz vorne bewältigen.

Nein.

Ich bringe Lyla zur Schule und ignoriere jeden, an dem ich vorbeilaufe. Vielleicht spricht sogar jemand mit mir, keine Ahnung, ich halte den Kopf gesenkt und hoffe, dass niemand merkt, dass ein neues Leben in meinem Bauch heranwächst. »Strahle« ich schon? Als ich sechzehn und viereinhalb Tage alt war, habe ich die *Hälfte* meiner Jungfräulichkeit an einen gewissen Oliver Mansell verloren, auch wenn ich eigentlich in Simon verknallt war und wünschte, er würde es endlich auf die Reihe bekommen, mich nach einem Date zu fragen. Als ich die zehn Minuten von seinem Haus zu mir ging, fragte ich mich, ob die Passanten sehen könnten, dass ich jetzt eine »Frau« war, nachdem ein dürrer Junge aus dem Musikcollege dreimal ungeschickt in mich hineingestochert hatte. Ich wollte rufen: »Hallo! Ja, ich bin Robin Wilde, und ich bin SEXUELL AKTIV!« Voll naivem Teenagerstolz. Ein bisschen fühle ich mich jetzt auch so, will es allerdings nicht in die Welt hinausbrüllen. Sieht man es mir an? Vielleicht an meinem Bauch oder woanders? Vielleicht habe ich wirklich schon dieses Schwangerschaftsleuchten. Oder auch nicht, immerhin habe ich mich, erst eine Dreiviertelstunde bevor ich ins Auto gestiegen bin, übergeben.

Lyla scheint zum Glück von meiner Panik nichts zu bemerken und rennt ohne einen Blick zurück in die Garderobe, um ihren Mantel und ihre Büchertasche aufzuhängen. Normalerweise würde mich ihre Gedankenlosigkeit schmerzen, aber heute bin ich nur dankbar, dass sie in ihrem LylaLand lebt und sich um nichts Sorgen macht.

Ich ertrage die Arbeit heute nicht. Ich ertrage heute gar nichts.

Hi Natalie, es tut mir sehr leid, aber es geht mir nicht gut. Ich werde mir den Tag freinehmen. Bei Notfällen bin ich natürlich da, aber ich möchte niemanden im Büro anstecken. Mit zerknirschten Grüßen, Robin xxx

Ich weiß, ich hätte mich kürzer fassen sollen. Hoffentlich liest sie nicht zwischen den Zeilen: »Ich bin schwanger und völlig am Durchdrehen.« Natürlich wird sie das nicht, sage ich mir, *das ist total paranoid.* Doch es hilft nichts. Ich atme ein paarmal tief durch. Ich habe nichts Seltsames geschrieben, sie wird keinen Verdacht schöpfen.

Natalies knappe Antwort kommt umgehend, ohne weitere Höflichkeitsfloskeln.

Danke, dass du Bescheid gesagt hast.

Ich hätte anrufen sollen, aber es geht mir zu schlecht, um mir darüber Gedanken zu machen.

Zu Hause lege ich meine Tasche auf den Tisch in der Diele und gehe direkt ins Bett, um mich in Selbstmitleid zu suhlen. Als ich gerade gewohnheitsmäßig durch Facebook scrolle, kommt eine Nachricht von Lacey.

Du bist ja online! Bist du nicht in der Arbeit?

Mist, ich habe vergessen, mich klugerweise auf »offline« zu stellen. Anfängerfehler. Ich antworte so normal wie möglich.

Hoppla! Wollte mich eigentlich auf »unsichtbar« stellen! Bin krank daheim!

Lacey reagiert sofort, zusammen mit einem »kranken« Emoji.

O nein! Hat es dich richtig erwischt?

Was soll ich sagen? Es hat mich nicht erwischt, aber es geht mir auch nicht gut, und zum ersten Mal in unserer Freundschaft ist sie der letzte Mensch, mit dem ich darüber reden kann. Also lüge ich.

Nein, so schlimm ist es nicht, bin nur erschöpft und wollte mich daheim mal ausruhen.

Ich verstehe schon!

Sie schreibt ihre Antwort mit einem Zwinkersmiley, der Okay-Hand und einer Sternschnuppe. O Mann, sie liebt diese Emojis. Ich will noch schnell antworten, doch sie ist schon wieder offline und ich bereit, mir BH und Kapuzenjacke auszuziehen, mich in die Bettdecke einzuwickeln und wieder stumpf Fernsehen zu schauen. Ich weiß, dass ich mich dem Problem irgendwann stellen muss, aber ein weiterer Tag mit dem Kopf im Sand wird nicht schaden. Morgen vereinbare ich einen Termin bei meinem Hausarzt, um alles Weitere zu besprechen. Vielleicht nehme ich sogar Kontakt zu Edward auf, packe den Stier bei den Hörnern. Aber nicht heute.

Fünfundvierzig Minuten später klingelt es an der Tür. Ich erwarte keine Pakete, und Kath ist in der Stadt bei einem halbtägigen Kurs im Blumenpressen (es ist so toll, dass sie so was ganz allein macht und immer so viel Spaß daran zu haben scheint), weshalb ich ein verknittertes T-Shirt über meinen nackten Oberkörper ziehe, mich nach unten schleppe und nachsehe, wer etwas von mir will. Wahrscheinlich soll ich ein Paket für einen der Nachbarn annehmen, oder es ist jemand, der etwas verkaufen will, aber als ich durch den Türspion spähe, sehe ich zu meinem Entsetzen Lacey.

»Huhu, ich sehe dich durch das Glas! Ich bin's nur!«, zwitschert sie fröhlich.

Ich erstarre.

»Moment, das Schloss klemmt«, lüge ich, als ich demonstrativ den Schlüssel im Schloss hin und her rüttele und schließlich die Tür öffne.

»Für jemanden, der sagt, er sei nicht krank, siehst du ganz schön beschissen aus!«, meint Lacey lachend und geht an mir vorbei durch die Diele in die Küche.

»Ich habe dir Vorräte mitgebracht«, verkündet sie und stellt eine Starbucks-Tüte auf die Frühstücksbar, aus der sie Früchtebrot, Butter, Marmelade und einen Papphalter mit zwei großen Kaffeebechern herausholt. Bei dem Geruch wird mir schwindelig vor Übelkeit.

»Oh … super«, antworte ich schwach und klinge dabei alles andere als überzeugend.

»Was ist los?«, fragt sie, als sie meine mangelnde Begeisterung bemerkt.

»Nichts, ich bin nur etwas müde«, sage ich ausweichend.

»O mein Gott«, flüstert sie aufgeregt, »er ist hier, oder? Oben! Ein Mann liegt in deinem Bett!« Man könnte glauben, wir wären wieder fünfzehn und sie hätte mich gerade beim Knutschen auf der Schultoilette erwischt. Zugegeben, das war tatsächlich eine aufregende Mittagspause.

»Was? Nein! Himmel. Ganz bestimmt nicht. Es geht mir einfach nur nicht so toll«, erwidere ich und versuche, als Beweis ein leichtes Husten hervorzupressen.

»Ich dachte, du hättest gesagt, dass du heute blaumachst«, meint sie mit zusammengekniffenen Augen und einem Lächeln, als würde ich ihr gleich aufregenden Klatsch erzählen.

»Ja, irgendwie schon, aber so richtig gut geht es mir eben auch nicht«, erkläre ich rasch.

»Du machst also nicht blau?« Sie genießt dieses Katz-und-Maus-Spiel.

»O Gott, ich weiß es nicht, Lacey! Ich fühle mich einfach nicht so toll, okay?«, erwidere ich scharf.

Sie sieht mich verletzt an.

»Wow. Tut mir leid. Ich gehe nur schnell aufs Klo und lasse dich dann allein«, sagt sie, halb verletzt, halb verärgert.

Mit schlechtem Gewissen und gleichzeitig erleichtert lasse ich mich auf einen Hocker an der Frühstücksbar sinken und sehe ihr nach, wie sie den Flur entlanggeht. Ob sie wohl die Starbucks-Becher mitnimmt, wenn sie wieder fährt? Seit wann riecht eigentlich alles so furchtbar intensiv? Schwangerschaft ist etwas Seltsames. Ich fühle mich schrecklich, weil ich Lacey so schlecht behandele, aber das ist immer noch besser, als ihr die Wahrheit zu sagen. Ich muss mich später bei ihr entschuldigen und etwas von wegen Periode und der bösen Stimmungsschwankungen erfinden. Wenn es doch nur so wäre.

Ich falte die Starbucks-Servietten zu kleinen Vierecken, glätte das Papier wieder und fange von vorne an. Warum braucht sie denn so lange? Die Mutter in mir hätte beinahe gerufen: »Musst du groß? Brauchst du Feuchttücher?«, doch ich glaube nicht, dass sie das so toll fände, vor allem nachdem ich sie gerade habe abblitzen lassen.

Die Zeit vergeht. Ich sehe auf die kleine Digitaluhr in meiner chromglänzenden, eingebauten Mikrowelle (verdammt, ich liebe das neue Haus so sehr), die mir sagt, dass Lacey schon fünf Minuten auf dem Klo ist.

»Alles okay?«, rufe ich laut.

Keine Antwort. Mist, hoffentlich ist sie nicht ohnmächtig geworden oder so.

»Lacey? Alles in Ordnung?« Sie war immer schon die dramatischere von uns beiden, aber ich kann mir nicht vorstellen, dass sie so sauer auf mich ist, dass sie sich auf der Toilette einschließen und nicht mehr herauskommen wollen würde.

»Lacey? Ich mache mir ein bisschen Sorgen … Wenn du nicht antwortest, hole ich eine Münze und öffne das Schloss«, drohe ich sanft.

Da geht endlich die Tür auf, und ich höre Laceys sehr zögerliche Schritte im Flur. Was hat sie vor?

Verflucht.

Lacey steht kreidebleich in der Küchentür und hält meinen positiven Schwangerschaftstest in der Hand. Ich hatte ihn gestern in den kleinen Mülleimer geworfen, den ich heute in die Mülltonne hatte entleeren wollen, aber ich hatte nicht mit Besuch gerechnet.

Fuck. Fuck, fuck, fuck.

»Lacey, ich …« Ich verstumme.

»Wem gehört der?«, fragt sie leise und erschreckend ruhig.

Ich sehe sie mit schief gelegtem Kopf an, den Mund geschlossen, und wünsche mir verzweifelt, dass sie meine Gedanken lesen kann und weiß, wie leid es mir tut, dass es nicht ihr Schwangerschaftstest ist.

»Ist das deiner?«, fragt sie immer noch ruhig.

»Lacey, ich wollte das nicht, ich würde niemals …«

»IST DAS DEINER?«, bricht es aus ihr heraus, während ihr Tränen der Wut über die Wangen laufen. Ich habe sie noch nie so aufgebracht gesehen, so verletzt. Ich weiß nicht, wie ich damit umgehen soll.

»Ja, es ist meiner. Es war nicht geplant, es ist einfach passiert.« Ich wollte sie damit beruhigen, doch meine Worte machen es nur schlimmer.

»Was würde ich dafür geben, wenn es bei mir ›einfach passieren‹ würde«, sagt sie und lehnt sich gegen den Türrahmen, lässt die Hand mit dem Teststäbchen hängen und schluchzt verzweifelt. »Ich freue mich für dich, aber …«

»Lacey«, sage ich, so sanft ich kann, während mir auch die Tränen in die Augen steigen. »Du musst dich nicht für mich freuen. Ich weiß, wie beschissen das ist und wie unfair, und es tut mir so leid, dass ich dich auf diese Weise verletzen muss. Du weißt, dass ich es nicht mit Absicht getan habe.«

»Das weiß ich!«, erwidert sie mit wiederentfachtem Ärger. »Ich bin nicht dumm, nur verdammt unfruchtbar!«, brüllt sie und schleudert den Test auf den Küchenboden. Keine von uns macht Anstalten, ihn aufzuheben, wir stehen nur da und starren ihn an.

Ich bin ratlos. Keiner sagt einem, wie man seiner Freundin, die sich so verzweifelt ein Baby wünscht, nebenbei von der eigenen verfluchten Schwangerschaft erzählt. Vielleicht sollte man der Testpackung ein paar hilfreiche Anleitungen beilegen.

»Du bist nicht unfruchtbar, es hat einfach noch nicht geklappt«, antworte ich schwach.

»Ja, und in der Zwischenzeit klappt es bei jeder verdammten Frau aus meinem verdammten Freundeskreis.«

Wow, zwei »verdammt« in einem Satz.

»Lacey, ich weiß nicht, was ich sagen soll, damit das hier nicht so schrecklich ist. Ich befinde mich in einer unmöglichen Position. Wenn ich sage, dass es nicht geplant war, verletze ich dich. Wenn ich sage, es war geplant, tue ich dir auch weh. Wenn ich sage, ich will es behalten, verletze ich dich. Wenn ich sage, ich will es nicht behalten, ist es dasselbe. Ich weiß, wie sehr du dir *das hier* wünschst, aber ich weiß nicht, wie ich es in Ordnung bringen soll. Es tut mir leid. Es tut mir leid, dass ich schwanger bin und nicht du, und es tut mir leid, dass du es so erfahren musstest, und es tut mir leid, dass wir dieses Gespräch überhaupt führen müssen! Wenn ich dir einen Zauberstab besorgen könnte, der alles besser macht, würde ich es tun, das weißt du!«

»Du befindest dich in einer unmöglichen Position? Willst du mich auf den Arm nehmen? Du hast doch alles! Du hast schon ein perfektes, gesundes Kind und bekommst jetzt noch ein zweites, und du wagst es, zu sagen, dass du es vielleicht gar nicht haben willst!«

»Das habe ich nicht gesagt«, antworte ich panisch.

»Du behältst es also?«

»Ich … Ich weiß es nicht. Ja, doch, ich glaube schon.« Als ich es endlich laut ausspreche, gerate ich in Panik und würde am liebsten gleichzeitig jubeln. Doch das muss ich jetzt alles beiseiteschieben und mich auf Lacey konzentrieren und ihren Schmerz, der sie in fast schon greifbaren Wellen umgibt.

»Du *glaubst* schon? Aber genau weißt du es nicht? Man hat dir das größte Geschenk gemacht, das überhaupt existiert, und du weißt es verdammt noch mal nicht genau?« Das ist so schwer.

»Lacey, jetzt bist du unfair. Bei mir ist es anders als bei dir. Ich habe keinen Karl oder Stabilität oder was auch immer. Ich bin eine alleinerziehende Mutter, die gerade erst alles auf die Reihe bekommen hat. Du weißt, wie lange ich gebraucht habe, um so weit zu kommen. Um überhaupt so etwas wie halbstabil zu sein.«

»Du wirst es also *wegmachen* lassen?«, spuckt mir Lacey entgegen.

»So einfach ist es nicht, Lacey! ›Wegmachen lassen‹ klingt so hart.«

»Nun, das ist es auch. Es ist falsch. Du liegst falsch.« Wow. Ich weiß, dass wir verschiedene Ansichten haben, aber sie hat nicht das Recht zu sagen, dass es einfach nur »falsch« ist. Es ist mein Körper. Mein Leben. Mein Chaos.

»Ich glaube, das geht jetzt zu weit. Ich weiß, du bist wütend, und ich weiß, dass es wehtut, aber du kannst doch kein Urteil über andere Menschen fällen – über mich –, nur aufgrund deiner eigenen Umstände. Sosehr wir es auch versuchen, wir können uns nicht anstelle der jeweils anderen sehen. Ich bin deine beste Freundin, und ich liebe dich über alles, für immer, aber jetzt gerade brauche ich das auch von dir, Lacey.«

»Ich kann nicht. Dieser Mensch kann ich gerade nicht sein. Nicht solange du alles hast, was ich mir je gewünscht habe, und ich habe nichts«, sagt sie kaum hörbar.

Sie senkt den Kopf, doch ich sehe immer noch den Schmerz, der sie erfüllt.

»Es tut mir leid, Lace, es tut mir so leid.« Frische dicke Tränen fallen auf meine Origami-Serviette.

Sie kommt zur Frühstücksbar, macht einen großen Schritt über den Schwangerschaftstest auf dem Fliesenboden, und ich denke schon, dass sie mich umarmen oder meine Hand halten will, doch sie nimmt nur schweigend ihre Handtasche, wirft mir einen tieftraurigen Blick zu und verlässt das Haus.

Lacey und ich haben im Lauf der Jahre schon so viel gemeinsam durchgemacht. Doch ich denke an ihren Gesichtsausdruck und fürchte, dass das hier das Schlimmste ist, was uns hätte zustoßen können. Ich hole langsam Atem, um mich zu beruhigen. Dabei steigt mir der Geruch des abkühlenden Kaffees in die Nase, und ich übergebe mich in meine Hände.

Zwei Stunden später geht es mir immer noch nicht besser. Den Rest des Vormittags putze ich das Haus. Normalerweise gehöre ich nicht zu den Frauen, die sich an neuen Putzutensilien erfreuen können oder sogar die Tipps und Tricks anwenden, die einem diese YouTube-Videos zum Thema Speedcleaning zeigen. Heute ist es jedoch zutiefst reinigend. Je mehr ich aufräume und wische und spüle und poliere, desto weniger denke ich an die Zukunft, den Schwangerschaftstest, Lacey, Lyla oder mich selbst. Ich verliere mich völlig im Putzen.

Ein Zimmer nach dem anderen nehme ich mir vor. Ich fange in der Küche an, bringe den ganzen Müll raus, darunter auch die Starbucks-Becher, räume alles Abgelaufene aus dem Kühlschrank, wische alle Oberflächen und den Boden. Auf Händen und Knien poliere ich die Schranktüren (und entferne dabei einen Spritzer Erbrochenes von vorhin). Mit einer Drahtbürste rücke ich dem Herd zu Leibe und schrubbe viel länger als nötig. Ich räume das ganze Geschirr ein, versehe Lylas Pausenbrotschachteln mit den richtigen Deckeln und desinfiziere den großen alten Esstisch. Als meine Arme schon schmerzen, mache ich im Flur weiter, dem Wohnzimmer und dem unteren Klo. Ich sauge Staub, wische und wedele. Ich werfe einen Blick auf den Weidenmülleimer in der Toilette, und Schmerz über das Vorgefallene durchzuckt mich, doch ich verdränge ihn.

Stundenlang mache ich so weiter. Während ich arbeite, gibt mein Gehirn Ruhe. Dann schlägt es drei Uhr nachmittags, und wie ein umgekehrtes Aschenbrödel muss ich aus meinen Lumpen in etwas Präsentableres schlüpfen, in meine Kutsche steigen (na gut, meinen Wagen) und Lyla abholen.

Die übliche Truppe – Gillian, Finola und eine Frau, die ich nicht erkenne, vielleicht ein Neuzugang bei den Müttern – steht vor der Schule, doch ich haste an ihr vorbei. »Tut mir leid, ich muss mich beeilen, daheim brutzelt ein Huhn im Ofen«, zwitschere ich gezwungen fröhlich, nehme Lyla an der Hand und haste mit ihr zurück zum Wagen. Natürlich habe ich kein Huhn im Ofen. Nur einen Braten im Rohr.

Ich ertrage die Vorstellung nicht, nach Hause zu fahren. Die Zeit bis zum Abend scheint sich endlos zu erstrecken, und in dieser Endlosigkeit könnte ich an das Baby denken, an Lacey, an die Entscheidung, die ich treffen muss … Und im Moment ist das alles viel zu viel.

Ich weiß genau, wo ich jetzt sein muss.

Ich fahre zu Tante Kath. In einer Krise ist sie die beste Gesellschaft.

ZWÖLF

Betritt man Kaths Haus, fühlt man sich gleich umarmt. Von einem Teddybären mit süß riechendem Parfüm. Süßem Lavendelparfüm.

Auf den ersten Blick ist Kaths Haus ein Angriff auf die Sinne. Jede Oberfläche hat eine Farbe, ein Muster oder eine Struktur. Teppiche in wirbelnden Sechzigerjahrefarben, Strukturtapeten im Flur, Velourstapete im Wohnzimmer, orangefarbene und gelbe Blumenmuster an den Küchenwänden (in den Achtzigern handgemalt von Kath und ihrem verstorbenen Mann Derek). In jeder Nische, in jeder Ecke steht ein Regal oder eine Vitrine mit Bilderrahmen und Zierstücken und Erinnerungen an Kaths und Dereks aufregendes gemeinsames Leben und Nippes, das sie auf ihren Reisen gekauft haben. Kaths Kunstgeschmack ist eigen, um es mal vorsichtig auszudrücken. Sie hat keine Skrupel, klassische Ölgemälde mit modernen Drucken zu mischen, und reich verzierte Goldbilderrahmen hängen friedlich neben Exemplaren von IKEA.

Auf den ersten Blick wirkt das grässlich, doch sobald sich die Augen an die Unmengen von Farben gewöhnt haben, passt alles zusammen. Die Chintz-Sofas mit Blumendruck, den Spitzenzierdeckchen und den Puschelkissen sind genau richtig, und selbst das Hundebett von Mollie ist mit einer gehäkelten Decke in Regenbogenfarben ausgeschlagen.

Heute scheint es noch chaotischer als sonst zu sein. Jeder verfügbare Beistelltisch, jede Arbeits- und jede Regalfläche ist mit Lavendelutensilien bedeckt. Diese Phase lebt sie wirklich intensiver aus als die anderen (wie zum Beispiel damals, als sie quasi alles mit einer Heißklebepistole und Spitzenbändern verschönert hat. Sogar meine Bettdecke).

»Hallo, Liebes. Ich fülle gerade die letzte Ladung Creme für das Women's Institute ab. Ich verteile dort Proben für ihren Familientag«, erklärt Kath, als wir uns einen Weg in die Küche bahnen und uns am Tisch niederlassen, der vor lauter Flaschen, Krügen und Etiketten fast zusammenbricht.

»Das ist alles wirklich toll«, sage ich, während ich abwesend Gegenstände in die Hand nehme und wieder hinstelle.

Kath bemerkt meine niedergeschlagene Stimmung und schickt Lyla ins Wohnzimmer, um Videos zu schauen. Kath ist der einzige Mensch, den ich kenne, der noch einen VHS-Rekorder hat. Sie kauft Kindervideos auf dem Flohmarkt und in Wohltätigkeitsläden, und Lyla liebt sie über alles.

Nachdem Lyla mit einem Teller geschälter Apfelschnitze abgerauscht ist (Kath ist so ein liebevoller Mensch, dass sie Obst wäscht, schält und in Stücke schneidet. Sie ist eine bessere Frau als ich), hole ich tief Luft.

»Kath, heute ist kein guter Tag«, beginne ich und halte den Blick sorgsam auf die Tischplatte gerichtet, falls sie in meinen Augen lesen und sich alles zusammenreimen kann.

»Nicht, Liebes? Willst du etwas von meinem Lavendelöl? Moira gibt abends etwas davon in ihr Badewasser, und sie sagt, Allan wäre noch nie so aufmerksam gewesen. Die Creme, die ich für sie gemischt habe, ist noch wirksamer. Sie hat gesagt, es ist Jahre her, dass er sich die Mühe gemacht hat …«

»Nein!«, unterbreche ich sie rasch. »Ich brauche keine Öle.« Den Rest von Moiras und Allans wieder aufgeflammter Liebesgeschichte muss ich wirklich nicht hören. »Aber danke, das ist sehr lieb von dir. Doch ich glaube, ich brauche mehr als Öl, um mein Problem zu lösen.«

»Sitzt dir die Bank im Nacken? Ich weiß, dass du hart arbeitest, aber die große Hypothek ist eine ganz schöne Last, Schatz«, sagt Kath und setzt sich zu mir an den Tisch.

»Nein, das ist es nicht, sondern …«

»Männersorgen? Das ist es, nicht wahr? Hat sich dieser Idiot Theo wieder gemeldet? Ich sag's dir, wenn ich den jemals in die Finger bekommen sollte …«

Gesegnet sei Kath, dass sie immer auf meiner Seite ist.

»Ja, Männersorgen könnte man es nennen. Ein Mann ist der Grund – also, ich und ein Mann und eine blöde Flasche rosa Moët. Und es wird wohl nicht nur bei Männersorgen bleiben.«

Ich sehe Kath an und weiß, dass sie mich verstanden hat. Meine Tante ist nicht dumm, und sie hat definitiv genug Liebesromane gelesen, um zu wissen, dass ein Mann plus eine Frau plus Champagner Ärger ergibt.

Sie greift über den Tisch nach meiner Hand, mit einem fragenden Ausdruck auf ihrem reizenden Gesicht.

Ich nicke langsam, und die Tränen steigen mir in die Augen. Ohne es zu wollen, kommt meine andere Hand auf meinem Bauch zu liegen. Ich zucke zusammen.

»Robin, du bist nicht allein. Ich liebe dich, und ich liebe Lyla, und du, ich und sie, wir haben genug Liebe für dieses Baby«, sagt sie und drückt meine Hand ganz fest.

Jetzt lasse ich die Tränen fließen. Doch dieses Mal sind es keine Tränen der Trauer oder des Schmerzes, sondern der Erleichterung. Ich bin nicht allein, jemand steht mir zur Seite und liebt mich und verurteilt mich nicht. Die letzten Gedanken, dieses Baby vielleicht nicht zu behalten, verschwinden, und ich weiß, dass ich, egal was passiert, das Beste daraus machen muss. Kath hält meine Hand immer noch umklammert.

»Ich weiß, Liebes, ich weiß. Es ist viel, aber du bist so viel stärker, als du denkst. Du überraschst mich immer wieder und wie viel du schaffst. Schau nur, was du alles erreicht hast: Lyla ist ein Schatz, dein neuer Job, dein wunderschönes Zuhause, das ganze Herumflirten!«

»Ja, und das Herumflirten hat mir diesen Mist eingebrockt!«, erwidere ich und versuche unter Tränen zu lächeln.

»Das ist doch kein Mist, Liebes. Sondern ein gut getarntes Geschenk. Wir müssen nur ein bisschen nachdenken, einen Plan machen und die positiven Seiten sehen.«

»Aber ich werde es allein aufziehen müssen, und ich glaube nicht, dass ich das kann.« Die Vorstellung, mich allein um ein Neugeborenes kümmern zu müssen, ist überwältigend. Simon hatte nicht viele Talente, aber er war gut darin, mir nachts zu helfen, Tee zu kochen und mit Lyla im Kinderwagen spazieren zu gehen, damit ich schlafen konnte. Das werde ich diesmal nicht haben. Edward lebt auf der anderen Seite des verdammten Planeten.

»Doch, das kannst du! Schau dir Lyla an! Du tust es ja schon, und du bist großartig darin! Er hat also kein Interesse? Der Mann mit dem rosa Moët?« Sie lässt meine Hand los und nestelt an einem Flaschenverschluss herum, während sie versucht, sich die Geschichte zusammenzureimen.

»Der Mann ist Edward, der aus New York, der ab und zu hier ist.« Kath nickt verstehend; sie weiß von unserer kurzen Begegnung im letzten Jahr und dass wir seither in Kontakt stehen. »Und er hat gar nichts gesagt, weil er es noch nicht weiß. Ich habe es selbst erst vor zwei Tagen herausgefunden, und seither habe ich nur geweint, gekotzt und zur Ablenkung das Haus geputzt.«

»Nun, da hätten wir ja schon etwas Positives, ein sauberes Haus! Das erspart mir Arbeit, wenn ich das nächste Mal bei dir bin«, sagt sie lächelnd und reibt entschlossen meinen Arm, bis ich nachgebe und schwach lache.

»Ja, wahrscheinlich.«

»Also, wir wissen erst, wie Edward dazu steht, wenn du mit ihm gesprochen hast. Du musst es ihm irgendwann erzählen, und je eher, desto besser. Derek hat immer zu mir gesagt: ›Der Anfang ist die halbe Arbeit.‹ Warum fangen wir also nicht gleich an?«

»Und wie?« Ich habe Angst, dass sie einfach den Telefonhörer abheben und ihn anrufen könnte. »Hallo, hier ist Tante Kath, und Robin muss dir etwas sagen« wird nicht so gut kommen. Natürlich wird sie das nicht machen. Wir haben schließlich nicht mehr 1998, und sogar Kath hat ein Handy. Es liegt auf dem Tisch, und ich hoffe, dass sie es mir nicht aufdrängen will.

»Du könntest ihm einen Brief schreiben. So hat er Zeit, alles zu verdauen und sich dann bei dir zu melden. Oben habe ich ganz reizendes Briefpapier, soll ich es holen?«

Okay, jetzt sind wir plötzlich im Jahr 1948 und korrespondieren per Schneckenpost.

»So gern ich dein schönes Briefpapier benutzen würde« – Gott segne Kath –, »sollte ich besser eine E-Mail schreiben. Dann weiß er schneller Bescheid«, füge ich hinzu, damit sie nicht glaubt, ich würde ihre Feder und ihr Tintenfass verschmähen.

»Alles klar. Aber vergiss nicht, egal was passiert, alles wird gut. Ich bin hier, und du hast diese ganzen netten neuen Freundinnen von der Schule. Lyla wird dir eine größere Hilfe sein, als du denkst, und Lacey wird sicher ganz aus dem Häuschen sein, dass du schwanger bist. Sie liebt doch Babys, nicht wahr?«

Dann erzähle ich Kath von heute Morgen. Sie versteht vollkommen. Sie und der reizende Derek, ein wunderbarer, warmherziger Mann, den wir alle vermissen, hatten keine Kinder. Ich habe nie weiter darüber nachgedacht, und ich weiß nicht, wie ich überhaupt nachfragen könnte, doch ich hatte immer angenommen, dass es ähnlich wie bei Lacey war und sie deshalb so viel Mitgefühl mit ihr hat. Sie ist wirklich die Beste, meine Tante Kath.

Kaum eine Stunde später sind meine Tränen getrocknet, Kath hat mich noch mehrmals aufgebaut und gesagt, dass das Ganze eigentlich ein Segen ist, und Mollie hat mir diverse Male ihr durchweichtes Lieblingshundespielzeug angeboten. Jetzt biegt sich der Tisch unter neuen Kartoffeln mit Butter, grünen Bohnen, auf den Punkt gekochten Karotten und zarten Hühnerbrüsten. Lyla kommt gerade mit müden Augen vom Fernsehschauen herein, als wir den Tisch decken.

»Ist das das Huhn im Ofen?«, fragt sie.

»Wie bitte?«, erwidere ich verwirrt.

»Du hast den anderen Müttern doch gesagt, wir haben ein Huhn im Ofen.«

»Oh, ja, das ist es wohl«, meine ich lachend und denke daran, wie sich alles zum Guten wendet, wenn Kath da ist. Vielleicht ist dieser schöne Familienmoment mit meinen Mädels ein Vorbote dessen, was da auf uns zukommt. Vielleicht wird wirklich alles gut.

DREIZEHN

Am nächsten Tag gehe ich wieder in die Arbeit. Ich habe sowieso schon das Gefühl, als hätte ich Natalie zutiefst enttäuscht, und ich weiß, dass sie immer noch überlegt, was sie wegen meines Anteils an diesem schrecklichen Chaos bei dem Pitch machen soll. Ich muss das wieder in Ordnung bringen. Laut Kalender ist sie heute bei einem Shooting, weshalb ich mich ins Büro schleichen, viel erledigen und mich ansonsten bedeckt halten kann.

Bis zehn Uhr morgens habe ich mich schon zweimal übergeben (einmal, bevor ich Lyla geweckt habe, und noch einmal, direkt nachdem ich sie an der Schule abgesetzt habe. Ich hatte ins Haus rennen müssen, damit ich nicht das Auto vollkotze), doch mit einer dicken Concealer-Schicht und superabsorbierendem durchsichtigem Puder sieht man es mir nicht an. Dem Himmel sei gedankt für eine gute Maske aus Make-up.

Ich habe mich für eine Skinny Jeans entschieden (es ist so großartig, dass die neuen Modelle Elasthan enthalten) sowie ein weites Shirt. Ich weiß, dass man noch nichts sieht – bis auf das übliche weiche Bauchröllchen –, aber ich bin paranoid und will keinerlei Gespräche oder Spekulationen heraufbeschwören. Die Haare frisiere ich zu einem hohen Pferdeschwanz (eine praktische Notwendigkeit, wenn man sich ständig über die Toilette beugen muss), lege Diamantenohrstecker an (also das, was bei Accessorize als Diamanten durchgeht) und finde, dass ich gar nicht so schlecht aussehe. Vielleicht habe ich ja doch dieses spezielle »Leuchten«!

Nach einer kurzen Unterhaltung mit Alice und Stuart über das »komische Virus, das ich mir von einem der Kinder in der Schule geholt haben muss«, arbeite ich mich durch den Stapel mit Verwaltungskram, den man mir auf den Schreibtisch gelegt hat. Dann klopft Skye an die Tür und steht schon im Zimmer, bevor ich noch »Herein« gesagt habe.

Sie sieht tatsächlich ein wenig verlegen aus. Normalerweise strotzt sie vor Selbstsicherheit und Urteilen, und sie so zu sehen, mit sogar leicht hängenden Schultern, ist merkwürdig. Sie trägt schwarze Sportleggins und einen weiten Kapuzenpullover, die Haare hat sie zu einem unordentlichen Knoten auf dem Kopf zusammengefasst. Sie sieht fast zerbrechlich aus.

»Robin, hallo, ich … äh … Ich wollte mich nur wegen letzter Woche entschuldigen. Ich hätte etwas sagen sollen, aber ich war einfach wie gelähmt«, stottert sie und wirkt noch zerbrechlicher, wie sie da im Türrahmen steht.

»Setz dich doch«, biete ich ihr an.

»Ich weiß, ich hätte diese … Stellen … nicht im Text lassen sollen. Ich hätte sie löschen sollen, bevor ich Natalie alles geschickt habe, ich habe es einfach vergessen. Das waren nur Erinnerungen für mich, damit ich die Bilder einfüge, weißt du? Und ich weiß, ich hätte etwas sagen sollen, aber ich wollte nicht, dass Natalie mich feuert. Ich brauche diesen Job, und ich liebe ihn, er ist das Einzige, in dem ich gut bin, wirklich. Ich hätte schon früher mit dir gesprochen, aber dann warst du krank, und ich dachte, du bist bestimmt furchtbar wütend, also … sorry. Und danke, schätze ich mal.« Skye sieht mich an. Auch wenn sie gerade so ehrlich war und nicht ihre übliche Rüstung aus engen Klamotten und dick geschminkten Augenbrauen trägt, ist ihr Gesicht unlesbar. Sie würde eine gute Spionin abgeben.

Einen Moment denke ich an alles, was ich zu ihr sagen könnte. Ich entscheide mich letztendlich für: »Danke, dass du zu mir gekommen bist und dich entschuldigt hast, Skye.« Ich würde gern noch mehr dazu sagen, weil sie sich nicht für das entschuldigt hat, *was* sie geschrieben hat, sondern nur dafür, dass sie es nicht rechtzeitig gelöscht hat, aber ich fühle mich gerade nicht so stark und nehme, was ich bekommen kann, egal, wie halbherzig die Entschuldigung war. Mein Job steht deswegen schließlich auf dem Spiel.

»Ja, also … Ich schulde dir was«, fügt sie hinzu. Das Selbstvertrauen kehrt langsam in ihre Stimme zurück, nachdem ich sie nicht in der Luft zerrissen habe oder verlange, dass sie Natalie die Wahrheit sagt.

»Okay, gut zu wissen«, antworte ich und beende damit das Gespräch. Zum Glück versteht Skye den Wink und geht. Wir werden nie Freundinnen sein, aber zumindest können wir jetzt kollegial miteinander umgehen. Ich wünschte, mit Natalie wäre es auch so. Bisher habe ich nichts von ihr gehört, und sie hat auch nicht gemailt.

Ich atme tief durch. Noch vor ein paar Tagen hätte ich mir keine größere Katastrophe als die Probleme in der Arbeit vorstellen können. Doch die Schwangerschaft lässt das jetzt verblassen. Es ist Zeit, den Stier bei den Hörnern zu packen.

Wie pflegte der reizende Derek immer zu sagen? Der Anfang ist die halbe Arbeit. Daher öffne ich eine leere E-Mail und tippe Edwards Namen ein. Was habe ich denn zu verlieren? Wir waren nie ein offizielles Paar. Ja, insgeheim habe ich mir vielleicht ab und zu erlaubt, von mehr zu träumen, aber ich muss akzeptieren, dass das nicht passieren wird. Im Moment muss ich ihn vor allem über die Situation informieren. Wir haben keine emotionale Beziehung. Ich muss einfach klar und deutlich sein. Das schaffe ich. Kath hat mir gestern Abend meine Kraft in Erinnerung gerufen, und daran denke ich jetzt, als ich zu schreiben beginne.

»Lieber Edward.« Nein, das klingt komisch und zu formell. »Hey, Edward.« *Nein,* man kann einen Mann, dessen Kind in einem wächst, nicht mit »Hey« ansprechen. Verdammt noch mal, das ist sogar noch schwieriger, als ich gedacht hatte.

Ich trinke einen Schluck normale Cherry Coke. Ach herrje, ist das schlecht fürs Baby? Ich hätte mich informieren sollen, was man zu sich nehmen darf und was man besser meiden sollte – offensichtlich habe ich alles vergessen, was ich bei Lylas Schwangerschaft wusste.

Nachdem ich mich eine Weile gequält habe, wird mir klar, dass ich einfach ich selbst sein muss. Auch wenn wir beide uns schon ganz schön nahe gekommen sind, wird das jetzt der intimste, persönlichste Moment, den ich mit diesem Mann je geteilt habe, weshalb ich am besten einfach sage, wie es ist. Ja. Also los.

Hallo Edward,

es ist komisch, dir eine Mail zu schreiben anstatt einfach eine Nachricht, aber wenn du das hier liest, verstehst du, warum es besser ist.
Ich wünschte, du würdest in der Nähe wohnen, damit wir schnell zum Mittagessen gehen könnten und ich dir alles

persönlich sagen könnte, aber so gern ich jetzt beim Brunch im Sarabeth's in New York wäre, wird das wohl nicht möglich sein.
Ich habe wirklich gern Zeit mit dir in den letzten Monaten verbracht. Du bist lustig und unkompliziert, und genau danach habe ich gesucht, auch wenn ich eigentlich überhaupt nicht gesucht habe.
Doch ich fürchte, das alles wird vorbei sein, wenn ich dir den Grund für diese E-Mail schreibe.
Ich bin schwanger.
Ich habe es vor drei Tagen erfahren und stehe seither unter Schock. Ich glaube, es ist in der Balthazar-Nacht passiert. Ich wollte nicht noch mehr Kinder, und kurz habe ich überlegt, ob ich die Schwangerschaft abbrechen soll, mich aber dagegen entschieden.
Ich weiß nicht, was du über das alles denkst, aber ich möchte dir sagen, dass ich nichts von dir erwarte. Ich habe sehr gründlich darüber nachgedacht und bin darauf vorbereitet, das Kind allein aufzuziehen. Ich weiß, dass ich es kann, schließlich bin ich ja mit Lyla schon seit Jahren allein. Ich weiß, du hast dein hektisches Leben, und wir sind nicht zusammen, deshalb bitte ich dich nur, dass du dir ein wenig Zeit nimmst, um diese E-Mail sacken zu lassen.
Es tut mir leid, dass ich dich so damit überfalle. Ich fand einen »Brief« am besten, damit ich dich mit einem Anruf nicht völlig überrumpele.
Ich habe wirklich keine Ahnung, wie man so eine Mail am besten beendet, deshalb belasse ich es jetzt dabei und hoffe, es geht dir gut.

Robin x

Ursprünglich habe ich mehr Küsse getippt, lösche sie aber wieder; bis auf den einen.

Nachdem ich alles zwanzig Minuten lang immer wieder durchgelesen habe, schließe ich die Augen, sammle mich, hole scharf Luft und klicke auf »Senden«. Es ist vollbracht. Er weiß es.

VIERZEHN

Als ich ein paar Tage später in die Agentur komme, fühle ich mich fast fröhlich. Am Morgen musste ich mich nur einmal übergeben – nachdem ich an Ingwerkeksen geknabbert hatte –, und ich habe mich wieder in ein Paar Stretchjeans fürs Selbstvertrauen sowie ein weites T-Shirt geworfen. Die Haare habe ich in einem unordentlichen Knoten zusammengezwirbelt, mit etwa einem Kilo Haarnadeln und einem Kilo Trockenshampoo, doch das muss ja niemand wissen.

Nach Kaths Versprechen, mir zu helfen, fühle ich mich stark genug. Ich weiß, es wird hart werden, ich werde nachts kaum schlafen, und vielleicht werde ich nie wieder mein Leben richtig in den Griff bekommen. Aber auch wenn es mit Lyla anstrengend war (manchmal ist es das immer noch), ist sie der perfekteste Teil meines Lebens, weshalb ein bisschen mehr von dieser Perfektion ein Segen sein wird. Kath hat recht.

Ich beschließe, gleich meinen Hausarzt anzurufen und einen Termin mit einer Hebamme zu vereinbaren. Außerdem will ich im Internet ein bisschen zu Schwangerschaften recherchieren. Wie groß das Baby im Moment ist, was ich essen sollte und was besser nicht, die besten Umstandsjeans auf dem Markt und so weiter. Wenn ich mich schon darauf einlasse, dann mache ich es richtig. Und auch wenn ich seit Lyla so viel vergessen zu haben scheine, wird sich auch viel geändert haben. Es wird ganz sicher neue Richtlinien geben und – juhu! – neue Gerätschaften, neue Sachen fürs Baby und, hurra, neue Umstandsklamotten. Wenn ich nicht gerade mit Klienten spreche, Ideen für Aufträge zusammenstelle und Mitarbeiter einteile, recherchiere ich heimlich Dinge wie »Schwangerschaftsmassage« (man muss schließlich das Beste draus machen), »die besten Betten für Neugeborene« und »wird die Übelkeit je aufhören?«.

Mittags fühle ich mich überraschend gut, wenn man bedenkt, wie die Woche angefangen hat, und dann höre ich das vertraute Signal meines Handys. Eine neue E-Mail.

Edward.

Er hat geantwortet.

Plötzlich scheint der Raum immer kleiner zu werden, und ich bekomme keine Luft mehr. In der Mail habe ich »okay« und »entspannt« geklungen, aber was auch immer er jetzt schreibt, jagt mir Angst ein. Ich will in meiner fröhlichen Blase bleiben, bei Zalando durch Umstandsmode stöbern und mich nicht dem stellen, was der Vater meines ungeborenen Kindes zu sagen hat.

Ich stehe auf und öffne das Fenster, halte den Kopf nach draußen, atme die frische Luft ein und werfe einen Blick auf die Straße unter uns. Dann setze ich mich wieder an den Schreibtisch, logge mich am Arbeitslaptop in meinen privaten E-Mail-Account ein (das will ich lieber aufrecht sitzend lesen und nicht über ein Telefon gebeugt) und klicke auf die ungelesene Mail. Ich kann das, ich bin schließlich eine knallharte, alleinerziehende Mutter, und ich schaffe das. Definitiv.

»Liebe Robin …« Okay, er fängt formell an. Ich frage mich, ob er auch über ein »Hey« nachgedacht hat.

Liebe Robin,

danke für deine Mail und dass du so ehrlich bist, das war sicher nicht leicht zu schreiben.
Es tut mir auch so leid, dass ich nicht näher bei dir wohne. Sonst wäre ich gern da, um mich um dich zu kümmern, was auch immer das an diesem Punkt für uns bedeutet.
Wie du hatte ich auch gerade keine Kinder, Babys oder eine Schwangerschaft geplant, aber ich habe schon oft erlebt, dass man die besten Dinge nicht auf einer Karte findet oder planen kann, sondern es die unerwarteten Überraschungen sind, die das Leben für einen bereithält.
Ich will da sein, Robin. Für dich und für mich und für das Baby.
Ich weiß nicht, wie wir das im Moment bewerkstelligen sollen, aber du sollst wissen, dass ich da bin und wir das gemeinsam schaffen. Ruf mich an, wenn du bereit bist. Alles wird gut, ich verspreche es.

Alles Liebe,
Edward xxx

Heilige. Scheiße.

Schockiert lese ich die E-Mail bestimmt noch fünf Mal, bevor mir auffällt, dass ich weine. Keine tiefen Schluchzer wie bei Kath oder heiße, frustrierte Tränen wie mit Lacey in meiner Küche, sondern langsame, erleichterte Tränen der Freude. Ich bin nicht allein. Er ist hier, er ist da, das Baby wird einen Vater haben.

Wir wissen noch nicht genau, was wir tun werden, aber er klingt an keiner Stelle zögerlich. Sein Ton ist reif, zärtlich und lieb. Außerdem hat er mit »Alles Liebe« und drei Küssen unterschrieben. Ich weiß, ich habe so sehr versucht, mich nicht in irgendjemanden zu verlieben, aber wenn man das Kind eines Mannes in sich trägt und er einem sagt, dass »wir das gemeinsam schaffen«, und einen die Hormone herumschleudern, dann ist das wirklich schwer.

Ich glaube, Kath hat recht: Dieses Baby wird tatsächlich ein großer Segen sein.

Den restlichen Tag über habe ich das Gefühl zu schweben. Herrschten Anfang der Woche noch Düsternis und Verzweiflung, hat sich das jetzt um hundertachtzig Grad gedreht.

Vor mir liegt noch ein langer Weg, das ist mir klar. In der Arbeit weiß es noch niemand (falls ich nach der Pitch-Katastrophe überhaupt noch einen Job habe, wenn ich es ihnen sagen muss), Lacey leidet unendlich, Mum und Dad muss ich es auch irgendwann erzählen (Gott, Mum wird entsetzt sein – ich habe mich schwängern lassen ohne ein Anzeichen für eine Hochzeit am Horizont. Was wird sie nur den Damen vom Rotary Club sagen?), die SSM werden überrascht sein, und natürlich muss sich Lyla mit der Vorstellung anfreunden, ein kleines Geschwisterkind zu bekommen. Aber ich weiß, dass wir das schaffen. Ich habe Kath und Edward an meiner Seite.

Später am Tag gehe ich durchs Großraumbüro, um zu fragen, ob Stuart oder Alice etwas von Starbucks möchten. Ich habe gerade den Drei-Uhr-Durchhänger, musste mich seit heute Morgen nicht mehr übergeben und könnte ein wenig frische Luft und einen kleinen Spaziergang gebrauchen. Außerdem ist Skye nicht da, um mich zu tadeln, dass ich den Verlockungen der bösen großen Kette nachgebe, weshalb wir mit unseren schmutzigen Kaffeesünden durchkommen werden.

»Oooh, eine Skinny Latte wäre großartig, ich bin total erschöpft«, sagt Alice, streckt sich und stöhnt ausführlich.

»Ist alles in Ordnung? Du klingst … als ob dir alles wehtäte«, frage ich zögernd, weil ich nicht weiß, wie ich sagen soll: Das war das Dramatischste, was mir heute untergekommen ist, und ich habe eine E-Mail von meiner Affäre aus New York bekommen, in der er schreibt, dass er zu mir und meinem ungeborenen Baby stehen wird.

»Ich habe Natalie so viel mit dem Pitch geholfen. Die Idee mit der natürlichen Schönheit hat ihnen total gut gefallen, und die erste Präsentationsrunde beginnt am Montag«, erklärt Alice. Plötzlich wirkt sie verlegen, als sie ihren Fehler bemerkt.

»Ähm … Ich finde es echt irre, was du für Skye gemacht hast«, fügt sie dann schnell hinzu.

»Oh.« Was wird das denn? Ist das ein Trick? Ich weiß, dass Alice Skye für großartig hält.

»Natalie hätte Skye aus dem Team geworfen, wenn du nicht den Kopf für sie hingehalten hättest«, fährt Alice fort. »Skye hat mir alles erzählt. Du bist echt cool, Robin.«

Ich bin sprachlos. Nicht so schockiert wie über die Schwangerschaft, aber trotzdem, das ist ein großer Moment. Ich verhalte mich sehr britisch und überspiele ihn.

»Danke, Alice, das ist lieb von dir. Also dann eine Skinny Latte?«, frage ich so fröhlich wie möglich.

Stuart schweigt und sieht auch nicht von seinem Laptop auf, auch wenn ich merke, dass er aufmerksam zugehört hat. Hundertprozentig werden die beiden darüber reden, wenn ich weg bin.

Als ich in die Stadt gehe, um den Kaffee zu holen, fühle ich mich seltsam. Ich wusste nicht, dass den potenziellen Auftraggebern die Idee so gut gefallen hat (meine Idee, vielen Dank auch) und dass Natalie nächste Woche in London sein wird. Normalerweise würde ich mich sehr verletzt und ausgeschlossen fühlen (dass man mich abgezogen hat, tut wirklich weh. So hat man mich in der Arbeit noch nie ruhiggestellt), aber heute scheint nichts gegen diese positive, glückliche Stimmung anzukommen.

Nachdem es mir Anfang der Woche so furchtbar schlecht ging, kann es gar nicht mehr so schlimm werden.

Ich kann mich glücklich schätzen, dass mein Vorschlag so gut aufgenommen wurde. *Es ist egal, wer dann das Lob bekommt,* sage ich mir gnädig. Ich weiß, dass es meine Idee war, nur das zählt. Ich mag ja nicht mehr im Pitch-Team sein, aber wann immer diese nörgelnde Stimme des Untergangs und der Selbstzweifel in meinem Kopf ertönt, kann ich mir gegenüber immer noch argumentieren: Das ist der Beweis, dass ich phänomenale Ideen haben kann. *Viel Glück, Natalie,* denke ich, als ich die Starbucks-Filiale betrete, den Duft einatme und dann ganz schnell aufs Klo rennen muss, um mich heimlich ein bisschen zu übergeben.

So viel zu meinem Zen-Moment.

FÜNFZEHN

Ich fühle mich wieder ausgeglichen. Das niederschmetternde Tief, die Schwangerschaft allein bewältigen zu müssen, sowie das beschwingte Hoch bei der Erkenntnis, dass Kath und Edward mir beistehen werden, haben sich ausgeglichen, und ich gebe das ziemlich ordentliche Bild eines normalen Menschen ab. Ich habe Edward geantwortet und vorgeschlagen, dass wir bald telefonieren, und das ist ihm recht. Es ist Sonntagnachmittag, und Lyla ist bei Simon und Storie (mit der strengsten Anweisung, ihr nur gekauftes und bezahltes Essen zu verabreichen und keine gesammelten Pilze, Wildblumen oder was auch immer »uns mit Mutter Erde verbindet«). Ich kümmere mich dieses Wochenende um mich selbst und denke in Ruhe über alles nach.

Ich habe die guten Kerzen angezündet, die ich normalerweise für »besondere Gelegenheiten« aufhebe, die sowieso nie kommen. Es hat etwas Dekadentes, die besten Kerzen mitten am Tag abzubrennen – und was noch besser ist, bei dem Geruch wird mir nicht schlecht. Ich habe mir schon zwei Schaumbäder gegönnt, luxuriöse Fertiggerichte von Marks & Spencer mit vorgeschnittenem Gemüse (ein fairer Kompromiss – das Baby braucht Nährstoffe, ich brauche Ruhe) und all die angefangenen Sendungen auf Netflix zu Ende geschaut. Vor allem aber habe ich mir erlaubt, mir vorzustellen, wie ich das Baby zum ersten Mal im Kinderwagen ausfahre oder winzige Strampler aussuche. Ich habe daran gedacht, was ich an Lyla besonders geliebt habe, als sie ein Baby war. Wie ihr kleiner warmer Körper auf meiner Brust lag und ich leicht über den Flaum auf ihrem Kopf gestreichelt habe. All das werde ich wieder tun. Ich werde ein völlig neues warmes Flaumbündel haben, das ich lieben, nähren und aufziehen kann.

Kath begleitet mich am Freitag zum ersten Termin bei der Hebamme. Am Telefon habe ich gehört, wie belegt ihre Stimme vor Tränen klang, weil sie so gebraucht wird. Gesegnet sei Kath. Auch wenn sie nie eigene Kinder hatte, weiß ich, dass sie mich als Ersatztochter sieht, und da meine eigene Mutter nicht gerade eine Supermum ist, bin ich dankbar. Grob geschätzt müsste Ende Mai der Zwölf-Wochen-Ultraschall anstehen, und ich werde sie fragen, ob sie mich dorthin auch begleiten und das Baby winken sehen will.

Als ich gerade darüber nachdenke, was ich mit dem Abend anfangen soll, klingelt es an der Tür.

Ich hieve mich vom Sofa, schlappe in meinen flauschigen Rentierslippern (völlig egal, dass keine Weihnachtszeit ist, wenn man sich etwas Gutes tun will, gehört so was einfach dazu) zur Tür und spähe durch das Guckloch. Ich hätte Kath erwartet, die mir aufgeregt noch mehr von ihren Lavendelkreationen vorbeibringt.

Doch es ist Lacey.

Das ist mir gerade zu viel, aber ich weiß, dass sie mich durch das Glas gesehen hat. Ich öffne die Tür. Es folgt das längste Schweigen, das zwei Frauen je miteinander durchgestanden haben. Himmel, sie ist genauso stur wie ich.

»Kann ich reinkommen?«, fragt sie zögernd.

Ich trete einen Schritt zurück und bedeute ihr einzutreten. Ich weiß nicht, was ich zu meiner besten Freundin sagen soll. Ich weiß immer noch nicht, was ich sagen müsste und was ich besser nicht aussprechen sollte. Ganz ehrlich, ich habe furchtbare Angst, alles noch schlimmer zu machen, wenn ich den Mund öffne.

Wir gehen ins Wohnzimmer, und sie mustert die vielen Kerzen und das schmutzige Geschirr.

»Gemütliches Wochenende?«, fragt sie und setzt sich in den Sessel.

»Die Woche war recht turbulent«, antworte ich ruhig.

»Tut mir leid«, sagt Lacey rasch. »Ich hätte nicht so ausflippen dürfen. Das war irgendwie der letzte Tropfen … Ich war mir so sicher, schwanger zu sein, ich war zwei Wochen überfällig, aber das hatte ich ja schon mal und weiß, wie es ausgeht.« Sie sieht zum Fenster.

»O Gott, Lacey, das tut mir so leid. Das war jetzt wieder falscher Alarm, aber es wird klappen. Ja, das sage ich immer, aber ich weiß es einfach.«

»Ich weiß es auch.« Lacey sieht immer noch aus dem Fenster.

Wie bitte? So positiv ist sie doch sonst nicht. Sie nimmt das wirklich gut auf. Vielleicht konnte Karl sie beruhigen oder was auch immer. »Es ist gut, dass du das positiv siehst. Und nur damit du es weißt, ich werde meinen Zustand nicht an die große Glocke hängen. Ich mache das einfach mit mir aus, und nichts ändert sich. Okay?«

»Wir können also nicht zusammen Strampler kaufen?«, fragt sie und dreht sich mit dem breitesten Lächeln zu mir um, das ich je gesehen habe.

Ist sie vielleicht verrückt geworden?

»Äh, nun, natürlich können wir das, wenn du magst«, stottere ich. Diese Verwandlung überfordert mich.

»Wahrscheinlich ist mein Geburtstermin etwa sechs Wochen nach deinem, und es wäre doch lustig, wenn wir die Babysachen zusammen kaufen könnten«, sagt sie und quietscht bei den letzten Worten beinahe.

»Wie bitte?«, kreische ich und springe vom Sofa auf.

Lacey springt ebenfalls auf. »Ich bin schwanger! Ich bin tatsächlich schwanger! Meine Periode war überfällig, und ich dachte, das ist doch nur wieder falscher Alarm, und habe keinen Schwangerschaftstest gekauft, weil ich ein negatives Ergebnis nicht ertragen hätte, aber o mein Gott, Robin, ich bin auch schwanger!«

»Ich kann es nicht glauben. Das ist so großartig!« Ich hüpfe wie ein aufgekratztes Kind nach Wackelpudding und Eis auf der Stelle.

»Ich weiß. Wir haben es gestern erfahren. Man soll es zwar erst ab der zwölften Woche sagen, aber dir musste ich es einfach erzählen. Es ist ein Wunder. Mein Wunderbaby. Ich bekomme ein Kind!«

»Und wir dürfen alles zusammen machen. Wir werden Beste-Freundinnen-Babys bekommen!«, kreische ich und freue mich so sehr, dass ich mich übergeben könnte. Schon wieder.

»Ich weiß! Robin, es tut mir wirklich leid, wie ich letzte Woche zu dir war. Das ist keine Entschuldigung, klar, aber ich hatte das Gefühl, völlig durchzudrehen. Es ging mir so lange so schlecht.

Aber weißt du, mit niemandem will ich diese Schwangerschaft lieber teilen als mit dir. Wir werden beide dicke Bäuche und Babys haben. Das ist so toll!«

Nach fünf weiteren Minuten voller gekreischter Ausrufe, wie unglaublich das alles ist, setzen wir uns hin und forschen nach den inoffiziellen Geburtsterminen. Lacey kennt sich besser damit aus als ich, auch wenn das mein zweites Kind ist. Sie hat ihren Eisprung genau aufgezeichnet und leitet daraus den Termin ab, und sie hat schon durchgerechnet, dass es bei mir an Weihnachten so weit sein müsste.

»Ein Weihnachtsbaby für dich, ein Februarkind für mich«, sagt sie so enthusiastisch, wie ich noch nie irgendwen über irgendwas habe reden hören. Jeder Tag im Jahr wäre ihr als Geburtstermin recht gewesen, so sehr freut sie sich, schwanger zu sein.

»Yay!«, stimme ich zu und denke einen Moment ängstlich an all die Menschen, die ich kenne und die es hassen, Ende Dezember Geburtstag zu haben. Sofort stelle ich mir die Wutanfälle eines Kindes vor, weil die Weihnachtsgeschenke gleichzeitig Geburtstagsgeschenke sind und weil sein Leben lang alle zu beschäftigt sein werden, um zu feiern. Ich bin kleinlich, ich weiß.

Der Rest des Abends vergeht in einem Wirbel aus aufgeregtem Geschnatter über Hebammen und Elternzeit, unsere Erfahrungen mit Übelkeit und Erschöpfung, wie glücklich Karl ist und wie toll Edward doch in seiner E-Mail war. Lacey quietscht, dass ich jetzt wahrscheinlich heiraten werde. »Eine schwangere Braut mit einer schwangeren Brautjungfer!«, verkündet sie, und ich muss sie ein bisschen einbremsen, bevor ich mich vor lauter Überwältigung noch mal übergeben muss.

Wir begeben uns auf sicheres Gebiet und malen uns aus, was wir alles machen werden. Wir werden zu Baby-Massagekursen gehen, werden mit ihnen in Gartencentercafés Mittag essen, wir werden die gleichen Kinderwagen kaufen, ihnen gleiche Kleider anziehen und Fotos davon machen (wir reden, als würden wir beide Mädchen bekommen, die wir zu unseren Ebenbildern machen können), und die beiden werden zusammen aufwachsen, beste Freunde in der Schule sein und als übermütige Teenager ihren ersten Urlaub miteinander verbringen. Wir schwelgen in unseren Fantasien, und das ist ein großartiges Gefühl. Jetzt ist nicht der richtige Moment, um an die schlaflosen Nächte zu denken und die stinkenden Windeln! Dafür ist später noch Zeit. Jetzt teilen wir etwas Wunderschönes miteinander. Ich freue mich unglaublich für sie, sie sich für mich, und wir flippen beide fast aus vor Aufregung.

Nachdem sie gegangen ist und versprochen hat, vorsichtig über alle Bremsschwellen zu fahren (sollte man sich da wirklich Sorgen machen, oder dreht mein Babygehirn nur schon durch?), nehme ich eine schläfrige Siebenjährige in Empfang, und wir gehen ins Bett. Ich bin so glücklich wie schon lange nicht mehr.

Das hier fühlt sich richtig an.

Am nächsten Morgen wache ich jubelnd auf. Lacey ist schwanger, Edward ist an meiner Seite, Alice findet mich cool, alles wird gut. Ich springe geradezu aus dem Bett, bevor die Morgenübelkeit vorbeischaut. Dann sage ich Lyla wie jeden Morgen achtzigtausend Mal, dass sie ihren Rock / ihre Bluse / ihre Socken / ihre Schuhe suchen soll.

Als wir im Auto sitzen und losfahren, bin ich erschöpft. Wie um alles in der Welt soll ich dieses tägliche Theater mit zwei Kindern schaffen? Plötzlich fühle ich mich wieder niedergeschlagen. Meine Gefühle fahren zurzeit wirklich Achterbahn. Könnte ich bitte aussteigen?

Während wir durch das Schultor gehen, versuche ich Lyla zu sagen, dass sie morgens ein bisschen besser mitarbeiten muss. Doch ich rede über ihren unbekümmerten kleinen Kopf hinweg, das merke ich gleich. Gloria, die neue Mum, kommt gleichzeitig mit ihren Zwillingen an, ein Kind an jeder Hand.

»Verity Mae Straunston, wenn du nicht sofort anständig läufst, bringe ich dich zurück ins Auto und sage Mr Ravelle, dass du zu ungezogen bist, um in die Schule zu gehen!«, höre ich sie schimpfen. Verity und ihre Schwester Athena kichern.

»Sie sind doch alle gleich, nicht wahr?«, biete ich ihr schwesterliche Unterstützung an. »Meine hört morgens überhaupt nicht auf mich.«

»Manchmal könnte ich mich auch mit Zirkustieren herumstreiten!«, antwortet Gloria, halb an mich, halb an die Zwillinge gerichtet.

»Wie schaffst du das mit zweien?«, frage ich und hoffe, dass sie mir ein Geheimnis verrät und die Schwangerschaft mit dem zweiten Kind weniger beängstigend ist.

»Gar nicht. Ich packe sie nur beide an der Hand und mache einfach. Solange ich zwei Hände habe und akzeptiere, dass ich nicht die ganze Zeit perfekt sein kann, kommen wir zurecht!«, erwidert sie mit einem Lächeln, einem Lachen und zwei Kindern, die an ihr herumzerren.

Also, wenn die knallharte, alleinerziehende Gloria Straunston es mit anstrengenden *Zwillingen* schafft, dann ich doch wohl auch!

SECHZEHN

Mai

Die Anspannung im Büro war geradezu mit Händen greifbar. Natalie hat unseren Pitch vorgestellt, überarbeitet und wieder präsentiert, und jetzt warten wir auf die schicksalsträchtige Entscheidung. MADE IT hat bereits viele lokale Aufträge sowie Shootings in London und kann sich den Schritt zum Film auf die Fahnen schreiben, aber dieser Riesenauftrag für die London Fashion Week wäre ein richtiger Coup. Natalie hat immer noch nicht sonderlich viel mit mir gesprochen, und ich weiß nicht, wie mein Job nach alldem hier aussehen wird. Bisher hat sie nur die wichtigsten Dinge kommuniziert, aber Stuart und Alice halten mich jeden Tag über die neuesten Entwicklungen auf dem Laufenden.

Seit dem Bilder-Platzhalter-Fiasko suche ich immer öfter einen Vorwand, um nicht im Büro und unter Natalies Augen sein zu müssen. Der Kalender ist voll mit Aufträgen vor Ort, da habe ich mir ein paar unter den Nagel gerissen, um mich zu beschäftigen. Außerdem wird mir dabei bewusst, dass ich die praktische Arbeit immer noch liebe.

Der große Freitag kommt, und die Aufregung im Büro hat mittlerweile schon fiebrige Ausmaße angenommen.

Bei jedem Anruf meldet sich Stuart mit zunehmend hochnäsiger Stimme, bis Alice ihn anfährt: »Warum redest du so, als ob du im Buckingham Palace arbeiten würdest?« Ab da spricht er wieder ganz normal.

Um Viertel nach drei am Nachmittag klingelt das Telefon, Stuart geht ran (mit nur noch halbköniglichem Akzent) und sagt schließlich ruhig und gelassen: »Einen Moment bitte, ich stelle Sie zu ihr durch.« Dann steht er auf, fuchtelt wild mit den Armen und tut so, als wolle er seinen Laptop wegwerfen. Was für ein Anblick.

Wir warten schweigend und starren auf Natalies geschlossene Bürotür. Ich will mich schon schamlos direkt davorstellen, doch Skye kommt mir zuvor und »sieht sich nur mal ganz genau das Schwarze Brett an«. Genau neben der Tür. So was kann sie, die gute alte, freche Skye, das muss man ihr lassen.

Plötzlich wird die Tür aufgerissen, Skye fährt fast aus ihrem hautengen Oberteil, und Natalie ruft: »Geschafft! Wir haben den Auftrag!«

Das gesamte Büro bricht in Jubelschreie aus, Alice springt auf und fällt Natalie um den Hals, Skye applaudiert, Stuart will schon wieder fast seinen Laptop zerstören und verzieht das Gesicht wie bei einem Orgasmus (irgendwann muss ich ihn fragen, warum er das macht, das ist so abgefahren), und ich stehe lächelnd an meiner Bürotür und nehme alles in mich auf.

Meine Idee hat gewonnen.

Meine Idee hat uns einen großen Vertrag mit der London Fashion Week eingebracht.

Ich kann es kaum erwarten, Kath und Lyla davon zu erzählen, meine größten Cheerleaderinnen im Leben, als Natalie mit ausgestreckten Armen auf mich zukommt.

»Glückwunsch, Robin, du hast es mal wieder geschafft«, sagt sie mir warmherzig ins Ohr. Ein paar Sekunden bin ich wie erstarrt. All diese Tage und Wochen habe ich mich wie ein Teenager mit Hausarrest gefühlt, dessen Eltern nicht wütend, sondern enttäuscht sind (was schlimmer als alles andere ist). Ich denke daran, wie ich herumgeschlichen und ihr verzweifelt aus dem Weg gegangen bin, aber mir genauso verzweifelt gewünscht habe, dass alles wieder wie früher wird. Wie unfassbar schuldig ich mich gefühlt habe, einen solchen riesigen Fehler begangen zu haben (oder besser gesagt, Skyes Fehler nicht vor Natalie bemerkt zu haben), und wie übel mir vor lauter Angst war (was auch an dem kleinen Wesen in mir gelegen haben könnte), und jetzt gratuliert sie mir. Wie die Jugend von heute sagen würde: »WTF?«

»Was? Aber du hast mich von dem Projekt doch abgezogen. Ich hab's doch total vermasselt«, antworte ich, schockiert wegen ihrer plötzlichen Freundlichkeit, die Augenbrauen verwirrt gerunzelt. Wahrscheinlich sehe ich ein bisschen wie eine Marionette aus.

»Glaub nicht, dass ich nicht Bescheid wüsste. Ich kenne dich. Es hat mich so angewidert, und ich war so enttäuscht von dir, dass du Skye nicht besser im Griff hattest und nicht noch mal durchgesehen hast, wofür du verantwortlich warst. Ich bin nicht gut mit der Situation umgegangen, du warst eine Idiotin (wenn auch eine sehr edle), dass du alles auf dich genommen hast, aber ich weiß, von wem welcher Vorschlag kommt, und ich kenne dich, Robin. Ich weiß, zu was du fähig bist und zu was nicht. Es tut mir leid, dass ich so überreagiert habe, und es tut mir leid, dass ich dich so lange habe schmoren lassen. Ich stand unter großem Druck, aber ich weiß, dass das keine Entschuldigung ist, vor allem nicht nach allem, was du für die Agentur getan hast«, sagt Natalie leise und sanft.

Wieder einmal steigen mir die Tränen in die Augen. Zurzeit scheine ich ständig zu heulen – verdammte Hormone. Ich bin so erleichtert! Vielleicht können wir jetzt wieder wie letztes Jahr miteinander arbeiten; vielleicht kann ich ihr von dem Baby erzählen. Plötzlich erscheint die Aussicht, sie um Mutterschaftsurlaub zu bitten, gar nicht mehr so beängstigend, und für den Bruchteil einer Sekunde sehe ich mich auf der London Fashion Week, wie ich mit Maras Models arbeite, mit stolz gerundetem Bauch, alle sehen hinreißend aus, ich leuchte, Natalie liefert perfekte Arbeit, alles ist einfach nur wow!

»Natalie, ich …«

»Du musst nichts sagen, jetzt feiern wir. Es tut mir leid, dass ich so komisch war, es war ein ziemlicher Schock, wieder zurück zu sein, und dieser Pitch war so wichtig. Aber du sollst wissen, dass ich mit Skye mittlerweile gesprochen habe. Ich habe ihr eine sechsmonatige Probezeit verpasst. Sie weiß, dass sie sich unser Vertrauen erst wieder erarbeiten muss. Ich hätte besser mit dir kommunizieren sollen und konnte es einfach nicht. Verzeihst du mir?«

»Dir verzeihen? Als ob du da noch fragen müsstest. Ich bin einfach froh, dass du dich freust, dass wir gewonnen haben, dass alle sich freuen!«, sprudele ich laut heraus und will mir instinktiv die Hand auf den noch nicht mal sichtbaren Bauch legen, halte mich jedoch zurück, bevor sie es bemerkt. Ich kann es kaum erwarten, ihr alles zu erzählen, aber heute sollten wir den Zuschlag feiern. Die Babyneuigkeit kann uns einen anderen Tag aufheitern.

»Alles klar, Robs, du freust dich, das haben wir kapiert! Jetzt komm und trink was mit uns!«, brüllt Stuart aufgeregt herüber.

Die Party ist in vollem Gang. Alice hat die Musik aufgedreht, Stuart schenkt uns ein (ich wusste gar nicht, dass wir Sektgläser haben), Skye tanzt mit geschlossenen Augen und einem Glas in ihrer erhobenen Hand, und Natalie geht mit einem breiten Grinsen hinüber und bittet Alice, die anderen hereinzurufen, um mitzufeiern.

Ich bekomme ein wenig Panik, wie ich dem Champagner ausweichen soll, ohne dass die anderen es bemerken, und entschuldige mich rasch. »Bin gleich wieder da!«, rufe ich, auch wenn niemand zuhört, die Musik ist zu laut, die Feier zu wild.

Ich verschließe die Kabinentür und setze mich auf die Toilette. Langsam atme ich aus. *Was für eine Erleichterung, dass alles so gut ausgegangen ist und wir den Auftrag bekommen haben,* denke ich. Der heutige Tag könnte nicht besser laufen. Dieser Monat hat sich wirklich unglaublich entwickelt. Man sagt ja, aller guten Dinge sind drei, ich bin also gespannt, was noch passiert!

Und dann sehe ich es.

Ich weiß nicht, warum ich es vorher nicht bemerkt habe. Die Freude hat mich zu sehr abgelenkt. Meine Unterhose, das Klopapier und die Toilettenschüssel sind blutig.

Voll von hellem, dickem Blut.

TEIL DREI

Die besten Pläne …

SIEBZEHN

Erst nach ein paar Sekunden verstehe ich, was ich da sehe. Da ist Blut in meiner Unterhose. Ich bin schwanger.

Man sollte aber nicht bluten, wenn man schwanger ist.

Das ist nicht gut, oder?

Zuerst denke ich optimistisch, dass es nur ein paar »Schmierblutungen« sind. Davon habe ich gehört. Da muss man sich keine Sorgen machen. Abgesehen davon, dass es ganz und gar nicht nach ein bisschen Blut aussieht. Vorsichtig wische ich noch mal mit Klopapier ab, will es eigentlich nicht sehen, muss es aber wissen. Nein, definitiv keine leichte Schmierblutung, dafür ist es viel zu viel. Wieso habe ich das vorhin am Schreibtisch nicht bemerkt? Ich muss es doch gespürt haben? Passiert das wirklich?

Ausnahmsweise arbeitet mein Kopf schneller als mein Herz, weil ich im Moment gar nichts fühle. Ich blute, ich höre Stuart und Alice jubeln. Ich muss nach Hause, ich brauche eine Binde, ich brauche praktischen Rat, ich muss mit einem Erwachsenen sprechen. Plötzlich bin ich das nicht mehr.

Ich falte aus etlichen Lagen Klopapier eine provisorische Binde und sehe dabei, dass meine Hände zittern. Das Herz hat den Kopf also langsam eingeholt. Plötzlich geht es nicht mehr um mich, meine Unterhose, dass ich hier auf dem Büroklo festhänge. Es geht um mein Baby. Ist es immer noch meins, oder ist es tot? Hat es mich schon verlassen? Kann man es retten? Kann ich genau jetzt etwas tun? Was auch immer das sein könnte. Ich brauche Hilfe. Panik steigt in mir auf.

Fast wie auf Autopilot ziehe ich die verschmierte Unterhose mit der Klopapierbinde hoch, schließe die Jeans, spüle, wasche mir die zitternden Hände, gehe in mein Büro, hole meine Tasche und steuere am ganzen Team vorbei Richtung Ausgang. Wie aus weiter Ferne höre ich die Fragen, wohin ich gehe, man ruft meinen Namen, doch ich fühle mich wie unter Wasser und verstehe kaum, was sie sagen. Im Moment ist mir das egal, ich drehe mich nicht einmal um, bis ich im Wagen sitze. Ich bin gerade nicht ich selbst. Ich bin nicht »Robin Wilde, Natalies rechte Hand«, nicht »Robin Wilde, netteste Frau im Büro«. Nein, ich bin Robin Wilde, und ich muss mein Baby retten. Ich drehe den Zündschlüssel und fahre, ohne nachzudenken, zu Tante Kath.

Ich klopfe an ihre leuchtend rote Tür und stehe bewegungslos da, mit demselben starren Gesichtsausdruck wie in den letzten zwanzig Minuten. Ich fühle immer noch nichts. Als hätte ich jede Faser meines Gehirns und meines Körpers angehalten, um mich zu schützen, doch sobald Kath die Tür öffnet und ich ihr Gesicht sehe und ihren Duft nach Giorgio Beverly Hills aus den Achtzigern rieche, verliere ich die Fassung. Wie sie da steht in ihrer dunkellila Häkelstrickjacke über einem senffarbenen Spitzenoberteil, das sich mit ihrer klobigen Glasperlenkette in Grün beißt, könnte ich mir gerade keinen schöneren Anblick vorstellen. Plötzlich holt mich die Realität ein, und ich kann mich kaum noch aufrecht halten. Der Himmel scheint auf mich herabzustürzen, alle Gefühle meines gesamten Lebens wallen in mir auf, und ich stoße einen tierischen Schrei aus und falle Kath schluchzend in die Arme, während ich hektisch »das Baby, das Baby« herauszubringen versuche.

Ich weiß nicht, wie lange ich so dastehe, aber als ich mich von Kath löse, weint sie auch. Sie scheucht mich ins Haus und hält mich fest, streicht mir übers Haar und redet beruhigend auf mich ein. »Schon gut, alles ist gut, Liebes«, sagt sie immer wieder, bis meine verzweifelten Tränen zu trockenen Schluchzern werden und ich nur noch aus dem Schmerz in meinem Herzen zu bestehen scheine. Das Herz, das jetzt definitiv im Bilde ist, das Herz, das jetzt Bescheid weiß.

Es ist der schlimmste Tag meines Lebens. Nachdem mich Kath als Notfall zu meiner Hebamme in die Praxis gebracht hat, bestätigt sich unsere Angst. Ich habe eine Fehlgeburt.

»In diesem frühen Stadium passiert das sehr häufig«, sagt die Hebamme und will wohl tröstlich klingen. Ich nicke ausdruckslos, mir fehlen die Worte für eine Antwort. Schließlich übernimmt Kath das Ruder, dankt ihr für ihre Zeit und fragt, wie es jetzt weitergeht. Man sagt uns, dass wir die Schwangerschaft abgehen lassen sollen und ich mich ausruhen muss, Kath nimmt einige »hilfreiche« Broschüren entgegen und bringt mich zu ihrem Auto zurück. Durch den ganzen Schmerz und den Nebel registriere ich die Worte der Hebamme: »die Schwangerschaft soll abgehen«, nicht »das Baby«. Sie sagt bewusst nicht »Baby«, um es leichter für mich zu machen. Ich würde sie am liebsten anschreien, dass sie kapieren soll, dass mein Kind tot ist, und auch wenn es »sehr häufig passiert«, ist das jetzt nicht nur ein medizinischer Zwischenfall, sondern mir bricht gerade das Herz.

Wir fahren zu mir, Kath holt Lyla von der Schule, und ich verkrieche mich weinend im Bett.

Ich weine aus so vielen Gründen. Ich weine wegen des Verlustes, den ich jetzt empfinde, und wegen des Verlustes, wenn ich den Leuten die Neuigkeiten mitteilen und so tun muss, als wäre ich »okay«, während ich den Satz der Hebamme wiederhole, dass das in diesem frühen Stadium sehr häufig passiert. Ich weine wegen der körperlichen Schmerzen, die langsam stärker werden, und was das für das Leben in mir bedeutet. Ich weine um das Leben, das ich Lyla jetzt nicht mehr bieten kann. Sie wusste nicht mal für kurze Zeit, dass sie eine große Schwester war; sie hat nie von der Freude kosten dürfen, die sie noch erleben sollte. Ich weine, weil ich mich schuldig fühle, so unglaublich schuldig, weil ich dieses Baby, mein Baby, nicht von der ersten Sekunde an geliebt habe, als ich von ihm wusste. All diese vergeudeten Tage, an denen ich mir das Schlimmste ausgemalt und mich nicht einfach jede Sekunde lang gefreut habe. Ich weine, weil ich weine. Diese Leere ist mit nichts vergleichbar. Die Große Leere aus dem letzten Jahr, die mich an all diesen einsamen Single-Mum-Tagen ausgefüllt hat, ist nur ein Kratzer an der Oberfläche verglichen mit diesem Abgrund.

Zwei Tage später hat sich nicht viel geändert. Ich weiß nicht, wie ich jemals wieder glücklich sein soll. Ich kann mir keine sonnigen Tage oder Lachen vorstellen. Nur dieser Schmerz wird immer da sein. Ich bin gebrochen, emotional und auch körperlich. Niemand sagt einem, wie sich eine Fehlgeburt anfühlt. Es ist brutal. Die starken Blutungen, wegen der ich dauernd die Binden wechseln muss, erinnern mich ständig daran, was mein Körper abstößt. Die Krämpfe rauben mir den Atem. Der körperliche Schmerz ist aber immer noch weniger schlimm als der in meinem Herzen. Viel weniger.

Kath war bei uns geblieben, hatte die Agentur informiert und Lyla gesagt, dass ich ganz böse Bauchschmerzen habe. Lyla hat nicht nachgefragt, aber sich oft neben mich ins Bett gesetzt und, an mich gekauert, Vlogs von Leuten, die Überraschungseier öffnen, auf dem iPad angesehen und mir gesagt, dass sie mich liebt. Ihre unschuldigen Liebesbezeugungen sind das Einzige, was mich irgendwie aufrecht hält.

Auch Kath umgibt mich mit ihrer Liebe. Wie sie morgens hereinkommt und meine Vorhänge aufzieht, ein Fenster öffnet und mir eine heiße Tasse Tee auf den Nachttisch stellt. Oder wie sie sorgfältig Lylas Haare zu französischen Zöpfen flicht und darauf achtet, dass ihre Socken hochgezogen sind, damit sie ordentlich für die Schule aussieht. Wie sie unten herumwerkelt, aber regelmäßig mit einem Tablett mit Essen heraufkommt oder mir anbietet, einen »kleinen Ausflug zu machen, um dich aufzumuntern«, was ich an beiden Tagen ablehne. Ihre Liebe sehe ich, doch Lylas Liebe kann ich beinahe greifen. Sie hat keinen Grund, mich so innig zu lieben, sie weiß nicht, welchen Schmerz ich gerade durchlebe, aber sie überschüttet mich mit ihrer Zuneigung, grundlos und ohne Erwartungen, außer dass ihre Mutter sie genauso liebt.

Und das tue ich. Ich liebe sie für alles, was sie ist, und wegen allem, was ich verloren habe. Mein mütterliches Herz schmerzt vor Liebe zu meinen beiden Babys, und dagegen hilft nur das beruhigende Gefühl, Lyla im Arm zu halten. Ich rieche ihr Haar, höre ihrem Geplapper zu und lobe sie überschwänglich für die »Gute Besserung«-Karte, die sie mir gebastelt und für die sie Bilder aus Zeitschriften ausgeschnitten hat, die mir ihrer Meinung nach gefallen (Handtaschen, Essen, ein Pudel). Neben unsere »neuen Sachen« hat sie mich und sich gemalt, wie wir lachen.

Wie letztes Jahr bei der Großen Leere schirme ich sie ab. Ich trockne mir die Augen, bevor sie aus der Schule kommt, sitze aufrecht im Bett, lächele, wenn sie hereinkommt, und sage ihr jedes Mal, wenn sie fragt, dass es meinem Bauch schon viel besser geht. Das Lügen fühlt sich fast gut an. Ich will es glauben und mich in der Lüge verlieren. Ich klammere mich daran wie an ein Rettungsfloß in einem Meer aus Unglück.

ACHTZEHN

Am dritten Tag kommt Kath mit einem warmen Nutella-Toast und einer Tasse Tee. Statt mich dann wieder allein zu lassen, setzt sie sich ans Bettende. »Liebes, du musst jetzt aufstehen. Du kannst nicht ewig hierbleiben«, sagt sie mit liebevollem Blick und zur Seite geneigtem Kopf. Auch wenn es draußen langsam sommerlich warm wird, trägt sie heute einen grünen Strickpullover, in den Fäden roter Glitzerwolle eingearbeitet sind, und einen langen, marineblauen Faltenrock. Es ist so toll, dass Kath einfach das trägt, was sie will, unabhängig von der Jahreszeit. Ich wünschte, ich könnte auch öfter wie sie sein, mit ihrer Mir-doch-egal-Haltung.

»Ich kann nicht«, sage ich leise und schaue auf den Toast.

»Doch, du kannst. Du glaubst nur, keine Kraft zu haben, aber ich weiß, dass du es schaffst.« Zärtlich legt sie mir eine Hand aufs Bein.

»Ich brauche noch mehr Zeit«, flüstere ich.

»Du bist Robin Wilde, mein furchtloses Mädchen, du bist tapfer und lieb und bereit, aufzustehen und weiterzuleben.« Sie schubst leicht mein Bein an, wie um ihre Worte zu unterstreichen. Trotzdem glaube ich ihr nicht. Ich bin das alles nicht. Nur eine traurige alleinerziehende Mutter, die eine Fehlgeburt hat.

»Kath«, will ich protestieren, aber ich habe einfach nicht die Kraft.

»Ich weiß, wie schwer das ist. Ich weiß, wie sehr dein Herz schmerzt, aber wir müssen uns dem Ganzen stellen und weitermachen. Das ist die einzige Lösung«, sagt sie einen Tick bestimmter als vorher.

»Ich weiß nicht, wie.«

»Wir müssen dem amerikanischen Burschen sagen, was passiert ist. Er hat keine Ahnung, und je eher er es weiß, desto besser.

Ich werde dir mit Lyla helfen, ich werde auch mit Natalie sprechen, wenn du das möchtest, aber Edward musst du es selbst erzählen«, sagt sie leise und ernst.

Ich weiß, dass sie recht hat. Ich habe seine Nachrichten ignoriert – nichts, worauf man sofort hätte antworten müssen, nur lustige kleine Memes oder mal ein Bild von etwas in New York, das ihm gefallen hat (gestern Abend hat er mir einen Regenbogenbagel geschickt), weshalb er die letzten Tage in völliger Unkenntnis verbracht hat. Er muss es wissen. Im Gegensatz zu der nervösen Angst, als ich ihm von der Schwangerschaft erzählt habe, fühle ich mich jetzt einfach nur taub. Als wäre es ein sachlicher Punkt, den ich auf einer Liste abhaken muss. Den Schmerz über den Verlust des Babys spüre ich allerdings noch – er könnte nicht schärfer sein –, doch die übliche Unsicherheit, wenn ich etwas Wichtiges mit einem Mann besprechen muss, fehlt vollkommen. Es ist mir egal, ob ich cool klinge, es ist mir egal, ob ich lustig oder attraktiv rüberkomme. Alles ist egal.

Ich schicke ihm eine Nachricht und achte dabei auf den Zeitunterschied, wie Kath mir weise geraten hat:

Hi Edward, ich muss mit dir sprechen, könntest du mir bitte schreiben, wenn du wach bist? Dann rufe ich dich über FaceTime an. xx

Ich tippe auf »Senden«, ohne über jedes Wort nachzudenken, ohne zu überlegen, wie viele Küsse ich schreiben soll oder ob die Grammatik richtig ist. Ich kann mir nicht vorstellen, dass so etwas jemals wieder wichtig sein könnte. Warum auch?

Kath sitzt den restlichen Vormittag an der Frühstücksbar und mischt flüssige Seife mit Ölen und getrocknetem Lavendel, um dann alles in Glasflaschen mit kleinen Messingpumpen abzufüllen, die sie im Internet gekauft hat. Ich dusche mich zum ersten

Mal seit drei Tagen und bleibe lange unter dem Strahl stehen, versuche, den Schmerz zusammen mit dem Blut und dem heißen seifigen Wasser abzuspülen. Zu sehen, wie das Blut durch den Abfluss wirbelt, ist seltsam faszinierend. Ein Teil von mir geht für immer, und doch bin ich immer noch da, sehe es, erkenne es an, bin mir im Klaren, dass ich es weder aufhalten noch zügeln kann. Lange schaue ich auf das Blut und hoffe, dass, wenn das Wasser klar ist, auch der Schmerz verschwindet. Natürlich hält er länger durch als das heiße Wasser in meinem Tank, weshalb mir immer noch alles wehtut, als ich aus der Dusche komme – Körper und Seele –, aber ich zumindest sauber bin.

Ich ziehe mir dieselbe weiche Nickijogginghose an, die ich auch anhatte, als mir klar wurde, dass ich schwanger sein könnte, dazu ein langärmeliges, weites Shirt und dicke Socken und gehe nach unten.

Das ganze Haus riecht beruhigend nach Lavendel. Nachdem ich ganze achtundvierzig Stunden nicht in der Küche gewesen bin, sehe ich überrascht, dass sie sich in eine Bastelwerkstatt verwandelt hat, mit getrockneten Lavendelzweigen, Flaschen, Tiegeln, Löffeln, Badekugeln und Etiketten auf jeder freien Oberfläche.

»Ich glaube, nicht einmal Moira und ich können so viel Seife verbrauchen«, scherze ich schwach in Richtung Kath, als ich einen kleinen cremigen Riegel aufhebe und den wunderbaren Geruch einatme.

»Ich weiß, ich hätte es dir schon längst sagen wollen. Ich werde sie auf Märkten und so verkaufen«, antwortet Kath lächelnd. »Moira liebt meine Produkte, ebenso wie die Damen im Cupcakes-und-Häkel-Club. Wir sprechen oft darüber! Heutzutage ist alles darauf ausgerichtet, dass man jünger aussieht, ›jugendlicher wirkt‹ und all so was, aber das wollen wir nicht – zumindest Moira und die anderen. Wir haben kein Problem damit, älter zu werden. Man hört ja nach der Menopause nicht auf, eine Frau zu sein. Wir versuchen nicht, die Uhr zurückzudrehen – wir wollen das Beste aus der Gegenwart machen. Ich will mir keine Chemie ins Gesicht schmieren, um meine Lachfalten loszuwerden. Die habe ich mir verflixt noch mal verdient! Wir wollen nur ein bisschen gut riechendes Badewasser, eine schöne Creme hier und da, damit wir uns besonders fühlen. Ich will all dieses wissenschaftliche Anti-Aging-Zeugs nicht, das einem gleich eine Operation vorgaukelt. Deshalb packe ich den Stier bei den Hörnern, wie man so schön sagt, und mache das alles für die Mädels. Lavendel für alle!«

Ich liebe diese Frau. Baut sich ein Imperium im Erdgeschoss auf, kümmert sich im Obergeschoss um mich, und sorgt auch noch für Lyla. Sie ist ein Wunder.

»Du bist ein guter Mensch, Kath«, sage ich lächelnd und mit einem kleinen Kloß in der Kehle. Alles ist so wund und emotional. Ich will mehr darüber reden, dass sie etwas so Wundervolles erschafft und andere Frauen unterstützt, ihr Alter ignoriert und stolz nach vorne schaut, doch im Moment kann ich es nicht. Ich habe so gut wie keine Energie mehr, und wenn ich über ein auch nur annähernd emotionales Thema spreche, breche ich zusammen.

»Das bist du auch, Schatz, das bist du auch«, sagt sie, als sie aufsteht, um mir etwas Suppe warm zu machen und Butterbrote zu streichen. Während sie und ich etwas Platz auf dem riesigen Holztisch freiräumen, wird mir klar, dass ich heute Kaths Liebe spüren und nicht nur sehen kann, wie bei Lyla. Vielleicht ist das ein Schritt nach vorn.

Hey! Ich bin wach, schöne Frau! Was ist los? xxx

Edwards Nachricht trifft nach dem Mittagessen ein. Zu einem anderen Zeitpunkt hätte ich die drei Küsse vielleicht bemerkt, doch nicht heute. Nichts davon ist wichtig.

Ohne über mein ausgezehrtes, ungeschminktes Gesicht nachzudenken oder mein nass auf dem Kopf zusammengebundenes Haar, klicke ich auf das kleine Kamerasymbol, um FaceTime aufzurufen. Besser etwas tun, als nachzudenken.

»Guten Morgen, Miss Wilde! Wie geht es uns heute?«, sagt Edward ruhig und entspannt, bevor er meine blasse Haut und das gekräuselte Haar bemerkt. Verstehen zuckt in seinen Augen auf – er weiß, dass etwas nicht in Ordnung ist.

»Edward«, fange ich an, und meine Stimme bricht bereits.

»Oh, Robin«, sagt er leise.

»Das Baby. Ich habe es verloren. Ich weiß nicht, was ich falsch gemacht habe, aber es ist nicht mehr da.« Ich bringe das Wort »Fehlgeburt« nicht heraus. Als wäre es eine Kugel in einer Pistole und ich könnte es nicht über mich bringen, den Abzug drücken.

Edward zögert einen Moment, und in dieser Zeit durchbrechen noch mehr heiße, dicke Tränen meine innere Taubheit.

»Robin. Meine arme Robin. Du hast überhaupt nichts getan. Es tut mir leid. Ich wünschte, ich wäre bei dir. Es ist nicht deine Schuld.« Diese kurzen kleinen Sätze sind wie warme Medizin für mein gebrochenes Herz. All diese Wochen und Monate, in denen ich ihn auf Abstand gehalten habe, und jetzt will ich ihn plötzlich ganz nah bei mir haben. Ich weine weiter, das Handy bebt in meiner Hand.

»Hör zu. Ich kann übers Wochenende zu dir fliegen, wenn du willst. Einfach bei dir sein. Du musst da nicht allein durch«, bietet er an, wie immer der Mann, der für alles eine Lösung zu finden versucht.

»Ist schon okay, meine Tante ist hier, Lyla ist hier. Mit mir ist alles so weit in Ordnung. Sie sagen, dass es in diesem frühen Stadium häufig passiert«, füge ich die Standardfloskel hinzu, um diese furchtbare Situation kleinzureden.

»Wie geht es dir?«, fragt er ruhig.

»Beschissen. So richtig verdammt beschissen. Ich hatte mich gerade darauf eingestellt, habe langsam die positiven Seiten gesehen. Meine Freunde haben sich für mich gefreut. Und es war so schön, dass meine beste Freundin jetzt auch schwanger ist und ihr Kind kurz nach mir bekommen soll, und wir wollten alles gemeinsam machen ... Und jetzt ist alles vorbei«, sage ich und hole kaum Atem, bevor neue Schluchzer aus meiner Kehle dringen. Zum ersten Mal denke ich an Lacey. Drei Tage habe ich nur an das Baby gedacht, das ich verliere, und völlig das Kind vergessen, das sie gewinnt. So muss sie sich gefühlt haben, als sie meinen Schwangerschaftstest gefunden hat. Wie schwer wird es werden, ihr Kind wachsen zu sehen und dabei jedes Mal an meins zu denken, das ich nicht kennenlernen durfte. Ich merke, dass Edward weiterspricht, und reiße mich aus meinen Gedanken.

»Ich bin aber nicht weg«, sagt er mit einem liebevollen Lächeln. »Ich bin immer noch hier. Weit weg, aber immer noch hier.«

»Danke«, bringe ich mühsam heraus. Ich weiß wirklich nicht, wie ich seine Worte verstehen soll oder sein Angebot oder was auch immer es war, aber Dankbarkeit scheint eine gute Antwort zu sein.

»Ich wusste nicht, wie sehr ich es wollte, bis ich das ganze Blut gesehen und gewusst habe, dass es vorbei ist«, flüstere ich traurig.

»Ich wollte es auch. Ich weiß, so würde man das normalerweise nicht angehen, aber ich habe überlegt, zurück nach England zu ziehen und mich mit dir um das Kind zu kümmern. Wir könnten immer noch mehr daraus machen«, fügt er nach einer Pause hinzu.

»Ich weiß es nicht, Edward«, antworte ich, als die vertraute Panik vor zu viel Nähe einsetzt und die Sehnsucht, ihn bei mir zu haben, plötzlich schwindet. »Ich glaube, ich muss erst einmal alles verarbeiten.«

»Okay«, sagt er leise, ausdruckslos.

»Ich wollte es dir nur erzählen. Es tut mir so leid. Ich wollte nicht …«

»Robin, hör auf. Du musst dich nicht entschuldigen. So ist es jetzt eben. Ich bin hier, wenn du mich brauchst, und ich werde nach Flügen schauen. Auch wenn du nichts unternehmen willst, ich möchte dich einfach gern sehen. Ich bin auch betroffen.«

»Gut. Wenn dir nach Pyjamas und Trostessen und sonst nicht viel ist, dann okay.« Wenn er ohne Hintergedanken kommt, ist das vielleicht genau das, was ich brauche. Ich spüre einen leichten Hoffnungsschimmer.

»Ich wüsste gerade nicht, was ich lieber täte. Wenn ich Brunch von Sarabeth's mitbringen könnte, würde ich es tun.«

»Du könntest mir eine Schachtel Ferrero Rocher vom Flughafen mitbringen«, scherze ich schwach.

»Abgemacht.«

Ich weiß nicht, was ich darauf sagen soll. Mir fehlt die Energie für freundliches Geplänkel.

»Hör zu, ruh dich aus«, sagt er, als er meine Erschöpfung bemerkt. »Ich bin hier, wenn du mich brauchst – Tag und Nacht –, und du musst dir um nichts Sorgen machen. So etwas passiert, du hättest es nicht verhindern können, und du bist definitiv nicht allein. Ich rufe dich später an oder schreibe.«

»Okay«, erwidere ich möglichst verbindlich.

»Okay. Bye, Robin, pass auf dich auf.«

Wir legen auf.

NEUNZEHN

Am nächsten Tag gehe ich wegen des Isso-Projektmeetings vormittags zur Arbeit.

Zuerst hatte ich Kath gesagt, dass Natalie es nicht erfahren sollte – schließlich habe ich ein Baby verloren, von dem sie gar nichts gewusst hat –, und ich wollte unbedingt eine normale Krankheit vorschieben, doch dann wurde mir klar, dass es meine engsten Freunde wissen sollten. Sie sollten wissen, dass dieses Baby wichtig war. So viele Menschen behalten es für sich, und ich verstehe das völlig – wenn man es jemandem erzählt, öffnet man damit vielleicht ständig diese kleine Schachtel von Neuem, in die man seine Verletzungen und Schmerzen verräumt hat. Ja, ich weiß, dass ich trotz meiner Verwundbarkeit meine Trauer selbst in der Arbeit nicht verstecken könnte. Sie mussten es erfahren. Doch als es so weit war, hatte ich keine Worte. Was, wenn Natalie dachte, ich würde mich nicht genug für meine Arbeit einsetzen, was, wenn sie mich dafür verurteilte, dass ich von einem Mann schwanger geworden war, mit dem ich nicht einmal zusammen war? Ich weiß, dass das nur meine Paranoia war, aber mein Gehirn war wie gelähmt. Schließlich rief Kath bei Natalie an und erklärte ihr alles.

Danach sagte sie mir, mit Natalie sei alles besprochen und sie habe großes Verständnis, aber ich freue mich nicht gerade darauf, ins Büro zu gehen. Ich will nicht zurück an den Ort, an dem es passiert ist. Will diese zombieartigen Schritte nicht zurückverfolgen. Nicht das Objekt mitleidiger Blicke sein oder, viel schlimmer, mitfühlender Worte. Ich werde nichts verkünden oder es von mir aus ansprechen (»Hey Leute, tut mir leid, dass ich letzte Woche einfach so abgehauen bin, aber mein Baby ist gestorben« kommt jetzt nicht so gut bei Büro-Small-Talk, oder?), aber Kath meinte, Natalie wolle die Situation »einfühlsam« angehen und alle informieren. Mich muss man auch einfühlsam behandeln, das merke ich.

Trotzdem habe ich großes Glück. So viele Frauen müssen sofort weitermachen, dürfen den Schmerz nicht zeigen, der sie jeden Tag begleitet, dürfen dem Erlebten nicht den nötigen Raum geben, weil »das Leben muss ja weitergehen«. Welche Ironie. Ich hatte nie geplant, so viel zu arbeiten wie in letzter Zeit. Im letzten Jahr habe ich nur einen oder zwei Tage pro Woche gearbeitet, und es hätte gar nicht so viel mehr daraus werden sollen. Der Verlust des Babys hat mir eine Zwangspause verordnet, aber wenn ich ehrlich zu mir bin, brauchte ich auch ein wenig mehr Zeit daheim, nur für mich und Lyla.

Deshalb will ich meine Accounts und Aufträge umverteilen und dann ein paar Wochen freinehmen, um mich zu erholen. Jetzt, da wir den Mara-Isso-Auftrag haben, wird das Team alles genau nach Vorgabe organisieren, damit alles glatt läuft, doch im Moment bin ich nicht mit Herz und Seele dabei.

Nachdem ich meinen Wagen vor dem Büro abgestellt habe, hole ich tief Luft, erinnere mich an Kaths »Du bist stärker, als du denkst«-Aufmunterung heute Morgen und betrete die Agentur. Ich bin früh dran, nur Alice sitzt am Empfang, und Stuart ist noch nicht da.

»Hallo, Alice, wie geht's?«, versuche ich, so normal wie möglich zu klingen.

»Super, danke, äh … ja … gut«, stottert Alice mit genau dem mitleidigen Blick, den ich gefürchtet habe. Sie tut mir leid. Wahrscheinlich weiß man wirklich nicht, was man zu einer Frau sagen soll, die einem nie von ihrer Schwangerschaft erzählt und das Baby dann verloren hat.

»Cool. Also, ich bin dann mal an meinem Schreibtisch«, antworte ich steif. Das muss ich eigentlich nicht extra sagen, aber heute scheint mir eine klare Ansage nötig.

»Super Plan! Ich bin hier, wenn du was brauchst«, erwidert sie, erleichtert darüber, dass unser angespanntes Gespräch zu Ende ist.

Mein Büro sieht noch genauso aus wie vor gut einer Woche. Niemand war hier – nicht einmal die Putzfrau –, mein halb ausgetrunkener Becher Kaffee steht immer noch auf dem Schreibtisch, der Papierkorb ist immer noch voll. Ich weiß nicht, was ich erwartet habe. So viel ist in meinem Leben passiert, so viel hat sich geändert, aber hier ist alles gleich geblieben.

Ich beschließe, nicht zu viel darüber nachzudenken, klappe den Laptop auf und logge mich ins E-Mail-Programm ein. Meine Inbox platzt aus allen Nähten.

Zwei Stunden lang gehe ich alles durch, schicke kurze Antworten oder schicke Auftragsanfragen an Natalie weiter, um die sie sich während meiner Abwesenheit kümmern wird, auch wenn ich den Kunden gegenüber nicht erkläre, warum ich nicht im Büro sein werde. Ich finde eine liebe persönliche Mail von Natalie, die sie nach ihrem Telefonat mit Kath geschickt hat. Ich überfliege ihre netten Worte zu meinem Baby und bin gerührt. Wenn ich mich stärker fühle, werde ich alles noch mal in Ruhe lesen. Dann setze ich Skye bei einigen Mails in cc, von denen ich weiß, dass sie etwas dazu sagen können wird. Verwaltungskram, Rechnungen und Terminsachen gehen an Stuart und Alice.

Um etwa zehn Uhr blättere ich durch die Unterlagen auf meinem Schreibtisch, halb geschriebene Post-its und die Post, die ich bisher ignoriert habe. Wenn ich mir freinehmen will, muss wenigstens mein Schreibtisch durchorganisiert sein. Alles durchzusehen hat eine reinigende Wirkung, und die Zeit scheint hier viel schneller als daheim zu vergehen.

Um elf sitze ich im »großen Besprechungsraum« (wir haben nur einen; keine Ahnung, warum wir ihn den »großen« nennen) mit Natalie, Skye, Kareem, drei Junior-Make-up-Artists und Alice, die

Protokoll führt. Natalie verteilt Face Maps, Stoffproben und Farbkarten, damit wir an dem genauen Look arbeiten können, den wir in weniger als vier Monaten auf die London Fashion Week bringen werden. Natalie, Skye und ich werden das Team mit den üblichen Make-up-Artists leiten, die Junior-Kolleginnen werden uns assistieren. Alice und Stuart werden hier die Stellung halten, wenn wir in London sind. Wir arbeiten hier also alle Hand in Hand, und die Luft vibriert geradezu vor Aufregung.

Tief drinnen weiß ich, dass ich die London Fashion Week genießen werde. Ich liebe meine Arbeit, ich liebe die Arbeit mit Models, ich liebe die Kreativität, doch heute spüre ich nichts davon. Ich fühle mich sehr weit weg von alldem hier; als ob die Freude die dicke Trauerschicht, die mich umgibt, nicht durchdringen könnte. Natalie spürt meine Stimmung und drängt mich nicht, lässt mich einfach friedlich dabeisitzen. Ich mache mir Notizen und nicke an den richtigen Stellen. Wenn die Zeit reif ist, werde ich dabei sein, das weiß ich.

Nachdem ich lange und wirklich nett mit Natalie darüber gesprochen habe, dass ich mir so lange freinehmen kann, wie ich es brauche, und mir um nichts Gedanken machen soll außer um mein Wohlbefinden, ist es Mittag. Als ich gerade zusammenpacke, steckt Skye den Kopf durch die Tür. Normalerweise wäre ich auf der Hut wegen eines schnippischen Kommentars oder würde mich genüsslich über ihre Anwesenheit ärgern, doch heute ist meine emotionale Energie auf einem historischen Tiefstand.

»Hey«, beginnt sie zögernd.

»Hey«, antworte ich. Was soll ich auch sonst sagen?

Sie bleibt nervös an der Tür stehen. »Mach dir um nichts Gedanken, wenn du weg bist. Ich werde dafür sorgen, dass alles gut läuft.«

»Danke, Skye. Ich übergebe alles in deine Hände, enttäusch mich also nicht … Aber das wirst du nicht, da bin ich mir sicher«, füge ich freundlich hinzu und warte darauf, dass ihr irgendetwas einfällt, weswegen sie mich kritisieren oder abfällig behandeln kann. Erst nach langem Schweigen spricht sie weiter.

»Also, ich wollte nur sagen, es tut mir wirklich leid, was dir passiert ist. Wirklich sehr leid.« Plötzlich sehe ich eine weichere, freundlichere Seite an Skye und muss schnell die Tränen wegblinzeln, die mir in die Augen steigen.

»Danke, Skye«, sage ich schließlich. »Tja, so was kommt vor. Ziemlich oft sogar.« Das wird zu meiner Standardantwort. Zum Glück reicht sie wohl aus, denn Skye nickt mir mit einem leichten Lächeln zu und geht zurück ins Großraumbüro, wo sie ein Gespräch mit Stuart über ihren morgigen Auftrag anfängt. Nach diesem unerwartet zarten Moment zwischen uns kehrt wieder Normalität ein. Gott sei Dank.

Bevor ich die Gelegenheit habe, länger darüber nachzudenken, vibriert mein Handy mit einer Nachricht von Lacey. Wieder fühle ich mich grässlich. Ich habe sie die ganze Woche abgewimmelt und gemieden, weil ich es nicht ertragen konnte, ihr alles zu erzählen. Sie hat mir unzählige aufgeregte Nachrichten geschickt mit Ideen für unsere gemeinsame Babyparty, Beispielen, wie sie sich ihr Schwangerschaftsshooting vorstellt und Links zu Geschäften mit Babykleidung, wo wir hingehen sollten. Ich habe so gut wie möglich mit hochgestreckten Daumen »ooooh, du würdest hinreißend in so einem Kleid aussehen« geantwortet, nur damit es weiter um sie geht und ich nicht über mich reden muss. Zum Glück war sie so von ihrer längst überfälligen Freude mitgerissen, dass sie nicht zwischen den Zeilen gelesen und gemerkt hat, dass ich mit ihrer Aufregung nicht mithalten kann. Entweder das, oder ich kann Dinge wirklich gut verbergen. Ich hoffe auf Ersteres.

Ich beschließe, es für heute gut sein zu lassen. Lyla muss erst in zwei Stunden abgeholt werden, weshalb ich in einem seltenen Moment von Kraft und Mut zu Dovington's fahre, um es hinter mich zu bringen.

ZWANZIG

Als ich die Tür des Blumenladens öffne, schlägt mir sofort der süße Duft diverser Sträuße voller wunderschöner, farbenprächtiger Blumen entgegen, und das Tageslicht fällt weich durch die großen Oberlichter über mir. So ähnlich muss es im Himmel sein.

Terri, die Ladenmanagerin, begrüßt mich. »Hallo, Robin! Glückwunsch! Lacey ist völlig außer sich vor Freude, die Gute.«

Es ist, als würde mich ein Lastwagen rammen. Ich weiß nicht, was ich darauf antworten soll, deshalb stehe ich nur schlaff da und sage so fröhlich wie möglich: »Ha! Ja! Danke! Ist sie da?«

»Ist sie! Sie bindet hinten Sträuße. Ich habe ihr gesagt, sie soll langsam machen, die Füße hochlegen. Das solltest du auch. Los, setz dich zu ihr!« Aufgeregt scheucht sie mich in den Hinterraum.

Sobald ich durch die Türen in die große alte Werkstatt trete, bin ich sicher vor Terris Begeisterung, denke ich – doch das bin ich natürlich nicht. Ich habe mich gerade freiwillig in einen Raum begeben, der vor Schwangerschaftsenthusiasmus geradezu explodiert und jedes Treffen einer Eltern-Kind-Gruppe am Samstagnachmittag in einem trendigen, familienfreundlichen Pub schlägt.

»Hallo! Ich wusste gar nicht, dass du vorbeikommen wolltest.« Lacey legt ein paar langstielige Rosen beiseite, um Platz für mich zu machen. Mir fällt auf, dass sie bereits ein Umstandsoberteil trägt, auch wenn man noch nicht mal den Ansatz eines Bäuchleins sieht. Natürlich genießt sie jede einzelne Sekunde, und warum auch nicht? Ich muss mich zusammenreißen und meine Gefühle unter Kontrolle bringen.

Doch sie kommt mir zuvor. »Ich habe mich gerade bei allen kostenlosen Babyclubs angemeldet, und ich glaube, ich weiß auch schon, welcher der beste ist. Man bekommt Punkte auf alle babyrelevanten Einkäufe, weißt du, Windeln, Nahrung, Kleidung und so was, und dann bekommt man auch noch eine Windeltasche geschenkt. Natürlich werde ich mir noch eine schöne von John Lewis kaufen, aber man kann ja nie genug Windeltaschen haben, nicht wahr?«, zwitschert sie, ohne Atem zu holen.

»Nein, wahrscheinlich nicht. Hör mal, Lacey …«, fange ich an.

»Ich weiß, ich erzähle dir ja nichts Neues, weil du das alles schon mal gemacht hast mit Lyla, aber jetzt beginnt ja irgendwie alles wieder von vorn, oder? Weil du nichts von den ganzen Babysachen behalten hast, und du bist jetzt auch in einer neuen Beziehung. Hast du nicht letztes Jahr den ganzen Babykram verkauft, den du unter der Treppe gelagert hattest? Verdammt, jetzt wünschst du dir wahrscheinlich, du hättest es nicht getan! Auch wenn ich denke, dass Edward dir ganz viele neue Sachen kaufen wird. O mein Gott, glaubst du, er zieht wieder nach England und heiratet dich? Er könnte bei dir in deinem neuen Haus wohnen, und ihr wärt die perfekte Familie, und Lyla wird ihn lieben, und …«

»Mein Baby ist tot!«, unterbreche ich sie so nachdrücklich ich kann. Zum ersten Mal sage ich es so deutlich. Nicht einmal »Fehlgeburt« habe ich bisher oft verwendet; ich habe mich an »Ich habe das Baby verloren« gehalten oder »Es hatte nicht sollen sein«, aber jetzt ist irgendwas zerbrochen. Es war, als wäre jedes ihrer Worte, jede ihrer kleinen Ideen oder Tipps ein Stich ins Herz gewesen, und sie musste einfach damit aufhören. Sobald ich es ausgesprochen habe, breche ich in Tränen aus. Dicke Tränen der Wut.

Lacey sitzt stumm vor Schock mit leicht geöffnetem Mund da, ihre Finger halten immer noch die Rosen und das Band, mit dem sie sie zusammengebunden hat. Lange Zeit sitzen wir so da.

»Was … meinst du damit?«, fragt sie schließlich langsam. Was soll ich denn schon meinen?

»Ich habe das Baby verloren«, antworte ich ausdruckslos und meide ihren Blick, sehe stattdessen auf die Blumen.

»Wann? Wie?«

»Letzte Woche, und was meinst du mit ›Wie‹? Wie man eben sein Baby verliert. Ich hatte eine Fehlgeburt. Das Kind ist tot.«

Offensichtlich kann Lacey es einfach nicht begreifen und fragt weiter: »Bist du sicher?«

Ich ertrage es nicht. Wie damals, als wir in der neunten Klasse waren und ich ihr erzählt habe, dass ich meine Knutschjungfräulichkeit an Alex Myer verloren habe und sie gesagt hat: »Bist du sicher?« Ja, ich bin verdammt noch mal sicher. Ich bin keine völlige Idiotin. Gerade will ich ihr schon etwas von wegen Blut und Krämpfen und der Hebamme entgegenschleudern, doch ich beherrsche mich. Sie kann nichts dagegen tun. Sie ist so vereinnahmt von ihrer Schwangerschaft, dass sie jetzt keine schlechte Freundin ist. Die Fehlgeburt ist auch ihr Verlust.

»Ja, Lacey«, sage ich sanft. »Die Hebamme hat es bestätigt, und ich hatte starke Blutungen. Jetzt blute ich auch noch ein wenig. Das Baby ist definitiv nicht mehr da.« Ich unterdrücke bei dem letzten Satz frische Tränen. »Es tut mir leid, dass ich es dir nicht früher gesagt habe. Ich konnte mich dem nicht stellen. Ich konnte mich gar nichts stellen.«

»Hast du das alles allein durchgestanden?«, fragt sie leise, während ihr Tränen übers Gesicht laufen.

»Nein, Kath und Lyla waren bei mir. Natalie hat mir für längere Zeit freigegeben. Edward hat gesagt, er kommt vielleicht. Es war okay. So okay, wie so etwas nur sein kann.«

»Warum hast du es mir nicht erzählt?«, flüstert sie.

»Weil du dich so gefreut hast. Du warst so glücklich, das wollte ich dir nicht verderben. Ich wollte, dass du in deiner wunderschönen Blase lebst und genießt, was wir eine Weile hatten. Ich wusste, wenn ich es dir sage, würde uns das beide treffen, und dafür war ich nicht stark genug.«

»Oh, Robin, es tut mir so leid. So unendlich leid«, sagt sie, legt endlich die Blumen hin, schiebt den Stuhl zurück und umarmt mich. Dabei steht sie schief über mir, eine Brust in meinem Gesicht, die andere irgendwo an meinem Ohr.

Ihren Schmerz zu spüren hilft mir komischerweise, mich zusammenzureißen. Ein bisschen, wie wenn zu Hause etwas schiefgelaufen ist und ich als starke Mum alles wieder in Ordnung bringen muss.

»Das wird schon, ehrlich. Ich werde mir eine Weile freinehmen und mich erholen, Zeit mit Lyla verbringen, Sachen im Haus erledigen«, plappere ich weiter.

Sie setzt sich wieder und weiß offenbar nicht, was sie sagen soll. Ich denke daran, wie sehr sie jedes Mal gelitten haben muss, wenn ich in den letzten zwei Jahren versucht habe, sie aufzumuntern, nach jedem negativen Test, nach jeder unerwünschten Periode. Ich dachte – hoffte –, sie hätte vielleicht mehr mitfühlende Worte für mich, aber sie scheint völlig sprachlos zu sein.

»Immerhin weißt du jetzt, dass du schwanger werden kannst. Du könntest es noch mal versuchen«, sagt sie schließlich geradeheraus. Sie denkt offensichtlich wirklich, dass mich das irgendwie tröstet. Ich bin schockiert. Dann brodelt die Wut wieder in mir hoch, aber ich bleibe ruhig und gebe mir große Mühe, sie zu verbergen. Sie weiß nicht, dass ich das gerade am allerwenigsten hören möchte.

»Du weißt, dass ich nicht versucht habe, schwanger zu werden. Ich bin nicht bereit, über die Zukunft nachzudenken, und selbst wenn ich es wäre, ich kann mir nicht vorstellen, dass Edward es ›noch einmal versuchen‹ wollen würde. Und die anderen begehrenswerten Junggesellen stehen ja nun nicht gerade Schlange an meiner Tür, um mich zu schwängern, oder?«

»Nein, aber das habe ich auch nicht gemeint! Ich meine, dass du, im Gegensatz zu mir, wahrscheinlich recht schnell wieder schwanger werden könntest, wenn du es wolltest.«

Ich verziehe das Gesicht. Ich weiß, dass sie versucht, mich zu beruhigen, aber damit bewirkt sie das Gegenteil.

»Ich sage doch nur, wenn ich ein Kind verloren hätte und wieder schwanger werden wollte, würde das sicher nicht so schnell wie bei dir klappen.«

»Oh, dann ist es also besser, dass ich mein Baby verloren habe und nicht du? Willst du das damit sagen?« Ich weiß, dass ich unfair reagiere, aber die Wut gewinnt die Oberhand.

»Nein, auf keinen Fall! Natürlich denke ich das nicht. Du trauerst, und das ist wichtig, und ich versuche dir nur zu helfen, aber ich mache alles nur noch schlimmer. Ich wünsche mir dieses Kind seit Jahren, das weißt du. Aber vor ein paar Tagen, da hast du …« Sie zögert.

»Na los«, sage ich und stehe auf. Ich glaube, ich weiß, worauf sie hinauswill.

»Also, ich war so glücklich, als ich erfahren habe, dass ich schwanger bin. Ich habe mich so gefreut. Für dich war es anders – du hast es nicht darauf angelegt, du wusstest nicht einmal, ob du es haben wolltest. Ich weiß nicht, was ich dazu sagen soll, Robin.« Sie wirkt panisch, als wüsste sie, dass sie das Gespräch vermasselt hat, aber keinen Weg zurück findet.

»Vielleicht sagst du besser gar nichts. Und vielleicht sollte ich besser gehen.« Ich nehme mein Handy und die Schlüssel und gehe zur Tür.

»Nein! Robin, sei doch nicht so! Ich wollte dich nicht verärgern, ich habe so eine Situation nur noch nie erlebt und weiß nicht, wie ich dir helfen kann.«

Als ich an der Tür bin, drehe ich mich noch einmal um. »Lacey, ich habe deine ganzen Fruchtbarkeitsprobleme auch nicht selbst erlebt, aber ich habe dir nie vorgeworfen, dass du nicht schwanger wirst, weil du es nicht sehnsüchtig genug wolltest. Ich glaube, wir müssen uns beide erst mal beruhigen.« Damit stürme ich hinaus zum Wagen und fühle mich schrecklicher als bei meiner Ankunft.

EINUNDZWANZIG

Als ich endlich mit Lyla daheim bin, schäume ich vor Wut. Nachdem ich Dovington's verlassen hatte, hatte ich mehr Zeit als gedacht und bin durch den Sainsbury's-Supermarkt gelaufen, wo ich Sachen in den Einkaufswagen gelegt habe, die ich gar nicht brauche; Essen, das keine richtige Mahlzeit ist – Edeloliven und Balsamicoessig. Außerdem habe ich alles hineingelegt, was Lyla liebt. Ihre Lieblingswürstchen, die Minijoghurts mit viel zu hohem Zuckergehalt, Erdbeeren, Krabbenchips, überteuerte Kinderzeitschriften, Schaumbad in hübsch geformten Flaschen, einfach alles. Zumindest eine von uns wird heute Abend superglücklich sein.

Als ich in der Küche alles auspacke, sitzt sie staunend an der Frühstücksbar.

»Mummy, warum hast du die ganzen Sachen gekauft?«, fragt sie und nimmt eine riesige Packung Shopkins-Spielzeugfiguren in die Hand, die ich in der Spielzeugabteilung gefunden habe. »Sind die für mich?« Sie strahlt übers ganze Gesicht.

»Aber natürlich!«, sage ich mit einem breiten Lächeln, das nur auf mich falsch wirkt.

»Echt? Danke, Mummy! Warum hast du das alles für uns gekauft?«, fragt sie erfreut und verwirrt.

»Weil ich beschlossen habe, dass wir heute einen Mummy-und-Lyla-Abend feiern! Wir werden alles ganz anders machen, den Fernseher einschalten, mit den neuen Spielsachen spielen, unser Lieblingsessen essen, diese neuen Schlafanzüge hier anziehen, deine Hausaufgaben ignorieren und uns einen magischen Abend machen, nur du und ich!«, antworte ich fröhlich und meine es auch so.

»Was? Mummy!«, quietscht sie, springt von dem Hocker und rennt zu mir, um mich fest zu umarmen.

Mein Gott, ihre Umarmungen sind wunderbar. Sie ist warm und weich und verströmt so viel Liebe. Ich gehe in die Hocke, und sie umarmt mich noch länger, während ich mein Gesicht in ihrem seidigen Haar vergrabe und sie fest an mich drücke.

»Geht es dir gut, Mummy? Du drückst ganz schön fest«, sagt sie in meinen Armen.

»Ja. Die letzten Tage ging es mir so schlecht, und es ist schön, dass ich mich wegen dir ein bisschen besser fühle.«

»Ich bin Schwester Lyla und werde mich um dich kümmern«, sagt sie und streichelt mir übers Haar, wie ich es bei ihr mache, wenn sie krank ist.

Das tust du doch schon, denke ich.

Unser Abend wird ein Traum. Wir baden mit ganz viel Schaum, sie zuerst und dann ich, während sie auf dem Badezimmerboden sitzt und in meinem Make-up kramt und von ihrem Tag erzählt – von den neuen Zwillingsmädchen in ihrer Klasse und was sie und Roo in der Mittagspause gespielt haben. Wir ziehen frische Pyjamas an und schlüpfen mit den Füßen in weiche Hausschuhe, die ich unter die Heizung gestellt hatte, damit sie extrakuschelig sind. Dann gehen wir nach unten, wo ich Würstchen, Kartoffelbrei, Zwiebeln und Soße zubereite, einen Weihnachtsfilm einlege, auch wenn es fast schon Sommer ist, die Vorhänge vorziehe und wir es uns wie kleine Feldmäuse in ihrem Grasbau gemütlich machen.

Lyla bringt nach dem Essen ihr Tablett in die Küche (heute habe ich als Extraüberraschung erlaubt, dass wir von Tabletts auf den Knien essen) und kuschelt sich dann vor dem Fernseher an mich.

Das hilft mehr als jede Medizin, jede Broschüre oder »hilfreiche« Gespräche mit Erwachsenen. Für ein paar Stunden fühle ich mich wieder normal. Als ob alles so wäre, wie es sein soll. Nur ich und Lyla in unserer kleinen Blase.

Um acht Uhr abends ist sie eingeschlafen, und statt sie zu wecken, nehme ich das warme Bündel in seinem Morgenmantel hoch und trage es in mein Bett. Heute ist einer der Abende, an denen ich sie dicht bei mir haben möchte, ihre Wärme, ihr Leben spüren will.

Als ich nach unten gehe, vibriert das Handy in meiner Tasche.

Hallo Robin, ich konnte dich ein paar Tage nicht erreichen, aber ich wollte dir nur sagen, dass ich am Donnerstag nach London kommen werde und dich gern übers Wochenende besuchen und bei dir sein würde. Wir müssen überhaupt nichts machen, einfach nur abhängen und entspannen. Gib mir Bescheid, was du darüber denkst. E. xxx

Schuldbewusstsein durchzuckt mich, dass ich Edward die letzten paar Tage ignoriert habe, trotz seiner regelmäßigen Nachrichten auf WhatsApp, doch mit der Kraft, die mir der heutige Kuschelabend verliehen hat, antworte ich.

Hallo! Tut mir leid, die Woche war ziemlich grässlich. Jetzt fühle ich mich sehr viel besser (körperlich und seelisch). Es wäre wirklich schön, wenn du hier wärst und wir ein bisschen nette Zeit miteinander hätten. Sag mir, wenn ich was für dich einkaufen soll. xx

Als ich Lyla am nächsten Morgen zur Schule bringe, hoffe ich, dass nichts Besonderes passiert und ich auch niemanden sehe, den ich kenne, vor allem nicht Val.

Lyla sprüht wie immer vor Energie und plappert ohne Pause, sodass ich mich von ihrer Fröhlichkeit mitreißen lasse, als wir ihre vielen Taschen (im Ernst, so viele Fächer und Gruppen brauchen Extraausrüstung – seien es Computer- oder Schwimmkurse –, und ich schwöre, dass sie einen actionreicheren Tag hat als viele Erwachsene) in den Garderobenraum bringen und dann zum Übergabepunkt in der Eingangshalle gehen.

»Ganz schön lange her!«, ruft eine vertraute Stimme. Lyla freut sich sehr, Clara zu sehen, und die beiden rennen voraus. Wie machen kleine Kinder das nur? Sie treffen sich fast jeden Tag, und trotzdem sind sie jeden Morgen aufs Neue begeistert, wieder zusammen zu sein, als ob sie sich zwischendurch jahrelang nicht gesehen hätten. Ich wünschte, ich würde mich so sehr freuen, jemanden zu sehen, oder jemand würde sich über mich so sehr freuen. Ich drehe mich zu Gillian.

»Hallo! Ja, ist wirklich lange her. Wie geht es dir?«, frage ich in hoffentlich normalem Tonfall.

»Sehr gut, danke, das Übliche, du weißt ja. Ich wollte dich heute Nachmittag sowieso anrufen – wir haben dich in letzter Zeit nicht oft in der Schule gesehen. Nur deine Tante und die Hippiefreundin. Ist alles in Ordnung?« Es ist toll, dass Gillian Storie solidarisch die »Hippiefreundin« nennt. Ich weiß, dass sie ihren Namen kennt, und ich schätze diesen kleinen Akt der Rebellion.

»Ach ja, ich war ein wenig krank«, erkläre ich, spüre aber die Panik in meiner Stimme, weil ich wieder darüber reden muss. Nachdem Kath Natalie alles erzählt hat, und nach dem katastrophalen Gespräch mit Lacey, ist mir klar geworden, dass es zwar einige Leute wissen sollen, ich es ihnen aber anscheinend nicht selbst erzählen kann.

Gillian spürt mein Unbehagen wie eine beschützende Bärenmutter und fragt sanft nach: »Wirklich, meine Liebe?«

Ich dachte, es ginge mir gut oder zumindest besser, aber Gillians Sorge wühlt alles wieder auf, und mir stockt der Atem. »Ja«, bringe ich gezwungen heraus.

»Sollen wir die Mädchen abliefern und irgendwo einen Kaffee trinken?«, fragt sie. Sie ist so lieb, dass sie mich nicht mitten in der Schule zum Weinen bringt.

ZWEIUNDZWANZIG

»Es ist schwer, es auszusprechen, aber es ist sicher das Beste, das Pflaster einfach abzureißen«, beginne ich geradeheraus nach einem großen Schluck heißer Schokolade mit Minze, als wir im Café sitzen. Den Zucker habe ich heute Morgen gebraucht.

»Also gut, ich bin ganz Ohr«, sagt Gillian mit ihrer üblichen beruhigenden Stimme.

»Vor ein paar Wochen habe ich herausgefunden, dass ich schwanger bin«, erzähle ich und sehe, wie sie sich mit einem strahlenden Lächeln etwas gerader hinsetzt. Ich spreche so schnell wie möglich weiter, um den Glückwünschen zu entkommen, mit denen sie mich gleich überschütten wird. »Letzte Woche habe ich herausgefunden, dass ich es nicht mehr bin«, fahre ich fort und starre in meine Tasse. Ich fühle mich nicht stark genug für große Worte. Selbst »Ich habe das Baby verloren« ist heute zu hart.

»O Robin.« Gillian greift über den Tisch hinweg nach meiner Hand.

»Ja. Das passiert sehr häufig in diesem frühen Stadium.« Ich spule meinen eingeübten Satz ab, die Floskel, die Menschen zu beruhigen scheint und sie glauben macht, dass es einem gut geht und man spielend damit fertig wird. Außerdem müssen sie dann nicht weiter nachfragen.

»Es ist egal, ob es häufig vorkommt oder nicht«, sagt Gillian nachdrücklicher, als ich erwartet hätte. »Dieses Baby war ein Teil von dir, du hattest Hoffnungen und Träume und Erwartungen, und die hat man dir genommen.« Ihre Hand liegt immer noch auf meiner.

Ich sehe von meiner Tasse auf, und unsere Blicke treffen sich.

»Genauso habe ich mich gefühlt, Gillian. Nicht nur, dass das Baby … nicht mehr da ist. Sondern auch, dass meine ganzen Pläne und Hoffnungen nicht mehr da sind. Ich wollte es so sehr, und jetzt … jetzt …« Ich beginne wieder zu weinen.

Gillian lässt mich geduldig einen Moment trauern, bis sie sagt: »Ich verspreche dir, dass es leichter wird.«

»Ich kann es kaum erwarten, das hier nicht mehr zu fühlen. Dass es mir endlich besser geht.«

»Nun – und bitte versteh mich nicht falsch –, du wirst dich nie wieder völlig so wie vorher fühlen, Robin. Besser als jetzt, ja, sicher, aber du bist nicht einfach wie durch Zauberhand wieder der Mensch wie zuvor. Aber das ist in Ordnung – es wird ein Teil von dir sein, und du wirst damit zurechtkommen. Du wirst lernen, dein Sternenkind auf andere Art zu lieben.«

»Mein was?«, frage ich völlig verwirrt. Ich habe den Begriff noch nie gehört.

»Dein Sternenkind. Wenn eine Frau ein Baby verliert, stelle ich mir immer vor, dass es ein Stern am Himmel wird. Ich weiß, das klingt ein bisschen verrückt, aber mir hilft es.«

Ich blinzele ein paarmal und verstehe, was sie mir sagen will.

»Gillian, das wusste ich nicht.«

»Es war lange bevor wir uns kannten. Ich habe die Verluste akzeptiert, aber ich halte sie in Erinnerung.«

»Mehr als eins? Das tut mir so leid.«

»Ja, zwei. Beide vor Clara, und dann war sie unser kleines Wunder. Wie gesagt, du wirst dich nie ganz davon erholen, aber irgendwann machst du deinen Frieden damit. Ich liebe sie immer noch, als wären sie meine richtigen Kinder. Ich denke immer, dass ich drei Kinder habe, eins hier bei mir und zwei in meinem Herzen.«

Gillians Worte sind schrecklich ergreifend. Wieder drohen mich die Tränen zu überwältigen, aber dieses Mal fühlen sie sich fast nach Befreiung an.

»Ich habe nie darüber nachgedacht, dass ich ›mein Baby‹ ja behalten darf. Seit es nicht mehr da ist, hatte ich das Gefühl, dass es gar nicht mehr existiert.«

»Robin, du hast ein Kind gezeugt, du hast es in dir getragen, dein Körper hat es genährt, dein Herz hat es geliebt. Es ist immer noch dein Baby und wird es immer bleiben.«

Auch Gillian hat jetzt Tränen in den Augen. Wir bleiben eine Stunde in dem Café und sprechen darüber, wie lange sie und Paul es versucht haben und dass sie ihrer toten Kinder an zwei besonderen Tagen im Jahr gedenken, Ballons steigen lassen oder mit Clara einen Tagesausflug machen und ihr sagen, wie sehr sie geliebt wird. Ich fühle so sehr mit ihr und liebe sie noch mehr, weil sie meinen Schmerz nachempfinden kann.

Unsere Getränke sind längst kalt, weshalb wir neue bestellen, außerdem Panini und Brownies, gegen den kleinen Hunger. Gillian holt tief Luft und sagt: »Ich glaube, du brauchst ein Projekt, etwas, worauf du dich konzentrieren kannst.«

»Ich habe mir gerade ein paar Wochen freigenommen, mein Projekt ist also, zu entspannen und mich um mich zu kümmern«, scherze ich.

»Nun, ich könnte etwas Hilfe gebrauchen. Jetzt verstehe ich, warum du nicht beim letzten PaGS-Treffen warst, daher erzähle ich dir davon«, sagt sie. »Wir haben darüber gesprochen, wie wir Geld für die Stiftung auftreiben können, mit der eine Pflegekraft für Mrs Barnstorm finanziert werden soll. Die neue Mutter, Gloria, hat einen Damenabend mit Wein und Verkaufsständen vorgeschlagen – an ihrer alten Schule war das wohl ein großer Erfolg –, aber ich glaube, wir brauchen ein bisschen mehr. Ich weiß, dass du dabei helfen kannst, du bist immer so kreativ. Was denkst du?«

Ich kenne Gloria immer noch nur flüchtig, aber sie wirkt nett. Jeden Morgen kommt sie in leuchtend bunten Outfits über ihren großzügigen Kurven auf den Schulhof, mit wippenden Haaren und einem Lächeln für jeden. Sie ist in jeder Hinsicht das Gegenteil von Val, und ich muss sie einfach mögen. Wenn sie und Gillian den Damenabend zu einem Erfolg werden lassen wollen, dann will ich gern helfen.

Gillian kann hervorragend organisieren, schließlich hat sie schon ganz allein über fünftausend Pfund bei der Dorfparty gesammelt, die sie jedes Jahr veranstaltet. Uns hat sie immer gesagt, sie würde sich nur um Tee und Kaffee kümmern, aber es hat sich herausgestellt, dass sie der Kopf hinter dem Ganzen ist und es niemandem erzählt hat – was für ein stilles Wasser!

Gillian und ich trinken unseren Kaffee, und plötzlich kommt mir eine Idee – ein Wellnessabend!

Wir beschließen, örtliche Kosmetiker einzuladen, unabhängige Händler, Catering, Entertainment und Make-up-Artists, für einen Abend, an dem alle shoppen, entspannen und sich verwöhnen lassen können. Gillian sagt, dass sie Kontakt zu einigen potenziellen örtlichen Sponsoren hat, und sie weiß, dass ich genau die Richtige bin für den Make-up-Bereich. Eine Brow Bar, einen Workshop für Smokey Eyes, Pediküre für den Sommer und vielleicht Handmassagen für uns Mütter, die ständig etwas zu tun haben (oder durch ihre Handys scrollen). Sofort fallen mir unzählige Ideen ein, und ich bin völlig begeistert von dem Vorhaben. Vom Café aus rufen wir Mr Ravelle an, um ihn um seinen Segen zu bitten, und man könnte meinen, dass man ihn gerade zum Direktor des Jahres gewählt hat, so aufgeregt ist er. Er schlägt sogar vor, dass wir die Lokalpresse einladen, damit sie über unseren Gemeinschaftssinn berichtet. Immer mit der Ruhe, Ravvy!

Ich habe das Gefühl, als hätte ich eine ganz neue Gillian kennengelernt. Nicht nur ihre zarte, verletzliche Seite mit ihren – unseren – Sternenkindern, sondern auch ihre kreative, innovative und professionelle. Ich bin beeindruckt und total von ihr inspiriert. Sie ist eine Frau mit ungekannten Tiefen, und ich schäme mich fast ein wenig, dass ich das bisher nicht in ihr gesehen habe. Sie hatte so recht, auf der ganzen Fahrt nach Hause denke ich fieberhaft darüber nach, wen ich einladen und was ich tun könnte, statt weiterhin so viel über den Schmerz in meinem Herzen nachzugrübeln. Er verschwindet dadurch natürlich nicht, aber die Große Leere fühlt sich plötzlich ein bisschen weniger leer an.

DREIUNDZWANZIG

Juni

Mir fällt auf, dass ich jeden Tag weniger weine.

Dass ich nicht in die Agentur muss und gleich doppelt abgelenkt bin, von der Planung des Wellnessabends und Edwards Besuch, tut mir gut. Ich glaube, der entscheidende Aspekt ist, dass mein Gehirn ständig beschäftigt ist. Wenn ich den Kopf voll mit Dingen habe, merkt er nicht, wie leer mein Herz ist.

Edward und ich haben per E-Mail vereinbart, dass er am Samstagmorgen zu mir kommt, um einen »superentspannten« Tag und die Nacht bei mir zu verbringen. Superentspannt ist hundertprozentig das, was ich gerade brauche.

Lyla ist dieses Wochenende bei Simon und Storie (zum Glück, denn ich bin noch überhaupt nicht bereit, sie Edward schon vorzustellen; und es gab auch keine weiteren »Unfälle« mit irgendwelchen Pflanzen), und gestern hat mir Kath geholfen, das Haus mit Wischtuch und Staubsauger auf Vordermann zu bringen. »Er soll doch nicht denken, dass du wie eine Chaotin lebst, Liebes«, hat sie gesagt, als sie mit ihrem schnurlosen Staubsauger und den Putzmitteln angerückt ist.

Also, das Haus ist sauber, Lyla ist gut untergebracht, und ich freue mich wirklich darauf, Edward zu sehen. Er soll nicht glauben, dass ich mir zu viel Mühe gegeben habe, aber ich möchte trotzdem halbwegs nett aussehen, weshalb ich mich für einen indigoblauen langen Rock entschieden habe, in den ich ein weißes Oberteil stecke; dazu eine muschelrosa Strickjacke, falls mir kalt wird. Die Haare sind zu einem unordentlichen Knoten auf dem Kopf gedreht, der aber trotzdem fünfzehn Minuten braucht, um perfekt unperfekt zu sein, und ich bin leicht geschminkt.

Um etwa elf Uhr vormittags fährt er mit einem ordentlichen kleinen Mietelektroauto in die Auffahrt (ihm ist also die Umwelt wichtig), und die vertraute Aufregung meldet sich überraschenderweise in meinem Bauch.

»Hinreißende Robin!«, sagt er, als ich ihn an der Tür empfange.

Er umarmt mich im Flur und hält mich lange. Ich spüre, wie er sich um mich sorgt. Einen Arm hat er um meinen Rücken geschlungen, die andere Hand hält meinen Kopf, und ich fühle mich sicher und warm, fühle alles, was ich vor zwei Wochen fühlen wollte, als das Schreckliche passiert ist. Ich will für immer in dieser Umarmung bleiben.

Wir weichen ein wenig zurück und sehen einander an. Meine tränenfeuchten Augen sind mir egal. Ich glaube, wir haben den Punkt hinter uns gelassen, an dem wir ständig versucht haben, supercool vor dem anderen aufzutreten, auch wenn wir das vielleicht sowieso nie gemacht haben – deshalb hat es auch so gut funktioniert, deshalb war es so entspannt.

»Ich bin froh, dass du hier bist«, sage ich mit einem Stoßseufzer.

»Ich auch. Ich habe dich vermisst!« Er lacht.

»Ich gehe dir wohl unter die Haut«, ziehe ich ihn auf, und plötzlich kann ich wieder wie vorher mit ihm herumplänkeln. Wir lassen seine Tasche im Flur stehen und gehen in die Küche, weil wir Briten sind und uns ohne eine Tasse Tee nicht in einem Haus aufhalten können.

Wie vereinbart verbringen wir den Nachmittag auf dem Sofa und tun sehr wenig. Er sollte sich keine falschen Hoffnungen machen, wenn er schon die weite Reise auf sich nimmt, weshalb ich ihm vor ein paar Tagen abends am Telefon erklärt habe, dass ich mich körperlich auf keinen Fall bereit für mehr fühle, und er war so verständnisvoll und respektvoll, dass ich ihn ohne schlechtes Gewissen über den ganzen Atlantik zu mir einladen konnte, nur damit wir auf dem unförmigsten Sofa der Welt herumlungern können. Aber auch wenn Sex nicht zur Debatte steht, herrscht eine angenehme sexuelle Spannung zwischen uns, und während wir uns durch ein paar meiner geliebten Netflix-Filme quatschen (die Edward »totalen Mist« nennt), lehne ich mich an ihn, und er legt den Arm um mich.

So bleiben wir lange. Es ist schön, einfach nebeneinanderzusitzen, ohne viele Worte, einfach zu sein. Heilend. Wir sprechen nicht über das Baby, aber ich habe das Gefühl, als müssten wir das auch nicht. Ich muss ihm nichts erklären; wir verstehen einander und genießen es, zusammen zu sein.

Am Abend sind wir beide todmüde. Wieso ist man so erschöpft, wenn man nichts getan hat? Er kann sich auf den Jetlag berufen, ich jedoch nicht. Wir bestellen etwas beim Chinesen, und während wir auf das Essen warten, zappen wir durch das Samstagabendprogramm im Fernsehen und reden über Dinge, die wir in unserer »Jugend« gemacht haben. Edward war viel weniger rebellisch als ich und hatte mit seinen Eltern sogar regelmäßige »Fernsehabende«. Jeden Samstag bestellten sie Pizza – sonst wurde immer gekocht –, und alle sahen sich gemeinsam Spielshows an.

»Wie harmonisch ihr wart! Habt ihr euch dann auch brav gegenseitig gesagt, wie lieb ihr euch habt, bevor ihr alle in gestreiften Pyjamas ins Bett gegangen seid?«, witzele ich.

»Äh, ja, so ungefähr! Also, die Pyjamas hatten wir nicht, aber ich habe Mum immer gesagt, wie lieb ich sie habe, bevor ich ins Bett gegangen bin, und das mache ich jetzt immer noch, wenn wir ein FaceTime-Gespräch beenden«, sagt er, als wäre es völlig normal, so glücklich zu sein und so gut mit der eigenen Familie auszukommen.

»Das ist wirklich schön«, erwidere ich ernst, weil ich spüre, dass ich ihn deswegen besser nicht aufziehen sollte. »Meine Familie war leider nicht ganz so. Dad hat die meiste Zeit seines Lebens in seinem Schuppen im hintersten Eck unseres Gartens verbracht und sich da wahrscheinlich vor uns versteckt. Und Mum, nun, Mum hat sehr hohe Ansprüche, und ich bin nicht sicher, ob wir sie je erfüllt haben, vor allem ich. Sie war immer enttäuscht, dass ich nicht dünner war, kein Instrument gelernt und nicht ihre Leidenschaft für wohltätige Arbeit geteilt habe. Sie hat immer Mittagessen oder Fundraiser organisiert und alle herumkommandiert.«

»Also nicht wie du und dieser Wellnessabend? Du organisierst keinen Fundraiser?«, wagt er sich vor.

»Ha! Ja, doch, aber ich werde niemanden herumkommandieren, und ich habe keine unmöglich zu erfüllenden Ansprüche wie sie. Deshalb bin ich mit dir hier!« Ich schlage ihm liebevoll gegen den Arm. *Gute Muskeln,* denke ich, bevor ich mich wieder auf seine Worte konzentriere.

»Bist du denn bei mir?«, fragt er plötzlich in völlig anderem Ton.

»Nun, ich bin hier, oder? Und du bist hier bei mir, nicht wahr?«, sage ich lächelnd, um die superentspannte Atmosphäre wiederherzustellen. Doch mir wird bewusst, was ich gerade gesagt habe, und wünschte, ich könnte es zurücknehmen.

»Aber eigentlich siehst du dich nicht bei mir?«, fragt er, und es klingt eher nach einer Feststellung.

Ich fühle mich gefangen und bekomme Panik. Mir gefällt es, wie es gerade ist, ohne Kategorien oder Grenzen oder Erwartungen. Als ich das letzte Mal etwas von einem Mann erwartet und über so was nachgedacht habe, wurde ich sehr verletzt, und das darf dieses Mal auf keinen Fall passieren.

»Edward, ich weiß es wirklich nicht. Ich weiß nicht, was wir sind, aber ich weiß, dass ich gern Zeit mit dir verbringe und genieße, was wir im Moment miteinander haben«, sage ich, auch wenn ich weiß, dass das nicht reicht.

»Aber was haben wir denn? Ich dachte, wir hätten etwas Tiefergehendes«, bohrt Edward nach. Ich wünschte, er würde das lassen.

»Nun, uns verbindet eine gute Freundschaft und …« Ich verstumme.

»Eine gute Freundschaft? Robin, wir haben ein Kind zusammen gezeugt, und ich wollte es mit dir zusammen als Familie aufziehen!«, sagt er leidenschaftlich, und bei dem K-Wort zucke ich fast zusammen.

»Ich weiß«, antworte ich und sehe in meinen Schoß. Ich wäre so gern enthusiastisch, aber Theo scheint mir richtigen Schaden zugefügt zu haben, und jetzt kann ich es nicht mehr sein.

»Ich will keine Spiele spielen, und ich will niemandem etwas vormachen. Ich mag dich. Ich mag dich wirklich. Ich glaube, ich verliebe mich ernsthaft in dich. Ich sage, dass ich zurück nach England ziehen und aus dem hier, was auch immer es ist, etwas Festes machen könnte.« Er nimmt meine Hände, als er »es« sagt.

Ich habe das Gefühl, als müsste ich mich gleich übergeben. So viel emotionalen Druck halte ich nicht aus. Heute wollten wir uns doch überhaupt nichts vornehmen, und plötzlich steht etwas so Großes im Raum. Meine Gedanken rasen. Nachdem alle wochenlang auf Zehenspitzen um mich herumgeschlichen sind, ist das hier viel zu viel. Die Angst schließt sich wie eine Faust um mich. Ich sollte hocherfreut sein. Doch seine Erklärung bringt meinen Puls aus den falschen Gründen zum Rasen. Ich kann nicht sprechen und bekomme kaum Luft.

»Edward«, bringe ich mühsam heraus. »Ich schaffe das im Moment nicht.«

Die Türklingel rettet mich. Wir sind zwar innerhalb weniger Wochen vom Vögeln zu Ente süß-sauer übergegangen, aber ich springe geradezu vom Sofa, um Edwards Blick zu entgehen und das Essen entgegenzunehmen. Noch nie war ich so froh über den Lieferdienst.

VIERUNDZWANZIG

Edward und ich haben es gut hingekriegt, als Freunde miteinander abzuhängen, bis er Sonntagmittag gefahren ist. Seither vergehen die Wochen, und auch wenn wir uns schreiben und wie immer miteinander scherzen, gibt es auch einige ernste Momente, wenn wir auf das echte Leben zu sprechen kommen. Ungefilterte Momente, als er erzählt, wie sein Vater wegen einiger Tests ins Krankenhaus musste und wie schwer es manchmal für ihn ist, so weit weg zu leben. Oder als ich ihm von dem Tag erzählt habe, als ich auf dem Supermarktparkplatz im Auto saß und wegen des Babys geweint habe. Er unterstützt mich immer, und ich habe das Gefühl, als würde eine echte Freundschaft entstehen und Wurzeln schlagen, wo ich es am wenigsten erwartet hätte, und das ist gut. Wir haben nicht mehr über sein Angebot gesprochen, zurück nach England zu ziehen, und darüber, dass er sich richtig in mich verlieben könnte. Es ist wie das große lauernde Ungeheuer in der Ecke, dem ich mich im Moment nicht stellen kann.

Lacey blüht auf. Sie ist der einzige Mensch, den ich kenne, der sich über Morgenübelkeit freut. Oder besser gesagt, sie freut sich, jedem gegenüber damit angeben zu können, der ihr zuhört (»Ja, es ist echt schlimm, heute Morgen habe ich mich achtmal übergeben müssen – acht Mal!«). Auch wenn man noch nichts sieht, besteht sie auf einem kompletten Umstandsoutfit, und ich bin mir sicher, dass sie beim Gehen schon leicht watschelt. Aber sie könnte auch einen (Umstands-)Sack tragen und immer noch toll aussehen, dank des nahezu ständigen Lächelns, wenn sie sich den unteren Rücken reibt.

Nachdem ich so aus dem Blumenladen gestürmt war, haben wir ein paar Tage nichts voneinander gehört. Ich glaube, wir wussten beide nicht, wie es danach weitergehen sollte. Irgendwann hatte ich mich beruhigt und konnte mir eingestehen, dass ich ja wusste, dass sie ihre Worte nicht so gemeint hatte. Vielleicht sind wir gerade deswegen Freundinnen, weil sie immer in die Fettnäpfchen tritt und ich mein Herz auf der Zunge trage. Normalerweise weine ich über alles (ich denke an die Goldfischbegräbnisse, die ich für uns als Kinder geleitet habe, oder die Heulattacken wegen Teenagerschwärmereien), und sie war wohl immer ein winziges kleines bisschen emotional kalt. Um mich ihrer Internetsprache anzupassen, habe ich ihr zwei Herz-Emojis zusammen mit einem Tauben-Emoji geschickt. Sie hat das Friedensangebot gut aufgenommen, und wir haben seither nicht mehr darüber gesprochen. Für eine gute Beziehung muss man einfach manchmal etwas unter den Teppich kehren, nicht wahr?

Es ist eine willkommene Ablenkung, als sie an der Tür klopft. Ich springe auf und lasse sie herein, dann setze ich für uns in der Küche Wasser auf. Lyla ist zum Spielen bei Honor und Roo, und da es Samstag ist und sich niemand modetechnisch überschlagen muss, bin ich noch nicht einmal angezogen.

»O Gott, mir ist so warm!«, verkündet Lacey, lässt sich theatralisch auf einen der Esstischstühle fallen und wirft Tasche, Schlüssel und Handy lautstark auf die Tischplatte.

»Echt? So warm ist es doch gar nicht, oder?«, frage ich. Vielleicht bin ich ja ein bisschen verrückt geworden.

»Nun«, sagt sie langsam, »das liegt sicher am Baby. Allen schwangeren Frauen ist zu warm. Das steht in einer App, die ich mir heruntergeladen habe.«

»Oh, ach so. Dann mache ich die Hintertür auf, damit ein bisschen Luft hereinkommt.«

»Danke, Robs. Schwanger zu sein ist wirklich harte Arbeit!«, sagt sie ernst.

Ich versuche, verständnisvoll zu sein, und will auch nicht, dass sie aufhört, über das Baby zu sprechen oder darüber, wie aufgeregt sie ist, aber meine Hand schwebt dennoch eine Sekunde über meinem Bauch, in dem kein Kind mehr wächst. Jetzt wäre ich sechzehn Wochen schwanger. Mein Leben scheint von Wochen bestimmt zu sein. Zehn Wochen bis zur Isso-Show auf der LWF; sechzehn Wochen wäre ich jetzt schwanger; zehn Wochen ist Lacey schwanger; dreißig Wochen, bis wir ihr Baby kennenlernen; dreißig Wochen, um meinen Verlust zu verarbeiten.

»Schön, dass du vorbeigekommen bist«, sage ich, um das Thema zu wechseln. »Ich wollte heute eigentlich Großputz machen, und ich habe überhaupt keine Lust darauf, alles herauszuholen und anzufangen.« Das stimmt nicht. Ich wollte gar nichts machen, aber ich musste mich mit irgendetwas aus meinen Gedanken reißen.

»Auf keinen Fall! Schon beim Geruch der Putzmittel würde mir schlecht werden. Karl sagt, dass wir eine Hilfe einstellen, solange ich schwanger bin, aber ganz ehrlich«, meint sie lachend, »ich werde sie behalten, wenn das Baby erst mal da ist, und behaupten, ich hätte immer noch einen empfindlichen Geruchssinn! Also, was gibt es bei dir Neues?«

»Nun«, antworte ich mit so viel Enthusiasmus, wie ich für eine Frau aufbringen kann, die das Leben lebt, von dem ich vor ein paar Wochen noch nicht einmal wusste, dass ich es auch gern hätte. »Du weißt, dass ich den Wellnessabend an der Schule mit dem Elternausschuss organisiere? Das entwickelt sich zu einem richtigen Projekt! Alle packen mit an. Sogar Kath wird einen Stand mit ihren Lavendelprodukten aufbauen. Sie ist ziemlich erfolgreich damit. Nach Moiras ehrlich gesagt etwas verstörenden Lobeshymnen auf die Wirksamkeit der Sachen wollen jetzt alle Damen aus dem Cupcakes-und-Häkel-Club etwas, und ich glaube, sie hat sogar ein Paket an Mum und ihre Rotary-Freundinnen geschickt!«

»Wer hätte gedacht, dass Kath eine solche Geschäftsfrau ist!« Lacey lächelt und nippt an dem Tee, den ich vor ihr abgestellt habe.

»Ich weiß! Sie hat ihr Sortiment an Cremes und Badekugeln erweitert um flüssige und feste Seifen, Schaumbäder und Handreiniger – alles mit Lavendel! Sie füllt die flüssige Seife in kleine Glasbehälter, zusammen mit Lavendelzweigen, sodass es im Badezimmer auch noch richtig edel aussieht. Sie ist echt eine Wucht, Lacey!«

»Lyla ist wahrscheinlich total begeistert, oder?«

»Oh, sie ist eine fleißige kleine Assistentin! Sie hilft Kath oft, und dann sitzen sie stundenlang beisammen. Lyla fühlt sich so besonders, wenn sie die Zweige in die Gläser legen darf oder Etiketten aufkleben, das ist so süß. Und Kath hat sich offensichtlich gut mit einem Mann namens Colin von dem Großhandel angefreundet, wo sie ihren Lavendel kauft, und er hilft ihr jetzt, ihre Garage in eine Werkstatt umzubauen. Es ist so großartig, wie engagiert sie ist und wie viel es ihr gibt«, schwärme ich mit ehrlicher Begeisterung.

»Ja, das macht sie wirklich ganz toll. Glaubst du, die Schaumbäder sind für schwangere Frauen geeignet?«, fragt Lacey ein wenig abwesend.

»Wahrscheinlich, aber ich frage sie noch mal. Findest du es denn nicht auch beeindruckend, dass sie ihr Leben in die Hand nimmt und sich etwas aufbaut?« Ob Lacey wohl alles, was ich sage, aufs Thema Schwangerschaft zurückführt?

Sie spürt meine Frustration und reißt sich zusammen.

»Absolut! Sie ist eine Frau mit einer Mission. Vielleicht will sie ja kleine Sets zusammenstellen, die ich dann bei Dovington's neben der Kasse verkaufe? Ich wette, alle Männer, die daheim in Ungnade gefallen sind und schuldbewusst Blumen kaufen, würden auch etwas von Kaths Sachen mitnehmen!«

»Das wäre super. Sie fände das sicher eine tolle Idee, und es läuft gerade so gut für sie. Ich werde ihr auch helfen, Visitenkarten und Flyer zu entwerfen.«

»Perfekt. Oh, hast du übrigens übernächste Woche was vor?«

»Ich glaube nicht. Ich bin vorübergehend mit den Stunden in der Arbeit runtergegangen, damit es weniger stressig ist und ich mehr Zeit mit Lyla verbringen kann. Willst du etwas Schönes unternehmen?«, frage ich, erfreut, dass ich endlich meine Lacey zurückhabe und sich nicht mehr nur alles um das Baby dreht.

»O ja! Ich habe einen Termin im Krankenhaus für den Zwölf-Wochen-Ultraschall, und Karl leitet den ganzen Tag über ein Seminar, von dem er nicht wegkann. Wir haben schon zwei private Scans machen lassen, um uns zu beruhigen, weshalb er nicht so viel verpassen wird, aber ich will nicht die traurige Tante sein, die allein auftauchen muss, deshalb habe ich mich gefragt ... ob du wohl mitkommen würdest?« Sie lächelt.

»Oh. Will deine Mum dich nicht begleiten?«, erwidere ich schockiert von ihrer Bitte. Ihr scheint überhaupt nicht klar zu sein, was sie da von mir verlangt.

»Es klingt vielleicht albern, aber wir hatten schon einen gemeinsamen Scan. Ich bin süchtig nach dieser privaten Ultraschallpraxis. Achtzig Pfund, und man darf zwanzig Minuten sein Baby beobachten. Nicht dass es jetzt schon so viel zu sehen gäbe, aber man erkennt immerhin, dass es ein Baby ist. Wie auch immer, der Termin ist um halb zwölf Uhr vormittags, und wir könnten mit meinem Wagen hinfahren, wenn du magst.« Lacey plappert weiter, völlig absorbiert von ihrer Aufregung. Ich sollte nicht so überrascht sein. Sie hat das Herz am richtigen Fleck, aber sie denkt manchmal nicht rechtzeitig nach. Als wir fünfzehn waren, hat mich mein erster richtiger »Freund« bei der Schuljahresabschlussparty verlassen, aber sie hat den ganzen Abend nur davon geredet, dass drei verschiedene Jungs mit ihr ausgehen wollten und sie sich nicht zwischen ihnen entscheiden konnte. Ich glaube, sie hat versucht, mich abzulenken. Jetzt bin ich eine erwachsene Frau, aber trotzdem fühle ich mich wieder wie das fünfzehnjährige Mädchen. Ich weiß, dass meine liebe Lacey mich nicht verletzen will, dass sie so lange auf all das gewartet hat, aber jetzt gerade würde ich sie am liebsten schütteln. Sie war immer so eine großartige Freundin, weshalb ich die richtigen Worte finden muss, um ihr zu zeigen, dass mich ihre Schwangerschaft wirklich freut, aber manche Dinge im Moment einfach zu schmerzhaft sind.

»Lacey, ich will dich wirklich unterstützen und dir helfen, aber ich weiß nicht, ob ich das schaffe«, sage ich und setze mich zu ihr und unseren großen Tassen mit heißem Tee an den Tisch.

»Hast du nicht gesagt, du hättest Zeit?« Wow, das wird echt nicht einfach.

»Ich habe Zeit. Aber komm schon, Lacey, du musst doch wissen, wie schwer das für mich ist. Ich sollte auch zum Ultraschall gehen, ich sollte auch das Baby beobachten. Aber ich tue es nicht. Mein Baby gibt es nicht mehr.« Ich lasse den letzten Satz schwer in der Luft hängen; ich weiß nicht genau, warum ich ihn gesagt habe und was er wirklich für mich bedeutet.

Laceys Gesicht wird weicher.

»Ich weiß, dass es schwer ist, Robs, ich habe es auch durchgemacht. All diese Monate, in denen ich verzweifelt auf dieses kleine Baby gewartet habe«, sagt sie und berührt ihren Bauch. »Aber es war noch früh, nicht wahr? Und du kannst wieder schwanger werden, so leicht, wie es bei dir gegangen ist. Edward wird zurück nach England ziehen, und Lyla wird die Familie haben, die sie braucht. Alles wird gut, das verspreche ich dir.«

Ich bin sprachlos. Was sie gerade gesagt hat, hat mir völlig den Wind aus meinen unschwangeren Segeln genommen. Potenzielle Unfruchtbarkeit und Fehlgeburt sind beides furchtbare Dinge, aber nicht dasselbe. Ich will hier keinen Wettbewerb ausrufen, wer mehr trauert. Beides sind zwar unterschiedliche, aber gleichermaßen schmerzhafte Erfahrungen, und doch denkt sie, dass ich einfach wieder so schwanger werden könnte (vielleicht hätte ich es ihr beim ersten Mal, als sie es erwähnt hat, nicht durchgehen lassen sollen). Völlig egal, ob es ich überhaupt möchte, ob ich bereit dafür bin oder die Tatsache, dass der Mann, von dem sie redet, auf der anderen Seite des Atlantiks wohnt. Doch vor allem tut die Andeutung, dass Lyla nicht das bekommt, was sie braucht, gerade richtig weh. Ist ihr das nur so herausgerutscht, oder denkt sie wirklich, dass ich für mein kleines Mädchen nicht genug bin? Ich bin so sprachlos, dass ich einfach nur wie betäubt dasitze, wie diese Menschen, die die Haustür öffnen, und da steht dann ein Fernsehteam, und der Moderator einer Show hält einen riesigen Pappscheck in der Hand. Außer dass mir keine Fernsehcrew mit einem Scheck gegenübersitzt, sondern nur meine ignorante, schwangere Kuh von »Freundin«, der ich am liebsten gerade meinen Tee mit Milch drüberkippen würde.

»Meinst du das ernst?«, bringe ich schließlich heraus.

»Hm?«, fragt sie, überrascht, dass ich ihr nicht für ihre unendliche Weisheit danke.

»Meinst du das verdammt noch mal ernst?«, wiederhole ich, lauter und deutlicher.

»Hör mal, es tut mir leid, dass mein Ultraschall dich so aufwühlt – du musst nicht mitkommen. Ich dachte nur, dass du dich freust, wenn ich dich frage, und du wolltest doch, dass alles wieder normal wird«, antwortet sie irritiert.

»Alles wieder normal? Was ist normal?« Ich bin immer noch wütend über den Kommentar zu Lyla.

»Du weißt, was normal ist! Bevor alles passiert ist, vor letztem Monat …« Sie verstummt.

Das ist nicht *meine* Lacey. Das ist nicht die Frau, die vier Tage am Stück – nur von Klopausen unterbrochen – an meiner Seite war, als Simon mich verlassen hat; die Frau, die mich selbst an den beängstigendsten Tagen der Großen Leere zum Lächeln bringen konnte; die Frau, der ich immer meine zerbrechlichsten Seiten zeigen konnte. Was ist mit meiner besten Freundin passiert?

»Du kannst es nicht einmal sagen, Lacey! Dann sage ich es für dich. Bevor ich eine Fehlgeburt hatte. Bevor ich etwas verloren habe, von dem ich nicht einmal wusste, dass ich es liebe, bis ich zusehen musste, wie mein Körper es abstößt und sterben lässt.« Tiefe, schwere Schluchzer erschüttern meinen Körper, und ich schlage beide Fäuste auf die Tischplatte.

»Das habe ich nicht gemeint. Ich wollte doch nur …«

»Und wenn wir schon dabei sind, was soll ›Lyla braucht eine Familie‹ bedeuten? Hast du Kath oder Simon oder mich noch nicht getroffen? Ich bin genug, Lacey! Wir leben im 21. Jahrhundert. Nicht jeder braucht eine Vorzeigefamilie mit einem passenden Ehemann und einem passenden Haus mit Putzfrau und einem Job, bei dem sie sich nach Belieben freinehmen können. Ich schaffe das. Meine Familie sieht nicht aus wie deine, aber sie ist immer noch verdammt gut!!« Ich bin kurz davor, hysterisch zu werden, aber ich fühle mich erleichtert. All diese wertlosen, wütenden oder traurigen Gefühle, die in den letzten Wochen in mir gearbeitet haben, brodeln jetzt an die Oberfläche und sprudeln aus meinem Mund, und endlich fühle ich mich wieder ein wenig lebendig. Ich kann sie nicht aufhalten, und vor allem will ich es auch nicht.

»Ich werde mir das nicht länger anhören. Diese Aufregung kann ich nicht brauchen«, sagt Lacey und steht auf.

»Gott sei Dank. Wenn ich noch einmal hören muss, dass du schwanger bist, schreie ich. Kein Wunder, dass der perfekte Karl so viele Überstunden macht, er erträgt dich wahrscheinlich schon längst nicht mehr.«

Sofort weiß ich, dass ich eine Grenze überschritten habe. Ich sehe die Verletzung in ihren Augen, als sie Telefon, Schlüssel und Tasche nimmt und das Haus verlässt. Ich weiß, ich sollte etwas sagen, aber ich kann es nicht. Im Moment bin ich erleichtert. Erleichtert, dass sie mich jetzt nicht mehr verletzen kann – oder ich sie.

Ein paar Sekunden sitze ich am Tisch und starre auf ihren leeren Stuhl. Dann stehe ich auf, als sei alles in Ordnung, wische mir Augen und Nase mit einem Küchenpapier ab, gehe nach oben und lasse mir ein Bad mit einer von Kaths Lavendelkugeln ein. Ich lasse mich ins heiße Wasser sinken, gerade rechtzeitig für die nächste Heulattacke. Fuck.

FÜNFUNDZWANZIG

Juli

Die ersten Frühsommerwochen vergehen, ebenso wie der Tag von Laceys Ultraschall. Ich melde mich nicht bei ihr, und sie sich nicht bei mir. Am Tag des Scans denke ich die ganze Zeit an sie und wünschte, es wäre einigermaßen normal zwischen uns. Dass sie mir eine aufgeregte Nachricht mit einem Ultraschallbild schicken würde und ich ihr antworten könnte, dass das Baby so niedlich ist und ich mich so für sie freue. Aber so ist es nicht. Ich bin immer noch wütend, aber neben diesem heißen Zorn bin ich einfach nur traurig.

Ich glaube, ich kann über fast alle ihrer Bemerkungen hinwegkommen und sie darauf schieben, dass ihr Gehirn völlig mit der Schwangerschaft beschäftigt ist (ich weiß noch gut, dass ich auch ein paar dumme Sachen gesagt und gefühlt habe, als ich mit Lyla schwanger war; solche üblen Fettnäpfchen habe ich mir allerdings nicht geleistet). Doch die Bemerkung, dass Lyla eine Familie braucht, hat mich wirklich getroffen. Ich höre sie immer wieder im Kopf, während ich Lylas Pausenbox fülle oder darauf warte, dass sie aus der Schule kommt. Ich dachte, ich hätte das Muttersein endlich im Griff und wäre genug für Lyla, aber jetzt hat sich der Zweifel durch Risse eingeschlichen, von denen ich gar nicht gewusst hatte, dass sie da waren, und ich muss die ganze Zeit daran denken.

Mitte des Schultrimesters kommt Kath überraschend an einem sonnigen Nachmittag mit einer neuen Fuhre Lavendelkreationen vorbei, um sie mir auf der Türschwelle wie ein Vertreter zu zeigen. »Deine schicken Mütterfreundinnen würden wohl nicht zufällig so etwas kaufen wollen, oder?«, fragt sie mit seltener Unsicherheit in der Stimme.

»Natürlich würden sie das! Schau nur, wie viel Spaß Moira und die Häkeldamen damit hatten. In der Schule werden auch alle völlig begeistert sein, und außerdem sind sie gar nicht so schick«, antworte ich.

»Was ist mit der Pferdefrau mit der gleichen Jacke wie Prinzessin Anne?«

»Ja, gut, Finola ist schon ein bisschen Oberschicht, aber alle anderen sind ziemlich normal! Aber jetzt steh hier nicht rum und komm rein!« Ich trete zurück und gehe Richtung Wohnzimmer.

»Ich kann nicht bleiben. Colin vom Blumengroßhandel ist im Wagen, wir wollten einen Spaziergang machen und dann zum Essen gehen«, zwitschert sie und meidet meinen Blick. Stattdessen nestelt sie an den kleinen Zellophantüten mit Lavendelbadesalz, die sie mit lilafarbenem Band zusammengebunden hat. Sie liegen schön arrangiert in einer flachen Schachtel, die sie in der Armbeuge trägt.

»Ah, ein heißes Date also?«, meine ich lachend und versuche, die Stimmung aufzulockern. Es scheint seltsam für sie zu sein, mit einem Mann zum Essen zu gehen – seit Onkel Dereks Tod vor ein paar Jahren hatte sie keine Beziehung mehr –, auch wenn sie wahrscheinlich nur mit ihm über ihr Lavendelgeschäft reden will.

»Ha, ja! So könnte man es nennen! Colin ist schon ein toller Mann«, sagt sie und läuft tiefrot an.

Gute Güte. »Kath, gehst du mit Colin aus?«, frage ich schockiert.

»Ja, er sitzt ja im Wagen«, antwortet sie und bedeutet ihm, an die Tür zu kommen.

»Nein, nein! Ich meine … Seid ihr ein Paar?«, platze ich schnell heraus, solange Colin uns noch nicht erreicht hat.

»Nun, wir gehen zum Mittag- und zum Abendessen, ich schaue ihm mittwochs beim Bowling zu, und wir haben uns auch sehr privat getroffen, also ja, wir sind wohl ein Paar«, antwortet sie ein bisschen nervös, aber aufgeregt wie ein Teenager, als er auf uns zukommt. Himmel, was genau meint sie mit »sehr privat getroffen«? Ach, vielleicht will ich es auch gar nicht so genau wissen.

Colin hat eine Glatze und blaue Augen mit Lachfältchen. Er kommt mit leicht schwingenden Hüften zu uns und legt entspannt den Arm um Kaths Taille, worauf sie noch röter wird und noch hektischer die Badesalze neu arrangiert. Colin trägt hellbraune Hush Puppies, ausgeblichene Jeans mit einem rosafarbenen Paisley-Hemd, das in den Hosenbund gesteckt und von einem kastanienbraunen Gürtel gehalten wird, der ein kleines bisschen eng sitzt. Er hält sich wahrscheinlich für »cool«.

»Du musst die wunderbare Nichte sein, von der ich schon alles gehört habe!«, begrüßt mich Colin strahlend.

»Aha! Ja, die bin ich wohl! Ich weiß, dass ihr beide gleich zum Abendessen fahrt, aber kommt doch rein, wenn ihr noch etwas Zeit habt, wir müssen nicht hier auf der Schwelle stehen.« Ich bin auch etwas nervös. Kath scheint mich angesteckt zu haben.

Wir gehen ins Wohnzimmer, und die beiden setzen sich auf das Zweisitzersofa, Kath stellt die Schachtel auf den Hocker. Als Lyla hört, dass wir Besuch haben, hüpft sie die Treppen hinunter und bleibt abrupt stehen, als sie einen fremden Mann im Wohnzimmer sitzen sieht.

»Schau mal, Lyla, Kath hat einen Freund mitgebracht! Das ist Colin! Er hilft Kath bei ihren Lavendelsachen.« Ich klinge wie eine Ansagerin im Kinderfernsehen.

Lyla schaltet in den typischen Kindermodus und ignoriert Colin völlig. Sie klettert neben mich aufs Sofa und versteckt ihr Gesicht hinter meinem Rücken.

»Sie ist schüchtern«, meine ich lächelnd und zucke mit den Schultern. Kath nickt.

»Colin und ich bleiben nicht lange«, sagt sie.

»Nein, ich möchte deine Freunde kennenlernen. Colin, Tante Kath hat mir erzählt, dass du bei dem Großhändler arbeitest und dass du sie sehr darin bestärkst, mehr Lavendelprodukte anzufertigen«, sage ich fröhlich. Es kommt mir wie ein Blick in die Zukunft vor, in der ich Lylas Freunde auf die gleiche Art und Weise ausquetschen werde.

»Mir ist alles recht, um mehr Zeit mit diesem hinreißenden Wesen zu verbringen!«, antwortet er und kitzelt Kath leicht, worauf sie sich kichernd windet.

»Ja, bestimmt. Also, äh, beziehst du den Lavendel hier aus der Gegend?« Wow, jetzt kratze ich wirklich alles für ein bisschen Small Talk zusammen.

»Von überallher. Ich bin auch ganz schön stolz auf das Schaumbad, das sie dir gegeben hat. Ich hatte nämlich das große Vergnügen, für viele von Kaths Produkten das, sagen wir, Versuchskaninchen zu sein. Ein guter Vorwand, um ein bisschen schmutzig zu werden, was?« Der coole Colin lacht herzhaft. Können wir bitte das Thema wechseln?

»Aber man soll sich doch nicht schmutzig machen«, meldet sich Lyla zu Wort.

»Nein, Liebes, da hast du recht. Aber falls doch, wäscht man sich eben mit meiner Seife«, mischt sich Kath viel zu schnell ein, als dass es beiläufig klingen könnte.

»Und warum ist das lustig?«, beharrt Lyla.

»Nun, Schätzchen, weil ich eine wundervolle Assistentin hatte, die mir beim Waschen geholfen hat«, antwortet Colin mit einem eher abstoßenden Wackeln der Augenbrauen.

»Ich brauche niemanden, der *mir* beim Baden hilft. Ich bin sieben. Ich kann das allein, und ich kann meine Haare selbst waschen, nicht wahr, Mummy?«, sagt sie stolz und versteht zum Glück nicht die Zweideutigkeit von Colins peinlichen Bemerkungen.

»Und, Robin, Kath hat mir gesagt, dass du eine trendige Single-Frau bist …«

»›Trendig‹ bin ich nicht, aber Single stimmt«, unterbreche ich ihn.

»Dann solltest du die Lavendelkörperbutter mal ausprobieren. Die macht die Männer völlig wahnsinnig. Das weiß ich genau!«, sagt er zwinkernd und tätschelt Kaths Oberschenkel.

»Okay! Klingt super!« Was stimmt nicht mit dem Mann? Und warum habe ich diesen geilen alten Bock in mein Wohnzimmer gelassen?

»Ja, meine reizende Lady hier ist ein echter Profi mit ihrer neuen Lavendellinie«, fährt er fort.

»Sie ist nicht *deine* Lady«, erwidert Lyla patzig, und Kath verlagert unbehaglich das Gewicht.

»Natürlich gehört sie niemandem, aber sie ist eine Lady, die mit mir befreundet ist. Meine Freundin, sozusagen«, verkündet Colin mit dem Takt eines Bulldozers, der durch ein Dorf brettert.

»Nein, das ist sie nicht! Kath ist keine Freundin! Kath liebt mich und Mummy und Derek!«, protestiert Lyla verzweifelt.

Kath merkt, dass das Kennenlernen nicht gut verläuft, und steht auf. Colin, dem sein Verhalten als Einzigem nicht bewusst ist, erhebt sich ebenfalls.

»Das stimmt, Liebes!«, sagt Kath und streckt Lyla die Arme entgegen, die sich sofort an ihre Tante schmiegt. »Ich liebe dich bis zum Mond und zurück, und Mummy auch. Aber wir müssen jetzt gehen, wir haben einen Tisch reserviert. Soll ich morgen nach der Schule vorbeikommen, und wir backen Mummy ihre Lieblingsscones?«

»Ja! Und Kekse!«, verhandelt meine gewitzte Tochter.

»Und Kekse!«, sagt Kath, drückt Lyla noch einmal an sich und sieht mit geschürzten Lippen zu Boden.

Die beiden verabschieden sich rasch, und nachdem ich die Tür geschlossen habe, lehne ich mich mit dem Rücken dagegen und atme tief durch. Dabei übersehe ich Lyla, die mir direkt gegenüber auf der Treppe sitzt.

»Kaths Freund ist ein Ekeltyp.«

SECHSUNDZWANZIG

Noch zwanzig Minuten bis zur großen Eröffnung des Wellnessabends des Elternausschusses der Hesgrove Pre-Prep School. Nach unzähligen Telefonaten, einer überquellenden WhatsApp-Gruppe, ein paar Planungstreffen im Café mit anderen Eltern und zwei oder drei nervösen, aber auch freudig erregten »Bist du dir sicher, dass sie meine Sachen mögen werden?«-Nachrichten von Kath ist der große Abend da, und ich freue mich.

Heute fühle ich mich richtig mütterlich, aber auf eine gute Art. Die Art Mutter, die ich mir immer gewünscht hätte. Die mit allen anderen Müttern befreundet ist, Teil der Schulgemeinschaft ist und ein ruhiges, fürsorgliches Wesen hat. Ich weiß nicht, ob es an der Aufregung liegt, an einem neuen Projekt zu arbeiten, oder an der superweichen weißen Schlabberstrickjacke, die ich letzte Woche bei Zalando gekauft habe und jetzt über meiner locker sitzenden Jeans und den Sneakers trage, aber ich fühle mich großartig.

Gillian, Gloria, Matthew und Laurence, Stephanie aus dem fünften Jahrgang und Ros aus dem ersten haben mit mir zusammen am Nachmittag alles aufgebaut. Wir haben den zweckmäßigen Speisesaal in einen einladenden, ruhigen, wohlüberlegten »Wellnesstempel« verwandelt. Mit Raumtrennern wie im Krankenhaus haben wir die einzelnen Bereiche abgetrennt und die Aufsteller mit Seide und Taft aus den Kunstsälen verziert. Gloria hat Masseurinnen für Hand-, Rücken- und Schultermassagen gebucht, jemand wird indische Kopfmassagen anbieten, eine der Damen aus der Schulküche »macht nebenher ein bisschen Reiki«, weshalb wir sie verpflichtet haben, und Matthews Lieblingsfußpfleger wird zwei von den drei angesetzten Stunden ebenfalls da sein. Ich habe mir verkniffen zu fragen, warum das sein Lieblingsfußpfleger ist und wie viele er eigentlich kennt, um einen Favoriten benennen zu können, weil er es so beiläufig bei einem Cafétreffen vor ein paar Wochen erwähnt hat.

In der Beautyzone bieten Skye und eine ihrer jungen Assistentinnen Mini-Makeovers an, und eine gewisse Nicky macht Gelnägel für fünf Pfund weniger als in ihrem Salon. Wir haben auch jemand, der metallische, temporäre Tattoos und Bodypainting, zusammen mit Hand Art, anbieten wird. Skye hilft unentgeltlich als »Dankeschön, dass du die Verantwortung für meinen großen Fehler auf dich genommen hast«, was ich wirklich anständig von ihr finde. Ich habe ihr schon vergeben, aber ich werde sie das nicht wissen lassen und jede Hilfe annehmen, die wir heute Abend bekommen können. Seit dem Debakel mit den Fettsack-Bildern scheint Skye sogar richtig bescheiden zu werden. Ich würde jetzt nicht sagen, dass wir beste Freundinnen sind, die bei einem Glas Wein den neuesten Klatsch austauschen (ich frage mich, ob sie überhaupt Alkohol trinkt oder ob das auch gegen ihre Prinzipien geht), aber sie hat wohl gelernt, mich ein bisschen zu respektieren und manchmal von ihrem hohen Ross herunterzukommen, und darüber freue ich mich. Es ist gut, dass sie heute Abend hier ist, das Isso-Projekt hat uns doch ein wenig zusammengeschweißt.

Auf der anderen Seite des Raums stehen die Marktstände und Weinbuden. Der örtliche Feinkostladen bietet Weinproben aus aller Welt, außerdem Oliven, Käse, überteuerte Kräcker, Chutneys und die schönsten verzierten Schokoladentrüffel, die ich je in meinem Leben gesehen habe.

Es gibt auch Stände mit handgefertigtem Schmuck, Strickkleidung, Holzhandwerk (Storie wäre begeistert!), Kinderbuchinitiativen sind vertreten, und den Ehrenplatz (ich habe heute Nachmittag ein bisschen nachgeholfen) hat Kaths »Lavender Lovies«-Stand bekommen. Ich habe ein professionelles Banner designt und ausgedruckt, auf dem der Name in geschwungener Schrift steht, zusammen mit Lavendelzweigen. Ihren Tisch habe ich mit einem salbeigrünen Seidenstoff verkleidet, auf dem die lilafarbenen Kreationen richtig gut zur Geltung kommen werden.

Um fünf Uhr nachmittags kamen nach und nach die Verkäufer, um alles aufzubauen; um sechs Uhr sollte es losgehen. Mr Ravelle hat zugestimmt, den Abend zu eröffnen, worauf Gloria anscheinend besteht. Sie ist echt nett, aber beängstigend penetrant, wenn sie ein Ziel hat. Sie hat sogar ihr eigenes Klemmbrett dabei. Wer hat schon ein Klemmbrett daheim, um es bei solchen Anlässen einzusetzen? Gloria Straunston. Wir alle haben sie für heute

Abend als unsere Anführerin akzeptiert. Wer das Klemmbrett hat, gibt den Ton an.

Gillian hat sich in den letzten Wochen mit ihr angefreundet. Offensichtlich kümmert sie sich seit der Scheidung von ihrem amerikanischen Ehemann vor drei Jahren allein um ihre Zwillinge und hat bis vor Kurzem ein sehr erfolgreiches Online-PR-Büro geführt, bis sie es verkauft hat. Gillian ist ganz beeindruckt, wie wohlerzogen die Kinder sind und wie geschmackvoll das Landhaus »mit Platz für sechs oder sieben Autos auf der Auffahrt und Holzvertäfelung im Eingangsbereich« ist. Ich vermute, die wohlerzogenen Kinder hängen mit dem herrischen Auftreten zusammen (vielleicht hat sie für die auch Klemmbretter?). Sogar ich will ja schon gerade stehen und mich besser benehmen, wenn sie in der Nähe ist. Mr Ravelle scheint auch unter ihrem Zauber zu stehen, da er den ganzen Nachmittag beim Aufbau geholfen hat.

Um sieben Uhr abends drängen sich die Leute. Mr Ravelle hat die Veranstaltung eröffnet, indem er mit einer kleinen Zeremonie seinen Plastikweinbecher vom Getränkestand erhoben hat, und dann sind die aufgeregten Gäste hereingeströmt.

Mir hat Gloria die Aufgabe übertragen, »dafür zu sorgen, dass alle Verkäufer und Dienstleister zufrieden sind«, außerdem soll ich mich »um die Müllsäcke« kümmern. Das heißt wahrscheinlich, ich soll bei allen vorbeischauen und am Ende den Müll aufsammeln. Das ist völlig machbar, und ich bin froh, dass ich nicht die arme Ros bin, die »das Parkleitsystem überwachen soll«, was bedeutet, dass sie draußen in einer Warnweste auf dem Parkplatz steht.

Ich gehe langsam durch den Raum. Alle Massageabteile sind belegt, und die Wartelisten (auf kleinen Tischen, die ich mit Lavendelzweigen von Kath dekoriert habe) sind ebenfalls voll. Na also, das läuft doch.

Ich schlendere zum Beautybereich. Skye verpasst einer der netten Mütter aus dem vierten Jahrgang ein Makeover und beantwortet Fragen zu Contouring, während ihre junge Assistentin Maci sich mit ihrem Puderkit an den Augenbrauen einer anderen Frau zu schaffen macht. Bei Nicky, der Nagelspezialistin, hat sich eine Schlange gebildet. Das einzige Haar in der Suppe ist die fehlende Bodyart-Künstlerin. Auf dem leeren Tisch klebt ein Zettel mit der Aufschrift »Bodyart«, was sehr traurig wirkt. Wo ist sie? Ich soll für das Wohlbefinden aller Händler und Dienstleister sorgen, aber das kann ich nicht, wenn sie nicht hier sind. Ich habe so viel Zeit und Energie in diese Veranstaltung investiert, dass ich etwas panisch werde bei dem Gedanken, dass etwas den Abend beeinträchtigen könnte. Ich sehe mich nach Gloria und ihrem Klemmbrett um, kann sie jedoch nirgends entdecken.

Skye bemerkt mein Unbehagen und lässt ihre Kundin halb geschminkt zurück. Auf der einen Seite ist ihr Gesicht ein gemeißeltes Meisterwerk, auf der anderen nackt.

»Alles okay, Süße?«, fragt Skye. Für jeden anderen klänge sie beiläufig, doch da ich sie jetzt besser kenne, weiß ich, dass sie sich wirklich Gedanken macht.

»Bei mir schon, nur die Bodyart-Künstlerin ist nicht aufgetaucht, und ich sehe Gloria nicht, die alle Namen und Kontaktinfos hat.«

»Soll ich einspringen?«, fragt sie, als wäre es keine große Sache. Das mag ich an Skye. So frustrierend herablassend und eigensinnig sie sein kann, sie hat keine Angst vor harter Arbeit.

»Das wäre großartig, wenn das ginge! Hast du das Kit?« Ich bin so erleichtert.

»Ja, Bodyart ist meine Leidenschaft, deshalb habe ich immer Klebstoff, Farbe und Glitter in meiner Kiste«, sagt sie so selbstverständlich, dass ich sie umarmen könnte.

»Danke, Skye, du bist der Hammer!«

»Kein Problem, bae. Du kannst dich auf mich verlassen.«

Sie sagt das so ernst, dass ich grinsen muss. Ich bin mir zwar nicht sicher, was es mit diesem »bae« auf sich hat, aber ihr Tonfall ist warm, und es ist gut zu wissen, dass ich mich auf jemanden verlassen kann. Ein schönes Gefühl.

Ein paar Minuten später habe ich den überzähligen Tisch rausgetragen und Skyes Stand umbenannt in »Mini-Makeover und Bodyart«. Während sie ihre Kundin fertig schminkt, gehe ich durch den Raum zu Kath und hole mir auf dem Weg zwei Gläser Wein.

Kaths Stand sieht hinreißend aus. Sie hat Colin mitgebracht (Lyla werde ich das nicht verraten), der ihr eine wunderschöne Holzpergola gezimmert hat, um die künstlicher Efeu und Blumen gewunden sind, zusammen mit batteriebetriebenen Lichterketten. Der salbeigrüne Seidentisch biegt sich unter den unglaublich verlockenden Gläsern, Flakons und Tiegeln mit ihren Lavendelkreationen. Ein Weidenkorb fließt geradezu über vor lilafarbenen Badekugeln, und auf einem marmorierten Silbertablett stehen offene Gläser und Töpfchen zum Testen.

»Kath, das sieht alles so toll aus!«, sage ich und reiche ihr das eine Glas Wein. Colin bekommt widerwillig das andere, aus dem ich glücklicherweise noch nicht getrunken habe.

»Danke, Liebes«, antwortet sie strahlend.

»Das Holzding ist klasse!« Ich deute auf die Pergola.

»Ja! Colin hat sie selbst für mich aufgebaut«, erzählt sie stolz.

»Sogar in meinem Alter kann ich noch was aufrichten, haha«, kichert Colin.

»Das war wirklich gute Arbeit, das Holz war ganz schön schwer«, antwortet Kath warm. Der Witz entgeht ihr. Ich wünschte, mir auch.

»Nun, ich bin sehr beeindruckt. Ich finde, deiner ist der schönste Stand.«

»Oh, Robin, das sagst du nur so. Du schmeichelst mir immer.«

»Nein, ich würde es nicht sagen, wenn ich es nicht meinen würde! Glaub an dich, Kath. Es sieht absolut umwerfend aus.«

Ich sehe, wie Finola auf uns zukommt, immer noch in ihren schlammigen Reitstiefeln und der alten grünen Barbour-Wachsjacke.

»Ah, Finola! Du hast es geschafft!« Ich gehe zu ihr, um sie zu begrüßen. Sie wirkt ein bisschen anders als sonst.

»Ja, meine Liebe. Ich bin hier, um die Truppen zu unterstützen. Du und Gillian habt so hart dafür gearbeitet, da konnte ich euch doch nicht im Stich lassen.«

»Ich freue mich riesig, dass du da bist! Aber geht es dir gut? Du bist irgendwie … anders.« Ich weiß nicht genau, wie ich es ausdrücken soll.

»Großartig, meine Liebe! Fit wie ein Turnschuh. Ich fühle mich allerdings ein wenig fehl am Platz. Mit diesen ganzen Schminksachen habe ich es ja nicht so, und ich weiß nicht das Geringste von dem, was ihr Mädchen alles so macht, um hübsch zu sein! Einmal habe ich dieses glänzende Zeug für die Augenlider probiert, das du mir letztes Jahr mit dem Lipgloss geschenkt hast, aber Edgar hat gesagt, ich sähe ›aufgerüscht‹ aus, und seither habe ich es nicht mehr versucht. Ich glaube nicht, dass ich in diese Welt mit den ganzen schicken Farben und Pinseln gehöre.«

Oh, Finola. Sonst ist sie immer stark und geradeheraus bei allem, was sie tut, und hier sehe ich eine weichere, verletzlichere Seite an ihr, und am liebsten würde ich sie fest umarmen und ihr sagen, wie sehr ich sie liebe. Doch ich entscheide mich für: »Komm, ich stelle dir meine Tante Kath vor, sie fertigt ganz tolle Lavendelbadekugeln, Cremes und Seifen, die dir vielleicht gefallen.«

Damit ist ihr Interesse geweckt. Ich bringe sie zu dem Stand, und als ich gehe, höre ich gerade noch, wie Finola zu Kath sagt: »Also, die sprudeln dann im Badewasser? Wie lustig!«

Zwei Stunden später. Der Abend war ein überragender Erfolg. Alle Händler haben volle Kassen, die Leute kamen und gingen den ganzen Abend, und Gloria und ihr Klemmbrett haben tolle Arbeit geleistet.

Als wir gerade die letzten Besucher verabschieden, sehe ich ein bekanntes Gesicht an Skyes Stand. Gillian und ich wechseln einen erfreuten Blick und hüpfen fast wie aufgeregte Schulmädchen hinüber.

»Finola, du siehst umwerfend aus!«, sagt Gillian.

Skye hat mir einen Gefallen getan, Finola auf ihre Liste gesetzt und ihr das volle Programm verpasst. Sie hat wunderschöne Arbeit geleistet und Finola völlig verwandelt. Deren Haut ist weich und leuchtet vor zarter Röte und goldenem Highlighter. Ihre Augen wirken sanfter, auch wenn sie jetzt mit perfekt aufgetragenem braunem Lidschatten und hellen Akzenten definiert sind, mit falschen Wimpern, die genau den Bogen ihrer Augenbrauen beschreiben. Skye hat warme Taupetöne auf Finolas Lidern vermischt und den Brauenknochen mit einem strahlenden Cremeton hervorgehoben. Die Lippen hat sie mit einem neutralen warmen Rosa geschminkt, das das natürliche Rot hauptsächlich verstärkt. Alles in allem sieht Finola sensationell aus.

»Wow! Wie schön du bist!«, sage ich sprachlos. Ich wusste, dass es ihr stehen würde, aber das hier ist unglaublich. »Nicht, dass du sonst nicht auch reizend aussehen würdest – aber wenn du mal abends groß ausgehen oder einfach nur etwas ausprobieren willst, dann hast du jetzt einen Look.« Sie soll unbedingt wissen, dass ich sie ungeschminkt genauso liebe wie mit diesem hinreißenden Make-up, mit dem sie bei den Oscars auflaufen könnte.

»Ich fühle mich wie ein Star«, strahlt Finola, als sie sich in dem Handspiegel bewundert, den ihr eine sehr stolze Skye gegeben hat.

»Ich fühle mich wie eine von euch jungen, hübschen Müttern«, fährt sie fort und deutet zu mir und Gillian.

»Du bist doch eine von uns jungen, hübschen Müttern, Dummerchen.« Gillian lacht liebevoll.

»Das glaube ich nicht, meine Liebe. Ich war schon immer die, die viel draußen ist. Das habe ich akzeptiert und den Glamour euch modischen Dingern überlassen, aber jetzt fühle ich mich großartig. Ich darf nicht vergessen, dass ich nicht immer die Pferdefrau sein muss, nur weil ich Angst hatte, etwas Neues auszuprobieren«, antwortet sie.

»Finola, ich habe dich immer als eine von uns gesehen, dass du so bist wie wir. Wenn überhaupt, habe ich dich für selbstbewusster gehalten, weil du die ganzen Cremes und Puder nicht brauchst, an die wir uns klammern. Ich war sogar richtiggehend eingeschüchtert von dir, weil ich dich so beeindruckend fand!«, füge ich lachend hinzu.

»Du warst von mir eingeschüchtert? Ich habe mich neben deinen schicken Klamotten und dem Make-up ganz klein gefühlt!«, gibt sie zurück. »Himmel, du bist eine Make-up-Artistin, während ich bis heute Abend lieber Pferde als mich selbst gebürstet habe.«

»Gott sei Dank lieben wir uns, jetzt, früher und mit oder ohne Schminke!«, sage ich und helfe ihr, überraschend viele Einkaufstüten zusammenzusammeln (vielleicht rüscht sich Finola bald noch mehr auf). Dann ist es Zeit aufzuräumen.

»Danke, Skye, das war der Hammer. Ich schulde dir was«, sage ich, während Gillian mit Finola zur Tür geht.

»Nein, überhaupt nicht. Ich war dir was schuldig. Es war schön zu sehen, wie hübsch sich deine Freundin findet. Manchmal ist

Make-up wirklich nur Cremes und Farben, manchmal auch eine Maske, hinter der man sich verstecken kann, und manchmal ist es die beste Waffe einer Frau. Ich liebe diesen Job, weißt du?«, sinniert Skye.

Was sind das denn für ernste Töne?

»Ich weiß. Wirklich, ich weiß es.«

Kath hat alles verkauft und eine Liste mit Großbestellungen von Leuten, die Geschenke für Freunde und Familie brauchen oder ihre Produkte in ihren Läden verkaufen wollen. Sie sprudelt geradezu über vor Begeisterung und bemerkt nicht, wie Colin mit der Pergola kämpft. Ich gehe rasch wieder, bevor er noch mehr anzügliche Witze reißt.

Gemäß meiner Aufgabe gehe ich zu dem großen Lagerraum in der Nähe des Eingangs, um Mülltüten zu holen. Das Schloss hat einen Nummerncode, weshalb es etwas beunruhigend ist, dass die Tür jetzt am späten Abend offen steht. Plötzlich wünsche ich mir, dass ich nicht so viele Thriller auf Netflix geschaut hätte, weil ich mir jetzt vorstelle, dass sich hier ein Mörder versteckt und mich gleich mit einem Stapel Schulbücher zu Tode prügeln will.

Ich schleiche mich heran und höre ein leises Stöhnen. Mit vorgetäuschtem Mut reiße ich die Tür auf.

Mein Gehirn kann nicht verarbeiten, was ich sehe. Ich stehe mit offenem Mund da und blinzele wie ein Fisch mit schlecht sitzenden Kontaktlinsen. Da, in dem Lagerraum, gegen das Regal mit den Plakatfarben und dem Bastelpapier gelehnt, sehe ich Mr Ravelle und Gloria, die wie übereifrige Teenager knutschen!

Ich stehe immer noch sprachlos da, als Mr Ravelle mich entdeckt, sich losmacht und schließlich stottert: »Und hier bewahren wir die Mülltüten und Putzutensilien auf, Ms Straunston«, als hätte ich nicht gerade gesehen, wie er Glorias Mandeln inspizierte und ihre Hand auf seinem Schritt lag.

»Achtet gar nicht auf mich!«, sage ich schnell, als ich endlich wieder sprechen kann. Hastig schließe ich die Tür. *Schön für die beiden.*

Meine Güte, was für ein Abend. Ich gehe zurück und lächele vor mich hin. Ich kann es gar nicht erwarten, mit Gillian und Finola alles zu besprechen und zu erfahren, wie viel Geld Kath verdient hat, und ich kann es auch nicht erwarten, mich voll in die Arbeit für die London Fashion Week in sechs Wochen zu stürzen – mit Skye. Und plötzlich erscheint mir mein Leben wieder etwas heller. Das vertraute Gefühl der Freude klopft an die Tür.

Hallo, ich habe dich vermisst.

TEIL VIER

In Positur!

SIEBENUNDZWANZIG

August

Niemand hat gesagt, dass es leicht sein würde, zu arbeiten und gleichzeitig die beste Mutter für Lyla zu sein. Ob man das jemals schafft?

In den Wochen vor der London Fashion Week vibriert die Luft bei MADE IT vor Energie. Man stelle sich eine Grundschule in der Woche vor der Weihnachtsaufführung vor und nehme das mal fünfzig. So ist es bei uns. Stuart ist ständig leicht verschwitzt, und Alice bewegt sich doppelt so schnell wie sonst, wie ein Kolibri.

Wir haben alles bis ins letzte Detail geplant und wissen, wer für was verantwortlich ist, wer den Oberbefehl hat (Natalie natürlich, aber zusammen mit mir – hurra! – und Skye), wir wissen, welches Kit wir mitnehmen. Die Facecharts sind fertig, die Probedurchgänge absolviert. Alice hat die ganze Logistik organisiert. Doch jetzt, da wir fertig sind, wollen wir noch dringender anfangen. Ich zähle die Tage, und es fühlt sich gut an. Letztendlich habe ich weder meinen Job verloren noch Natalies Respekt. Und ich werde als Teil dieses großartigen Teams verdammt noch mal zeigen, was ich kann!

Nach meiner Auszeit habe ich wieder mehr Aufträge angenommen. Der Wellnessabend hat mir gezeigt, wie viel Befriedigung es mir verschafft, an etwas zu arbeiten, einen Auftrag abzuschließen und stolz auf mich zu sein. Also mache ich mehr. Lyla ist davon nicht begeistert. Nachdem ich die erste Hälfte des Sommers mit ihr verbracht und sie mit Liebe überschüttet habe (um unser beider willen), findet Lyla es überhaupt nicht toll, dass ich mich jetzt dem Leben wieder stellen und mich im Beruf behaupten muss. Kath passt zwei Tage die Woche auf sie auf, doch sehr zu Lylas Horror war Colin ein paarmal dort, was das Gleichgewicht gehörig durcheinandergebracht hat.

Gestern war es am schlimmsten. Ich habe sie nach einem langen Tag mit Probedurchläufen für das Isso-Projekt abgeholt und sofort gesehen, dass Kath geweint hat. Die weiche Haut um ihre Augen war geschwollen und gerötet, und statt mich ins Haus zu bitten und mir frisch gekochtes Essen aufzudrängen und mich mit einer Ladung Scones wieder nach Hause zu schicken, hat sie nur gesagt: »Lyla hatte einen guten Tag. Sicher ist sie jetzt müde.« Dann hat sie mir den fertig gepackten Schulrucksack an der Tür übergeben. Lyla hatte bereits ihre Schuhe an und hat nicht viel gesagt, als wir uns bedankt und verabschiedet haben. So schnell geht die Übergabe sonst nie. Normalerweise plane ich gute zwanzig Minuten ein, um die Ware abzuholen (mein Kind) und wieder zu fahren. Gestern war ich keine fünf Minuten bei Kath.

Auf der Fahrt nach Hause werfe ich Lyla im Rückspiegel ab und zu einen Blick zu. Sie wirkt völlig normal.

»Wie war dein Tag mit Kath?«, taste ich mich vor.

»Gut«, sagt sie und schaut beiläufig aus dem Fenster. Kinder können so unnahbar sein, wenn sie wollen.

»Was habt ihr gemacht?«, frage ich weiter.

»Nicht viel.« Da. Verdammt unnahbar.

Warum sind Kinder so? Wenn man vierzig Nanosekunden Stille möchte, wollen sie einem jede einzelne Regung in ihrem Gehirn mitteilen, aber wehe, man fragt, wie ihr Tag war oder was sie in der Schule gelernt haben, dann scheint selektiver Gedächtnisschwund einzusetzen, und ihnen etwas aus der Nase zu ziehen ist, wie Blut aus einem Stein herauszupressen.

»Okay. Also, habt ihr heute Scones gebacken?« Ich versuche einen anderen Ansatz, weil ich genau weiß, dass Kath quasi jeden Tag ihre himmlischen Scones bäckt.

»Ja.«

»Und auch Shortbread?« Wenn sie glaubt, ich gebe auf, hat sie sich getäuscht.

»Ja, aber mit Lavendel.« Oh, endlich mal ein bisschen mehr Info!

»Na, das klingt doch nett«, sage ich warm.

Schweigen.

»War das Shortbread mit dem Lavendel gut?« Himmel, heute kommt man wirklich gar nicht an sie heran.

»Nein. Eklig. Es hat nach Garten geschmeckt«, sagt sie voll inbrünstiger Abscheu.

Na also, so langsam nähern wir uns. »Ach herrje!«, sage ich und hoffe, dass sie nicht widerstehen kann, mir mehr zu erzählen.

»Colin hat gesagt, so ein gutes Shortbread hat er noch nie gegessen, Mummy.« Diese Aussage scheint sie wirklich anzuwidern. Als ob Colin ein bisschen gaga wäre. Was er vielleicht auch ist. Keine Ahnung.

»Ach ja? Er war also auch da?«

»Ja. Ich habe Kaths Videos angeschaut. Deine alten Kassetten. Ich mag ihn nicht, deshalb habe ich daran gedacht, was du immer sagst – wenn man nichts Nettes weiß, dann sagt man besser gar nichts. Stimmt doch, oder?«

»Nun ja, aber wir dürfen ihn nicht völlig ignorieren.« Ich bin beeindruckt von ihrer Höflichkeit (und ehrlich gesagt auch ein wenig neidisch auf ihre Deutlichkeit), aber manchmal braucht man ein wenig Hilfe, wie man mit anderen Menschen umgeht.

»Das habe ich auch nicht. Ich war sehr unverblümt.«

Sie betont das Wort. »Oh. Was heißt ›unverblümt‹?« Und seit wann ist meine siebenjährige Tochter so eloquent?

»Es heißt, dass man genau das sagt, was man denkt, auch wenn es etwas unverschämt ist. So hat Kath es erklärt. Sie hat geweint, war aber nicht böse. Sie hat nur gesagt, dass ich sehr unverblümt war, und dann hat sie dein altes Video von *Der König der Löwen* eingelegt. Ich habe ihr gesagt, dass ich es aber nicht schauen will, doch sie hat geantwortet, ›Liebes, ich brauche etwas Zeit für mich, bitte schau jetzt den Film‹, und ich habe gedacht, dass sie doch ein bisschen böse war.«

Du liebes bisschen, das klingt überhaupt nicht nach Kath.

»Wow. Da war aber ganz schön was los, Lyla. Was hast du denn so Unverblümtes gesagt?«

»Will ich nicht sagen.« Sie windet sich in ihrem Kindersitz.

»Mir kannst du es erzählen. Ich werde nicht böse sein. Sag mir einfach die Wahrheit.«

Schweigen.

»Bitte, Lyla. Ich bin auf deiner Seite. Immer«, füge ich sanft hinzu.

»Okay.« Sie ringt mit sich und fährt dann fort: »Ich habe gesagt, dass Colin nicht versuchen sollte, Kaths Freund zu sein, weil Kath einen Freund und dann einen Mann hatte, nämlich Derek, und wir lieben ihn, und er liebt Kath für immer und wartet im Himmel auf sie in einem Haus aus Blumen und Muscheln, und wenn sie richtig, richtig alt ist und stirbt und in den Himmel kommt, wird Derek dort am Ende des Tunnels warten und lächeln und so dastehen.« Sie breitet weit die Arme aus. »Und er wird sie festhalten und lieben, und sie werden in ihrem Blumen- und Muschelhaus leben, und Kath wird ihm alles erzählen, was sie auf der Erde gemacht hat, seit er nicht mehr da war. Sie werden wieder gemeinsam ihre Urlaubsfotoalben anschauen und wieder tanzen, und Derek wird wieder all seine Witze erzählen, und Colin darf nicht dabei sein! Colin darf nicht in das Blumen- und Muschelhaus kommen, und Derek würde Colin hassen!«

Mist.

Kein Wunder, dass Kath geweint hat. All die Jahre, die sie sich diese Märchenversion ausgemalt hat, wo Derek jetzt ist, haben offensichtlich Früchte getragen. Ich könnte mich ohrfeigen, dass ich nicht mit Lyla darüber geredet habe, als sie Derek vor Colin zum ersten Mal erwähnt hat.

»Oje«, sage ich und atme übertrieben aus.

»Was?«

»Ich glaube, das hat Kath etwas aufgewühlt, weil sie vielleicht gern Colin als Freund hätte.«

»Aber Derek war ihr Freund und dann ihr Mann. Sie haben geheiratet, mit rosa Kuchen und Champagner, und Opa Wilde war da und …«

»Ich weiß, ich weiß. Sie haben geheiratet, und ich weiß, dass Derek davor Kaths Freund war, aber jetzt, da er nicht mehr hier ist, möchte Kath vielleicht wieder jemanden in ihrem Leben haben. Colin macht sie glücklich.«

»Aber Derek wartet auf sie. Im Himmel«, beharrt sie.

»Ich weiß, Baby, ich weiß, aber jetzt, während sie darauf wartet, Derek wiederzusehen, würde sie sicher gern Zeit mit Colin verbringen.« Ich versuche, langsam und sanft zu sprechen, weil das offensichtlich ein wichtiges Thema für meine süße Schwarz-Weiß-Denkerin ist.

»Dann sollte sie Dereks Fotos wegpacken und uns sagen, dass ihr Herz nicht mehr Derek gehört«, fordert Lyla nüchtern. Oh, wie gern würde ich Liebe auch so klar und deutlich sehen wie sie.

»Ach, Bluebird, die Liebe ist leider nicht so einfach. Kaths Herz ist groß genug für beide. Sie liebt Derek und freut sich sicher darauf, ihn wiederzusehen, aber jetzt verbringt sie gern Zeit mit Colin, und dafür ist in ihrem Herzen auch Platz.«

Ich sehe in den Rückspiegel. Die kleinen Rädchen in ihrem Kopf drehen sich.

»Kath hat also in ihrem Herzen Platz für jeden Mann auf der Welt? Oder nur für Derek und Colin?«

»Ha, im Moment nur Derek und Colin, denke ich«, meine ich lachend und stelle mir Kath mit einer ganzen Reihe von Verehrern an der Tür vor.

»Na gut. Aber er ist trotzdem ein Ekeltyp.«

Später am Abend schreibe ich Kath eine Nachricht und entschuldige mich für Lylas unbeabsichtigte Gefühllosigkeit. Sie soll wissen, wie sehr wir sie lieben, und dass Lyla und ich sie bei allem unterstützen, was sie tut. Ich entscheide mich für eine kleine Lüge: *Colin ist reizend, und wir freuen uns, dass du glücklich bist.* Außerdem melde ich Lyla im Internet für die letzte Ferienwoche im Sommerclub der Schule an, damit Kath entlastet ist und ich mir nicht über weitere diplomatische Zwischenfälle Sorgen machen muss, während ich in der Arbeit bin.

Schaut mich an, wie ich Brände lösche und Probleme löse, ohne zu weinen oder ein halbes Kilo Brie auf Sauerteig essen zu müssen. Endlich habe ich mein Leben wieder im Griff.

ACHTUNDZWANZIG

Es wird August, und ich bin erleichtert, dass ich wieder lächeln kann, auch wenn das kurzzeitige Hoch nach dem Erfolg des Wellnessabends stark abgeflaut ist. Ich weiß, dass ich mich noch einigen großen Fragen stellen muss, aber ich gebe mein Bestes. Wie heißt es so schön: ein Schritt nach dem anderen. »Genieß einfach den Sommer.« Also werde ich das tun. Ich muss nicht über den

Verlust meines Babys nachgrübeln oder meine angespannte Freundschaft mit Lacey oder darüber, was Edward will, ich bin vollauf damit beschäftigt, »den Sommer zu genießen«. Allerdings weiß ich nicht, ob ich so viel Talent dafür habe. Meine Vorstellung von Entspannung ist nicht, sich über verschwitzte Oberschenkel und die übelkeiterregenden »Party«-Fruchtgeschmacksrichtungen von Cider zu freuen. Doch es ist ein sehr viel besseres Gefühl, die Große Leere sicher wegzupacken, als mich ihr zu ergeben und zu denken, dass ich gleich im Nichts ertrinke. Ich will meine Gefühle nicht unterdrücken, weil das ungesund wäre – ich habe genug Blogposts und inspirierende Zitate in wunderhübscher Schrift gelesen, um zu wissen, dass ich an irgendeinem Punkt »meinen inneren Frieden« finden und nach vorn blicken muss –, aber im Moment funktioniert es. Ich werde die Schachtel der Leere angehen (verrückt, wie eine Schachtel namens »Leere« so schrecklich voll sein kann), aber jetzt will ich »den Sommer genießen« und – vor allem – mich auf Lyla konzentrieren.

In zwei Wochen wird sie acht, und dieses Jahr werde ich ihr den schönsten Geburtstag ihres Lebens bereiten. Die üblichen Sachen haben wir schon durch: die langweiligen zwei Stunden auf dem Indoorspielplatz, die Hüpfburg im Gemeindezentrum, die schrecklichen Partys zu Hause mit zwanzig Kindern und viel zu viel Zucker, aber dieses Jahr wird alles anders sein.

Zum ersten Mal habe ich ein bisschen Geld übrig. Ich würde nicht sagen, dass man sein Glück mit Geld kaufen kann, aber es eröffnet einem doch Möglichkeiten, und diese Möglichkeiten bereiten Freude. Am liebsten würde ich Lyla jede Sekunde mit Liebe überschütten. Mein Mutterherz leidet, und die Medizin dagegen ist, mein Baby zu lieben. Das Baby in meinen Armen genauso wie – wie Gillian es so treffend ausgedrückt hat – das Baby in meinem Herzen. Indem ich Lyla so grenzenlos liebe, liebe ich sie beide und schwäche die nagenden Schuldgefühle ab, dass ich mich nicht sofort über die Schwangerschaft gefreut habe. So kann ich versuchen, meinen Geist und mein Herz mit Freude zu füllen anstatt mit Trauer.

Lyla und ich haben viel über den großen Geburtstag gesprochen. Bei einstelligen Anlässen ist jeder Geburtstag riesig (außerdem ist es eine willkommene Ablenkung, damit ich nicht an meinen eigenen großen Geburtstag am Jahresende denken muss). Wir haben beschlossen, dass wir zweimal feiern werden, einmal nur wir zwei und einmal mit allen anderen.

Wir zwei werden einen wunderbaren Tag miteinander verbringen und unsere Lieblingssachen machen, und bei der großen Feier mieten wir den Gemeinderaum, und das Motto der Party wird »Meerjungfrau« sein. Lyla besteht darauf. Nachdem ich in den Neunzigerjahren aufgewachsen bin und Arielle mein großes Idol war (auch wenn mir nie dieser voluminöse Pony gelungen ist, verflixt), bin ich total begeistert.

Wir haben viele lustige Abende am Laptop und dem iPad verbracht und auf Pinterest nach Ideen für eine Meerjungfrauenparty gestöbert. Unsere Funde haben wir auf einer Liste gespeichert, mit der Kath und ich loslegen können.

Ich habe eine spezielle Ballonfirma engagiert (nicht nur einen Laden, der Helium und Folienballons verkauft, sondern eine spezialisierte Firma, die auf Instagram einigermaßen bekannt ist), die die Wände des Gemeinderaums komplett mit Ballons in jeder erdenklichen Unterwasserfarbe dekorieren wird. Wir werden hellblaue, wasserblaue, türkise und strahlend weiße Ballons haben, außerdem durchsichtige kleinere, die von der Decke hängen und Blasen darstellen sollen. Dazwischen werden kleine blaue und goldene Lichterketten gespannt, um das funkelnde Wasser zu symbolisieren, und auf jedem Tisch (die mit Netzen und glitzerndem grünem Stoff dekoriert sein werden) stehen Schüsseln mit Süßigkeiten, Salzstangenstücken, die in weiße Schokolade getaucht und mit blauen Streuseln bestreut wurden, Mini-Sandwiches in Seesternform und lila Plastikbecher mit »Meerjungfrauentrank«.

Lyla will ihren holografischen Silberturnanzug anziehen, darüber ein türkises Tutu (einmal Tänzerin, immer Tänzerin), und ich lasse es auch krachen. Statt des üblichen Jeans-und-T-Shirt-Looks habe ich mir ein Vintage-Seidenkleid in Immergrün gegönnt, das mit Muscheln bedruckt ist. Es kam vor Kurzem mit der Post, und als ich es anprobiert habe, hat Lyla gesagt: »Oh, Mummy, du siehst aus wie eine Meeresprinzessin! Ich wünschte, du würdest jeden Tag ein Seidenkleid tragen.« Ich ließ sie eine Weile staunen und habe sie dann daran erinnert, dass auch Prinzessinnen gern in Jeans und T-Shirt herumlaufen, und zum Glück hat meine kleine Feministin keinen Einspruch erhoben. »Ja, du musst keine Prinzessin sein und hübsche Kleider oder Tutus tragen, aber man kann damit DAS hier machen.« Dann ist sie auf mein Bett gesprungen und hat wild mit ihrem Tutu gewedelt.

Wann hören wir Erwachsenen mit so etwas auf? In welchem Alter macht es auf einmal keinen Spaß mehr, auf ein Bett zu hüpfen, wild herumzutanzen und den Rock nach allen Seiten zu schleudern? *Vielleicht sollte ich es versuchen,* dachte ich, und schon sind wir beide wie verrückt auf meinem Bett herumgesprungen, haben unsere Röcke hin und her geworfen und Lieder ohne Melodie und Sinn gesungen. Und es hat immer noch Spaß gemacht, man braucht nur manchmal einen kleinen Menschen, der einen daran erinnert.

»Mummy, es ist so schön, wenn du mal nicht erwachsen bist«, hat Lyla gesagt, nachdem wir uns auf mein jetzt sehr zerwühltes Bett haben fallen lassen. »Als ob du Vögel in dir hast und nicht normal sein musst.«

Ich weiß nicht, ob mir die Vorstellung von Vögeln in mir gefällt, aber Lyla mag sie, und das freut mich.

»Ach ja? Nun, dieser Vogel hat Hunger, und dieser kleine Käfer hier wird sein Abendessen!«, rief ich, packte meine kleine kichernde Ballerinatochter, hob sie hoch und bedeckte ihr Gesicht mit Küssen, während sie sich quietschend und lachend vor Freude wand.

In diesem Moment war die Schachtel mit der Großen Leere fest verschlossen. Ich fühlte mich so voll, dass mich kaum an die Leere in mir erinnern konnte.

NEUNUNDZWANZIG

Der große Tag – ein Sonntag – ist da. Strahlender Sonnenschein fällt durch meine dünnen Vorhänge, und eine aufgedrehte Fast-Achtjährige hüpft auf meinem Bett und singt: »Geburtstaaag, Geburtstaaag!« Völlig egal, dass ich bis ein Uhr nachts mit Kath zusammen Sandwiches zu verfluchten Seesternen geschnitten habe oder wir Anhänger gebastelt haben mit der Aufschrift »Danke, dass du vorbeigeschwommen bist«, die an großen Seifenblasenzauberstäben befestigt werden, als Geschenke für die kleinen Gäste.

Einmal hat sogar Kath, unsere Handarbeitskönigin, die Geduld verloren, als wir dreißig Plastikgabeln silbern mit blauem Glitzer angesprüht haben (die Dingelhopper aus *Arielle,* natürlich). »Als du jung warst, haben wir ein paar Schokoladenkekse auf einen Pappteller gelegt, euch Kinder in den Garten gejagt, und das war dann die Party!«, hat sie erschöpft gesagt.

Wenn es nach Lyla ginge, hätten wir schon um acht Uhr morgens gefeiert, aber leider steht auf der Einladung »13.00 bis 15.00 Uhr«, und es gibt noch viel zu tun. Kath wollte heute

Morgen vorbeikommen, weshalb ihr »Huhuu« um zehn Uhr mehr als willkommen ist. Da explodiert Lyla bereits geradezu vor Aufregung, und ich habe schon zwei Tüten Mikrowellenpopcorn verbrannt und bereut die Idee mit dem »Popcorn-Schatzeimer mit blauem Karamellguss« aus tiefstem Herzen.

»Tante Kath! Heute ist mein Geburtstag!«, schreit Lyla und springt vom Küchenbarhocker, von wo aus sie mich bei der Arbeit beaufsichtigt hat.

In einer halben Sekunde ist sie bei Kath, und ich höre, wie unsere Tante sie wie immer begrüßt und »Happy Birthday« für sie singt. Neu ist allerdings, dass Colin sagt: »Alles Gute zum Geburtstag, Lyla, oder so viel wie möglich.« Er lacht über seinen eigenen Witz und kommt ins Haus.

»Huhuu«, zwitschert Kath, als sie in die Küche kommt, mit einer Kiste voller kleiner Silbervasen, in denen frische Lavendelzweige stecken. Darum hatte ich nicht gebeten, aber die Farben passen, und ich will nicht unhöflich sein, deshalb nehme ich ihr die Kiste ab und sage: »Oh, wie schön, vielen Dank, Kath.« Etwas steifer begrüße ich Colin: »Hallo, Colin, dich hätte ich heute gar nicht erwartet.«

»Mehr Hände zum Anpacken!«, erwidert er und tätschelt Kath liebevoll den Hintern, woraufhin sie kichernd errötet.

»Man darf anderen Menschen nicht an den Po fassen, Colin«, tadelt ihn Lyla verächtlich, was uns alle verstummen lässt, vor allem die kichernde Kath.

»Ich glaube nicht, dass es Tante Kath etwas ausmacht«, meint Colin grinsend.

Himmel, hat denn diesem Typen niemand gesagt, dass so etwas manchmal einfach nicht angebracht ist? Vor allem nicht auf einer Kindergeburtstagsfeier?

»Du weißt das doch gar nicht, weil du sie nicht gefragt hast. Man darf Menschen da unten nicht anfassen, ohne vorher nach ihrem Einverstellnis zu fragen. Es ist verboten, und ein Po ist da unten«, entgegnet Lyla empört.

»Einverständnis, Liebling«, korrigiere ich sie, aber ich bin beeindruckt, dass sich Lyla nicht einschüchtern lässt. »Und du hast völlig recht. Colin tut es sicher leid und wird den restlichen Tag besser aufpassen, was seine Hände so machen, nicht wahr?«, sage ich und werfe ihm einen strengen Blick zu.

»Äh, ja, natürlich. Tut mir sehr leid, Katherine. Tut mir leid«, murmelt Colin.

Ich bin unglaublich stolz auf meine wache Tochter. *Eins zu null für die Meerjungfrau im Tutu. Bravo, Lyla!*

Nach einer anstrengenden Stunde, in der Colin »helfen« wollte, Kath viel nervöser herumgeschwirrt ist, als ich sie je erlebt habe, und Lyla mit moderner Technik ruhiggestellt wurde (Gott segne das iPad), sind wir bereit.

Auch wenn ich immer noch nicht mit ihm warm werde, bin ich froh, dass Colin hilft, meinen kleinen Nissan mit dem ganzen Partykram vollzuladen. Außerdem hat er einen großen Ford Kombi, in den der Rest passt, unter anderem Kaths Lavendelsträußchen (»Heute frisch gebunden, direkt aus dem Lager«, wie Colin mir diverse Male erklärt hat, als wäre das eine Art Wiedergutmachung für seine vorwitzigen Hände). Ich muss zugeben, trotz Lylas Anpfiff gibt er sich wirklich Mühe.

Dann geht es los zum Gemeindesaal, Lyla und ich in meinem Wagen, Kath und Colin im Kombi.

»Ich will nicht, dass Colin bei meiner Meerjungfrauenparty dabei ist. Er ist nicht mal ein Wassermann«, beschwert sich Lyla.

»Ich weiß, das ist er nicht, aber er ist ein Freund von Kath, deshalb werden wir nett zu ihm sein.«

»Ich nicht. Ich werde ihn schon kriegen mit meinen Meerjungfrauenkräften.«

Ich frage lieber nicht genau nach, was sie damit meint, und will auch keinen Streit vor dem großen Ereignis anfangen, weshalb ich das Radio einschalte und hoffe, dass Lyla ihn bald vergisst. Bei den Ballons, dem Zauberer, der Kinderschminkerin und dem ganzen anderen Zeug, das ich organisiert habe (die Rauch- und Seifenblasenmaschinen zum Beispiel), wird sie ihn hoffentlich gar nicht mehr wahrnehmen.

Mir wird allerdings auffallen, wer nicht da ist. Lacey und ich hatten seit unserem großen Streit kaum Kontakt. Sie hat Lyla eine Karte mit Glitzermeerjungfrau und einem Zwanzig-Pfund-Schein geschickt, zusammen mit einem Meerjungfrauenballon in einer Schachtel (ich habe auf Twitter wohl ein bisschen viel über Meerjungfrauen gepostet), aber sie hat nicht erwähnt, dass sie heute kommen würde. Dafür hat sich Edward gestern Abend über FaceTime gemeldet, als ich gerade in der Meerjungfrauenhölle war, und wir haben eine Weile über unsere eigenen Kindergeburtstage gesprochen und was unsere Mütter für uns gemacht haben (meine Partys waren nichts Besonderes, aber er hat seinen Geburtstag als Kind beim Laser Quest oder in Vergnügungsparks verbracht). Es war sehr schön, so unkompliziert mit ihm zu reden, ohne schwierige Fragen zu »uns« oder irgendwas, was über diese Feier hinausgeht. Heute Morgen habe ich eine Nachricht von ihm gefunden: »Alles Gute für heute, Super-Mum!« Also, so ein klitzekleines bisschen würde ich mich wohl schon freuen, wenn er hier wäre.

Drei Stunden später sieht der Gemeindesaal aus wie die perfekte Pinterest-Party. Alle Kinder haben den Unterwasser-Dresscode befolgt, vor allem Roo und Honor. Sie haben Glitzer auf den Armen, in ihr Haar sind silberne Strähnen gesprüht und auf ihre Wangen mit einem schillernden Eyeliner kleine Punkte gemalt, die wie magische Meerjungfrauensommersprossen aussehen (vielleicht bekommt Finola jetzt doch richtig Lust auf Make-up). Der Raum ist voller kleiner Meerjungfrauen und Wassermänner, Fabius, der kleine gelbe Fisch mit den blauen Streifen aus dem Film *Arielle,* ist zweimal vertreten. Außerdem haben wir zwei Krabben, vier Haie, eine Qualle (deren Mutter sich mit Krepppapier ausgetobt hat) und einen kleinen Jungen, der sich in »alten Plastikflaschen und Stricken verfangen hat« – »Das richtet das ganze Plastik im Meer an«, wie er mir ernst erklärt. Natürlich stehen genau in diesem Moment Simon und Storie in der Nähe (sie kamen Punkt dreizehn Uhr und haben ihre Hilfe angeboten, als schon alles erledigt war), und Storie weint fast, so sehr gefällt ihr das Kostüm. Ohne Zweifel wird sie die Mutter des Jungen ausfindig machen und sie auf einen grünen Tee einladen.

Um halb drei haben wir Spiele gespielt, Snacks vernichtet, die Kinderschminkerin hat allen dasselbe Motiv verpasst, egal, ob es gefällt oder nicht, der Zauberer wollte die Kinder beeindrucken, doch Corinthia (wer sonst) hat so laut darauf hingewiesen, dass sich die magische Münze in seiner anderen Hand befindet, dass eine der Krabben vor Enttäuschung geweint hat und wir jetzt die letzte halbe Stunde den DJ Charthits spielen lassen, die alle Achtjährigen im Raum offenbar auswendig können. Wie machen Kinder das? Wo lernen sie solche schwierigen Lieder? Und trotzdem können sie nichts Nützliches, wie die Waschmaschine bedienen oder sich die Schuhe für die Schule anziehen, wenn man sie darum bittet.

Nach und nach trudeln die Mütter und Väter ein, um ihre Meereskinder abzuholen, nachdem sie ein paar herrliche Stunden für sich in einem Einkaufszentrum oder bei Costa verbracht haben, wo sie in Ruhe ihren Kaffee trinken konnten, ohne ständig um einen Babyccino angebettelt zu werden. Jedes Mal, wenn jemand den Raum bewundert, schwillt meine Brust ein bisschen mehr vor Stolz an. Also innerlich, nicht körperlich (wobei ich das bei der Menge an blauem Karamellpopcorn, die ich vernichtet habe, nicht ausschließen würde).

Sogar Finola, die Partydekoration normalerweise »Quatsch« nennt, sagt: »Nun, das nenne ich mal einen gelungenen Zirkus! Erstklassig, meine Liebe. Hast du das hier ganz allein hochgezogen?«

Finola denkt sich offenbar genauso wenig bei ihrer Wortwahl wie Colin.

»Haha! Nein, Kath und Colin haben mir geholfen«, antworte ich, als Honor, Roo und Lyla zu uns kommen.

»Colin ist Kaths Freund! Er fasst ihren Hintern an und steckt ihr die Zunge in den Mund, und das ist so eklig!«, brüllt Lyla über die Musik hinweg. Verflixt noch mal, warum musste sie das jetzt sagen? Finolas Augenbrauen verschwinden fast unter ihrem praktischen Haarband.

»Bluebird, was meinst du damit, er steckt ihr die Zunge in den Mund?«, frage ich schockiert.

»Vorhin, draußen vor dem Haus. Wir haben es alle gesehen, er hat sie geküsst, aber ihr seine Zunge in den Mund geschoben, und Kath hat gesagt: ›Colin, du schlimmer Junge‹, und Colin hat gesagt: ›Nur so schlimm, wie du mich haben willst, Mrs Lavendel‹«, berichtet Lyla. Die Musik ist mittlerweile verstummt.

»Nun, das klingt ganz so, als hätten sie den Nachmittag in vollen Zügen genossen!«, kommentiert Finola.

In diesem Moment kommen Val und Gillian an uns vorbei. Gillian unterhält sich höflich mit ihr, trotz ihrer wahren Meinung über Val. Ihr Bedürfnis, zu allen nett zu sein, wird immer stärker sein. Val sieht irgendwie anders aus. Man erkennt sie natürlich, aber sie hat größere Augen, vollere Lippen und sogar glattere Haare als sonst. Val 2.0. Wenn man sie und eine alte Barbie in einen Mixer geben würde, käme das dabei heraus. Ich kann den Blick nicht von ihr abwenden, bis Gillian mich aus meiner Starre reißt.

»Wow, das sieht wirklich großartig aus!«, sagt sie und blickt sich im Raum um.

»Mm, sehr hübsch«, bringt Val heraus, wobei sich die Haut um ihre Lippen kaum bewegt. Sie bedeutet Corinthia, zu ihr zu kommen.

Lyla, die nicht merkt, dass sie jetzt besser den Mund halten sollte, sagt: »Warum will Colin denn schlimm sein, Mummy? Warum will er nicht brav sein?«

»Wir reden später darüber, Spatz«, antworte ich rasch. »Such doch mal Clara und sag ihr, dass ihre Mutter hier ist!«

»Ich finde aber trotzdem, dass Colin eklig ist«, verkündet sie und wirft mir einen Blick zu, der besagt, dass sie genau weiß, dass ich das Gespräch abgewürgt habe. Doch wenigstens gehorcht sie und sucht Clara.

Als alle Gäste gegangen sind, wir alle Ballons haben platzen lassen (die nicht in meinen Wagen passen, um sie mit nach Hause zu nehmen und für immer zu behalten, wie Lyla es gefallen würde) und wir allen gedankt haben, fahren wir nach Hause.

Ich habe nach Kath und Colin gesucht (auch dezent vor dem Gebäude), sie aber nicht gefunden. Zu Hause bekomme ich eine Nachricht: *Tut mir so leid, Liebes, wir mussten los, ein kleiner Notfall, melde mich bald! War ein wunderbarer Nachmittag! K xxxx* Das klingt überhaupt nicht nach Kath, und ich muss sofort daran denken, dass sie für ein bisschen nachmittäglichen Spaß abgehauen sind. Schön für sie. Wenigstens irgendjemand hat nicht jugendfreien Spaß.

DREISSIG

Die letzte Augustwoche wird hektisch, und da meine kleine Meerjungfrau sicher (und hoffentlich auch einigermaßen glücklich) in der Ferienbetreuung der Schule untergebracht ist, kann ich mich voll in die Arbeit stürzen. Bald wird es ernst mit dem Mara-Isso-Job, das Büro steht unter höchster Anspannung, und dazu kommen noch die normalen Aufträge, die wir abarbeiten müssen. Die Tage sind lang und bis zur letzten Minute ausgefüllt, und ich bin viel unterwegs.

Doch ich liebe es. Ich liebe es, mit Menschen zu arbeiten und die Freude auf ihren Gesichtern zu sehen, wenn sie sich im Spiegel anschauen und den Unterschied bemerken, den meine Pinsel und Puder herbeigezaubert haben. Ich weiß, dass innere Schönheit zählt, aber dieser Kick durch den eine Nuance helleren Lippenstift oder die ein kleines bisschen längeren Wimpern kann so viel ausmachen. Mir ist sogar aufgefallen, dass Finola seit dem Wellnessabend ab und zu perlrosa Lippenstift und Eyeliner trägt. Bis zu Wimperntusche oder Augenbrauenstiften scheint sie noch nicht vorgedrungen zu sein, aber es macht ihr Spaß. Ich bin stolz auf sie. Sie hat sogar ein Selfie auf Facebook gepostet, was eine Premiere für sie sein muss. Make-up macht ganz sicher nicht einen Menschen aus, aber manchmal fühlt man sich einfach gut damit.

Skye genießt das hektische Treiben. Im Büro hat sie mich bei mindestens drei Gelegenheiten angelächelt und mich nicht einmal dafür getadelt, dass ich ein Panini von einer großen Kaffeekette esse oder dass ich an einem Tag meinen Thermobecher vergessen habe. Wir haben einige Aufträge gemeinsam erledigt, und das hat richtig gut funktioniert. Ich war nicht wie sonst immer unterschwellig gereizt, sondern es hat sich fast wie früher angefühlt, wenn Natalie und ich unseren Rhythmus gefunden hatten und ein tolles Team waren. Sosehr ich mir wünsche, dass das Debakel mit den Bildunterschriften nie passiert wäre, ist doch etwas Gutes daraus entstanden.

Ich bin konzentriert und motiviert, und es geht mir richtig gut. Bis ich Lyla am letzten Tag aus der Ferienbetreuung abhole und sie im Schulfoyer Unheil verkündend neben Mr Ravelle sitzt, der nicht gerade erfreut wirkt. O Gott.

»Guten Abend, Ms Wilde«, begrüßt er mich und steht auf. Heute trägt er »lässige Kleidung«. Statt seines üblichen gelbbraunen Anzugs hat er sich in gerade geschnittene Jeans und ein flaschengrünes, kariertes Hemd mit kurzen Ärmeln geworfen, das in der Hose steckt, dazu Budapester und ein brauner Ledergürtel. Total lässig. Nicht eine Falte ist in seiner Kleidung. Ich frage mich, ob er ein Bügeleisen in seinem Büro versteckt, damit er auch an »lässigen« Tagen bloß nicht unordentlich aussieht. Ob er wohl auch Gloria in seinem Büro versteckt? Hör auf, Gehirn, wir dürfen jetzt nicht lächeln, denn die Situation scheint ernst zu sein.

»Hallo! Ist alles in Ordnung?«, frage ich fröhlich und vielleicht etwas zu optimistisch.

»Ms Wilde, Lyla hat heute beim Tennis ein sehr … schwieriges Verhalten gezeigt«, sagt Mr Ravelle so ernst, dass man denken könnte, sie hätte jemandem mit dem Tennisschläger den Schädel eingeschlagen.

»Ach herrje. Was ist denn passiert?« Ich sehe mit hochgezogenen Augenbrauen zu Lyla, die verlegen wirkt.

»So viel Blut war da gar nicht, Mummy«, sagt sie. Himmel, sie hat doch nicht wirklich jemanden geschlagen, oder?

»Heute Nachmittag hat sich Lyla über ihre Tennispartnerin geärgert, und statt sich mit Worten auszudrücken, hat sie lieber mit dem Schläger körperliche Gewalt ausgeübt.«

Sie hat also wirklich jemanden geschlagen. Na großartig.

»O Gott! Das tut mir so leid! Geht es ihr gut? Dem anderen Mädchen, meine ich?«

»Ja, sie kommt wieder in Ordnung. Sie hat einen kleinen Riss an der Lippe, der etwas geblutet hat, aber Schwester Fernlie hat sich um sie gekümmert und mir versichert, dass alles übers Wochenende verheilen wird. Ich muss Ihnen sicher nicht sagen, wie schwerwiegend das ist, Ms Wilde. Hier in Hesgrove dulden wir keinerlei Gewalt. Ich weiß nicht, was für ein Verhalten Sie daheim durchgehen lassen, aber falls es noch einmal zu einem solchen Vorfall kommen sollte, müssen wir uns ernsthaft über Lylas Zukunft an dieser Schule unterhalten.«

Wow, jetzt ist er aber in Fahrt. Ich wollte gerade in helle Aufregung wegen meiner Missetäterin von Tochter geraten, aber sein Ton ärgert mich so, dass ich *ihm* jetzt gern eins mit einem Tennisschläger überziehen würde. Er behandelt mich, als würde ich dieses Verhalten gutheißen, als ob ich Lyla noch ermutigen würde, andere Leute mit Sportgeräten zu verprügeln. So eine Mutter bin ich nicht, Mr Ravelle, ich bin eine gute, anständige Frau mit Ansprüchen und Moralvorstellungen. Ich verstecke mich nicht im Lager und knutsche wild herum! Natürlich sage ich das aber alles nicht.

»Natürlich, klar, völlig richtig.« Ich nicke nachdrücklich.

»Es sieht Lyla nicht ähnlich, sich so zu verhalten«, lenkt Mr Ravelle ein wenig freundlicher ein. Vielleicht hat er gemerkt, dass er etwas übertrieben hat, oder vielleicht hat er auch meinen wütenden Blick gesehen.

»Ich weiß, normalerweise ist sie ein sehr braves Mädchen, und wir werden uns nachher zu Hause darüber unterhalten«, antwortete ich mit möglichst fester Stimme. In mir toben Angst, Wut und Verwirrung. Ich muss die ganze Geschichte hören, ich muss wissen, warum sich mein liebes Mädchen so benimmt, bevor ich sie dafür schimpfe oder mich, weil ich ihr nicht beigebracht habe, dass Gewalt niemals eine Lösung ist. »Es wird nicht wieder vorkommen«, verspreche ich und frage mich gleichzeitig, ob ich das auch wirklich garantieren kann.

Auf der ganzen (superschnellen) Fahrt nach Hause denke ich darüber nach, wie ich die Situation angehen soll. Irgendetwas belastet meine Tochter, und ich glaube nicht, dass die »Standardstandpauke« hier der richtige Weg ist. »So sind Kinder eben«, trifft in diesem Fall nicht zu. Da steckt mehr dahinter.

Daheim angekommen, bitte ich Lyla, sich ihren Schlafanzug anzuziehen, sich die Hände zu waschen und »zur Sicherheit noch mal pinkeln zu gehen« (unsere übliche Abendroutine). Nach ein paar Minuten kommt sie die Treppe hinunter und sieht deprimierter aus, als ich gedacht hätte.

Wir kuscheln uns auf dem Sofa aneinander.

»Also, was ist passiert, Bluebird?«, frage ich so sanft wie möglich. Mit Geduld und Spucke kommt man weiter, wie es so schön heißt.

»Chloe hat beim Tennis immer wieder den Ball verfehlt. Ich habe sie ganz oft freundlich gebeten, sich mehr anzustrengen, aber das hat sie nicht, und dann bin ich richtig, richtig böse geworden, weil wir am Verlieren waren«, erzählt sie verzweifelt.

»Okay, und dann?«, bohre ich sanft weiter nach.

»Ich habe zu Alfie und Tamara gesagt, dass wir kurz aufhören sollen, dann bin ich zu Chloe gegangen und habe sie gefragt: ›Warum strengst du dich nicht an?‹«, fährt sie fort.

»Aha.« Ich nicke. Bisher ist noch alles nachvollziehbar.

»Und sie hat gesagt: ›Das mache ich doch, du kannst nicht spielen‹«, berichtet Lyla verärgert.

»Okay …« Ich nicke fleißig.

»Und ich habe gesagt: ›Nein! Ich treffe den Ball, und du hast ihn schon viertausendundfünfundfünfzigmillionenmal verfehlt!‹«

»Das ist ganz schön oft«, meine ich leise.

»Und dann hat Chloe gesagt: ›Mein Dad bringt mich jeden Samstag zum Tennisunterricht, und dein Dad riecht nach Pipi, weil er nur Pilze aus der Erde isst.‹« Lylas Stimme beginnt zu zittern. »Also habe ich gesagt, dass er sie nur gegessen hat, weil Storie gesagt hat, dass sie von Mutter Natur kommen, und er riecht nicht nach Pipi, er benutzt natürliches Biowaschmittel aus einem speziellen Laden, das der Umwelt nicht schadet, und sie hat gelacht, und dann habe ich sie mit dem Schläger ins Gesicht geschlagen, und ihr Mund hat geblutet, und sie hat geschrien.«

Lyla weint jetzt bittere Tränen, und ich hätte am liebsten mit ihr geweint.

»Oh, Lyla. Man darf andere Menschen nicht schlagen, aber du darfst wütend sein, mein Baby«, sage ich, drücke sie an mich und wiege sie, als wäre sie ein kleines Kind.

»Und Kath will nicht mehr mit mir spielen, weil ich diese Sachen über Derek gesagt habe, und du willst nicht mehr auf mich aufpassen, weil du arbeiten gehen willst, und Lacey will uns nicht mehr sehen, weil sie ein Baby bekommt«, heult sie laut.

Wow, das ist ganz schön viel auf einmal. Als ob es nicht schon reichen würde, wenn eine miese Tennisspielerin namens Chloe behauptet, der eigene Papa würde nach Pipi riechen. So viel schleppt sie auf ihren winzigen Schultern mit sich herum, und ich hatte keine Ahnung. Das muss ich eins nach dem anderen angehen.

»Sollen wir mal eine Liste mit den ganzen Problemen machen, hm?«, schlage ich ruhig vor und streiche ihr das Haar aus dem Gesicht, das nach vorn gefallen war, als sie sich an mich gedrängt hatte. Sie nickt niedergeschlagen.

»Erstens, man darf andere Menschen nicht schlagen. Weder mit einem Tennisschläger noch sonst irgendwie. Chloe scheint ganz schön verletzt gewesen zu sein. Stell dir vor, wie es dir gehen würde, wenn man dich geschlagen hätte. Wir schreiben ihr am besten eine Karte, dass es uns leidtut, ja?«

Lyla nickt.

»Zweitens, es war wirklich nicht nett von Chloe, so etwas über deinen Vater zu sagen, und ich kann verstehen, warum du so wütend geworden bist. Wir sollten das Mr Ravelle erzählen, und er kann dann mit ihr darüber reden, dass man solche gemeinen Sachen nicht sagt. So ein Gespräch und deine nette Karte werden das Problem lösen.«

»Dad riecht aber wirklich ein bisschen nach Pipi«, flüstert Lyla und sieht auf ihre Hände. »Aber ich wollte ihr das nicht sagen.«

»Ach, Bluebird. Du musst Daddy oder mich nicht verteidigen. Wir sind beide erwachsen, und es ist uns egal, was andere Menschen über uns sagen. Du riechst nicht nach Pipi. Du riechst nach Shampoo und meinen dicken Küssen.« Ich bedecke ihr Gesicht mit schmatzenden Küssen, woraufhin sie lacht und nicht mehr an ihren müffelnden Dad denkt.

»Drittens, Kath liebt dich so sehr. Kath liebt dich mehr als allen Lavendel auf der Welt …«

»Also ganz schön viel!«, unterbricht sie mich fröhlich.

»Genau! Ganz schön viel! Sie ist nicht böse auf dich, weil du über Derek gesprochen hast. Es ist schwer für sie, weil sie Derek sehr, sehr lieb hat, und ich weiß, dass sie es gar nicht erwarten kann, ihn im Himmel wiederzusehen, aber jetzt ist sie ja noch nicht im Himmel, sondern auf der Erde, bei uns, und es wäre doch schön, wenn sie einen Freund hätte, mit dem sie zum Abendessen gehen und mit dem sie lachen könnte, nicht wahr?«

»Ich schätze schon, aber wen liebt sie am meisten?« Achtjährige kennen wirklich nur Schwarz oder Weiß.

»So funktioniert Liebe nicht. Man liebt nicht irgendwen am meisten oder am wenigsten. Nur weil sie Colin lieb hat, heißt das nicht, dass sie Derek nur noch halb so viel liebt. Sondern dass ihr

Herz jetzt doppelt so groß ist. Sie kann beide lieben, und dich und mich und ihre Freunde und den Hund Mollie. Wenn ich einen Menschen kenne, der genug Liebe für alle hat, dann Tante Kath. Verstehst du?«

»Ja«, sagt sie fest und ernsthaft.

»Und dann noch viertens, Lacey. Ich weiß, wir haben sie in letzter Zeit nicht viel gesehen. Wir hatten einen kleinen Streit, aber das ist das Besondere an Freunden – man verträgt sich immer wieder. Wenn wir das geklärt haben, wird sie zurückkommen, und alles wird wieder in Ordnung sein.« Ich hoffe, dass Lyla nicht mehr wissen will.

»Vielleicht solltest du ihr dann auch eine Karte schreiben. Wie ich für Chloe«, sagt Lyla und wird plötzlich von einem traurigen, schwachen und weinerlichen Kind zu einer umsorgenden, problemlösenden jungen Frau. Wenn ich sie so sehe, freue ich mich auf sie als Teenager, und dann will ich sie hochheben, mit ihr ins Nimmerland fliegen und sie nicht erwachsen werden lassen.

»Vielleicht sollte ich das«, antworte ich und stehe vom Sofa auf, um eine Postkarte für Lyla zu suchen. Ich weiß allerdings, dass ich mich nicht entschuldigen werde. Es ist immer leichter, einen Rat zu erteilen, als ihn selbst anzunehmen.

EINUNDDREISSIG

September

Es ist fünf Uhr morgens. Nach Monaten der Planung und Erwartung ist es endlich so weit. Die London Fashion Week 2018.

Skye, Natalie, das Team und ich haben im nahe gelegenen Premier Inn übernachtet, und wir sind bereit.

Die Atmosphäre im Somerset House ist schon zu dieser frühen Uhrzeit wie elektrisiert. Es ist immer noch dunkel, Flutlichter beleuchten das Treiben, Techniker arbeiten an den elektronischen Anzeigetafeln und Werbeschildern, Catering-Leute eilen hin und her mit großen Metallservierwagen, die mit Essen für die Designer, Models, die Betreuer und die Begleitungen beladen sind, die Security spricht sich mit ernsten Gesichtern per Walkie-Talkie ab, Stylisten schwirren mit Armen voller Kleidung herein, Make-up-Artists schleppen ihre Koffer mit den Zauberutensilien heran, die selbst die schönsten Menschen noch schöner machen. Wenn es jetzt schon so hektisch ist, frage ich mich, wie es um neun Uhr sein wird, wenn die Hallen sich für die Öffentlichkeit, Journalisten, Blogger und die Fashion-Elite öffnen. Wie im Urlaub, wenn man aus dem Flieger steigt, macht mein Magen einen aufgeregten Satz. Dieser Tag wird großartig!

Neben der spannenden Arbeit, die vor mir liegt, habe ich noch einen zweiten Grund zur Freude. Finola und Gillian kommen, um mich zu unterstützen und die Show anzusehen. Mara Isso hat ihrem Team die gesamte hintere Sitzreihe für Freunde und Familie zur Verfügung gestellt, deshalb habe ich die beiden eingeladen, damit sie einen kleinen Einblick in meine Welt außerhalb der Schultore bekommen. Finola bringt Roo mit (Honor hat keine Zeit, weil sie an einem Reitturnier teilnimmt. Ich habe Finola gefragt, ob es ihr etwas ausmacht, das Turnier zu verpassen, doch sie meinte, die gäbe es »wie Sand am Meer« und sie würde lieber sehen, »was es mit diesem Modegedöns auf sich hat«). Sie nimmt auch Lyla mit und kümmert sich um sie. Gillian kommt natürlich mit Clara und – ein bisschen überraschend – Corinthia. Die mitfühlende Gillian hat uns erzählt, dass Val wirklich unter der Trennung leidet, weshalb sie ihr Corinthia übers Wochenende abgenommen hat. Tief im Inneren habe ich ein bisschen Mitleid mit Val. Ich weiß, wie man sich als frischer Single fühlt, wie verunsichert man ist. Ich habe die Große Leere durchlebt, und sosehr ich Val auch für ein Miststück halte, würde ich diese abgrundtief dunklen Tage niemandem wünschen. Vor allem aber freue ich mich, dass Corinthia ausgerechnet zur Mara-Isso-Show kommt, mit all den wunderbaren, starken Plus-Size-Models. Es wird ihr guttun zu sehen, dass Schönheit nicht nur durch magere Schenkel, Botox und Brustvergrößerungen definiert wird.

Neben den SSM habe ich auch Edward eingeladen. Seit unserem letzten Treffen war er nicht in London. Seit er gesagt hat, dass er mehr will, und ich darauf … nun, *nichts* geantwortet habe. Es ist schon komisch, denn ohne offiziellen Beziehungsstatus weiß ich nicht, wo wir stehen. Mein Problem ist, dass ich gerade nichts verändern und daher nicht zu weit in die Zukunft blicken will. Ich verbringe gern Zeit mit ihm, aber ich will nicht mehr als Freundschaft daraus machen. Ich weiß, dass ich seine Gefühle verletzt habe, aber wahrscheinlich hätte ich ihn mehr verletzt, wenn ich so getan hätte, als sei ich für etwas bereit, das ich gar nicht möchte. Seither haben wir eigentlich nicht darüber gesprochen, aber ich dachte, dass er vielleicht gern dabei wäre und wir nach der Show noch etwas machen könnten. Ich habe ihm geschrieben und es auf FaceTime vor zwei Wochen noch einmal erwähnt. Es wäre sicher okay, ihn Lyla als einen Freund vorzustellen. Er sagte, er würde »sehen, was sich machen lässt«, und ich habe ihm alle

Infos geschickt. Weil ich nicht verzweifelt oder bedürftig erscheinen wollte (vor allem nachdem ich ja keine richtige Beziehung will), habe ich nicht mehr nachgefragt. Wir werden sehen. Ich darf nicht zu viel darüber nachdenken.

Lacey habe ich nicht eingeladen.

Vor neun Uhr wird sowieso niemand kommen, und dann wird man alle in eine Gästelounge bringen sowie rechtzeitig für die Elf-Uhr-Show zu den Plätzen am Laufsteg. Jetzt ist noch Arbeit angesagt, und ich habe viel zu tun.

Wir bahnen uns einen Weg zum Backstagebereich. Lustigerweise ist das das eigentliche Gebäude, und der Laufsteg befindet sich in einem Zelt auf dem großen Vorplatz. Unser Raum in dem eindrucksvollen Gebäude erwacht gerade zum Leben. Auf der einen Seite stehen gefüllte Kleiderständer und Regale mit Schuhen, und es ist genau gekennzeichnet, wer wann was tragen wird. In der Mitte sind Tische aufgebaut, auf denen Nähmaschinen, Laptops, Ordner und Wasserflaschen stehen. Die andere Seite ist von einer langen Reihe Tapeziertische gesäumt, über denen ausklappbare beleuchtete Spiegel hängen. Das ist unser Reich. Pflichtbewusst gehen wir hinüber und richten unsere Kits her. Außer Natalie und mir sind Skye, Kareem und vier Junior-Make-up-Artists dabei, zudem vier weitere Assistenten und acht Hairstylisten sowie Stuart, der sich als Runner angeboten hat. Ich weiß nicht, ob wir ihn wirklich brauchen, aber ich habe noch nie jemanden so leidenschaftlich argumentieren sehen, als er Natalie letzte Woche den Vorschlag gemacht hat. Ich glaube, sie hat nur zugestimmt, damit er keinen Herzinfarkt bekommt.

Wir breiten also unsere Utensilien aus, informieren noch einmal alle, was wir tun werden, und hängen die Face Maps und die Ablaufpläne griffbereit an die Spiegel. Wir sind alles unendliche Male durchgegangen. Wir wissen, dass wir hier perfekt durchgetaktet arbeiten müssen, dass das unser großer Durchbruch sein könnte, und wir werden niemanden enttäuschen. »Kriegsbemalung« war nie zutreffender. Ich fühle mich wie eine Frau, die in den Krieg zieht. Ich fühle mich, als würde ich nackt in das Zelt rennen und schreien: »Los geht's!«, während ich mit meinen Pinseln herumwedele. Ich fühle mich, als würde ich mit meinem Pinselgürtel um die Hüfte den Big Ben erklimmen und rufen: »Ich bin Robin Wilde, und ich bin …«

»Erde an Robin. Hallo, Robin. Komm rein, Robin«, sagt Skye und schwenkt ihren Handspiegel vor meinem Gesicht.

»Tut mir leid, ich war ganz woanders, ich bin im Kopf noch mal den Look durchgegangen«, lüge ich.

»Robin, ich weiß, dass du nervös und vergesslich bist, aber du hast das im Griff. Du wirst super Arbeit abliefern, das wird mega.« Skye legt mir leicht eine Hand auf den Arm. In ihrer Welt war das wohl ein riesiges Kompliment, und jetzt ist nicht die Zeit, ihr zu sagen, dass ich weder nervös noch vergesslich bin. Ich habe sogar meinen Thermobecher dabei.

Nach Aufbau und Briefing kommen die Models in Jogginghosen und Schlabberklamotten, um sich in unseren Stühlen von wunderschön zu genauso schön schminken zu lassen. Ich bin dermaßen froh, dass man sich für den natürlichen Look entschieden hat. Diese Frauen sind so atemberaubend, dass es ein Verbrechen wäre, sie zu überschminken oder von ihren Vorzügen abzulenken.

Wir fangen an. Die Junior-Make-up-Artists kümmern sich um die Grundierung und bereiten die Models vor, während die Assistenten ihnen die Fingernägel muschelrosa lackieren, Arme und Beine eincremen und den Hairstylisten zur Hand gehen. In der Zwischenzeit werfen Natalie und ich einen raschen Blick auf die Kollektion.

Auf unauffälligen weißen Holzbügeln hängen die schönsten und zartesten Stoffkreationen, die ich je gesehen habe. Spitze,

Chiffon und goldener Taft vermischen sich wie Fische, die schwerelos durcheinandergleiten. Man weiß kaum, wann ein Stoff beginnt und ein anderer aufhört, so kunstvoll sind die Designs und Schnitte. Auf den Bügeln ist die Form der Kleidungsstücke schwer zu erkennen, weil sie pure, fließende Schönheit darstellen, die man kaum als so etwas Konventionelles wie ein »Kleid« oder ein »Oberteil« bezeichnen kann. Ich versuche mir vorzustellen, wie diese zarten Kreationen an unseren wunderschönen kurvigen Models aussehen werden, es gelingt mir jedoch nicht.

»Wow, Isso hat so viel Talent«, bemerkt Natalie. So bewundernd äußert sie sich selten.

»Ich weiß, so etwas findet man nicht bei Primark, nicht wahr?«, sage ich, halb zu mir selbst, während ich die Kleider sehnsüchtig betrachte wie ein Kind die Ware im Süßigkeitenladen. »Was sie wohl nach den Shows mit den Kollektionen macht?«, frage ich mich laut.

Doch da eilt schon eine der jüngeren Stylistinnen überheblich auf uns zu. »Bitte fasst nichts an, Maras Entwürfe sind dieses Jahr besonders empfindlich«, sagt sie und stellt sich mit ausgebreiteten Armen zwischen uns und die Kleider, als würden wir sie irgendwie beschädigen.

»Schon gut, wir haben nur festgestellt, wie schön sie sind«, erwidert Natalie indigniert, aber trotzdem ruhig, professionell und respektvoll. Sie ist einfach eine echte Lady.

»Sie sind extrem schön«, bestätigt die aufgeblasene Stylistin und übertrumpft Natalie damit. »Zu schön, um Schaden davonzutragen.«

»Ja, ich habe gerade zu meiner Kollegin hier gesagt, dass ich schon vor ein paar Monaten fand, dass das eine wunderschöne Kollektion wird, als Mara mir ein paar Entwürfe gezeigt hat, nachdem wir den Pitch für Haare und Make-up gewonnen hatten. Also, ich sollte mein Team nicht warten lassen. Und Sie müssen ja sicher noch dämpfen. Wie Sie ganz richtig sagen, sie sind wirklich zu schön, um Schaden davonzutragen.« Natalie spricht mit solcher Gelassenheit und Autorität, dass die Knöchel der Stylistin weiß werden, als sie den Dämpfer in ihrer Hand fester packt. Natalie. Ist. Knallhart. Ich liebe es, wenn ich diese Seite an ihr sehe, und habe Angst, je (wieder) das Ziel ihrer Herablassung zu sein.

Die Tapeziertische biegen sich unter dem Gewicht der Paletten, Kästen, Flaschen mit Foundation, Moisturiser, Primer, Brauengel, Lipliner, Lippenstift, Lipgloss, Wimperntusche, dezenten falschen Wimpern, Concealern, Highlightern und Blushern. Dazwischen stehen Essenspakete mit Bagels, Joghurt, Obst und Muffins, die Stuart für alle besorgt hat. Ich weiß nicht, wo er das alles herhat, aber er leistet großartige Arbeit. Die Models sind glücklich und unterhalten sich; an manchen arbeiten drei Leute gleichzeitig. Die Assistenten haben ihren Rhythmus gefunden und geben Utensilien zum genau richtigen Zeitpunkt weiter, pudern nach und halten die Kits in Ordnung. Die Junior-Make-up-Artists beenden gerade die Grundierungen, während Natalie, Skye, Kareem und ich völlig in unserem Element sind. Wir kleben einzelne Wimpern an, setzen frische Highlights und cremige Schattierungen, um unsere Models zum Strahlen zu bringen und sie in absolute Göttinnen zu verwandeln.

Jedes Mal, wenn ich zurücktrete und unsere Arbeit betrachte, stockt mir der Atem. Die Frauen sehen genauso aus, wie ich es mir vorgestellt habe – einfach, gesund, leuchtend –, und sind in meinen Augen der Inbegriff von Schönheit. Sie sehen wie diese kunstvollen italienischen Renaissance-Gemälde aus, aber mit Frauen jeder Hautfarbe. Ich wünschte, die Schönheitsindustrie würde diese Frauen so sehen, wie ich es tue – aber vielleicht passiert das ja nach dieser Show.

Nachdem die Models bei uns fertig sind und auch das Haarteam zufrieden ist (wir haben geschorene Köpfe, Afros, Korkenzieherlocken, glatte Bobs, glänzende schwarze Wellen, Brünette, Rothaarige, Blondinen, Silbergrau. Die Stylisten legen die Haare einiger Models gerade in weiche Wellen, mit Strähnen, die das Gesicht sanft einrahmen, und fixieren alles mit mehr Glanzspray, als einzuatmen gesund ist), wandern sie weiter, um für den Laufsteg angekleidet und gestylt zu werden.

Ich dachte, um fünf Uhr morgens hier zu sein, wenn die Models um halb sieben kommen, ist zu früh. Doch die neunzig Minuten für Aufbau und Briefing sind schnell vergangen. Ich dachte auch, dass vier Stunden mehr als genug Zeit sind, um die Models zu schminken und anzukleiden, aber bei vierundzwanzig Frauen mussten wir nahezu durchgängig mit Lichtgeschwindigkeit arbeiten, und der Schweiß sammelt sich in meinen Kniekehlen – zum Glück muss ich nicht gleich auf den Laufsteg!

Als ich mit meinem letzten Model fertig bin und es zu Natalie für den finalen Check schicke, sehe ich zur Tür, wo sie alle fertig angezogen stehen. Ich fand sie ja in Schlabberklamotten und fertig geschminkt und frisiert schon umwerfend, aber jetzt sehen sie schlicht überirdisch aus.

Jedes Outfit ist ein Triumph. Im Gegensatz zu sonstiger Plus-Size-Mode, die sich immer zurückhaltend mit locker geschnittenen Blusen und langweiligen Paisley-Tuniken zufriedengibt, betont Mara Isso, was Gott diesen Frauen gegeben hat. Die Kleider sollen sie und ihre »voluminöseren« Körper nicht verstecken. Jedes Kleidungsstück feiert die Kurven und Konturen, betont die wunderschöne Haut und die Menschen in den Kreationen.

Jedes Kleid ist eine Mischung aus Pastellfarben, metallischen Farbtönen und ein paar leuchtend kobaltblauen Einsprengseln. Die weichen und harten Schattierungen bilden einen Kontrast, verbinden sich mit den Gold-, Silber- und Kupferfäden und funktionieren perfekt mit unserem natürlichen Make-up. Die ganzen

Farben zusammen mit den verschiedenen Hauttönen der Frauen haben einen überwältigenden Effekt. Die Frauen scheinen von innen geradezu zu leuchten. Ich grinse vor Stolz, an einer Show mitarbeiten zu dürfen, in der Frauen mit allen Körperformen, Kleidergrößen und Hautfarben gefeiert werden. Ich bin stolz, dass meine Tochter nicht nur »groß, schlank und weiß« mit Schönheit verbinden wird, sondern all diese unterschiedlichen Frauen. Meine Gefühle drohen mich zu überwältigen. Die Fußballen schmerzen, ich habe nichts gegessen und auch keinen Schluck aus meinem gesegneten Thermobecher genommen. Ich weiß, dass meine Freunde, Lyla und vielleicht sogar Edward mittlerweile da sein dürften und bald zu ihren Plätzen gebracht werden, von denen aus sie die Models vorbeispazieren sehen werden, in die ich so viel kreative Energie gesteckt habe. Plötzlich laufen mir die Tränen über die Wangen.

Ich will nicht schwach oder albern erscheinen und suche in meinem Make-up-Koffer nach einem Kosmetiktuch, als Skye mir eines aus ihrem gibt.

»Ich verstehe es. Es ist toll, dieses Selbstbewusstsein in so vielen Frauen zu sehen, die nicht den traditionellen Standards moderner Schönheit entsprechen«, sagt sie und betrachtet ebenfalls unsere Models. »Okay, das habe ich aus der Endfassung des Pitchs geklaut«, gibt sie zu und lächelt verlegen. »Aber jetzt verstehe ich es wirklich.«

Wow. Sie »versteht es«, und sie meint es ehrlich. Das ist irre.

»Skye … Ich … Ich hätte nicht gedacht, dass du so empfindest«, sage ich ungläubig.

»Warum? Weil ich groß und schlank bin? Steck mich bitte nicht in eine Schublade, Robin. Dieser Auftrag hat mir wirklich die Augen geöffnet. Es ist mir genauso wichtig wie dir.«

Jetzt weiß ich es.

Die Luft vibriert vor aufgeregter Anspannung. Die Gäste in den Reihen vor uns sehen alle aus, als sollten sie selbst auf dem Laufsteg stehen. Als mir klar wird, dass ihre Kleidung quasi direkt vom Laufsteg stammt, fühle ich mich extrem underdressed in meiner schwarzen Skinny Jeans von Next und dem locker sitzenden schwarzen Baumwolloberteil von TK Maxx. Ich war so in meine Arbeit vertieft, dass ich nicht daran gedacht habe, mich selbst auch zu stylen. Rasch versuche ich, mit angefeuchtetem Zeigefinger ein paar Make-up-Flecken zu entfernen, bis mir bewusst wird, dass wir nicht zu Hause sind, weshalb ich mit so viel make-up-fleckiger Würde dasitze, wie ich aufbringen kann, und nach Promis Ausschau halte.

Auf der anderen Seite sehe ich Gillian und Finola mit den vier Kindern, die alle fröhlich winken wie bei Schulaufführungen und Versammlungen, auch wenn man ihnen eingeimpft hat, es nicht zu tun. Ich winke unauffällig zurück, damit niemand denkt, dass ich sie dazu ermuntere. Es scheint zu helfen. Lyla streckt mir enthusiastisch den gereckten Daumen entgegen, und ich erwidere die Geste, jetzt nicht mehr ganz so unauffällig. Sie verdient es, dass ich voll darauf eingehe.

Als die Beleuchtung schwächer und die sowieso schon laute Musik noch lauter wird, suche ich die letzte Reihe nach Edward ab. Ich weiß, dass er seit ein paar Wochen nicht mehr im Land war und ein Besuch ansteht, und er ist immerhin der Typ, der etwas mit mir aufbauen wollte, deshalb weiß ich, dass er hier irgendwo ist. Oder doch nicht? Ich lasse den Blick über die Stühle schweifen, entdecke ihn jedoch nicht. Zwei Gäste setzen sich gerade, ein großer Mann und eine schwangere Frau, aber kein Edward. Ich schlucke die Enttäuschung herunter. Moment mal, jetzt wird es zwar dunkel, und ich sehe nur noch den Laufsteg, aber ist das … Lacey?

Die Show wird ein Triumph, doch meine Gedanken rasen die ganze Zeit. Warum ist Lacey hier? Wie ist sie an eine Einladung gekommen? Warum ist Edward nicht hier? Warum macht es mir so viel aus, ich will doch sowieso keine feste Beziehung? Oder doch? Oder nicht? Aber Lacey. Lacey ist hier.

Die Pressefotografen verursachen ein wahres Blitzlichtgewitter, unsere Models schreiten unter Jubel auf und ab, Blogger und Vlogger twittern und instagrammen so schnell, wie es ihre Finger mit all den Ringen aus Rotgold zulassen, und Journalisten schicken blitzschnell E-Mails los zum Thema »Normale Körper sind in Mode« (immer noch eine problematische Überschrift, aber ein Schritt in die richtige Richtung). Als Mara Isso selbst auf den Laufsteg kommt und sich verbeugt, steht das gesamte Publikum, und auch wenn ich das in diesem Moment noch nicht weiß, wird die Show in die Fashion-Geschichte als die erste ihrer Art eingehen. Absolut unglaublich und bahnbrechend. Natalie neben mir will mir ein Taschentuch reichen, weil sie denkt, dass ich gleich in Tränen ausbreche – aber ich bin genauso überrascht wie sie, dass ich über das ganze Gesicht grinse.

»Ein durchschlagender Erfolg, meine Liebe! Ganz hervorragend!«, freut sich Finola, als sie zwanzig Minuten später in der Mara-Isso-Gästelounge zu mir stößt. Ihre Wangen sind vor Aufregung gerötet. Oder sehe ich da ein bisschen Rouge?

»Mummy, sie waren Prinzessinnen! Königinnen! Märchenmeerjungfrauenprinzessinnenköniginnen!«, singt Lyla, als sie mich umarmt, bevor sie sofort wieder nach Roos Hand greift und die beiden zum Cateringtisch rennen.

»Gut gemacht, Robin«, sagt Gillian leise mit einem warmen Lächeln. »Sie waren alle so schön, dass ich mich am liebsten jeden Tag so schminken würde.« Sie lacht sanft, während sie Clara und Corinthia an den Händen hält, die in der neuen Umgebung noch unsicher sind.

»Wie fandet ihr es, Mädchen?«, frage ich die Kinder, auch wenn ich eigentlich Corinthia meine.

»Ganz toll!«, antwortet Clara begeistert. »Ich hole mir einen Muffin«, fährt sie genauso begeistert fort und rennt zu Lyla und Roo. Ich mache mir da keine Illusionen, der Tisch mit den Snacks ist für Achtjährige genauso aufregend wie die Show auf dem Laufsteg.

»Corinthia, wie hat es dir gefallen?«, frage ich sanft und gehe vor ihr auf ein Knie, was ich sofort bereue, weil ich so erschöpft bin, dass ich danach kaum wieder hochkommen werde.

»Weiß ich nicht genau.« Sie sieht zu Boden.

»Warum denn, Süße?« Sie tut mir leid, wie sie so verschüchtert vor mir steht. Wenn ihre Tyrannenmutter nicht dabei ist, ist sie wirklich sehr klein.

»Weil sie fett waren und trotzdem so wunderschön«, sagt sie kaum hörbar und sieht mich aus großen, verwirrten Augen an.

»Darf ich dir etwas Wichtiges sagen, Corinthia?« Ich nehme ihre Hände in meine und habe das Gefühl, als wären wir zwei allein im Raum. Ich empfinde so viel Liebe für dieses verwirrte kleine Mädchen, das sich nicht gegen die Ansichten ihrer Mutter wehren kann.

»Ja.« Corinthia nickt ernst. Sie spürt die Bedeutung dieses Moments. Oder vielleicht will sie einfach nur zu Clara und den Snacks.

»Schön zu sein bedeutet nicht, schlank zu sein«, erkläre ich so leise und gleichzeitig eindringlich wie möglich, was gar nicht so einfach ist.

»Aber meine Mum hat abgenommen und ist dünn und schön«, antwortet sie ernst.

Auch wenn ich Val nicht ertragen kann, muss ich Corinthia den Gefallen tun.

»Deine Mummy *ist* auch wunderschön. Sie ist eine umwerfende Frau. Und sehr dünn. Aber nicht deswegen ist sie so schön. Sondern wegen ihres Lächelns.« Ich glaube, ich habe Val noch nie glücklich lächeln sehen, aber ich spreche trotzdem weiter. »Und weil sie nette Dinge tut und ein liebevolles Herz hat. Das macht sie schön. Ein richtig dicker Mensch ist schön, und einer, der ganz, ganz dünn ist, auch. Egal ob ein Mensch groß oder klein ist, Locken oder glatte Haare oder auch gar keine Haare hat, er ist schön!«, sage ich in meiner besten fröhlichen Lehrerstimme.

»Ich bin auch schön?«, haucht Corinthia fast schon fragend.

»Ja, du bist wunderschön. Du kannst auch lieb oder klug oder mutig oder stark sein. Du kannst so vieles sein, Schönheit ist nicht das Wichtigste. Und das Beste ist, dafür musst du auch nicht dick oder dünn oder groß oder klein sein.«

»Die Frauen in der Show waren also … dick und schön!«, folgert Corinthia fast schon beifällig.

»Genau!«, jubele ich, weil sie es verstanden hat.

»Ich werde meiner Mum erzählen, dass wir ALLE schön sind!«

»Ja, mach das!«, stimme ich ihr zu und bin ein wenig enttäuscht, dass ich Vals Gesicht nicht sehen werde, wenn ihre Tochter ihr die großen Neuigkeiten verkündet. Zum zweiten Mal heute könnte ich vor Stolz weinen. Ich blinzele die Tränen weg, als ich das strahlende Lächeln auf Corinthias Gesicht sehe.

Gillian und Finola haben uns beobachtet und holen Corinthia zu den anderen Kindern, die an einem Beistelltisch mit Muffins und Getränken sitzen (mit Einwegbechern – das darf Skye nicht erfahren), und wir alle lachen und singen zusammen. Der Raum ist so voller Emotionen, dass niemand weiß, was er eigentlich sagen soll.

Dann tippt mir jemand auf die Schulter, und ich drehe mich um. Karl, Laceys Mann, steht vor mir.

»O mein Gott, ich wusste doch, dass ich euch zwei gesehen hatte!«, sage ich schockiert, als Lacey neben ihm auftaucht. Im Stillen habe ich geübt, was ich ihr bei unserem nächsten Treffen sagen wollte – ich wäre total weise und Buddha-mäßig gewesen –, und dieser Ausruf war es definitiv nicht.

Karl sieht so gut aus wie immer in seinen Designerjeans und den Wochenendschuhen. Unter dem schiefergrauen Kaschmirpullover trägt er ein leuchtend weißes Hemd.

»Ich glaube, meine Frau würde dir gern etwas sagen«, erklärt er und hält Laceys Hand, die ganz klein in seiner aussieht.

Lacey ist genauso modisch gekleidet wie Karl mit ihrem hellgrauen Kittelkleid zu schwarzen Feinstrumpfhosen und weichen, kniehohen Stiefeln. Trotz des lockeren Schnitts zeichnet sich ihr Bauch unter dem Stoff ab, und sowohl Trauer als auch Freude für sie durchzucken mich.

»Robin, es tut mir leid, wie ich mich verhalten und was ich gesagt habe.«

Ich sehe die Qual in ihren perfekt mit Eyeliner geschminkten Augen, und mir wird schmerzlich bewusst, wie sehr ich meine Freundin vermisst habe.

»Oh, Lacey, ich hätte nicht so ausflippen dürfen«, erwidere ich und nehme sie in die Arme.

»Es tut mir leid«, murmeln wir beide gleichzeitig.

Aller guten Dinge sind bekanntlich drei. Jetzt weine ich schon zum dritten Mal auf der London Fashion Week. So viele Wochen und Monate haben zu diesem Tag hingeführt, der in jeder Hinsicht zu einem riesigen Erfolg wurde.

TEIL FÜNF

Einfach eine Wilde

ZWEIUNDDREISSIG

Oktober

Nach dem ganzen Trubel und der Aufregung um die London Fashion Week ist es seltsam, wieder zu Hause zu sein. Ich kann nicht glauben, dass wir seit zehn Monaten in diesem Haus wohnen. Vom ersten Moment an habe ich mich hier wohlgefühlt, doch erst jetzt wird es zu einem richtigen Zuhause, ist nicht nur etwas, das ich sehr gern mag. Nichts ist so wackelig und renovierungsbedürftig wie Grannys altes Haus, alles ist neu und glänzend, ein bisschen wie ich vielleicht.

Beim Einzug hätte ich nicht gedacht, dass ich es füllen könnte. Wir hatten früher so viel Zeug, das Lyla und ich im Lauf der Jahre angehäuft hatten. Dann habe ich auf Netflix eine Doku zum Thema Minimalismus gesehen und drei Tage wie eine Wilde ausgemistet. *Ein toller Plan,* dachte ich damals. *Ich muss dann nicht so viel umziehen,* erzählte ich allen. Nun, richtig, aber als wir in dieses sehr viel größere Haus zogen, war es ganz schön leer. Auch wenn die finanzielle Lage dieses Jahr besser aussieht, können wir keine großen Sprünge machen. Sich gelegentlich etwas bei Homesense gönnen geht allerdings, und genau das habe ich auch getan.

Nachdem Lacey sich auf der Fashion Week so Mühe gegeben hat, habe ich sie zu einem Mädelsabend mit Wein und Käse eingeladen, oder besser gesagt Traubenlimo und Hartkäse, den sie essen darf. Ich habe überlegt, ob ich den Rosé für mich aufmachen soll, aber als gute Freundin habe ich nur ein Glas vor ihrer

Ankunft getrunken und werde mich dann zusammen mit ihr an die Getränke ohne Alkohol halten. Ich werde auch nicht die Ecke Brie erwähnen, die ich verschlungen habe, bevor ihr Auto in die Einfahrt fuhr. Wir müssen uns ja nicht beide quälen.

»Hallo, hallo, ich habe koffeinfreie Cola, fettreduzierte Pita-Chips und Hummus dabei«, ruft Lacey im Flur.

»Wie gut, dass ich die richtigen Snacks habe!«, rufe ich zurück, öffne eine Packung Schokoladenstäbchen und muss an das Weihnachten zurückdenken, als Kath gesagt hat: »Meine Güte, ich liebe die Dinger«, sehr zum Entsetzen von Mum in ihrem zweiteiligen Kostüm, die im Traum nicht daran denken würde, mehr als drei Cadbury-Rosen und einen Mince Pie zu Ehren der Geburt von Jesus Christus zu essen. Da fällt mir ein, dass ich Mum bald eine Mail schreiben muss. Sie und Dad waren das ganze Jahr auf Reisen. Dad hatte ein bisschen Glück mit Aktien, weshalb sie endlich alle Kreuzfahrten gemacht haben, die sie sich schon lange vorgenommen hatten. Ich wusste zwar nicht, dass sie schon immer sechs in einem einzigen Jahr unternehmen wollten, aber so eine Frau ist meine Mutter jetzt. Ich wette, sie will damit nur vor den Rotary-Damen angeben. Die beste Beziehung zu meinen grundsätzlich abwesenden Eltern ist aber immer noch eine schriftliche. Wenn ich jemanden brauche, der mich bemuttert, habe ich Kath. Mum kann mir dann sagen, dass ich Simon nie hätte verlassen sollen und ich es nie weit bringen werde.

Lacey kommt herein, und als ich ihren Bauch sehe, lege ich meine Hand nicht mehr instinktiv an die Stelle, an der mein Kind war. In der kurzen Zeit seit der London Fashion Week ist ihr Bauch regelrecht hervorgeschossen. Eine seltsame Vorstellung. Ein Kind wächst in einem, und dann schiebt es der Körper einfach irgendwann heraus. Ich erinnere mich an die Schwangerschaft mit Lyla und dass eine Frau in Simons Büro ständig etwas von dem »rausgeschossenen« Bauch gesagt hat und ich am liebsten geschrien hätte: »Reden Sie doch bitte nicht ständig von mir, als sei ich eine Tüte Mikrowellenpopcorn, verdammt noch mal.« Doch das erzähle ich Lacey besser alles nicht. Mir fällt auf, dass sie kein enges Umstandsoberteil trägt, sondern hellblaue Skinny Jeans (selbst kurz vor dem sechsten Monat sieht sie darin gut aus) und darüber ein weites weißes Baumwoll-A-Linien-Oberteil mit zarter Welleneinfassung und Spaghettiträgern, das ihre unechte Bräune schön zur Geltung bringt. Ihre Haut strahlt, das Haar ist dicht und lang, und sie verströmt aus jeder Pore pures Glück. Statt Wut und Neid zu empfinden, sauge ich zum ersten Mal etwas von dieser Freude auf. Ich freue mich wirklich für sie. Und für das reizende Baby in ihr.

»Also, Karl glaubt, ich esse ständig gesund und ausgewogen, aber wenn du ein Glas Vollfettmilch hast und eine halbe Schachtel Coco Pops, werde ich dich für immer lieben«, sagt sie, lässt sich am Tisch nieder und ignoriert die Pita-Chips.

»Genau die richtige Einstellung, Lügen und Verrat«, bemerke ich und schiebe die große Küchenschranktür auf, um an die Frühstücksflocken zu kommen.

»Lügen, Verrat und zuckrige Kohlenhydrate, bitte«, meint sie lachend.

Ich fülle eine große Schüssel mit Coco Pops und eiskalter Milch (und schiebe mir vor dem Kühlschrank heimlich ein Stück Brie in den Mund, als sie mich gerade nicht sehen kann – ja, Schwangerschaft ist ein Wunder, aber kann sie mit weichem, cremigem Käse mithalten?) und stelle sie vor Lacey. Dann setze ich mich mit der Schachtel Schokoladenstäbchen zu ihr.

»Also, was war alles so los?« Eine unverfängliche Frage.

»Oh, das Übliche: Dovington's, daheim habe ich ein wenig herumgeräumt, nichts Besonderes«, antwortet sie beiläufig.

»Normale Dinge – wie schön«, sage ich und meine es völlig ernst.

»Ach, Robs. Bei dir war es in letzter Zeit ganz schön turbulent, nicht wahr?«, meint Lacey freundlich.

»Ja. Komisch, beschissen, gut, schön, stressig. Kann man innerhalb weniger Monate jede einzelne Empfindung durchleben?« Ich schiebe mir drei Schokoladenstäbchen auf einmal in den Mund und unterdrücke den Impuls, einen schmutzigen Witz zu reißen.

»Doch, das glaube ich schon. Das Leben hat dich durch die Mangel gedreht, und ich war nicht da. Das tut mir so leid.«

»Ich weiß, ich weiß, lassen wir es hinter uns und schauen nach vorn. Ich war ja auch nicht gerade eine Heilige. Außerdem haben wir nicht genug Schokoladenstäbchen, um alles noch mal durchzukauen.«

»Also gut, ziehen wir einen Schlussstrich und fangen wir neu an. Reden wir über Edward – was ist mit ihm?«

»Edward ist definitiv kein Neuanfang«, sage ich mit festem Blick und einem weiteren Schokoladenstäbchen im Mund.

»Stimmt, aber ich muss es wissen. Ich dachte, er wäre vielleicht auf der Fashion Week – Natalie hat erwähnt, dass du einen geheimnisvollen Mann eingeladen hast, als Karl und ich sie gefragt haben, ob wir kommen können –, aber er war nicht da, und als ich ihm geschrieben habe, wo …«

»Du hast ihm geschrieben? Wie? Warum?« Panik durchzuckt mich. Nachdem er nicht aufgetaucht ist, habe ich beschlossen, dass ich etwas auf Abstand gehen sollte, und mich bei ihm deshalb auch nicht gemeldet. Warum sollte er auch mir nichts, dir nichts über den Atlantik fliegen, nachdem ich ihm deutlich vermittelt habe, dass ich keine feste Beziehung mit ihm möchte? Als mir klar wurde, wie sehr ich gehofft hatte, ihn zu sehen, musste ich an Theo denken und wie ich mich gefühlt hatte, als ich ihn gern für mich gehabt hätte und er sich jedoch immer entzog. Ich hatte Angst, dass ich wieder zulassen würde, dass mich jemand verletzt, und deshalb geschworen, Edward gegenüber die Show nicht zu erwähnen. Und jetzt holt Lacey alles wieder an die Oberfläche.

»Nur über Facebook, er ist ja in deiner Freundesliste. Er war völlig entspannt – hat was gesagt von wegen viel zu tun in der Arbeit, und ich solle dich grüßen, wenn ich dich das nächste Mal sehe. Ich habe nichts Komisches geschrieben, nur ›bist du zufällig in London‹.«

»Was aber trotzdem ein bisschen komisch ist«, schnaube ich und kann meinen Ärger über ihre Einmischung nicht verbergen. Wie damals, als sie zu Ben Ingleson aus der Zehnten gegangen ist und gesagt hat: »Also, fragst du jetzt Robin, ob sie mit dir zur Valentinstagsparty geht oder nicht?« Doch ich sage mir, dass es zwar vielleicht ein wenig komisch, aber sehr lieb gemeint war (wie immer bei Lacey). »Danke, dass du es versucht hast, aber das ist nicht nötig. Ich habe alles im Griff.«

»So wirkt es aber nicht«, meint sie mit ihrer üblichen Deutlichkeit und schluckt die letzten Coco Pops hinunter.

»Doch, das habe ich. Wir hatten was miteinander in New York, das haben wir mit hierhergebracht, dann sah es eine Weile so aus, als könnte es was Ernstes werden, und dann … kam es anders. Er hat gesagt, er möchte etwas Festes, ich habe geantwortet, dass ich mit niemandem mehr zusammen sein möchte. Er war traurig, ich bereue es vielleicht, er schreibt nicht mehr viel auf meine Nachrichten, und das war's. Du siehst, alles in Ordnung und überhaupt kein Drama«, plappere ich daher und stehe auf, um mir ein ordentliches Glas Wein einzuschenken. Nur weil sie schwanger ist, muss ich ja nicht den ganzen Abend nüchtern bleiben, habe ich plötzlich beschlossen.

»Okay, also alles völlig im Griff und genau so, wie du mit jemandem auseinandergehen möchtest.«

»Ja. Perfekt.«

»Ich sage nichts mehr dazu.«

»Das ist wahrscheinlich auch besser so.«

»Du weißt ja, Tinder ist auch immer noch eine Option.« Lacey tippt auf ihr Handy und lächelt schelmisch.

»Lacey Hunter, ich würde eher diese Pita-Chips aus Pappe für den Rest meines Lebens essen, als es noch einmal mit Tinder zu versuchen. Und bevor du gleich ein Profil für mich anlegst – soll ich dich schminken? Ich habe ein ganzes neues Set mit Sachen gekauft, die deine Haut noch herrlicher strahlen lassen, falls das überhaupt möglich ist, und ich verspreche, dass ich dich damit nicht von Edward ablenken will.«

Sie trinkt schlürfend den letzten Schluck Schokoladenmilch aus der Schüssel (eine Lady mit Stil), steht schwerfällig auf und geht ins Wohnzimmer, wo ich mich die nächste Stunde lang mit ihrem Gesicht beschäftige und ihren Geschichten aus den Eltern-Kind-Gruppen zuhöre, denen sie beigetreten ist (und die noch mehr nach SSM klingen als meine Freundinnen). Ich erzähle ihr, dass Skye vielleicht doch nicht so schrecklich ist und sogar – verrückte Welt, ich weiß – eine Freundin sein könnte.

Um zehn Uhr abends habe ich mehr Snacks vernichtet, als gesund ist (ich halte es wie Lacey, die für zwei isst), alles aus meinem neuen Kit ausprobiert (Lacey ist traurig, dass sie diesen Look beim Weggehen nicht ausführen kann), vierzehn neue Lidschatten auf meinem Arm ausprobiert, eine halbe Flasche Wein getrunken (hoppla) und das Gefühl, dass zwischen Lacey und mir wirklich wieder alles in Ordnung ist.

Als ich an diesem Abend ins Bett gehe, fühle ich mich sehr reich. Nicht an Geld oder Goldbarren (Moment mal, wer hat denn schon Goldbarren?), aber an Freundschaft und Gesellschaft und Befriedigung im Leben. Wir sind wieder auf dem richtigen Weg, ich bin wieder auf dem richtigen Weg. Hallo frischer Wind in meinem Leben, schön, dich zu spüren.

DREIUNDDREISSIG

Die Ferien stehen vor der Tür und damit unser erster richtiger »Familienurlaub«. Ich bin total in Herbststimmung, wickele Lyla und mich in gleichfarbige lila Schals, lade Bilder auf Instagram von unseren Füßen hoch, wie wir in unseren Joules-Ankleboots auf Herbstlaub stehen, und lasse Lyla achthundert Bilder von mir machen, wie ich glücklich in die Ferne schaue und einen (wiederverwertbaren!) Starbucks-Becher in der Hand halte. Meine eigene Mutter hätte mich niemals darum gebeten. Sie wäre zu beschäftigt damit gewesen, das Lagerfeuer für das Gemeindezentrum zu organisieren, während sie ihre ordentlichen Marks&Spencer-Hosen und eine bis zum Hals zugeknöpfte Strickjacke trägt, als dass sie sich mit Instagram-Filtern hätte auseinandersetzen wollen. Ich muss sie bald anrufen und fragen, wie dieses Jahr ihre Pläne für Weihnachten aussehen. Letztes Jahr waren sie und Dad in einem Golfhotel mit »ein paar Leuten aus der Rotary-Truppe«, weshalb ich um das Ganze herumgekommen bin, aber dieses Jahr wird sie wahrscheinlich kommen und endlich das neue Haus besichtigen wollen, Zeit mit Lyla verbringen, mir vorwerfen, dass ich Single bin, und mir sagen, dass ich einen »richtigen« Job finden soll. Total besinnlich.

In dem Sommer, in dem es mir so schlecht ging und Kath die Stellung gehalten hat, fand ich, es wäre nett, mit ihr und Lyla »mal von allem wegzukommen« – und nachdem sie mich dieses Jahr so viel unterstützt hat, verdient sie eine Belohnung. Die entpuppt sich als Cottage im Lake District für zwei Nächte, und damit die Reise »noch besonderer« wird, kommt Colin auch mit. Das Cottage hat zwei Schlafzimmer mit Seeblick; das eine nehme ich mit Lyla, und das andere teilt sich Kath mit Colin, oder wie er sagt, »er schlüpft bei ihr unter«. Gott steh uns bei.

Am Montag der Herbstferien (nach erfolgreich absolvierten ersten sechs Schulwochen ohne Tennisschläger-Zwischenfälle oder sonstigen Problemen mit Chloe) habe ich den Kofferraum mit allen nur erdenklichen Annehmlichkeiten gefüllt, darunter ein Sandwichtoaster, zwei Reserveakkus für den Laptop (der Himmel bewahre, dass ich dort nicht Netflix-Binge betreiben könnte), meine Lieblingskerze von White Company (man weiß ja, wie muffig Cottages oft sind) und ein ganzer Rucksack mit Spielzeug für Lyla. Auf der Webseite steht zwar »Luxuscottage«, insgeheim teile ich aber Lylas Befürchtungen. »Ich bin kein Fan von Camping oder Cottaging.« Ich musste ein Lachen unterdrücken, damit ich ihr nicht die wahre Bedeutung von Cottaging erklären musste (eine Achtjährige muss noch nichts über Klappensex wissen), doch sie hat zum Glück nichts weiter dazu gesagt. Kath fährt bei Colin im Auto mit, weil sie »ihm Gesellschaft leisten« will auf der Fahrt (zum Glück bleibt Mollie bei Kaths Nachbarn), und ich bin froh, dass wir nicht alle zusammen fahren. Lyla hat sich immer noch nicht mit der Tatsache angefreundet, dass Colin jetzt ein Teil unseres Lebens ist, und zu Hause nennt sie ihn nur noch »der schleimige Ekeltyp«. Ich hätte die ersten Male wirklich nicht lachen sollen, weil sie das nur bestärkt hat, und jetzt sagt sie es so oft, dass ich Angst habe, dass es ihr vor ihm auch mal herausrutscht.

Auf der Fahrt führen wir ein langes Gespräch darüber, dass wir uns benehmen und Kaths und Colins Privatsphäre respektieren werden und Kath Spaß haben soll. Lyla scheint das zu verstehen, aber das werden wir erst später sehen, und bei ein paar vorsichtigen Blicken in den Rückspiegel merke ich, dass sie das Interesse verloren hat. Ich halte mich an Little Mix. Es geht doch nichts über Girl-Bands mit poppigen Liedern, die einem vermitteln, es wäre okay, Ärsche als Ex-Freunde zu haben. Ich singe leidenschaftlich mit und denke zum ersten Mal nach Monaten wieder an Theo; es ist ein befreiendes Gefühl, dass er kein Teil meines Lebens mehr ist. Auch wenn er einfach umwerfend gut aussah und mich an wirklich schöne Orte mitgenommen hat, bin ich ohne ihn besser dran. Es ist total in Ordnung, nicht ständig in schicke Restaurants ausgeführt, durch Museen geschleift und in Wagen mit Fahrer herumkutschiert zu werden. Das ist mir egal.

»Mummy, du brüllst«, unterbricht Lyla mein inneres Loblied auf die Freiheit.

»Ich singe, Schatz.«

»Klang aber wie Brüllen.«

»Nun, ich habe gesungen und dabei an den größten, schleimigsten und stinkendsten Ekeltypen gedacht, den ich je getroffen habe«, antworte ich und betone jedes Wort, auch wenn ich weiß, dass ich meine Sprache im Lake District bereuen werde. Ach, egal.

Das Cottage ist wunderschön und genau richtig für einen Kurzurlaub. Ein warmer AGA-Herd in der Küche, weiche karierte Sofas im Wohnzimmer, Deckenbalken in den Schlafzimmern und ein idyllischer kleiner Garten mit Obstbäumen voller reifer Früchte. Wie aus einem Bilderbuch.

Kath und Colin sind schon da und begrüßen uns an der Tür. Ich muss zugeben, sie sehen wirklich süß zusammen aus. Colin hilft mir mit dem Gepäck (»Teufel noch mal, hast du das ganze Haus eingepackt?«), und Kath steht in ihrem Urlaubsoutfit da (braune, praktische Wanderschuhe, purpurrote Strümpfe bis zu den Knien, ein senffarbener weiter Rock mit einer weißen Schürze darüber – also ist bereits irgendetwas im Ofen – und ein dunkellila Rollkragenpullover, der im Rockbund steckt. Komplettiert wird alles durch eine Kette mit klobigen grünen Glasperlen und zwei unordentlichen Zöpfen. Also völlig normal). Kath streckt die Arme aus, und Lyla stürzt hinaus.

»Oh, Tante Kath, du riechst nach Küche!«, sagt sie optimistisch.

»Im Ofen steht ein Gugelhupf mit flüssigem Toffee, und das örtliche Pub bringt uns in einer Stunde viermal Braten«, verkündet sie so beiläufig, als ob jeder einfach so unglaubliche Nachtische zusammenrührt und warmes Essen organisiert, sobald er am Urlaubsort angekommen ist.

»Wow, was für ein schöner Urlaubsanfang!«, rufe ich enthusiastisch und bringe noch mehr Taschen in das Cottage. »Ich habe Prosecco gekauft, Baileys und Holundersekt.« Alles, was man so braucht.

Kurz darauf haben wir uns Wohlfühlkleidung angezogen. Nun gut, Lyla und ich tragen Onesies, Kath hat den Rock gegen ein Paar handgenähte Paisley-Hosen ausgetauscht, und auch wenn Colin noch seine beigefarbenen Hosen und den marineblauen Pullover mit Rundhalsausschnitt trägt, ist er wenigstens in ein paar Hausschuhe geschlüpft. Wir sitzen um den Tisch am AGA und genießen das Pub-Essen.

»Ich dachte, wir könnten morgen einige der Wanderwege hier in der Gegend ausprobieren«, schlägt Colin vor. »Es gibt ein paar kurze, die nur drei Meilen lang sind und gut zu bewältigen sein dürften.«

»Drei Meilen!«, rutscht mir heraus, bevor ich mich zurückhalten kann.

»Ja! Also quasi gar nichts, das merkst du kaum. Wir waren früher oft hier und sind den ganzen Tag wandern gegangen, haben die Umgebung genossen und alles in uns aufgenommen.« Er schließt die Augen und holt tief Luft.

Wen er wohl mit »wir« meint?

»Ha, nun, wir werden es auf jeden Fall versuchen, nicht wahr, Bluebird?« Ich sehe zu Lyla, der der Schrecken ins Gesicht geschrieben steht, aber sie erinnert sich offensichtlich an unser Gespräch im Auto.

»Ja«, bringt sie schließlich heraus.

»Und danach«, schaltet sich Kath ein, die merkt, wie schwer Lyla die Antwort gefallen ist, »gehen wir in den Ort und schauen uns die Geschäfte an. Colin und ich haben viele kleine Spielzeugläden gesehen, und ich glaube, es gibt auch einen altmodischen Süßigkeitenladen, wenn wir Glück haben!«

Die gute alte Kath, sie kennt Lyla einfach.

»Ja! Ich habe Taschengeld von Daddy und Storie bekommen, das ich ausgeben kann.«

»Wunderbar! Wir brechen um acht auf, damit wir was vom Tag haben, in Ordnung?«, verkündet Colin begeistert und freut sich sichtlich auf die Wanderung.

Acht Uhr! Ist der Mann ein Sadist?

»Ach, Liebes, ich kann uns doch morgen ein vernünftiges Frühstück machen, und wir starten dann gut gestärkt«, schlägt Kath beruhigend vor und rettet uns wieder einmal. Mit ihrem diplomatischen Geschick sollte sie bei der NATO oder den Vereinten Nationen arbeiten. Sie wäre der Hammer.

Ich wache vor Sonnenaufgang auf, als Lyla mit ihren kleinen Händen mein Gesicht streichelt. Ich liege mit geschlossenen Augen da, genieße den Moment und denke an all die Male, als ich mich über sie als Baby in ihrem Bettchen gebeugt und über ihr kurzes Flaumhaar gestreichelt habe, über die Spitze ihrer winzigen samtigen Ohren, über ihre weichen Wangen und ihre zarten Rosenknospenlippen. Ich sah sie an und dachte an ihre Zukunft, wohin sie wohl gehen, wer sie sein würde, wer ich sein würde. Die ruhigen Tagträume gefielen mir damals besser als die Realität. Die bestand nämlich aus täglicher monotoner Routine, Haushalt und minimaler Unterstützung von Simon. Jetzt ist es so anders. Ich habe vielleicht nicht den Traummann oder den Bauch von Julia Roberts aus der Klavierszene in *Pretty Woman*, aber ich habe Möglichkeiten und Freiheit und Freude.

»Guten Morgen, Grinsemama«, flüstert Lyla.

»Ich bin noch nicht wach«, flüstere ich zurück.

»Warum lächelst du dann?«

»Weil ich so schöne Sachen über meine Lyla Blue gedacht habe.« Ich schlinge die Arme um sie und ziehe sie fest an mich.

»Mummy, nicht so fest drücken!«, kichert sie und versucht, sich frei zu machen.

»Weil ich so viel Liebe in mir habe, muss ich sie in den Menschen hineindrücken, den ich am liebsten habe«, verkünde ich.

»Aber du riechst nach toten Ratten und Mülltonnensuppe aus dem Mund!«, kreischt sie.

Ah, welch freundliche Worte von dem Menschen, den ich am liebsten habe.

»Aaaach jaaa?« Ich atme ihr ins Gesicht und lache, während sie aus dem Bett krabbelt, wieder zurückkommt und auf mir herumzuspringen beginnt.

Wenn mal eine Achtjährige auf den Schenkeln herumhopst, sollte man besser aufstehen, weshalb ich mich dem frühen Tagesanfang ergebe (Viertel vor sieben), aufs Klo flitze (und meine nach toten Ratten und Mülltonnensuppe riechenden Zähne putze), superschnell dusche (es mag ja ein Luxuscottage sein, aber das heiße Wasser ist begrenzt) und mich anziehe. Lyla hat gestern Abend gebadet, deshalb muss ich sie nicht der kalten Dusche aussetzen. Ich lege ihr Kleidung heraus, während ich Netflix auf meinem Laptop schaue (zum Glück gibt es WLAN), bis wir Kath und Colin hören und nach unten gehen.

Kath klappert mit Pfannen, und Colin singt etwas von Sonnenaufgängen und zwitschernden Vögeln. Kath strahlt verdächtig in ihrem bodenlangen Satinmorgenmantel mit Blumenmuster, unter dem sie definitiv keinen BH trägt. Ich hoffe nur, dass der Gürtel hält.

»Guten Morgen, ihr zwei!«, ruft Kath laut, als wir hereinkommen. Wow.

»Guten Morgen! Habt ihr gut geschlafen?«, frage ich höflich, bringe Lyla zum Tisch und hole mir Orangensaft aus dem Kühlschrank.

»Äh, ja, ich habe sehr gut geschlafen«, antwortet Kath und meidet meinen Blick.

»Sie hat sehr, sehr gut geschlafen«, verkündet Colin, tritt neben sie an den AGA und küsst sie auf die Wange.

Ich versuche angestrengt, mir nicht vorzustellen, was die beiden älteren Herrschaften nachts getrieben haben könnten, und sehe zu Lyla, die sich überhaupt nicht anstrengt und ein Gesicht zieht wie beim Anblick eines Hundehaufens mitten auf dem Gehsteig.

»Also, das Wetter scheint heute schön trocken für unsere Wanderung zu sein!«, sage ich, als Kath uns Spiegeleier mit großen, mit Butter bestrichenen Brötchen serviert.

Zum Glück gelingt mein Ablenkungsmanöver, und wir sitzen alle vor unserem köstlichen Frühstück, mit sicher gegürteten Morgenmänteln, und unterhalten uns, welche Route durch den Lake District den besten Ausblick bietet.

Für jemanden, der einen Nachmittag auf dem Indoor-Spielplatz schon als »Workout« bezeichnet (und ich rede hier davon, dass man mit einer Latte herumsitzt, bis die Kinder gründlich ausgepowert sind und / oder einen Krieg im Bällebad angezettelt haben und man schnell abhauen muss, bevor die Mutter irgendeines anderen Kindes ankommt und passiv-aggressiv mit einem reden will), bin ich überrascht, wie schön eine Wanderung in der Natur tatsächlich ist.

Wir haben zwar kein Handysignal, aber ich mache viele Fotos und filme Lyla ein wenig. Colin scheint sich hier gut auszukennen und ist eigentlich ein interessanter Mann, wenn er nicht gerade leicht anzüglich über Kaths intime Körperteile redet. Ich bin erleichtert, dass Lyla ihm aufmerksam zuhört, als er uns von alten Gletschern erzählt und davon, wie die Seen hier entstanden sind. Und nachdem er einen Großhandel für Obst, Gemüse und Blumen hat, weiß er unglaublich viel über Herbstblumen, und Kath hängt ihm an den Lippen. Es ist süß zu sehen, wie sie jemand anderen die Führung übernehmen lässt und es genießt, anstatt wie sonst immer in unserer Familie diejenige zu sein, die sich um alles kümmert. Vielleicht hat sie lange darauf gewartet, dass auch mal wieder jemand anders vorweggeht. Ich habe immer gedacht, dass man eine starke, unabhängige Frau sein soll, aber ist es nicht genauso ein Zeichen von Unabhängigkeit, wenn man sich ab und zu erlaubt, dass jemand anders der Stärkere ist?

Lyla, die einen großen »magischen Wanderstab« gefunden hat, ist uns weit voraus, Kath und Colin schlendern vor mir, und ich setze einen Fuß vor den anderen und höre das leise Knirschen des Schotters unter meinen Füßen. Ich weiß, dass ich nichts tun muss außer einfach laufen. So simpel. Geradeaus laufen. Das Leben wird durch die täglichen Aufgaben so schnell kompliziert, durch die Arbeit, die sozialen Medien und den Druck, in allem die Beste zu sein, doch letztendlich müssen wir alle dasselbe machen: geradeaus laufen.

In Gedanken versunken bemerke ich weder, wie viel Zeit vergeht, noch wie weit wir schon gelaufen sind, bis wir plötzlich auf einer Anhöhe stehen und einen herrlichen Blick auf die Seen und die Dörfer unter uns haben.

»Hol tief Luft, Lyla!«, sagt Colin. »Sie ist so rein.«

»Unsere Luft ist auch rein, Colin, wir haben einen Lufterfrischer für die Steckdose«, antwortet sie unbeeindruckt, setzt sich auf eine Bank und legt den Stock neben sich.

»Es ist schön hier, nicht wahr?«, sagt Kath und setzt sich neben sie, sieht dabei aber mich an. »Wir alle zusammen, auf dem Gipfel der Welt.«

»Ha! Nun, Kath, das hier ist nicht ganz der Gipfel, sondern eine sehr niedrige Anhöhe, eine der leichteren Wanderungen, die wir versuchen könnten ...«

»Ja«, unterbreche ich ihn. »Wunderschön. Wir sollten so etwas öfter machen.«

Vielleicht war mir die »reine« Luft zu Kopf gestiegen. Vielleicht hat Storie doch nicht so unrecht. Vielleicht ist das einfache Leben in der Natur wirklich die Antwort. Vielleicht verschreibe ich mich daheim dem Minimalismus. Ich werde meine Garderobe ausmisten, einen Komposthaufen anlegen, ohne Verpackungsmüll einkaufen und nur noch Bioweine aus der Region trinken. Ja! Das ist es. Das ist mein Erweckungserlebnis.

»Mummy, ich muss mal groß, und dann will ich in den Spielzeugladen«, brüllt Lyla völlig schamlos. Meine Erleuchtung stürzt in sich zusammen, und wir werden entweder ein Gebüsch finden müssen oder schnell ins Dorf zurückrennen, um dort ein Klo aufzusuchen und dann fünfzehn Pfund für ein Plastikspielzeug auszugeben, das ihr, eine Dreiviertelstunde nachdem wir es ausgepackt haben, schon wieder völlig egal sein wird. Wir nehmen die Sachen, nach denen sie so gebettelt hat, mit, ich werde sie zu Hause eine Weile herumliegen lassen, bis sie staubig oder klebrig werden (ich weiß nicht, was diese rätselhafte Klebrigkeit ist, die sich irgendwann auf *alle* Kinderspielsachen legt), und dann packe ich sie in die Garage zu all dem anderen staubigen, klebrigen Mist. Weniger minimalistisch und umweltbewusst geht es nicht. Zumindest habe ich es versucht. Ganze zwölf Sekunden lang war ich diese Frau.

Sobald wir im Dorf sind und auch die Toilettenkrise abgewendet ist, schlendern wir entspannt herum. Colin und Kath gehen ins Pub, um sich für das leckere Essen gestern Abend zu bedanken und für heute noch einmal etwas zu bestellen, während Lyla und ich durch die kleinen Läden und Kleidergeschäfte bummeln.

Eine lange Hauptstraße verläuft durch das reizende kleine Dorf, von der ein paar kleine Seitenstraßen abzweigen. Kleidungsgeschäfte mit Mode ab fünfzig, eine Bäckerei, idyllische Friseure und altmodische Spielwarengeschäfte mit Holzspielzeug in den großen alten Erkerfenstern säumen die Hauptstraße, zusammen mit Süßigkeitenläden, denen kein Kind und kein Erwachsener widerstehen kann, zwei oder drei verwitterten Pubs und einer auffällig modernen Bank, einem Co-op-Supermarkt und einem Immobilienbüro, das einen sofort wieder in die Realität zurückbringt.

In den kleineren Seitenstraßen befinden sich noch mehr Läden, Teestuben, eine große alte Kirche und viele Wege und Gassen, die zu Flüssen, Hügeln, Wanderwegen und Bächen führen, also in die Natur. Nachdem wir eine Weile herumgelaufen sind, gönnen wir uns in einer Teestube heiße Schokolade und warme Scones. Ich werde es Kath nie verraten, aber das könnten die besten Scones sein, die ich je im Leben gegessen habe. Vielleicht liegt es an der frischen Luft und der Bewegung, vielleicht auch an der Zen-Erleuchtung, jedenfalls sind sie köstlich.

Schon bald gesellen sich Kath und Colin händchenhaltend und mit Tüten beladen für eine Tasse Tee und noch mehr Scones zu uns. Scone-Kalorien zählen im Urlaub nicht. Sie zählen auch sonst nicht, aber im Urlaub darf man sie quasi sogar abziehen. Immer rein mit den Scones.

»Ach, Liebes, ich habe ganz viele Sachen für das Haus gekauft«, erzählt Kath und deutet begeistert auf ihre Tüten voller Schätze. »Einen Schal für Moira, und Colin hat ganz viele Secondhandbücher über Dampfzüge gefunden, nicht wahr?«

»Ja! Hier oben gibt es wirklich alles!«

»Einmal hatte Colin auch das *Kama Sutra* in der Hand, nicht wahr, Col?« Kath lacht.

»Was ist das *Kama* …«, beginnt Lyla.

»Oh, wow! Da habt ihr aber viel gefunden! Bist du oft hier in der Gegend, Colin?«, sage ich viel lauter und bestimmter als normal, um der *Kama Sutra*-Frage meines Kindes mit den Fledermausohren zu entgehen. Schon lustig, wie sie immer genau das hört, was sie nicht hören soll, aber die ersten fünfzig Male ignoriert, wenn ich sie bitte, etwas Sinnvolles zu machen.

»Ja. Seit ein paar Jahren allerdings nicht mehr. Ich war früher oft mit meiner Familie hier«, erzählt Colin und sieht auf den Tisch, auf dem der gerade gebrachte Tee darauf wartet, eingeschenkt zu werden.

»Hast du eine große Familie?«, wage ich mich vor. Ich würde gern mehr über seine nächsten Familienangehörigen erfahren, aber das wäre wohl ein bisschen zu persönlich.

»Nein, nur ich und die Jungs. Ich hatte mal eine Frau, Shirley, aber … jetzt nicht mehr.«

»Ist sie tot, wie Derek?«, fragt Lyla unschuldig und viel zu direkt.

»Nein, nein, sie lebt. Sie wohnt jetzt weit weg von mir, in Dorset, in der Nähe unserer erwachsenen Söhne. Mike ist vierundzwanzig und Gareth sechsundzwanzig. Haben alle ihr Leben. Sind alle sehr glücklich. Als sie klein waren, waren wir oft hier«, sagt er. Die Erinnerungen schmerzen ihn offensichtlich.

»Warum fahren sie nicht mehr mit dir in die Ferien?«, bohrt Lyla nach. Ihr ist nicht klar, dass Kinder vielleicht nicht für immer mit ihren Eltern Urlaub machen wollen. Er tut mir ein wenig leid, weil er so ausgequetscht wird, und schalte mich rasch ein.

»Ich wette, Mike und Gareth machen jetzt ganz allein ganz tolle Urlaube und schauen sich neue Orte an, nachdem sie ja früher so oft hier im Lake District waren«, meine ich fröhlich und streiche Clotted Cream auf meinen vierten Scone. Sie sind aber auch klein. Mini-Scones, eigentlich.

Kath lächelt mir anerkennend zu, und Colin sagt: »Ja, genau! Die Jungs schauen sich andere Sachen an!«, und holt ein Buch über Dampfzüge hervor, an dem ich gespieltes Interesse bekunde, weil ich Colin plötzlich ohne seine Vorträge und seine schmutzigen Anspielungen sehe, als einsamen älteren Herrn, der seine Söhne vermisst und Züge mag. Der Arme.

Am nächsten Morgen schlafen Lyla und ich bis halb neun und wachen von dem köstlichen Geruch nach gebratenem Speck auf. Kath klopft leise an unsere Tür und sagt: »Ich habe Sandwiches mit Speck gemacht, wenn ihr aufsteht.«

»Für Specksandwiches stehe ich sofort auf, Kath!«, rufe ich zurück, schlüpfe mit den Füßen in die Hausschuhe, ziehe mir den Morgenmantel über und dränge Lyla, es mir nachzutun.

In der Küche riecht es noch köstlicher als oben im ersten Stock. Gläser mit frischem Orangensaft stehen auf dem Tisch, dicke Scheiben Brot mit Butter sowie ein Blumenstrauß in einem Glas in der Mitte, den Colin im Garten gepflückt hat. Alles sieht sehr kultiviert aus, und ich fühle mich in Schlafanzug und Morgenmantel etwas schlampig.

»Wir brechen gleich auf, damit wir vor dem Mittagessen noch eine ordentliche Runde schaffen, aber wir dachten, dass ihr heute etwas allein unternehmen wollt«, sagt Colin zu mir, bevor er in sein Sandwich beißt.

»Oh, aber nur, wenn es euch recht ist«, antworte ich höflich und bin überglücklich, dass ich mich heute nicht so viel körperlich betätigen muss. Auch wenn der gestrige Tag wirklich schön war und mir auch diese Erleuchtung gekommen ist, muss ich das heute nicht gleich wieder haben.

»Colin möchte mir ein paar seiner Lieblingsplätze zeigen«, fügt Kath hinzu und lächelt ihn wie ein liebeskranker Teenager an.

»Na, da wollen wir euch doch nicht aufhalten. Wir könnten uns ja noch mal die Stadt anschauen, Lyla?«, schlage ich vor.

»Ja! Wir gehen shoppen und essen noch mal Kuchen!« Der Plan gefällt ihr ganz offensichtlich.

»Also dann, Kuchenschlacht!«, sage ich lächelnd.

Um etwa elf Uhr spazieren wir den kurzen Weg in den Ort entlang.

Eine Stunde schlendern wir durch die Spielzeugläden, probieren alles aus, was ausgestellt ist, und diskutieren über unser Budget. Ich versuche wirklich, darauf zu achten, dass Lyla nicht zu sehr verwöhnt wird, aber die Urlaubsstimmung reißt mich mit, und schließlich tragen wir eine Tüte voller kleiner Dinge mit uns herum, die an Weihnachten schon nicht mehr interessant (und vollständig) sein werden. Doch jetzt ist Lyla glücklich, wir hatten eine Dreiviertelstunde lang Spaß in dem Laden, und was ist schon Geld gegen kostbare gemeinsame Erinnerungen? Nun ja, zweiundzwanzig Pfund fünfundvierzig ist nicht wenig, aber das ist jetzt unwichtig.

Um eins haben wir trotz des köstlichen Frühstücks wieder Hunger, weshalb wir uns in der Bäckerei etwas zu essen holen. Warum stellt The White Company nicht Kerzen mit dem Duft »warme Bäckerei im Lake District« her? Ich atme den Duft ein wie eine Verrückte mit Nebenhöhlenproblemen, während Lyla beide Hände gegen die Glasscheibe presst und die Auslage bewundert. Dieser Ort ist wie die Bäckereikette Greggs auf Steroiden.

Ganze fünfzehn Minuten vergehen, in denen uns das Wasser im Mund zusammenläuft, wir uns höflich mit Debra unterhalten (die Besitzerin und netteste Frau der Welt) und wir uns nicht entscheiden können, bis wir mit einer großen heißen Gemüsepastete, einem Käsescone mit Butter, einem Apfel-Vanille-Donut, einem hübsch dekorierten Chocolate Crispy Cake und zwei Flaschen Ribena-Fruchtsaft ins Freie treten. Wir laufen mit unseren

Zuckerschätzen eine kleine Seitenstraße entlang zu einem Spielplatz mit Holzgeräten und mit vielen Bänken.

»Dieses Picknick ist viel besser als Stories«, verkündet Lyla mit dem Mund voller warmer Gemüsepastete.

»Ach ja«, erwidere ich beiläufig. Ich will sie nicht ermutigen, schlecht über die verrückte Freundin ihres Vaters zu reden.

»Storie isst nur Biosachen. Kuchen oder Schokolade oder industriell verarbeitete Lebensmittel sind verboten«, erzählt sie genüsslich kauend weiter.

»Nun, Bioessen ist sehr gut für dich, und wir sollten wirklich verantwortungsvoll mit unserer Nahrung umgehen«, antworte ich und unterdrücke den Impuls, die Augen zu verdrehen und zu sagen: »Storie hat eindeutig zu viel Zeit.«

»Aber manchmal, wenn Storie bei ihrem Kurs für freies Tanzen ist, nimmt Daddy mich zu Tesco mit, und wir essen Krispy-Kreme-Donuts im Auto, bevor wir sie abholen!« Lyla verzieht die Nase, legt die Hand über den Mund und kichert verschwörerisch über ihre und Simons Streiche. Ich bin fast beeindruckt, dass er das Zeug dazu hat, etwas hinter Stories Rücken zu machen, und lache mit.

»Der freche alte Daddy, was?« Ich esse mein Pastetenstück auf und trinke einen Schluck Erdbeer-Ribena, die Storie garantiert nicht gutheißen würde. Dann reiße ich die Papiertüte mit meinem Apfel-Vanille-Donut auf. »Manchmal, Lyla, manchmal muss man tief durchatmen und sich daran erinnern, dass man sich nicht ständig Sorgen um etwas machen soll, sondern sich etwas Schönes gönnen und es genießen. Es ist gut, dass man immer sein Bestes zu geben versucht und richtige Entscheidungen trifft, aber manchmal darf man auch einfach einen Donut verschlingen und ein bisschen lachen.«

»Ich weiß, Mummy, *YOLO*«, kommentiert Lyla weise. Sie ist so klug und so … cool.

VIERUNDDREISSIG

Nach dem besten Herbstpicknick aller Zeiten spazieren wir für eine letzte Runde zurück zur Hauptstraße, bevor wir dem Metzger, der Bäckerei und dem Kerzenmacher noch einen Besuch abstatten. Nun, nicht ganz, aber wir gehen zum Metzger, zum Gemüsehändler, noch mal in die Bäckerei, um einen warmen Laib Tigerbrot zu kaufen, und dann mit schlechtem Gewissen in den Co-op-Supermarkt (in kleinen Städtchen wie diesem gehe ich nur zu den großen Ketten, wenn es sich nicht vermeiden lässt) für ein paar Zutaten. Ich habe nämlich beschlossen, mich an den Herd zu stellen und für uns vier ein schönes Abendessen zu kochen, das fertig auf dem Tisch steht, wenn unser reifes Liebespärchen zurückkommt. Lyla findet das super, solange sie am Tisch sitzen und Netflix schauen kann, während ich koche. Sie ist eine geschickte Verhandlungsführerin.

Da öffnet der bedrohlich graue Himmel über uns seine Schleusen.

Zu Lylas großer Freude laufen wir platschend den Hügel hinauf zum Cottage (sie springt glücklich mit ihren Gummistiefeln in jede Pfütze; ich fluche innerlich, weil ich meine hinreißenden bestickten Ankleboots trage und die Pfützen weiträumig umgehe) und stürzen durch die Haustür, lassen alle Tüten auf den Küchentisch fallen und sind froh, wieder zu Hause zu sein.

Lyla hopst fröhlich herum und zieht ihren tropfnassen Regenmantel aus. »Das war TOLL!«, ruft sie.

Dieser Abend ist wie aus einem Film. Kath und Colin kommen zwei Stunden nach uns, nass und mit geröteten Gesichtern von dem Regen, aber glücklich von der Wanderung. Der Geruch nach Roast Beef mit Rosmarin, Klößen, Soße und selbst gemachtem

Yorkshire Pudding empfängt sie, woraufhin sie mich überschwänglich loben.

Ich mische uns allen Gin Tonic (Lyla bekommt Orangensaft und Tonic), und wir stoßen auf den letzten Abend »Cottaging«, wie Lyla standhaft sagt, an. Als wir uns das königliche Mahl schmecken lassen, bemerkt Colin, dass er selten kocht und wie schön es ist, von Frauen umgeben zu sein, die ihn mästen wollen. Kurz lässt er die übliche Maske fallen, und wieder sieht man den Mann, der lange allein war und der die Gesellschaft eines magischen Menschen wie Kath genießt, und nicht den schmierigen Typen, der Tante Kath dauernd an den Hintern fasst.

Vielleicht liegt es am dritten Gin Tonic oder der guten Landluft, aber Colin wird mir sympathischer, ebenso wie seine Erzählungen von den großen Wanderungen, die er früher hier unternommen hat. Einen Moment lang halte ich es für möglich, dass sich auch Lyla für ihn erwärmt.

»Colin, darf ich dir etwas sagen?«, fragt sie nach dem Essen, während ich als Nachtisch Eton Mess mit Früchten der Saison zubereite (ja, ich hab's drauf!).

»Natürlich, Lyla!«, antwortet Colin erfreut, weil sie ihn direkt anspricht.

»Ich bin froh, dass ich dir gegenübersitze«, verkündet sie todernst.

Einen Moment sind wir alle sprachlos, dann lächelt er und will etwas sagen, doch da fährt Lyla schon fort.

»Weil ich nicht neben dir sitzen wollte.«

Ah. Der arme Colin sieht niedergeschlagen aus. Okay, vielleicht wird er ihr doch nicht sympathischer. Es war ja auch fast wie im Film und zu schön, um wahr zu sein.

Wie immer rettet Kath die Situation und lässt Lylas allzu ehrliche Bemerkung vergessen, indem sie sagt, wie froh sie ist, neben zwei ihrer liebsten Menschen zu sitzen, Colin und Lyla. Das und der Nachtisch mildern den Schlag gegen Colin großflächig ab. Der Arme. Nachdem ich ihn jetzt besser zu schätzen weiß, muss ich das Lyla dringend vermitteln.

Der Regen prasselt den ganzen Abend gegen die Fenster, und als ich Lyla in unserem Zimmer ins Bett bringe, rede ich mit ihr, dass sie netter zu Colin sein muss, da er versucht, auch zu uns allen nett zu sein. Ich spreche erst ganz erwachsen mit ihr, damit ich dann als letzten Ausweg noch die Drohung habe, ihr die Shopkins-Spielsachen wegzunehmen. Nachdem ich ihr eine Geschichte vorgelesen habe, wir gekuschelt und uns die ganzen guten Dinge erzählt haben, die wir heute erlebt haben, schleiche ich nach unten, lasse mich mit meinem Gin Tonic auf das karierte Sofa fallen und sehe Colin zu, wie er das Kaminfeuer entfacht. Wo lernen Männer so was? Werden sie mit der Fähigkeit zum Feuermachen geboren, oder bekommen sie in der Mittelstufe geheimen Unterricht, während die Mädchen über ihre Periode aufgeklärt werden? Es wird mir immer ein Rätsel sein.

Sicher sind auch die großzügig gemischten Gin Tonics schuld, aber unser letzter Abend im Cottage ist wirklich schön. Kath erzählt von ihren Reisen mit Derek in den Mittleren Osten, Colin hört aufmerksam zu und steuert gelegentlich etwas von den Trips bei, die er in den Sechzigern als junger Mann mit Freunden unternommen hat. Es ist völlig in Ordnung, dass beide eine Vergangenheit haben oder frühere Partner erwähnen. In dem Alter wird wahrscheinlich erwartet, dass man bereits ein volles Leben gelebt hat. Beide scheinen die früheren Partner als Teil der Vergangenheit zu akzeptieren und einfach die Unterhaltung und den Austausch von Erinnerungen zu genießen. Das will ich in der Zukunft auch versuchen, falls ich jemals wieder jemanden in mein Leben lasse. Ich gleite in einen ginlastigen Tagtraum ab und denke, wie gern ich Edward jetzt hierhätte, wie ausgeglichen dann alles wäre. Auch wenn ich weiß, dass Lacey unrecht hatte und wir tatsächlich alles geklärt haben, höre ich manchmal noch im Kopf ihren Satz von wegen, Lyla bräuchte eine Familie. Ich weiß, dass unsere Familie unkonventionell ist. Aber sie ist stark. Und ich bin stolz auf sie.

»Uff, dieses Sofa verschlingt mich!«, verkünde ich und schwenke mein leeres Glas über dem Kopf zum Beweis. »Ich glaube, ich überlasse euch dem Gin und dem Feuer und gehe ins Bett. Wir brechen morgen früh auf, deshalb sollte ich früh schlafen gehen.« Natürlich muss ich nicht deswegen schon ins Bett, aber ich will nicht weiter über Edward nachdenken und lieber mit meiner lieben Lyla neben mir ins Traumland entschwinden, der einzigen Gefährtin, die ich wirklich brauche.

»Gute Nacht, Liebes, vielen Dank für das köstliche Abendessen. Du bist großartig«, sagt Kath, als ich sie umarme.

»Ach was, du verdienst es«, antworte ich. »Und du natürlich auch, Colin«, füge ich rasch hinzu. Er soll nicht denken, dass ich es Lyla nachmache.

Colin lächelt dankbar, und ich gehe nach oben. Während ich mir die Zähne putze, meinen Schlafanzug aus gebürsteter Baumwolle anziehe und mich neben Lylas warmen Körper ins Bett lege, gestehe ich mir ein, dass ich ihn mag. Jetzt muss ich nur noch meine Tochter überzeugen.

»Mummy, Mummy, wach auf, da ist ein Einbrecher«, flüstert mir Lyla hektisch ins Ohr und reißt mich aus meinem warmen Tiefschlaf.

»Was? Wo? Verdammt!«, rufe ich panisch, bevor ich in den »Mamamodus« schalte.

»Mummy! Keine bösen Wörter! Hör doch!«, sagt sie und drängt sich unter der Decke noch näher an mich.

Wir liegen schweigend in der Dunkelheit, doch ich höre nichts.

»Lyla, vielleicht ist es der Wind, das ist ein sehr altes Haus …«

Und da höre ich es. Ein rhythmisches Klopfen, gelegentliches Grunzen, dazwischen leises, unterdrücktes Quietschen – es klingt freudig, aber ich will nicht zu genau darüber nachdenken.

»Mummy, da ist es wieder! Jemand bricht ein!«, sagt Lyla verängstigt.

Wie in Gottes Namen soll ich das meiner panischen achtjährigen Tochter erklären? »Mach dir keine Sorgen, Spatz, das ist nur Colin, der es mit der reizenden Tante Kath treibt! Sie haben unheimlich Spaß und vögeln bis zur Besinnungslosigkeit. Schlaf einfach weiter und denk nicht darüber nach.«

»Nein, definitiv nicht, sei ganz ruhig«, versichere ich ihr und zermartere mir das schläfrige Gehirn nach einer vernünftigen Begründung.

»Aber was ist dann los?«, fragt sie, als das Klopfen schneller wird.

»Äh, also …«

»O ja, Colin, Jaaaa!« Kath wird immer lauter.

»Sind das Tante Kath und Colin?«, fragt Lyla erschrocken und mit weit aufgerissenen Augen.

»Äh, vielleicht …«, versuche ich Zeit zu schinden.

»Was *tun* sie da?« Jetzt klingt sie auf einmal sehr neugierig. Bevor ich etwas sagen kann, krabbelt sie aus dem Bett und geht zur Tür, um Nachforschungen anzustellen.

»Nein, bleib hier, sie spielen nur! Sie spielen ein Spiel, und Kath sagt ›Ja‹, weil sie gewonnen hat und …«

»Tante Kath, spielst du ein Spiel?«, brüllt Lyla über den Flur, bevor ich sie aufhalten kann. Das dürfte der peinlichste Moment meines ganzen Lebens sein.

Das Klopfen, Grunzen und Quietschen verstummt natürlich, eine panische Stille, die geradezu mit Händen zu greifen ist, tritt ein. Ich möchte nicht in Kaths Haut stecken. Etwas bewegt sich in ihrem Zimmer, und ich setze mich im Bett auf, um mich gegen alles zu wappnen, was gleich passieren könnte. Ich wünschte, ich würde einen BH tragen und dass man meine Brustwarzen nicht durch das Schlafanzugoberteil sehen würde.

Nach einer gefühlten Ewigkeit öffnet Kath die Tür in einem kurzen schwarzen Satinmorgenmantel. Bisher habe ich noch nichts an ihr gesehen, das weniger zu ihr passt.

»Oh, hallo, Liebes! Alles in Ordnung?«, sagt Kath etwas atemlos zu Lyla, die immer noch in der Tür zu unserem Schlafzimmer steht.

Endlich schaltet sich mein Gehirn ein. »Lyla wollte gerade aufs Klo gehen und hat etwas gehört und Angst gehabt, dass du gestolpert sein könntest«, schwindele ich, als ich zu Lyla gehe und ihre Hand nehme und verzweifelt hoffe, dass sie meine Lüge nicht aufdeckt.

»Oh, ja! Ich, äh, habe mir das Knie angeschlagen, und das war ein bisschen laut. Danke, dass du dir Sorgen gemacht hast, Liebes, das ist sehr nett von dir. Ich gehe mal wieder zurück und kümmere mich darum, und dann lege ich mich wieder hin. Wir sehen uns dann morgen früh. In Ordnung? Also dann«, plappert Kath und geht rückwärts ins Zimmer zurück.

»Mummy, das war ganz schön komisch«, sagt Lyla und blickt zu mir auf.

»Ja, definitiv«, stimme ich ihr zu, halte immer noch fest ihre Hand und starre wie betäubt auf Kaths geschlossene Tür. »Geh wieder ins Bett. Ich springe schnell ins Bad und bin gleich wieder da.«

Ich gehe die vier Schritte ins Bad, pinkele, spritze mir etwas kaltes Wasser in den Nacken, um mich (und die Situation) zu erfrischen und wünsche mir inständig, dass ich die halb volle, aufgeschraubte Tube Vagisan-Feuchtcreme am Waschbecken nicht bemerkt hätte.

Wir brechen früh am nächsten Morgen auf, ohne noch einmal über die Ereignisse der Nacht gesprochen zu haben, und zum Glück war die Vagisan-Tube auch nicht mehr im Bad, als ich um sieben schnell geduscht habe. Ich möchte ein längeres Gespräch mit Colin, dem Hengst, vermeiden und lehne das Frühstück ab. Lieber hole ich auf dem Heimweg etwas bei Starbucks.

»Es war ein sehr schönes Wochenende, und es hat mich gefreut, euch besser kennenzulernen!«, sagt Colin, steht vom Tisch und seinem Rührei auf Tigerbrot (bitte sehr) auf, um uns zum Abschied zu umarmen.

Ich stimme höflich zu und erwidere die Umarmung, auch wenn ich erwarte, dass sich jeder Muskel in meinem Körper bei der Erinnerung an letzte Nacht wehrt. Aber dann sage ich mir, dass er Kath glücklich macht, und das hilft. Ich lächele und drücke ihn fest. Lyla lässt seine Umarmung hingegen reglos über sich ergehen und sagt nur »Ja«, als er ihr erklärt, wie schön die Zeit mit ihr war.

»Bye, Tante Kath«, sage ich und gehe zu ihr an den Herd.

»Bye, Liebes, tut mir leid, dass ich euch heute Nacht mit meinem Knie geweckt habe, ich …«

»Ach was, so was passiert schon mal, mach dir keine Gedanken! Hoffentlich geht es dem Knie bald besser.«

»Also, dann macht es gut, und wir sehen uns in ein paar Tagen, wenn ich wieder zu Hause bin! Habe euch lieb.« Sie winkt, und wir rufen zurück: »Haben dich auch lieb!«, als wir davoneilen, zurück in die reale Welt.

FÜNFUNDDREISSIG

November

Im November werden die Nächte dunkler und die Tage grauer. Ich versuche, optimistisch zu sein, und ich stürze nicht wieder in die Große Leere ab, aber trotzdem ist nicht alles in Ordnung. Etwas fehlt. Nach fast zwei Jahren mit extremen Höhen und Tiefen ist das Leben gerade etwas eintönig. Wir streben immer nach der perfekten Routine, wollen alles im Griff haben, das Leben einfach halten; und wenn man all das erreicht hat, findet man sich plötzlich in seinem einigermaßen ordentlich aufgeräumten Haus wieder, in dem die Schultasche des Kindes abends gepackt für den nächsten Tag an der Tür steht. Alle E-Mails sind bearbeitet, man sitzt allein mit einem Glas Wein auf dem Sofa, verschlingt zum dritten Mal alle *Mad Men*-Folgen und fragt sich, ob man auch so einen engen Bleistiftrock tragen könnte. Aber ist das wirklich das, wonach man sich gesehnt hat?

Ich habe in letzter Zeit viel an Edward gedacht. Vielleicht liegt es an den dunkleren Abenden und den Pärchen mit den Bommelmützen, die sich an der Hand halten und so vertraut aussehen, oder vielleicht auch einfach daran, dass er ein guter Mann ist und ich es vermasselt habe, weil mich der böse Mann so verletzt hat. Verdammter Theo. Ich hoffe, es geht ihm gut. Nein, natürlich nicht. Ich hoffe, es geht ihm überhaupt nicht gut. Er muss nicht an einer schweren Depression oder einer anderen Krankheit leiden, aber irgendwas soll er schon haben. Vielleicht Läuse oder einen Ausschlag. Gürtelrose wäre doch was. Im Gesicht. Ganz ruhig, Robin, sei total Zen.

Ich sollte an meine Zukunft denken, nicht an die Vergangenheit. Daher erwecke ich meine innere freche Rothaarige mit dem

Bleistiftrock aus *Mad Men* zum Leben und schicke Edward zum ersten Mal seit längerer Zeit eine Nachricht.

> *Hallihallo! Ich schaue gerade* Mad Men *und dachte an dich in New York. Habe mich gefragt, wie es bei dir läuft und ob du demnächst mal wieder auf dieser Seite des Atlantiks bist. R. xx*

Ich schicke sie ab, bevor ich alles analysieren kann, was ich aber dann eben danach mache. Katastrophe. Wer sagt denn heute noch »Hallihallo«? Ich klinge so verzweifelt und hätte genauso gut am Ende noch so was schreiben können wie »freue mich auf deine Antwort«.

Ich wünschte, ich würde in New York leben. Dann könnte ich wie Carrie aus *Sex and the City* in Vierhundert-Dollar-Pumps herumlaufen, nach Hause in mein schickes Studioapartment kommen und eine angesagte Kolumne über die Männer schreiben, die etwas von mir wollen. Genauso wäre es. In meiner realen Welt hat allerdings Tante Kath das weitaus aufregendere Liebesleben.

Ich sollte abends mal wieder ausgehen. Dafür brauche ich allerdings Gesellschaft. Gillian und ich wollten letzte Woche mal »was trinken gehen«, worauf ich mich sehr gefreut habe, doch in letzter Minute musste sie absagen, weil Clara Fieber hatte. Finola habe ich auch gefragt, aber sie hat nur was von »am nächsten Morgen die Pferde einladen« gesagt, und ich habe nicht weiter nachgefragt.

Lacey und Piper waren immer für einen Abend auf der Piste gut, aber da die eine Schwester in New York lebt und ihre Karriere in der Kunstszene genießt und die andere daheim wahrscheinlich genderneutrale Babyschühchen strickt, sind die beiden gerade auch keine Hilfe. Natalie ist auch ein wenig lockerer geworden, aber nachdem ihre Ehe unter ihrem straffen Arbeitspensum letztes Jahr etwas gelitten hatte, verbringt sie jetzt viel mehr Zeit mit Martin.

Weil ich so dringend etwas Aufregendes machen muss, habe ich gestern sogar Skye gefragt, was sie Freitagabend vorhat. Lyla ist das ganze Wochenende bei ihrem heimlich Donuts essenden Dad, und ich würde wetten, dass Skye weiß, wo man in Cambridge unbedingt hingehen muss. Allerdings hat sie, wenig überraschend, bereits etwas mit ihrem Neil vor. Er wird in Bath an einem Bodybuilding-Wettbewerb teilnehmen, und danach gehen sie »mit den anderen Jungs« noch aus. Skye muss Neil »mit dem Öl helfen«, und mehr wollte ich dann auch nicht wissen. Doch sie wirkte ehrlich gerührt, als ich sie gefragt habe, ob sie was mit mir trinken gehen möchte. Man hätte denken können, ich hätte ihr eine meiner Nieren angeboten oder so etwas – mindestens vierzig Sekunden hat sie eine echte Emotion gezeigt. Schön.

Ich gebe nach und schreibe der wahrscheinlich strickenden werdenden Mama.

Mir ist SO langweilig. Was treibst du gerade?

Karl und ich üben unsere Hypnobirthing-Atmung.

Oh, wie coool! Möchtest du Freitagabend was machen? Was Ruhiges? Vielleicht ein kurzer Abstecher ins Pub?

Ich lasse den Teil aus, in dem ich eine ganze Flasche Wein allein vernichte und dann vielleicht betrunken Edward anrufe, wenn ich wieder zu Hause bin.

Würde ich gern, aber keine Zeit. Am Samstag kommt ein neuer Lieferant zu Dovington's, und ich muss vorher Inven-

tur machen. Vielleicht magst du ja auch kommen, wenn dir nach Gesellschaft zumute ist?

Also kein Freitagabend mit Drinks und Flirts, sondern ich werde meiner schwangeren Freundin helfen, ihren geschlossenen Blumenladen aufzuräumen und umzukrempeln. Nicht ideal, aber besser als ein weiterer Abend allein auf dem Sofa.

Kann ich Wein mitbringen?

Klar, solange ich das Ersatzzeug bekomme!

Dann um sieben mit einer Flasche Shloer!

Nicht ganz das, was ich wollte, aber es ist ein Plan.

Ha, es könnte doch noch aufregend werden! Nachdem Lacey mich zum Arbeitsdienst abkommandiert hat (in letzter Minute hat sie nämlich noch beschlossen, den gesamten Laden umzuorganisieren, und die nicht schwangere Idiotin hier hat natürlich alles geschleppt und herumgeschoben), sitzen wir im Hinterzimmer mit der Fruchtlimo und dem Alkohol (nimm das, Lacey, du darfst vielleicht die Füße hochlegen, aber ich darf trinken), einem Netz Babybels (Käse und Wein, sehr edel) und einer Dose Pringles mit Salz, und ich kotze mich so richtig aus. Ich erzähle, wie langweilig nach dem großen Erfolg auf der London Fashion Week alles gerade in der Arbeit ist, weil wir nur normale Aufträge haben, wie ich zu Hause alles aufgeräumt und durchorganisiert habe und nichts mehr zu tun ist. Ich erzähle ihr, dass Lyla immer noch große Probleme mit Colin hat und wir Kath daher seltener sehen und dass die SSM alle zu beschäftigt mit ihren Partnern oder Pferden sind, um etwas mit mir zu unternehmen. Ich gestehe sogar, wie ich es mit Edward vermasselt habe. Er scheint kein Interesse mehr zu haben (auf meine letzte Nachricht hat er zwar geantwortet, aber nur, dass es ihm gut geht, dass er *Mad Men* auch sehr gern mag und vor Weihnachten nicht in England ist. Er hat keine Fragen gestellt oder das Gespräch anderweitig vorangetrieben, weshalb ich nur mit einem Okay-Emoji geantwortet habe, denn ich bin ja so entspannt. Zumindest sage ich mir das). Lacey hört zu, als ich ihr zu erklären versuche, dass alles nur aus dem normalen Alltagstrott des Mutterdaseins besteht und ich nichts Aufregendes mache. Schon komisch, wie lange ich darauf hingearbeitet habe, dass alles in geordneten Bahnen verläuft, und nachdem mir das gelungen ist, ist mir langweilig. Ich brauche mehr. Es tut gut, sich einmal bei einer lieben Freundin auszuheulen.

»Du brauchst etwas, auf das du dich freuen kannst!«, verkündet Lacey und schwenkt theatralisch ihre Flasche (warum ein Glas nehmen, wenn man sowieso alles allein trinkt?).

»Jaa«, antworte ich verwaschen.

»In drei Wochen wirst du dreißig. Das sollten wir mit einer Party feiern!«, sagt sie, als wäre das die beste Idee ever.

»Neeein! Nein, nein, nein«, protestiere ich und sehe sofort alle möglichen Katastrophen vor mir.

»Robin Wilde, du wirst am zehnten Dezember dreißig, und du brauchst eine Party. Ich werde alles organisieren. Du hast es verdient. Es wird ganz toll werden. Du wirst ganz toll sein. Ich werde ganz toll sein.«

»Warum sagst du nicht noch mal ›toll‹?«

»Toll!«, erwidert sie mit funkelnden Augen.

»Na gut. Toll«, stimme ich zögerlich zu.

SECHSUNDDREISSIG

Laceys Partyplanung ist allerdings nicht die Lösung aller Probleme. Trotz diverser aufmunternder, aber auch ernster Gespräche hat Lyla immer noch große Schwierigkeiten mit Colin.

Ich dachte, mit der Zeit würde es besser werden, oder dass unser Kurzurlaub im Lake District helfen würde (auch wenn ich immer noch schaudernd an das »gestoßene Knie« denke), doch im Gegensatz zu mir kann Lyla Derek nicht loslassen und sich mit Kaths neuer Beziehung anfreunden.

Derek war ein wunderbarer Mann. Er war wirklich Kaths andere Hälfte, und auch wenn er vor Lylas Geburt gestorben ist, haben wir so oft von ihm geredet und ihn auf ein solches Podest gestellt, dass er für Lyla fast wie ein Gott ist. Natürlich hatte er seine Fehler, und er und Kath hatten sicher auch Streit, aber darüber spricht man ja nicht mehr, sobald jemand gestorben ist, nicht wahr? Niemand sagt: »X war ja so ein großartiger Mensch – aber die verdammte Spülmaschine musste immer ich ausräumen.«

Und wir reden ja nicht nur über Derek – er ist mit seinem ganzen Wesen noch so präsent in Kaths Haus, mit den Fotos und Andenken, dass er für Lyla fast noch am Leben zu sein scheint. Ein freundlicher, angenehmer Teil unseres Lebens, und ihre unschuldige, kindliche Loyalität erträgt es nicht, dass Colin sich da hineindrängt. Außerdem will sie natürlich ihre geliebte Kath nicht teilen.

Vor drei Tagen war der Höhepunkt des Konflikts, als wir Kath erst zum zweiten Mal diesen Monat besucht haben. Normalerweise ist Lyla viel öfter dort, doch Kath war immer »etwas beschäftigt«, wenn ich sie gefragt habe, ob sie babysitten könne, und auch Lyla wollte nicht zu ihr, »wenn Colin auch da ist«. Wir befinden uns also quasi in einer Pattsituation, und ich dachte, wenn ich mitgehe, an einem Tag, an dem Colin im Großhandel ist, läuft alles friedlich ab.

Wir setzten uns bei ihr auf unsere üblichen Plätze: Lyla und ich auf den geblümten Zweisitzer gegenüber dem Kamin und Kath in ihren Sessel aus kirschrotem Knautschsamt mit der hohen Lehne. Als ich gerade erzählen wollte, wie Lacey eine Party zu meinem dreißigsten Geburtstag plant, stand Lyla abrupt auf, ging zum gefliesten Kaminsims, auf dem lauter Fotos, Krimskrams, alte Kiefernzapfen und Kerzen stehen, holte aus und warf ein Bild von Kath und Colin in einem Silberrahmen um. Glassplitter flogen umher, Kath und ich sprangen auf, und Lyla schrie, was ihre kleinen Lungen hergaben: »Wo ist Derek?«

»Was soll denn das?«, brüllte ich schockiert zurück, während Kath wortlos die Glasscherben aufsammelte.

»Das ist Dereks Platz, nicht SEINER!«, kreischte Lyla zurück.

»Lyla Blue Wilde, was ist denn nur los mit dir? Du entschuldigst dich sofort!«, sagte ich mit zusammengebissenen Zähnen und versuchte, die Kontrolle zurückzugewinnen.

»Nein! Wo ist Derek?« Ihre Stimme zitterte und wurde leiser.

»Du weißt, wo er ist. Im Himmel, bei Granny Wilde und unserer Katze Coco. Warum benimmst du dich so?«, fragte ich verzweifelt und aufgebracht.

»Doch nicht Derek selbst, ich meine sein Foto.« Jetzt rollten ihr dicke Tränen über die heißen, geröteten Wangen.

»Lyla, Dereks Bild ist jetzt im Esszimmer, damit ich hier das schöne Foto von mir und Colin auf dem Hügel im Lake District aufstellen kann. Ich habe Derek nicht vergessen, aber ich will an die schönen Zeiten, die ich gerade erlebe, erinnert werden und nicht daran, wie ich vor vielen Jahren glücklich war. Auch wenn du Bilder zerbrichst, werde ich glücklich sein, aber auch sehr verletzt, und deine Mummy will auch nicht, dass du dich so benimmst«, sagte Kath ruhig, aber bestimmt. Das ist Kath selten, weshalb ihr Tonfall große Wirkung auf meine bockige Tochter hatte.

»Aber Derek war doch immer genau da«, antwortete sie niedergeschlagen und immer noch weinend.

»Das weiß ich. Aber jetzt ist er im Esszimmer. Es ist doch schön, ab und zu mal etwas im Haus zu verändern, und keine große Sache. Man muss auch mal etwas anders machen, sonst wäre das Leben doch sehr langweilig, oder?«, sagt Kath sanfter, legt die Glasscherben auf den Beistelltisch und bückt sich, um Lylas Hände zu nehmen.

»Ich will aber nicht, dass sich etwas ändert«, murmelt Lyla. »Alles soll so bleiben, wie es ist. Nur ich und du und Mummy und sonst niemand.«

»Bluebird«, sage ich, nehme sie hoch und setze sie auf meinen Schoß, auch wenn sie dafür schon viel zu alt und zu groß ist. »Du und ich und Tante Kath werden immer ein Team sein, wir werden einander immer lieben und immer eine Mädelstruppe sein, aber es ist nett, wenn auch andere Menschen dabei sein und Spaß haben dürfen. Derek ist gestorben und wartet im Himmel auf Kath. Bis dahin darf Kath eine schöne Zeit mit Colin haben, ja? Du musst aufhören, dich so zu benehmen. Du bist acht, ein großes Mädchen, und dieses Verhalten ist nicht akzeptabel. Ich liebe dich, Kath liebt dich, aber so etwas darf nicht wieder passieren.«

Nach diesem Ausbruch wusste ich, dass wir etwas tun mussten. Sie hat sich zwar entschuldigt und Kath umarmt, aber so weit waren wir schon, und ich weiß, wie Lyla tickt – manchmal reicht einfaches Reden nicht, sie muss etwas sehen, um es wirklich akzeptieren zu können. Dieses Mal habe ich einen Plan.

An einem kalten Nachmittag Ende November kaufen wir bei Dovington's einen kleinen Stechpalmenkranz mit Beeren und goldenen Styroporglocken, die mit der Heißklebepistole daran befestigt wurden (Lylas Wahl, nicht meine). Dann fahren wir zum Stadtrand, wo sich der Friedhof befindet. Hierher komme ich selten und nie gern. Friedhöfe sind seltsame Orte – alles ist so ruhig und entspannt, aber nicht fröhlich. Nicht wie ein Park, in dem einem sofort leichter zumute wird und trotzdem alles friedlich und ruhig ist, man die Natur riecht und die zwitschernden Vögel hört.

Ich stelle den Wagen am Rand eines der schmalen Wege ab, die durch das Gelände führen, und öffne Lylas Tür. Mit dem Kranz in der Hand klettert sie ins Freie.

»Also, wo war er noch mal?«, sage ich freundlich, um die Stille zu füllen, während wir die Grabsteine in verschiedenen Stadien des Alters und des Verfalls absuchen.

Lyla klammert sich an meiner Hand fest – sehr ungewöhnlich für sie – und antwortet nicht. Ich habe sie bisher nie auf den Friedhof mitgenommen, und wenig überraschend fühlt sie sich nicht wohl. Aber ich weiß, dass wir zusammen einen Weg finden müssen, um damit klarzukommen.

Wir gehen ein paar Hundert Meter, bis mir einfällt, dass sein Grab bei dem Laternenpfahl ist, an dem wir gerade vorbeigelaufen sind.

»Schau, da ist er«, sage ich leise und bleibe stehen. Lyla drängt sich noch dichter an mich. Schweigend stehen wir kurz da, bevor ich leichte Schritte auf dem Gras höre. Ich drehe mich um und sehe, wie Kath mit einem Weihnachtsstern in den Händen auf uns zukommt. Lyla sieht zu ihr, sagt jedoch nichts.

»Hallo«, begrüße ich Kath und umarme sie fest mit meinem freien Arm, weil Lyla mich nicht loslassen will.

»Hallo, ihr Lieben«, antwortet Kath, erwidert die Umarmung und bückt sich dann zu Lyla, um sie ebenfalls an sich zu drücken.

Trotz des feuchten und kalten Bodens kniet sie sich ins Gras und stellt sorgfältig die kleine Pflanze mit den roten Blättern an den Grabstein. Dann sieht sie zu Lyla.

»Das hier ist einer meiner liebsten Orte, Lyla. Hierher komme ich, wenn ich in Ruhe an Derek denken möchte. Unter uns ruht Dereks Körper. Ich habe dafür gesorgt, dass er seinen besten Anzug trägt, den von unserer Hochzeit, und ich habe auch Fotos von mir hineingesteckt. Außerdem ein Paar weißer Spitzenhandschuhe, die ich auf einer Kreuzfahrt getragen habe, die wir unternommen haben, nachdem wir wussten, dass er uns bald verlassen würde«, erzählt Kath so sanft und leise, dass ich mich zu ihr beugen muss.

»Ist es Derek nicht zu kalt und nass in der Erde?«, fragt Lyla pragmatisch.

»Dereks Körper ist in der Erde, Liebes. Ein Mensch besteht aus zwei Dingen. Einem Körper und einer Seele. Dein Körper ist wie eine Maschine. Sie ermöglicht dir zu rennen und zu spielen, zu essen, zu lachen, zu sprechen und etwas anzufassen. Darin befindet sich allerdings deine Seele. Sie ist der perfekteste, einzigartigste, fantastischste Teil von dir. Sie enthält all deine Liebe, deine Erinnerungen, deine Freundlichkeit … Sie macht dich aus. Ohne deine Seele wärst du nur die Maschine, aber mit ihr bist du ein Mensch. Derek war ein wunderbarer Mensch. Seine Seele war das Gegenstück zu meiner. Wir haben perfekt zueinandergepasst, und er hat mich jeden Tag glücklich gemacht. Er konnte mich mehr zum Lachen bringen als jeder andere Mensch auf der Welt, er hat sich zärtlicher und lieber um mich gekümmert als jeder Mensch, den ich je gekannt habe, durch ihn habe ich mich mutig und abenteuerlustig gefühlt und als ob ich das Wichtigste auf der Welt für ihn wäre. Als Derek starb, vor deiner Geburt, haben wir seinen Körper hier in der Erde begraben, weil er ihn nicht mehr brauchte und weil er es auch so wollte, damit wir immer einen Ort haben, an dem wir mit ihm reden können. Aber Dereks Seele ist nicht hier. Eine Seele kann man nicht begraben. Sie lebt im Himmel.«

»Wo ist dann der Himmel?«, fragt Lyla.

»Bis wir es sicher wissen – weil wir selbst dort sind –, ist er überall dort, wo du ihn haben möchtest. Ich glaube, der Himmel ist in allem um mich herum, das mir Freude macht, denn so war es mit Derek: Er hat mich so glücklich gemacht. Wenn ich mich so fühle – manchmal sehr, manchmal nur ein bisschen –, denke ich an Derek. Ich denke an ihn, wie er lächelt und nickt, mich daran erinnert, dass er hier ist und möchte, dass ich einen schönen Tag habe und jeden Moment des Lebens so genieße, wie er es immer getan hat. Derek hatte kein trauriges Leben, Lyla, er hat es voll ausgekostet. Es wäre sehr schade, wenn er glauben müsste, dass ich nicht genauso weiterlebe. Vergiss also nicht, dass ich immer voller Liebe an Derek denke, egal, was ich mache, und wenn auch meine Zeit gekommen und mein Körper in der Erde ist, wird meine Seele seine finden. Es wird ein einziges Feuerwerk der Freude sein, wenn es passiert. Kannst du dir das vorstellen?«

Lyla denkt angestrengt nach.

»Mmmhmm.« Sie nickt. »Also, wenn ein Mensch stirbt, ist seine Seele die ganze Zeit um einen herum, wie Luft?«

»So in der Art«, antwortet Kath und steht leise stöhnend auf, wie jemand, dessen Knie oder Rücken schmerzhaft protestieren. »Wenn die Sonne untergeht und sich die Wolken golden und rosa gefärbt haben, lächele ich manchmal, einfach nur, weil es so schön ist, und denke: *Das ist pure Freude; so erinnert Derek mich an ihn.* Manchmal ist man völlig in etwas vertieft, und dann spürt man eine Wärme im Herzen und denkt an den Menschen, den man verloren hat. Ich stelle mir vor, dass dieser Mensch dann Hallo sagt und einen erinnert, dass er immer bei einem ist, einen mit seiner Liebe und Fürsorge umgibt und zusieht, wie man sein Leben lebt, bis man sich zu ihm gesellt.«

Ich denke an das Kind, das ich verloren habe, und frage mich, ob seine Seele auch hier ist, mich mit der Liebe und Fürsorge umgibt, die ich ihm nie geben konnte. Eine Träne läuft mir über die Wange. Kath bemerkt es, schließt kurz die Augen und nimmt meine Hand.

»Du siehst, die Menschen, die uns verlassen haben, warten einfach auf uns. Wir müssen nicht jeden Tag traurig und niedergeschlagen sein, weil sie gestorben sind. Wir sollen jeden Tag so glücklich verleben wie möglich, damit wir, wenn wir sie irgendwann wiedersehen, sagen können: ›Ich habe das Leben voll ausgekostet, wie du es wolltest.‹ Dann setzen wir uns mit ihnen in eine herrliche himmlische Konditorei und erzählen ihnen all die wunderbaren Abenteuer, die wir in der Zwischenzeit erlebt haben!«

»Ja!«, sagt Lyla triumphierend. »Und du erlebst neue Abenteuer mit Colin, nicht wahr?«

»Genau, Liebes.«

»Aber du wirst Derek immer lieben?« Ganz sicher ist sich Lyla noch nicht.

»Definitiv!«, bestätigt Kath fest.

»Und mich?«

»Aber natürlich.«

»Und Mummy?«

»Euch beide. Über alles.« Sie spricht nicht mehr so ernst, sondern ruft die letzten Worte geradezu.

Und mit diesem sehr emotionalen, aber deutlichen Durchbruch gehen wir den gewundenen Weg entlang zurück zu unseren Autos und umarmen uns lange, bis Lyla irgendwann sagt: »Hey, Mummy, Kath! Ihr erdrückt mich ja!« Dann fahren wir nach Hause, um einen Nachmittag mit geliebten Klassikern zu verbringen – Spaghetti bolognese und schlechte Vlogs auf YouTube. Herrlich.

Kath hat recht. Derek würde wollen, dass sie ihr Leben so glücklich wie möglich lebt, und genau das werde ich auch tun. Ich möchte, dass Edward Teil meines Lebens ist. Vielleicht bin ich noch nicht bereit, mich auf eine richtige Beziehung einzulassen, aber er hat mich glücklich gemacht, und das wird mir jetzt klar.

Ich beiße in den sauren Apfel und rufe ihn über FaceTime an, ohne Nachricht als Vorwarnung oder langes Zögern. Ich bürste mir nur ein wenig die Haare mit den Fingern, wische etwas Mascara unter den Augen weg und tippe auf »Anruf«. Hashtag #mutig.

Ausdruckslos starre ich auf mein Gesicht auf dem Videoschirm und warte, dass er antwortet. Es ist schon recht spät hier, bei ihm also mitten am Tag, und die Chancen stehen gar nicht schlecht, dass er Zeit hat.

»Heeey!« Edwards Gesicht und Stimme füllen das Display.

»Selber hey! Ich dachte, ich melde mich und sage, nun ja, ›hey‹, haha«, antworte ich leicht angespannt. Vielleicht hätte ich doch vorher ein wenig proben sollen.

»Oh, cool. Hey, haha!« Edward klingt noch angespannter als ich. Gott, das wird ja immer schlimmer.

»Also, wie läuft es so?«

»Du, total super. Wir vergrößern das Unternehmen, mein Job erweitert sich also auch, was toll ist. Wir kaufen mehr Läden, suchen nach neuen Händlern, es ist wirklich super.«

»Super!« Das hätten wir jetzt wohl geklärt – absolut alles ist *super.*

»Und wie läuft es bei dir? Noch mehr Modeschauen in nächster Zeit?«

»Nein, im Moment nicht. Wir haben nur die ganz normalen Aufträge, und nächsten Sommer stehen die Dreharbeiten zu dem Film-Franchise an. Du erinnerst dich, was wir letztes Jahr in New York gewonnen haben? Also, die Aufnahmen beginnen nächstes

Jahr, aber in Großbritannien, das wird uns ganz schön beschäftigen, denke ich …« Ich verstumme. Seit wann reden wir nur über die Arbeit?

»Oh, klasse«, sagt er mit seinem britischen Akzent und diesem Lächeln. Ich mag dieses Lächeln.

»Also, ich habe mich gefragt, ob du in nächster Zeit mal wieder in England bist. Ich würde gern was mit dir machen«, wage ich mich vor.

»Nun, erst mal nicht, aber ich gebe dir Bescheid, wenn ich wieder mal bei euch drüben bin.«

»Du hast gesagt, an Weihnachten wolltest du kommen. Um deine Eltern zu besuchen?«, sage ich hoffnungsvoll.

»Ja, keine Ahnung … So weit voraus habe ich noch nicht geplant«, antwortet er vage.

Ich gebe auf. Er will nicht weiter darüber reden, und ich klinge langsam etwas verzweifelt. Das hier ist nicht mein bestmögliches Leben, sondern das Leben einer traurigen Gestalt, die Sonntagabend um neun am Handy hängt und versucht, einen Typen zurückzugewinnen, der etwas von mir wollte, den ich aber zurückgestoßen habe. Mir reicht's, ich gehe ins Bett.

»Na dann, melde dich, wenn du hier bist und was unternehmen willst, weil wir bestimmt was Schönes machen könnten, aber kein Problem, wenn nicht!«, sage ich mit meiner bewährten gespielt fröhlichen Stimme, die sonst nur Lyla zu hören bekommt.

»Mach ich!«

Dann verabschieden wir uns und legen auf.

Ich bin mir nicht sicher, ob Derek das »das Leben auskosten« nennen würde.

SIEBENUNDDREISSIG

Dezember

Die Woche vor meinem dreißigsten Geburtstag sprudelt Lacey geradezu über vor Begeisterung wegen meiner Party. Ich habe ihr gesagt, sie soll sich nicht so anstrengen, immerhin ist sie jetzt im siebten Monat schwanger, und außerdem habe ich insgeheim ein wenig Angst, dass ich nicht genug Freunde oder Energie für eine richtige Party habe. Vielleicht ein paar Drinks in einer netten Bar, aber eine Feier allein für mich ist irgendwie zu viel Trubel, und ich weiß nicht, ob das zu mir passt.

Lacey versichert mir, dass sie großen Spaß hat, dass es klein und fein und überhaupt nicht übertrieben sein wird. Sie hat mir geschworen, dass sie keine Stripper organisiert, und auch keine bösen Alkoholmischungen in großen Schüsseln oder semi-witzige Partyspiele mit Ballons zwischen den Knien, aber ich kann mir bei ihr nicht sicher sein. Schließlich hat sie auch meinen einundzwanzigsten Geburtstag organisiert, und all diese drei Sachen gab es bei der Feier, außerdem habe ich Simon noch um zwei Uhr morgens auf die Schuhe gekotzt, und er war so wütend, dass er den ganzen nächsten Tag kein Wort mit mir gesprochen hat. Ach ja, so schöne Erinnerungen.

Meine einzige Anweisung ist: »Komm um halb acht zu Dovington's, und von dort aus geht es weiter.« Kath nimmt Lyla über Nacht zu sich, mehr weiß ich nicht.

Mein Geburtstag ist ein Sonntag, die Party findet am Samstagabend statt, weshalb ich den Tag entspannt verbringen kann. Kath holt Lyla um elf Uhr morgens ab, um so tolle Sachen wie Lavendelblumenkronen mit ihr zu machen, und ich gehe ins Fitnessstudio. Krass, nicht wahr? Ich werde so gesund in meinen Dreißigern sein. Ich werde meinen Körper wie ein Heiligtum behandeln und meine Core-Muskeln trainieren und achtsam sein. Wahrscheinlich werde ich mich sogar vegan ernähren und Minimalistin werden.

Im Fitnessstudio ist allerdings viel los, und ich beschließe, nur die »Powerviertelstunde« auf dem Rad zu absolvieren. Man soll sich beim ersten Mal schließlich auch nicht überanstrengen. Die Sauna und das Dampfbad sind leerer, und meiner sachkundigen Meinung nach tue ich hier etwas für meinen Geist. Ich bin ruhig und gesammelt und reflektiert und schwitze die ganzen Fettdepots heraus. Die Zeit habe ich wirklich optimal genützt. Nächste Woche mache ich das wieder.

Zu Hause fühle ich mich gelassen und voller Energie. Ich bin eine Göttin. Eine neunundzwanzigjährige Göttin mit einem reizenden Zuhause, einer wunderschönen Tochter und vier guten Freundinnen. Ich habe alles im Griff. Es ist erst zwei Uhr nachmittags, weshalb ich mir Gabelspaghetti auf Toast mache und ein bisschen Fernsehen schaue wie alle erfolgreichen neunundzwanzigjährigen Göttinnen.

Okay, mein Kleiderschrank quillt über, aber ich habe trotzdem nichts anzuziehen. Nichts, was irgendwie schicker wäre jedenfalls. Ich weiß das schon immer, aber ich dachte, ich hätte wenigstens ein paar hübsche Sachen. Offensichtlich nicht. Alles scheint entweder aus Jeansstoff zu sein, Baumwolle oder für den Sommer. Lacey hat mir gesagt, ich solle mich »aufhübschen«. Wir gehen also wahrscheinlich nicht nur ins Pub.

Warum habe ich nie in ein paar Cocktailkleider für den Winter investiert? Das schreibe ich sofort auf meine Liste der Dinge, die ich in meinen Dreißigern machen will (zu Sport, Veganismus und Minimalismus. Eine Minimalistin mit einer Notfallauswahl an Wintercocktailkleidern).

Einen Moment denke ich über das Seidenmuschelkleid von Lylas Geburtstag nach, das ich mit Strumpfhosen, High Heels und einem Blazer aufpeppen könnte, aber es sieht lächerlich aus. Nach »Mum hat angestrengt nachgedacht«, und das will ich garantiert nicht. Ich schiebe die Kleiderbügel hin und her, bis mir eine alte, zerknitterte Plastiktüte an der Schrankwand auffällt und ich sie heraushole. Darin liegen der Rock und das Top, die ich an dem verhängnisvollen Abend auf dem OXO Tower mit Theo getragen habe. Ich habe ganz vergessen, wie schön der Rock ist – Schichten aus schwarzer Spitze und Tüll, in die kleine Sterne mit Goldfäden eingenäht sind und die man erst richtig sieht, wenn das Licht darauf fällt und sie glitzern wie die Sterne am Himmel – und wie unglaublich ich mich darin gefühlt habe. Also, zumindest bei der Ankunft. Als ich ging, mit heißem Wachs auf den Rückseiten meiner Unterschenkel (fragt nicht) und gebrochenem Herzen, habe ich mich nicht mehr so unglaublich gefühlt.

Ich ziehe ihn an und schaue in den Spiegel. Er schmeichelt so. Und es ist nicht die Schuld des Rocks und des Oberteils, dass Theo mich nicht wollte. Es ist auch nicht meine Schuld. Ich wäre nie das gewesen, was er wollte, wen er wollte. Der Rock verdient es nicht, zerknüllt auf dem Boden eines Schranks dahinzuvegetieren, der Rock verdient es, das Leben zu genießen und sich schön zu fühlen, ob ein Mann das wertschätzt oder nicht. So, damit wäre das geklärt.

Mein Lieblingsteil beim Aufhübschen ist, natürlich, das Schminken. Ich verbringe so viel Zeit damit, das Make-up anderer Menschen zu planen, zu organisieren und aufzutragen, dass ich kaum etwas für mein eigenes Gesicht mache. Heute widme ich mich aber ganz mir selbst, und ich sitze fröhlich eine Stunde am Schminktisch und schaue Vlogs auf dem Handy, während ich eine ordentliche Grundierung auftrage, die Haut zum Leuchten bringe, sorgfältig die Augenbrauen forme und die Mandelform meiner braunen Augen mit wunderschön schimmerndem und gekonnt aufgetragenem Lidschatten betone. Man wird nur einmal dreißig, weshalb ich noch einmal zwanzig Minuten damit verbringe, einzelne Wimpern anzukleben, damit ich später eindrucksvoll damit flattern kann. Als ich tiefroten Lippenstift aufgelegt habe, fühle ich mich umwerfend. Absolut umwerfend.

Nachdem ich eine durch und durch moderne Frau bin, nutze ich die Gelegenheit voll aus und mache mindestens sechshundert Selfies, da es ein Verbrechen wäre, diesen Look nicht zu dokumentieren. Das beste Bild schicke ich Lacey.

Bin so aufgeregt!!!! 🥂

Ich auch!!! 🎉

Soll ich mit dem Taxi zu dir kommen, oder sollen wir uns gleich in der Stadt treffen – was ist dir lieber?

Dovington's ist ein komischer Treffpunkt, wenn wir danach noch weiterziehen wollen. Laceys Antwort kommt umgehend.

Nein, komm zum Laden, dein Geschenk ist im Hinterraum … ups!

Ach, du Liebe, ich erwarte doch gar keine Geschenke! Ein schöner Abend reicht mir. Ein bisschen Spaß! Vielleicht lasse ich es sogar krachen und flirte mit den besten Junggesellen, die Cambridge zu bieten hat, haha. 😘

Du bist ja auch eine Wilde!

Da ich früh fertig bin, rufe ich Kath an, ob mit Lyla alles in Ordnung ist und sie nicht wieder wegen Derek und Colin ausflippt. Im Hintergrund höre ich Musik, und Kath versichert mir, dass Lyla viel Spaß dabei hat, Blumenkronen für alle zu basteln und zu »dieser ganzen modernen Musik« zu tanzen. »Alle« sind wahrscheinlich die Wahnsinnigen aus dem Cupcakes-und-Häkel-Club, der sich morgen Nachmittag im Gemeindesaal der Kirche mit Wollknäueln trifft und auf deren Dauerwellen entzückende Lavendelkränze sitzen werden. Kath ist so großartig.

ACHTUNDDREISSIG

Nachdem ich noch ein wenig Highlighter und Lipgloss aufgetupft habe, sehe ich aus dem Fenster, ob das Taxi schon da ist. Langsam wird es knapp, und es hat leicht angefangen zu schneien. Normalerweise denke ich bei Schnee stöhnend an Verkehrschaos und geschlossene Schulen, aber jetzt, in diesem Moment, in meinem wieder zum Leben erweckten Rock, in dem ich mich so gut fühle, ist es einfach nur magisch. Der Himmel scheint mir auch zum Geburtstag zu gratulieren und mich mit weißem, frostigem Konfetti zu bewerfen.

Natürlich, ich bin eine Stunde zu früh angezogen und fertig, und das Taxi kommt zwanzig Minuten zu spät. Als wir endlich vor dem Blumenladen halten, bin ich etwas erschöpft und habe diverse Entschuldigungsnachrichten an Lacey geschickt (die sagt, dass alles in Ordnung ist und sie einfach vor dem Geschäft auf mich wartet). Ich steige aus, sieben Pfund ärmer und ohne Entschuldigung wegen der Verspätung vom Trödeltaxifahrer.

»Robin! Da bist du ja!«, ertönt Laceys vertraute Stimme. Sie sieht aus wie eine Vision, wie sie vor dem Haus in einem beerenroten Maxikleid steht, das entzückend über ihren Babybauch fällt und ihr Haar wie Gold glänzen lässt. Ich stopfe das Wechselgeld in meine Clutch, und da trifft es mich wie der Schlag.

Dovington's ist verschwunden. Nun, natürlich ist der Laden noch da, aber er sieht ganz anders aus. Kein Blumengeschäft mit ein paar Plakaten im Fenster. Es ist atemberaubend. Die Poster sind weg, ebenso wie die großen ein Meter hohen Vasen mit den Sträußen, die sonst im Fenster stehen. Die Regale und Schränke, die normalerweise unter dem Gewicht der Sukkulenten, Geschenkartikel und Blumenarrangements ächzen, sind an die Wand geschoben. Der auf einmal so viel größer wirkende Raum wird von Lichterketten in warmes Licht getaucht. Sie verlaufen kreuz und quer über die Decke und ergießen sich die Wände hinunter, und der ganze Laden sieht aus wie aus einem Märchen. Zwischen den Strängen hängen Papierpompons von der Decke, viel kleinere, als wir sie für den Muttertag gebastelt haben, in Rot, Gold, Moos und Lila. In den Ecken des Raums stehen Wintersträuße mit Eukalyptus, dunkelroten Rosen, mit Glitzer besprühten Zweigen und Lavendel. Natürlich, Kath hatte hier sicher ihre Hände im Spiel.

»Lacey, ich weiß nicht, was ich sagen soll – du musst ja Tage dafür gebraucht haben!«, stottere ich, während ich noch auf der Straße stehe.

»Nein, alle haben mitgeholfen!« Sie strahlt und legt zärtlich eine Hand auf ihren Bauch.

»Du hättest dir nicht so viel Mühe machen sollen – nicht in deinem Zustand. Du sollst dich doch ausruhen.« Mit Tränen in den Augen gehe ich zu ihr und nehme ihre Hände.

»Ich habe dir doch gesagt, das war ich nicht allein. Kath, Colin, Mum, Dad, Karl und deine schicken Mütterfreundinnen haben alle mitgeholfen! Sogar diese Skye aus deiner Arbeit hat mich angeschrieben, dass sie uns alle gern schminken würde, bevor du kommst, wenn wir wollen«, erzählt sie, lässt die Wimpern flattern und zeigt ein wenig holografischen Glitzer im Augenwinkel.

»O mein Gott, ich weiß wirklich nicht, was ich sagen soll, ich bin total sprachlos«, sprudele ich hervor und versuche angestrengt, nicht zu weinen.

»Dann sag einfach nichts, gehen wir lieber hinein – es ist eiskalt hier draußen!« Sie hakt sich bei mir ein, geht zur Tür, stößt sie auf, und als uns die warme Luft entgegenschlägt, strömen Menschen aus dem Hinterraum und rufen: »Überraschung!«

»O mein Gott!«, rufe ich und schlage die Hände vors Gesicht.

»Du glaubst doch nicht, dass ich halbe Sachen mache, was?«, sagt Lacey und umarmt mich als Erste.

Plötzlich ist der Laden voller Menschen, die alle lächeln und mich umarmen, mir alles Gute zum Geburtstag wünschen und sagen, wie schön ich aussehe, und noch viele andere liebe Dinge. Da sind Gillian und Finola mit ihren Männern, außerdem Karl, Tina und Michael (Laceys Eltern), Natalie und Martin, Skye und der Muskelprotz Neil (der etwas mürrisch dreinschaut, aber ich lasse es ihm durchgehen), und da, in der Menge, stehen Terri und – Piper!

»Piper!«, kreische ich und schieße auf sie zu, um sie zu umarmen. »Du bist nicht in New York!«

»Nein, ich hatte sowieso Unmengen Urlaub angesammelt für Weihnachten, deshalb bin ich einfach ein paar Tage früher gekommen.«

»Oh, ich bin so froh, dass du hier bist. Ich habe dich vermisst!«

»Ich dich auch! Lass uns über Weihnachten was machen, ich will es auf dieser Seite des großen Teichs richtig krachen lassen.«

»Definitiv!«, antworte ich aufgeregt. Ein Gefühl, das mir schon lange gefehlt hat.

Mir ist ganz schwindelig vor Leuten und Musik und auch dem Glas Champagner, das ich plötzlich in der Hand halte, sodass ich das »Muuuummmyy!« erst nach einem Moment höre. Lyla drängt sich durch die Menge zu mir.

»Bluebird! Ich wusste nicht, dass du hier sein würdest.« Ich nehme sie in den Arm und denke, wie perfekt sie doch ist. Sie trägt ein Kleid in hellem Moosgrün, dessen Manschetten sowie der Saum mit lila Spitze besetzt sind, ebenso wie der Halsausschnitt. Um ihre Taille verläuft ein Spitzengürtel mit kleinen Perlen. »Woher hast du denn das Kleid?«, frage ich, entzückt, wie hübsch es ist.

»Das hat Tante Kath für mich gemacht! Wir haben deine Party dekoriert. Ich habe im Hinterzimmer mit Kath Blumenkronen gebastelt, und Colin hat die ganzen Lichter aufgehängt. Es war ein großes Geheimnis, Mummy.«

»Hat dir schon mal jemand gesagt, dass du die Beste bist, Lyla Blue?« Ich drücke sie noch fester an mich.

»Ich weiß! Willst du eine Krone? Sie sind aus Eukalyptus, Lavendel und Beeren, und dann habe ich alle so angesprüht, dass sie wie Frost aussehen!«, erzählt sie und springt aufgeregt auf und ab, weil sie mir jetzt, da ich sie aus meiner superfesten Umarmung entlassen habe, alles zeigen will.

»Nichts will ich lieber. Los, hol sie«, sage ich und sehe ihr nach, wie sie ins Hinterzimmer rennt. Kath kommt mit Colin auf mich zu.

»Ihr habt all das geschaffen. Es ist wundervoll!« Ich umarme beide.

»Du verdienst es, Liebes. Das Jahr war ganz schön hart«, sagt mir Kath ins Ohr.

»Alles Gute zum Geburtstag!« Colin stößt mit mir an, als Lyla mit etwa zehn wunderschönen Kronen zurückkommt, die an ihren Armen hängen.

»Wow! So viele!«, sage ich, nehme eine und setze sie vorsichtig auf.

»Ja, genug für alle Damen! Ich fand, die Männer könnten auch welche haben, aber Colin hat gesagt, die Damen sind die wahren Prinzessinnen heute und sollen die Kronen bekommen.«

»Ah, das war aber sehr nett von ihm.« Sie wirft ihm weder einen bösen Blick zu noch verkündet sie, wie sehr sie ihn verabscheut.

Nachdem Lyla mir mindestens viermal genau gezeigt hat, was sie alles gebastelt hat, lasse ich sie an Kaths Hand zurück und bahne mir einen Weg zu Finola, Edgar, Gillian und Paul, die mit gefüllten Gläsern bei einer Wand mit Fotos stehen.

Bevor ich erkennen kann, was auf den Bildern zu sehen ist (oder vielleicht will ich das auch gar nicht, da ich die leise Befürchtung habe, dass Lacey alle albernen Fotos ausgestellt hat, die sie seit Jahren gemacht und aufgehoben hat), bleibt mir der Mund bei Finolas Anblick offen stehen.

»Finola, du siehst umwerfend aus!«, sage ich, berühre sie am Ellbogen und küsse die Luft neben ihren Wangen.

»Nun, meine Liebe, ich habe mir eine Scheibe von eurem Glamour abgeschnitten und mir ein bisschen Mühe gegeben«, antwortet sie nüchtern.

»Ach was! Ich bin ganz bestimmt nicht oft glamourös!«, meine ich lachend.

»Alles, was nicht Pferdemist oder Vaseline ist, ist für mich Glamour. Ich habe daheim in die Hände gespuckt und es mal versucht, aber das ist wohl nicht so mein Ding, und ich sollte wohl besser bei den Pferden bleiben«, sagt sie treuherzig.

Ich bin regelrecht gerührt und strahle sie an.

»Dann hat mich deine Freundin Lacey angeschrieben und gesagt, dass der nette blonde Feger aus deiner Arbeit angeboten hat, sich mit ihrem Make-up-Kit an uns auszutoben, und sie hat mich richtig schön hergerichtet, nicht wahr, Edgar?«

»Das hat sie, Liebling. Du siehst sehr gut aus«, erwidert ihr Mann ausdruckslos, doch Finola scheint zu erröten. Ich lächele, weil sie so hübsch aussieht und weil Skye so nett zu ihr war. Unter ihrer ganzen Überheblichkeit ist sie in Ordnung (Skye, meine ich. Bei Finola wissen wir, dass sie ein guter Kerl ist).

»Wir sollten jetzt mal diese Wand hier bewundern, meint ihr nicht?«, unterbricht uns Gillian mit einem schelmischen Funkeln in den Augen.

»Oje, ich befürchte das Schlimmste«, sage ich und trete näher an die Bilder heran, um sie mir genauer anzusehen.

Im (zum Glück) gedämpften Schein der Lichterketten betrachten wir jedes Foto, und ich muss gleichzeitig lachen und krümme mich innerlich. Alle Klassiker sind vertreten: Lacey und ich auf dem Wandertag während einer Hitzewelle, wie wir die T-Shirts hochgerollt haben; ein Foto von mir als Sporty Spice, Lacey als Baby Spice und drei unserer alten Klassenkameradinnen als die anderen; ein paar, die Laceys Mutter gemacht haben musste, als wir acht oder neun waren und im Garten Brautjungfernkleider mit Puffärmeln trugen, um den Erwachsenen etwas vorzuführen. Auf den Bildern kann man uns beim Älterwerden zusehen. Die giftgrüne Bowleschüssel zu meinem einundzwanzigsten Geburtstag, aus der wir alle mit riesigen Strohhalmen trinken; ein scheußlicher unscharfer Schnappschuss, wie ich Simon während der Uni in einem Club küsse (ich weiß nicht, warum Lacey das aufgehängt hat, vielleicht um mich an die guten Zeiten zu erinnern?); wie ich Lyla einen Tag nach ihrer Geburt im Krankenhaus halte; Lacey, Piper und ich am Tag des Einzugs in das alte Haus meiner Großmutter. Wir stehen inmitten von Umzugskisten, aber halten Becher mit Wein in die Höhe. Und dann sind da noch viele schöne neuere Bilder von mir, die ich auf Instagram hochgeladen habe, oft zusammen mit Lyla.

»Das sieht doch nach einem tollen Leben aus, Robin«, sagt Karl, als er vorbeigeht und sieht, wie ich mich über die Bilder freue.

»Auf jeden Fall. Du hast Glück, eine Frau wie Lacey zu haben. Ich kann nicht fassen, dass sie das alles hier gemacht hat!« Ich bin schon wieder den Tränen nahe.

»Du hast noch längst nicht alles gesehen«, meint er zwinkernd und macht sich auf die Suche nach seiner geliebten schwangeren Frau.

»O bitte, es kommt doch kein Stripper, oder?«, frage ich Gillian aus dem Mundwinkel heraus. »Sie hat es mir versprochen, keine Stripper.«

»Auch wenn das etwas enttäuschend ist, das hat er sicher nicht gemeint. Hast du denn schon deinen Kuchen und das Erinnerungsglas gesehen?« Sie führt mich in den hinteren Bereich des Verkaufsraums, wo normalerweise die Kasse auf einem großen alten Tisch steht.

Wir gehen an Tina und Michael vorbei, die angeregt mit Natalie und Martin über ihre Reisen reden, und bleiben bei dem Tisch stehen.

»Verdammt! Ist das schön«, sage ich, nach Luft schnappend.

»Deine Tante hat ihn gebacken, und Lacey hat ihn dekoriert«, erklärt Gillian und berührt leicht mit der Hand die Seite des Kuchens.

Auf den ersten Blick ist es nur ein einfacher runder Biskuitkuchen mit Blumen am unteren Rand, doch je näher man ihn betrachtet, desto mehr Details entdeckt man. Der Biskuit selbst ist hauchzart glasiert, sodass man immer noch die weiche, kissenartige Konsistenz erkennen kann, doch je nachdem, wie das Licht darauf fällt, schillert der Kuchen in allen Farben. Die Blumen sind dieselben, die sich auch in den Kronen und im ganzen Raum wiederfinden, Eukalyptus, dunkelrote Rosen, Lavendel und ein Hauch Schleierkraut, doch dazwischen sind sorgfältig Edelsteine eingearbeitet, die nach Perlen, Opalen und Diamanten aussehen und die das Licht einfangen und zurückwerfen. Aus der Oberfläche ragt in etwa zehn Zentimetern Höhe eine goldene Dreißig, die mit den Edelsteinen um die Wette funkelt. Das Ganze ist viel zu schön, um gegessen zu werden.

»Die beiden sollten so was verkaufen! Das ist schöner als jede Hochzeitstorte, die ich je gesehen habe«, sage ich und spüre, wie mir der Alkohol etwas zu Kopf steigt. Wer gießt mir eigentlich ständig nach?

»Und Lacey hat ein Erinnerungsglas für dich organisiert! Ist das nicht reizend?«, bemerkt Gillian.

»Oh, ein Glas, das ich mit Erinnerungen füllen soll?«, frage ich. Der Alkohol schlägt jetzt voll zu.

»Nein, Dummerchen, wir schreiben unsere liebsten Erinnerungen an dich auf ein Stück Papier und legen es hinein«, erklärt sie lachend und nimmt ein kleines Quadrat aus dunkellila Papier in die Hand, das neben einem zweiten Vorratsglas liegt, in dem Gelstifte in Gold stehen. »Es ist ein Andenken, das du dir mit Lyla ansehen kannst oder in den nächsten Jahren.«

»Wenn das für die ganze Familie bestimmt ist, kann ich aber nicht alle meine liebsten Erinnerungen an Robin Wilde aufschreiben«, ertönt da plötzlich eine tiefe Stimme hinter mir.

Wie bitte? Er hier? Bei Dovington's? In England?

Ich drehe mich um.

»Edward?« Ich starre ihn mit offenem Mund an wie eine Bauchrednerpuppe.

»Hallo«, sagt er leise, nimmt meine Hände und zieht mich für eine kurze Umarmung an sich. Mir ist undeutlich bewusst, dass sich ein paar Leute neugierig umgedreht haben, doch das ist mir egal.

»Hallo«, antworte ich an seinem Hals. Ich bin immer noch überwältigt. Irgendeiner von uns muss dringend etwas anderes sagen.

»Ich habe dir ein Geschenk mitgebracht.« Edward tritt einen Schritt zurück und holt etwas aus seinem Jackett.

Wortlos nehme ich den Gegenstand entgegen, wickele das Goldband und das schwarze, glänzende Papier ab (entweder ist Edward ein Meister im Geschenkeeinpacken, oder hier war ein Kaufhausangestellter am Werk) und halte das edelste Notizbuch in Händen, das ich je besessen habe. Das ist kein Heft für ein Pfund neunundvierzig von WHSmith, wie ich sie sonst für meine Gedanken und Ideen verwende. Oder wie das, das ich letztes Jahr in meiner Kiste voller Erinnerungen und Krimskrams gefunden habe. Wie schön, dass er noch weiß, wie ich davon erzählt habe. Der Einband ist aus butterweichem Leder und dunkelblau, und auf dem Rücken steht »Robin Wilde« in Gold geprägt. Ich streiche mit dem Finger über meinen Namen und sehe zu Edward auf.

Er wirkt genauso gerührt wie ich.

»Ich habe dir so oft geschrieben«, bringe ich mühsam heraus.

»Ich weiß. Ich wusste nicht, was ich antworten sollte. Ich wollte so viel sagen, aber nicht verletzt werden.«

»Es tut mir leid, dass ich dich verletzt habe.«

»Ich bin verrückt nach dir, Robin. Ich denke die ganze Zeit an dich. Ich weiß, dass es ein hartes Jahr war, und ich weiß, dass es … nicht immer leicht war, aber ich glaube, wir sind es wert. Ich meine, ich hoffe es. Sonst stehe ich gerade in einem verrückten Blumenladen bei deiner irren Freundin Lacey, die irgendwie meine Nummer in der Arbeit herausgefunden und mich genervt hat, bis ich nachgegeben habe und …«

»Ich bin dabei.«

»Was?«

»Du musst mich nicht überzeugen. Ich habe keine Angst. Ich will sehen, wie es weitergeht.«

Wow, ist das romantisch. Die Lichterketten, das Notizbuch, der Mann, meine engsten Freundinnen, die so tun, als würden sie nicht zuhören, sich aber die Hälse verrenken, um ja nichts zu verpassen.

»Mummy? Wer ist der fremde Mann?« Lyla hüpft zu uns und zerstört jede romantische Filmstimmung. Ich bekomme Panik. Sie hat Edward nie kennengelernt. Ist das die falsche Art, ihn ihr vorzustellen? Wir haben gerade so den Zwischenfall mit der rosa Schlange aus der MatchMe-App von vor zwei Jahren überstanden – ich will ihr nicht noch mehr seelische Schäden zufügen.

»Das ist Edward, ein Freund von Mummy«, schaltet sich Lacey ein, kommt zu uns und umarmt Edward. Die beiden kennen sich offensichtlich bereits. Sie wirft mir einen unsicheren Blick zu. »Hör zu, ich musste etwas unternehmen, du warst so niedergeschlagen; ich bin schwanger, und meine Hormone drehen durch, okay?«

»Ich liebe dich, Lacey, und ausnahmsweise auch deine Hormone.«

Lyla, die das Gespräch verfolgt hat, fügt hinzu: »Ich glaube, du willst, dass Edward dein richtiger Freund ist. Du redest mit Lacey DIE GANZE ZEIT über ihn am Telefon. Du liebst ihn. Du willst ihn heiraten.« Sie lacht und rennt davon. Hmm, vielleicht hat sie ja gar keinen seelischen Schaden davongetragen.

»Du redest also die ganze Zeit mit Lacey über mich, ja?«, sagt Edward mit einem schiefen Lächeln.

»Nein! Nie! Vielleicht einmal. Höchstens. Mal ganz kurz«, plappere ich mit einem breiten, albernen Grinsen drauflos.

»Meine Liebe, ist das der berühmte heiße Typ aus den USA?«, fragt Finola hinter uns und macht alle meine Erklärungsversuche zunichte.

»Nein! Also, ja, doch. Aber ich habe nie gesagt, dass er *heiß* ist!«, stottere ich, trinke einen großen Schluck und laufe knallrot an.

»Robin Wilde, du findest mich heiß. Du willst mich als deinen Freund. Es ist dein dreißigster Geburtstag. Lacey hat mir die ganzen Teenagerbilder gezeigt. Ich habe deine Tante Kath kennengelernt. Warum gibst du nicht einfach auf und küsst mich?«, sagt Edward und kommt näher.

Wie im Film legt er seine Hand an meinen unteren Rücken, die andere auf meine Schulter, zieht mich nach unten und küsst mich unter dem Jubel und dem Klatschen meiner Freunde. *Besser kann es gar nicht werden, nicht wahr?*

TEIL SECHS

Hier kommen die Mädchen!

NEUNUNDDREISSIG

Ein neues Jahr …

»Weihnachten war wunderschön«, schreibe ich auf die erste Seite des hinreißenden dunkelblauen Notizbuches mit Ledereinband, das Edward mir vor einem Monat zum Geburtstag geschenkt hat. »Weihnachten war wunderschön« klingt allerdings so trocken. Es drückt nicht annähernd aus, wie es wirklich war, aber das alles in meinem Notizbuch zu verewigen wäre zu viel.

Doch bevor ich das schändliche Papierverbrechen begehe und eine Seite aus einem neuen Buch reiße, Gott bewahre, unterstreiche ich »wunderschön« zweimal. Das ist gut. Darunter füge ich noch »Sogar perfekt« hinzu und unterstreiche es ebenfalls. Ich sehe schon, in diesem neuen Notizbuch werde ich viel unterstreichen.

Es ist Mitte Januar, halb sieben Uhr morgens, und ich sitze im Schein meiner Nachttischlampe im Bett. In einer Stunde etwa wird Lyla aufwachen, und dann machen wir uns für die Schule fertig. Normalerweise bin ich nicht so früh wach, doch heute kann ich nicht mehr schlafen und wollte mit meinem Notizbuch anfangen. Früher waren diese Hefte fast wie ein Tagebuch für mich. Letztes Jahr hingegen habe ich überhaupt nichts aufgeschrieben. Nicht weil ich traurig oder niedergeschlagen oder völlig von der Großen Leere erfüllt gewesen wäre, sondern weil ich schlicht keine Zeit hatte. Ich hatte das Gefühl, mein altes Heft nicht zu brauchen, doch heute Morgen wusste ich, dass ich wieder anfangen musste zu schreiben. Ich weiß, irgendwann will ich das alles noch mal lesen, und dann werde ich froh sein über meine Einträge. Selbst wenn ich nur gelegentlich etwas aufschreibe, werde ich mich darüber freuen.

Nach meinem Geburtstag ist so viel Lebensveränderndes passiert, und das will ich alles festhalten, damit ich weiß, dass alle Erinnerungen sicher hier in diesem kleinen Buch aufbewahrt sind.

Edward ist die erste große Veränderung.

Ich war damals ja doch ein wenig verärgert, dass Lacey ihm nach der London Fashion Week über Facebook geschrieben hatte. Nun, jetzt muss ich ihr dafür danken, denn die beiden sind in Kontakt geblieben, und sosehr ich es auch hasse, dass Lacey (oder wer auch immer) sich in mein Liebesleben eingemischt hat, so froh bin ich darüber auch. Sie ist das Risiko eingegangen und hat Edward alles über Theo erzählt. Wie lange ich einsam gewesen war, wie ich jemandem mein Herz geschenkt hatte und dann so bitter enttäuscht und zurückgewiesen wurde. Sie hat Edward geholfen zu verstehen, dass ich ihn nicht wegen ihm selbst auf Abstand hielt, sondern wegen meiner Ängste und Unzulänglichkeiten. Trotz meiner Proteste während des letzten Jahres hat sie meine »So wichtig ist er mir überhaupt nicht«-Fassade durchschaut und ihm gesagt, wie wichtig er mir tatsächlich ist. Alles über Facebook, wahrscheinlich das moderne Äquivalent zu einem mit Feder und Tinte geschriebenen Liebesbrief.

Als Edward bei meiner Party auftauchte, war das nicht nur ein kurzer Abstecher. Er wollte einen Monat in London bleiben, um potenzielle neue Geschäftspartner zu finden. Außerdem wollte er über Weihnachten zu seinen Eltern fahren und konnte auf diese Weise alles miteinander verbinden.

Wir hatten noch nie länger als ein paar Tage füreinander Zeit gehabt, und ich erwartete, dass sich der Zauber verflüchtigen würde, doch so war es nicht.

Wir verbrachten faule Tage im Bett und holten alles nach, was wir im Herbst verpasst hatten; nachmittags saßen wir oft in Pubs und unterhielten uns über unsere Kindheit, unsere früheren Beziehungen, darüer, was wir in der Arbeit erreichen wollten und, ein tiefgründiges Thema, was wir über Familie dachten. Wir sprachen über die Fehlgeburt, wie sie mich getroffen hatte, aber auch, wie es ihm damit gegangen war. Ich hätte nie gedacht, dass er so darunter leiden würde, weil er das alles nicht körperlich durchmachen musste, aber er fühlte tatsächlich einen großen Verlust, als hätte man ihn der Zukunft beraubt. Wie ich trauerte er. Ich wünschte, wir hätten gemeinsam getrauert und ich hätte gewusst, dass er so empfand. Es war sehr anständig von ihm, sich zusammenzureißen und mich zu unterstützen. Ich höre auf, in mein wunderschönes dunkelblaues Buch zu schreiben. Das Baby wäre jetzt auf der Welt. Es wäre ein paar Wochen alt, und ich befände mich in dieser Babyblase, in der alles vor lauter Schlafmangel verschwommen ist. Wie anders mein Leben jetzt wäre.

Edward hat während seines Aufenthalts in England auch Zeit mit Lyla verbracht. Nachdem sie unseren Kuss auf der Party gesehen und offensichtlich im letzten Jahr so viel über ihn aufgeschnappt hat (jetzt weiß ich auch, wie clever Kinder wirklich sind und wie gut sie hören), wäre es sinnlos gewesen, ihn als »einen Freund von Mummy« auszugeben und sie für dümmer zu verkaufen, als sie ist.

»Lyla, das ist Edward«, habe ich zu ihr gesagt, als er am Wochenende nach der Party zum Brunch zu uns kam. Er hatte einen Schokoladenweihnachtsmann in der einen und einen Strauß mit Glitzer besprühter Gänseblümchen in der anderen Hand.

»Sind die Blumen für Mummy und der Weihnachtsmann für mich?«, hat sie ihn noch vor der Begrüßung gefragt, um die Lage zu sondieren.

»Nein, das ist beides für dich. Schön, dich richtig kennenzulernen, Lyla«, sagte Edward freundlich, trat in den Flur und überreichte ihr seine Mitbringsel.

Lyla war entzückt. Nie zuvor hatte ihr jemand so etwas Erwachsenes wie ihren eigenen Blumenstrauß geschenkt, noch dazu einen mit Glitzer. Ich lächelte und freute mich für Lyla und war gerührt, dass Edward sich so viele Gedanken gemacht hatte.

Wir gingen in die Küche, wo eine Kanne mit heißem Tee bereitstand, warme Croissants, Marmelade und Butter (die ich in eine Butterdose gelegt hatte, denn auch wenn ich in seiner Gegenwart wirklich entspannt bin, habe ich das Spiel noch nicht ganz aufgegeben. Wenn Butter in einer Butterdose ein Spiel ist. Was mache ich da eigentlich? So wichtig ist Butter nun wirklich nicht).

»Also, Edward«, begann Lyla, als sie auf einen Barhocker kletterte und in ein Croissant biss, »bist du der neue Freund meiner Mum?«

Das Blut stieg mir in Hals und Gesicht, und ich wünschte, der Boden würde sich auftun und mich verschlingen. Wie peinlich!

»Argh! Haha! Kinder, was!«, brabbelte ich hektisch, wollte es als Scherz abtun und war gleichzeitig unglaublich nervös.

»Schon in Ordnung«, sagte er ruhig und legte mir bestärkend eine Hand auf den unteren Rücken. Er lächelte Lyla zu. »Weißt du was, Lyla, das wäre ich wirklich, wirklich gern.«

Sie kicherte mit gekrümmten Schultern in ihr Croissant, weil Edward so mutig war. Die Anspannung war mit einem Mal verschwunden.

»Ach ja, das wärst du gern?« Ich lachte. »Nun, darüber reden wir noch.« Ich küsste ihn rasch auf die Lippen.

»Igitt, Mummy!« Lyla schüttelte sich.

Damit war alles zwischen uns geklärt. Ich habe nie offiziell bestätigt, dass ich Edwards Freundin bin, aber wir alle wussten es.

Zu Weihnachten habe ich ihm sicherheitshalber eine Karte mit der Aufschrift »Liebster« gekauft, weil wenn man selbst seelisch etwas zu verletzt ist, um das Wort auszusprechen, hilft einem irgendein Konsumartikel bestimmt weiter.

Von Lyla hat er auch eine Weihnachtskarte bekommen. In ihrer Welt ist das das größte Kompliment. Auf der Vorderseite tanzten Pinguine um einen zugefrorenen See (eine ganz normale Karte aus der Packung, die ich ihr für ihre Freunde gekauft hatte), und auf der Innenseite stand:

Lieber Edwood,

du bist kein schleimiger Ekeltyp.
Frohe Weihnachten!

Liebe Grüße,
Lyla
xxxxxxxxxxxxxxxxxxxxx

Eine ganze Reihe Küsse ist normal für sie, aber ich habe mich über die feiertägliche Hauptaussage gefreut, nämlich die Erklärung, dass Edward kein »schleimiger Ekeltyp« ist. Ich habe ihm dieses riesige Zugeständnis erklärt, und Edward hat das sehr gefallen. Er hat die Arme fest an den Körper gelegt, ist herumgewackelt und hat gesagt: »Oh, bitte hilf mir, ich dachte, ich wäre ein Ekeltyp, aber das bin ich gar nicht! Ich wirke nur wie ein Ekeltyp, aber ich bin gar keiner!«, während Lyla laut lachend um ihn herumgerannt ist und versucht hat, seine Arme mit Zaubersprüchen zu »befreien«. Ich habe dem Treiben lächelnd zugesehen und war so dankbar, einen Mann wie Edward gefunden zu haben, der im Gegensatz zu all meinen früheren Partnern tatsächlich kein schleimiger Ekeltyp ist.

Und dann hat mich Lyla mit einer weiteren Weihnachtskarte überrascht …

Wir hatten beschlossen, dass das Familienweihnachtsessen bei mir stattfinden sollte. Mum und Dad ersparten mir die Reise nach Cornwall, nachdem sie gerade erst von einer Skandinavienkreuzfahrt zurückgekommen waren und »ein paar Tage Erholung« brauchten. Ich weiß zwar nicht, warum man sich nach einer zweiwöchigen, entspannten All-inclusive-Reise auf einem Schiff erholen muss, aber ich sagte nichts dazu, weil allein schon die Vorstellung, den ganzen Weg in den Südwesten zu fahren und meine Mutter drei Tage zu ertragen, zu viel war.

Da das neue Haus eine viel größere Küche hat als Kaths und ins Wohnzimmer übergeht, wollten wir hier zusammen kochen und essen. Edward war an Weihnachten selbst natürlich bei seinen Eltern, wollte aber am zweiten Feiertag zu uns kommen. Lyla würde erst bei mir sein und am Heiligen Abend um sieben von ihrem Vater abgeholt werden. Das war eine gute Planung, und ich freute mich so darauf, den ganzen Tag im Schlafanzug zu verbringen, Kaths leckeres Essen zu verschlingen, Lyla zuzusehen, wie sie ihre Geschenke auspackte, und mich durch die Schokoladenpackung zu futtern, die Kath mir garantiert kaufen würde, auch wenn ich jetzt dreißig bin.

Eine Woche nach meinem Geburtstag war ich gerade in der unteren Toilette und säuberte meine Arbeitspinsel in dem kleinen Waschbecken, als Lyla mit einem Brief herunterkam.

»Mummy, ich habe über das nachgedacht, was du gesagt hast«, platzte sie heraus, als wüsste ich genau, was sie meinte.

Ich zermarterte mir kurz das Gehirn und fragte dann, was genau sie meinte.

»Über Colin.«

Ich wusste immer noch nicht, worauf sie hinauswollte.

»Dass wir Colin in unserem Leben akzeptieren und Kath glücklich machen müssen. Sie war so glücklich auf deiner Geburtstagsparty, und Colin war den ganzen Tag echt nett. Er hat alles aufgebaut und gesagt, dass meine Blumenkronen die schönsten waren, die er je gesehen hat«, sagte sie ernst.

»Okay. Und was hast du jetzt in dem Brief geschrieben?«

»Ich lese ihn dir vor.«

»Dann los.« Ich war gespannt.

Lieber Colin,

du bist nicht mein bester Freund, aber ein bisschen mag ich dich. Roo ist mein echter bester Freund, und Kath ist meine beste Freundin in der Familie.
Auch wenn Kath Derek liebt, mag sie dich, und du bist nett zu ihr. Du hast geholfen, dass Mummys Party etwas Besonderes wird, und Kath hat geweint, als sie in den Laden gegangen ist, weil sie so glücklich war.
Wir essen an Weihnachten bei uns zu Hause, und wir würden dich dazu gern einladen. Du darfst neben Kath sitzen, aber ich sitze auf der anderen Seite neben ihr.

Viele liebe Grüße,
Lyla

»Ich falte ihn und lege ihn in eine Weihnachtskarte für Colin, und du kannst sie ihm schicken«, erklärte sie.

Ich musste erst mal Luft holen. Ich wusste, was für ein großer Schritt das für Lyla war (und hoffte sehr, dass Colin das trotz der recht unverblümten Ehrlichkeit auch erkennen würde).

»Lyla, es ist so lieb von dir, ihn einzuladen. Wir schicken ihm den Brief später.«

Ich fand es klüger, den Brief lieber bei mir in einer Schublade aufzubewahren und nur so zu tun, als hätte ich ihn eingeworfen.

Später am Abend schrieb ich Colin eine Nachricht und lud ihn in meinem und Lylas Namen zu unserem Weihnachtsessen ein.

Er antwortete prompt.

Oh, es ist sehr nett von euch, mich einzuladen, aber ich glaube, Kathy möchte lieber etwas Zeit allein mit euch verbringen. Wir zwei können noch oft genug miteinander feiern, aber ich fände es gut, wenn Lyla an diesem besonderen Tag ihre Tante ganz für sich hat. Ich werde zu meinen Söhnen fahren. Beste Grüße, Colin x

Ich empfand großen Respekt vor Colin. Auch wenn er vielleicht tatsächlich geplant hatte, Zeit mit seinen Kindern zu verbringen, hatte er Lylas Bedürfnis, Kath ganz für sich zu haben, erkannt. Er ist wirklich ein feiner Kerl. Ich nahm ihn von meiner geistigen »Bekommt eine Flasche Wein aus dem Sonderangebot«-Weihnachtsliste und setzte ihn auf die »Schöner Pulli von John Lewis«-Liste. Ein Aufstieg!

Wir verbrachten Weihnachten also glücklich zu dritt, und es war wunderschön. Davor war noch der übliche Trubel: Schulkonzerte (natürlich mit einer Tanzvorführung), viel Arbeit, weil die Kunden vor den Weihnachtsferien noch schnell Shootings unterbringen wollten, wir oft eine Stunde für besondere Anlässe gebucht wurden und auch ein paarmal im Gemeindezentrum waren. Und dann war da natürlich noch das spätabendliche Weihnachtsshoppen, was immer mein und Laceys Ritual gewesen war, aber da sie gerade ein nach Luft schnappender Medizinball auf Beinen war, kam sie mit ihrem iPad zu mir, wir machten es uns auf dem Sofa mit aufgewärmtem Partyessen gemütlich und bestellten alles im Netz. Ich glaube, in Zukunft werde ich das immer so machen. Und ich habe sogar meinen versprochenen Mädelsabend mit Piper in der Stadt geschafft, während Lacey auf Lyla aufgepasst hat – mit ihrer fertig gepackten Krankenhaustasche in Reichweite, »nur für den Fall«.

VIERZIG

Der Januar war überraschenderweise ein guter Monat. Ich hatte mich von Edward verabschieden müssen, war aber nicht allzu traurig, da er den ganzen Februar über in England wegen der Unternehmensexpansion arbeiten würde. Nach drei Wochen würden wir uns also schon wieder sehen. Normalerweise ist der Januar ein ziemlich langweiliger Monat, doch dieses Mal hatte Gloria einen Plan.

»Mädels, vergesst den abstinenten Januar. Lasst uns feiern! Nach drei Wochen, in denen ich mich allein um die beiden Scheusale gekümmert habe, kann ich das wirklich brauchen. Obwohl ich sie natürlich über alles liebe«, fügte sie noch schnell hinzu.

»Ich bin immer für einen Abend auf der Piste zu haben!«, sagte ich eifrig. Vielleicht ein bisschen zu eifrig. »Gillian, Finola, was ist mit euch beiden?«

»Ich bin dabei, meine Liebe! Edgar hat mir eine hinreißende Charlotte-Tilbury-Make-up-Palette zu Weihnachten geschenkt, und ich muss sie unbedingt ausprobieren«, antwortete Finola prompt.

Gillian und ich taten so, als würden wir vor Schock umkippen.

»Ich weiß nicht, was ich toller finde, Finola. Dass du dich wieder aufhübschen willst oder dass Edgar dir etwas Besseres als

Gutscheine für das Gartencenter gekauft hat!«, quietschte Gillian. »Allein deswegen muss ich mitkommen!«

»Also abgemacht! Wir vier lassen es krachen«, verkündete Gloria erfreut, als ihr Handy in ihrer Hand piepste.

Sie hatte es gleich weggehalten, doch ich konnte noch den Namen auf dem Display lesen: *RavelleySir.* Gütiger Himmel. Einen Augenblick lang treffen sich unsere Blicke, und wir tauschen ein hauchfeines, wissendes Lächeln. Sie gehört jetzt zu uns. Wir haben eine neue Mum in unserer Truppe, und ich freue mich sehr darüber!

Je näher Laceys Geburtstermin im Februar rückt, desto mehr muss ich an das Baby denken, das ich verloren habe. Seit ich so viel mit Edward gesprochen habe, geht es mir schon besser, aber ich glaube nicht, dass ich jemals völlig darüber hinweg sein werde. Gillian war mir eine große Stütze und hat mir mehr von ihren Bewältigungsstrategien erzählt. Sie, Paul und Clara machen immer noch Sachen speziell für ihre Sternenkinder, pflanzen zum Beispiel Rosen oder verarbeiten das Geschehene künstlerisch. Es bedeutet mir viel, dass sie weiß, was ich durchmache.

Lyla habe ich nicht von dem Kind erzählt. Eines Tages tue ich das vielleicht, aber im Moment wissen es nur Edward und ich, Kath, Gillian, Lacey und ein paar Leute in der Arbeit, die es erfahren mussten. Das reicht. Nicht einmal Mum habe ich es gesagt, weil ich weiß, dass das auf tausend andere Gespräche hinauslaufen würde, die ich mir nicht antun will (denen ich mich aber, und das ist interessant, durchaus stellen könnte).

Dieses zurückliegende Jahr war so anders als das davor, in dem ich mich aus der Großen Leere befreit und einen Weg gefunden habe, glücklich zu sein ohne das, was ich nicht habe. Im letzten Jahr habe ich mir zugestanden, es in mein Leben zu lassen. Ich habe Edward an mich herangelassen, mir die Leitung großer Projekte zugetraut, Lyla geholfen, sich mit Colin anzufreunden, und – so schön und gleichzeitig schmerzhaft – mich an den Gedanken gewöhnt, dass Lacey ein wunderbares Kind bekommt.

»Das zurückliegende Jahr war voller Liebe (letztendlich dann doch!) und Kreativität und Menschen und einem Baby, das bald auf die Welt kommen wird. Auf das neue Jahr und alles, was es bringen wird!«, schreibe ich in mein Notizheft und unterstreiche genüsslich »alles«.

Am nächsten Tag fahre ich Lyla zu Kath, damit sie an der neuesten Ladung Lavendellotionen arbeiten können, nehme ein kleines Sträußchen mit den wohlriechenden lilafarbenen Blüten mit und fahre los.

Zwanzig Minuten später halte ich am Friedhof, wo wir vor ein paar Monaten mit Lyla waren.

Heute wirkt es friedlicher als beim letzten Mal. Vielleicht weil ich mich irgendwie friedlicher fühle.

Ich gehe den Weg vom Wagen zu Dereks Grab und sehe, dass unser Kranz immer noch dort liegt, auch wenn der Regen den Glitzer von den Styroporglocken gewaschen hat. Ich lege den Lavendel daneben, richte mich auf und sehe nach oben in den Himmel.

Gleichmäßig atme ich ein und aus. Ich spüre die schwache Sonne auf dem Gesicht und das feuchte Gras, das die Nähte meiner Ballerinas durchweicht. Ich versuche, mich auf diese drei Dinge zu konzentrieren und ganz ruhig dazustehen.

Das Jahr war so ereignisreich, und ich hatte das überhaupt nicht so geplant. Ich halte die Augen geschlossen und spreche ein stilles Gebet für das Kind, von dem ich nicht wusste, dass ich es so sehr lieben wollte. Ich bin nicht besonders religiös, aber ich stelle mir gern vor, dass es da oben auf Dereks Schoß sitzt und mit ihm zusammen auf mich wartet.

»Derek«, flüstere ich seinem Grabstein zu, »pass für mich auf mein Baby auf. Ich kann es kaum erwarten, es kennenzulernen und es an mich zu drücken und die kleinen Hände zu küssen. Bis dahin muss ich voll und ganz für Lyla leben, deshalb lasse ich es bei dir. Ich kümmere mich um Kath, und wenn sie dann bei dir da oben ist, nimmst du sie in die Arme.«

Ich flüstere an ein Stück schwarzen Marmor hin, aber mein Herz fühlt sich an wie von einem schweren Gewicht befreit. Ruhiger. Ich verabschiede mich leise, wische mir die Tränen aus den Augen und gehe zurück zum Wagen.

Mach's gut, Kleines, wir sehen uns.

EINUNDVIERZIG

Lacey ist jetzt zehn Tage überfällig, und genauso lange ist ihre Geduld aufgebraucht.

»Ich habe alles versucht, um das verdammte Ding aus mir herauszubringen, aber es bewegt sich nicht!«, schnaubt sie, als ich ins Hinterzimmer des Blumenladens trete, wo sie inmitten eines bunten Haufens aus Valentinstagsdekoration sitzt.

»›Das verdammte Ding‹ ist wahrscheinlich das Baby, das du liebevoll neun Monate lang genährt hast?«, sage ich lächelnd und setze mich an den Tisch. Ich bediene mich aus einer offenen Schachtel Kekse.

»Ja, das verdammte Ding, das neun Monate in mir gewachsen und jetzt nicht mehr willkommen ist. Ich kann kaum mehr laufen, kaum mehr schlafen, und meine Haut fühlt sich an, als würde sie gleich platzen.« Sie schnaubt wieder.

»Du hast wahrscheinlich schon alle Tricks probiert? Ananas? Curry-Gerichte? Sex?«

»Robin, ich habe alles schon x-mal versucht. Ich würde sogar Ananas-Curry essen, während mich Karl besinnungslos vögelt, wenn das die Wehen in Gang setzt.«

»Wow, was für eine Vorstellung. Danke.« Ich lache. »Denk am besten nicht daran, und genau deshalb bin ich hier. Deine treue Freundin wird dir deine Last abnehmen und dir von ihrem Leben erzählen, und dann sprichst du mit mir und gibst mir gute Ratschläge, und die Welt ist wieder in Ordnung«, fahre ich so munter wie möglich fort.

»O mein Gott, nein!«, sagt Lacey erschrocken.

»Was soll das heißen, ›O mein Gott, nein‹? Du bringst mein Leben doch immer in Ordnung! Ich bin schließlich kein hoffnungsloser Fall, oder? Hat das Baby dein Gehirn vernebelt?« Ich ziehe sie ein wenig auf, aber denke auch: *So schlimm ist mein Leben doch nicht, oder?*

»Nein, ich meine, o mein Gott, du bist besser als Sex und Curry!«, sagt sie strahlend.

»Äh, okay. Mein Leben ist also doch interessant?«, frage ich ratlos.

Lacey steht auf. »Ich glaube, die Fruchtblase ist gerade geplatzt!«

»Was? Du solltest doch erst stundenlang sanfte Wehen und leichte Krämpfe haben, bevor das passiert. Du solltest das Atmen üben und mit einer Hebamme über einem Geburtsball lehnen, oder? Das läuft doch nicht ab wie im Film! Himmel, das geht so schnell, ich weiß nicht, was wir tun sollen!«, sprudele ich so schnell hervor, dass ich mich selbst kaum hören kann.

»Robin. Robin! Ganz ruhig. Die Statistiken sagen, dass die Wehen bei zehn Prozent aller Frauen mit dem Platzen der Fruchtblase beginnen.« Nur Lacey schafft es, beim Beginn einer Geburt Zahlen zur Hand zu haben. »Heute Morgen hat es ein wenig gezogen, aber ich dachte, das sind nur Testwehen. Alles in Ordnung, ich bin ruhig. Ich bin bereit, und ich habe so lange auf diesen Tag gewartet. Gib mir einfach meine Tasche, ich muss Karl anrufen. Und das Geschirrtuch, ich brauche etwas Trockenes!« Lacey hat alles im Griff. Sie ist in ihrem Element. Ihre Ruhe ist ansteckend, und ich sehe schon wieder klarer.

Ich gebe ihr das Handy, und sie ruft ihren Mann an.

»Karl«, sagt sie mit vor Aufregung glänzenden Augen und einem Hauch Angst in der Stimme. »Es geht los.«

Lyla und ich eilen den Krankenhausflur entlang und fallen vor Aufregung fast in Ohnmacht. In der einen Hand halte ich ein paar Blumen, in der anderen Lylas Hand. Sie hat einen Ballon dabei, der beim Gehen energisch auf und ab hüpft, und die Aufregung brodelt so sehr in meiner Brust, dass ich immer wieder tief einatmen muss, um mich zu fassen.

Als wir zur Geburtsstation schauen, sehe ich sie.

Lacey sitzt in dem Bett am Fenster. Die anderen drei Betten sind leer, wir haben den Raum also für uns. Und da liegt es in ihren Armen, das hinreißendste kleine Bündel aus Decken und einem zerknautschten Babygesicht, das ich seit der Geburt meines eigenen kleinen Knautschekindes gesehen habe.

»Laceeey«, flüstere ich, als wir auf das Bett zugehen.

»Darf ich euch Willow vorstellen«, sagt sie und zieht die Decke ein wenig vom Gesicht ihrer neugeborenen Tochter. »Willow Faith Hunter.«

Vor Tränen kann ich nichts sagen. Ich beuge mich nur lächelnd und weinend vor und sehe Lacey an, die genau dasselbe macht.

»Ich kann es nicht glauben«, bringe ich schließlich heraus.

»Mummy, sie war doch ewig lang schwanger.« Lyla ist pragmatisch wie immer.

Lacey und ich lachen, als ich Lyla hochhebe, aufs Bettende setze und mir einen Besucherstuhl heranziehe.

»O Gott, sie ist perfekt«, sage ich bewundernd und betrachte das winzige Gesicht.

»Sie ist mein Ein und Alles. Sie ist einfach alles. Willow Faith – Faith für Granny Dovington, ist das nicht schön? Willst du sie mal halten?«, fragt sie und löst ihren Blick nur für einen Moment von ihrer Tochter.

»Es wäre mir eine riesige Freude«, antworte ich, und mir wird schon wieder die Kehle eng. Ich wusste, dass ich mich freuen würde, aber ich hätte nicht gedacht, dass ich so überwältigt wäre. Vielleicht weil wir alle so lange auf diesen Moment gewartet haben, unsere Freundschaft im letzten Jahr einige Hürden zu meistern hatte und natürlich, weil dieses Baby lebt und meines nicht. Es ist wirklich viel passiert.

Vorsichtig nehme ich Lacey Willow ab und achte darauf, meine Freundin so unmittelbar nach der Geburt nicht anzustoßen und so sanft wie möglich mit diesem wunderbaren neuen Leben umzugehen.

Ich setze mich wieder hin, halte die kostbare Willow in meinen Armen und bestaune jede Rundung ihres rosa Gesichtchens. Ich hole tief Luft und sehe strahlend zu Lacey.

»Und, was denkst du, Robsy?«, fragt sie.

»Lacey«, ich mache eine theatralische Pause, »ich bin ganz wild nach diesem Mädchen.«

Lyla lacht, als hätte ich das Lustigste gesagt, was sie je gehört hätte. Lacey lacht ebenfalls – und schreit auf, weil die Naht dabei wehtut –, und Karl kommt mit Sandwiches, Chips und Getränken herein, um Willow mit einem fröhlichen, chaotischen und emotionalen Picknick am Bett zu feiern. Sie ist umgeben von Liebe, Essen und Ballons, und ich weiß, dass sie das Wunder sein wird, das wir uns alle gewünscht haben.

Willkommen auf der Welt.

DANKSAGUNG

Nun, da wären wir, ein weiteres Buch und eine weitere Gelegenheit, so vielen Leuten, die dieses Buch ermöglicht haben, meinen tief empfundenen Dank auszusprechen.

Ich erinnere mich noch, wie ich letztes Jahr die Danksagung an meinem Esstisch geschrieben habe, in einem großen alten Sweatshirt und mit einer Tüte Wotsits-Käsesnack neben mir. Dieses Jahr habe ich mich gesteigert und sitze auf meinem Bett, in einem verwaschenen Mickymaus-T-Shirt mit einer halben Toblerone in Reichweite – nicht schlecht, was?

Verrückt wie unser Leben ist ein fantastisches Buch, auch wenn das jetzt von mir kommt. Wie wenn man beim ersten Kind denkt, dass man nie wieder jemand so sehr lieben können wird, doch dann liebt man einfach doppelt so viel, und genau das ist hier passiert. Ich habe jetzt Platz für zwei großartige Geschichten, und ich platze vor Stolz auf beide.

Ganz ähnlich wie bei *Verrückt wie du und ich* hätte ich dieses Buch nicht allein bewerkstelligen können, und ich möchte einigen Menschen von Herzen danken und ihnen sagen, wie sehr ich sie schätze.

Zuerst möchte ich, wie immer, meinen Dank an das Team bei Gleam Futures von den Dächern rufen, das mir geholfen hat, meine vielen Projekte in der Arbeit zu koordinieren, damit ich Zeit und kreativen Raum habe, mich voller Liebe *Verrückt wie unser Leben* zu widmen. Besonderer Dank geht an Dom, Maddie, Charlotte und Abi. Luftumarmungen für alle!

Wie im letzten Jahr war Bonnier Zaffre der absolute Hammer. Während ich in meinem weichen Büro sitze (also auf meinem Bett) und meine Ideen zu Robins Leben in den Laptop hacke, kümmert sich ein Team aus hingebungsvollen Büchermenschen darum, dass das Buch es aus meinem Laptop in Ihre schönen Hände schafft. Das ist keine leichte Aufgabe. Es erfordert Monate der Planung und Meetings, Logistik und Mühen, damit das Buch dann schließlich auch so aussieht, wie es soll, an allen gewünschten Orten erhältlich ist und die richtigen Menschen erreicht. Ich nehme die Arbeit von Bonnier Zaffre nicht auf die leichte Schulter. Das sind wirklich ganz tolle Leute.

Ich danke – und jetzt wappnen Sie sich für meine Oscar-würdige Rede – Eleanor Dryden, meine Lektorin *extraordinaire,* von der wir später noch hören werden, Sarah Bauer (die nicht nur hart an dem Buch gearbeitet hat, sondern auch vor einer riesigen Sulley-Figur – das große blaue Monster aus *Monster AG* – mit meinem Buch in der Hand mit mir posiert hat, damit ich es auf Instagram bewerben konnte – wenn das nicht Hingabe ist, was dann?) und Tara Loder.

Außerdem danke ich Sahina Bibi (ich wusste von dem Moment an, in dem sie bei unserem ersten Treffen in meinem Haus einen furchtbar unangemessenen Witz gemacht hat, dass ich sie mag – ich liebe Frauen mit solchem Humor!), Alex Allden (der sich so lange Zeit für mich genommen hat, bis wir den genau richtigen Pantone-Farbton für das Cover hatten: »Das ist Rosa-Koralle, oder? Oder eher ein rötliches Rosa-Koralle? Aber kein rotes Koralle?«), Francesca Russell (die gesagt hat, ich könne vor der Signierstunde zwei Gläser Wein trinken, weshalb das dann die lustigste Signierstunde ever wurde!), Clare Kelly, Imogen Sebba, Stephen Dumughn, Felice McKeown, Nico Poilblanc, Angie Willocks, Victoria Hart, Vincent Kelleher, Gen Narey, Sandra Ferguson, Jenny Page, Becca Allen, James Horobin, Kate

Parkin, Mark Smith, Perminder Mann und Laura Makela. Ohne die unermüdliche Arbeit dieser unheimlich brillanten Menschen wäre dieses Buch immer noch ein Haufen Dateien auf einem Laptop irgendwo in Northampton. Ich freue mich SEHR darauf, ein oder mehrere Gläser mit ihnen bei der Buchpremiere zu heben und wahrscheinlich viel zu oft zu sagen, wie sehr ich sie alle liebe.

Auch wenn das Ganze definitiv die Leistung von vielen Menschen ist, möchte ich einer Person am meisten danken. Ihr habe ich auch dieses Buch gewidmet, nämlich Eleanor Dryden (Lektorin *extraordinaire*) oder einfach »Eli«. Es ist nachvollziehbar, dass ich Robin und ihre Freundinnen und ihre Familie von Herzen liebe, weil sie meine Erfindungen sind. Eli liebt sie aber vielleicht noch mehr. Sie verkörpert alles, wofür Robin steht. Eli macht Mut, unterstützt, lehrt und betreut, wie man es besser nicht machen könnte. Niemals hatte ich das Gefühl, dass Eli nicht hinter mir – und vor allem Robin – steht. Eli hat sich wieder in ihrer Rolle als Lektorin übertroffen. Sie ist zu mir nach Hause gekommen, hat die Deadlines wegen mir bis zum Äußersten ausgereizt (schließlich bekam ich mittendrin noch ein verflixtes Baby!) und hat jedes Problem gelöst, das sich ihr gestellt hat. Ich habe *Verrückt wie du und ich* gern geschrieben, aber *Verrückt wie unser Leben* habe ich GELIEBT. Mit Eli an meiner Seite hat alles unglaublich Spaß gemacht und war so aufregend. Es war so toll, dass Eli nicht versucht hat, die traurigsten Momente des Buches abzuschwächen oder die schönsten aufzuplustern. Eli hat mir erlaubt, dieses Buch roh und echt und genauso zu schreiben, wie ich es haben wollte, und dafür bin ich so dankbar. Man muss auch sagen, dass dieses Buch ohne Eli nur ein Haufen Themen, kleiner Geschichten und Entwürfe wäre, und ohne ihr großes Können wäre all das nicht so wunderbar miteinander verbunden, wie es das jetzt ist. Eli ist wirklich ein guter Kerl. Mein Lieblingskerl.

Wo wir schon von Kerlen sprechen (igitt, das ist ein komischer Sprung – Sie verstehen, warum ich Eli brauche?), während ich dieses Buch geschrieben habe, habe ich ein Baby bekommen! Auch wenn es mein zweites Kind war, hatte ich irgendwie völlig vergessen, wie viel Zeit Babys beanspruchen, weshalb ich einen Toast auf meinen wunderbaren Lebensgefährten Liam aussprechen möchte, der sich so großartig um unsere Tochter Pearl gekümmert hat, während ich mich auf das Buch konzentriert habe. Wir sind beinharte Verfechter von geteilter Erziehungsarbeit, doch Liam hat viel mehr als seinen Anteil geleistet, damit ich dieses Buch schreiben konnte. Danke, Liam. Ich liebe dich.

Ich habe noch einmal die Danksagung von *Verrückt wie du und ich* gelesen, in der ich meiner süßen Tochter Darcy gedankt habe, dass sie Vertrauen in ihre Mummy hat. Ich war überrascht, dass sie verstanden hatte, was ich mache, denn in einem Schulaufsatz von ihr stand: »Meine Mummy ist total klug, weil sie ein Buch schreibt.« Dieses Jahr weiß sie natürlich Bescheid, nachdem sie die Exemplare von *Verrückt wie du und ich* im Buchladen und bei uns zu Hause gesehen hat. Dieses Jahr war mit der Ankunft ihrer kleinen Schwester sehr viel anstrengender, aber Darcy war meine kleine Cheerleaderin, die sich ständig auf »das nächste Siegerbuch mit den Wildes!« gefreut hat und wie immer so viel Vertrauen in mich hatte. Darcy, wenn du das lesen kannst, danke. Du und deine Schwester seid mein größter Antrieb!

Ich könnte noch ewig so weitermachen und Leuten danken, das ist sehr befriedigend! Aber die Toblerone ist aufgegessen (psst, das Baby ist schuld), und die diesjährige Oscar-Rede muss nun zum Schluss kommen.

Vielen Dank, mein Team, ihr seid einfach die Besten. xx

LIEBE LESERINNEN, LIEBE LESER,

wenn Sie es bis zu diesem Brief geschafft haben, dann haben Sie mein Buch wahrscheinlich gekauft, gelesen und beendet. Außer Sie haben es gestohlen und dann direkt nach hinten geblättert, um mich zu ärgern, aber das ist ein bisschen weit hergeholt, nicht wahr? Oder »extra«, wie die Jugend von heute sagt, ein anderes Wort für »übereifrig«. Mir sind auch so Ausdrücke aufgefallen wie »beef«, »swag« oder »fly sein«. Vielleicht schmuggele ich die dann ins dritte Buch!

Doch ich schweife ab. Nehmen wir an, Sie haben das Buch nicht gestohlen und sich irgendwie »extra« verhalten, sondern es erworben, und dafür möchte ich Ihnen danken.

Ein Buch zu kaufen ist eine echte Verpflichtung. Wussten Sie das? Man trennt sich nicht nur von ein paar Pfund und Pennys (oder in welcher Währung Sie gezahlt haben), man gibt sich auch das Versprechen, Zeit für die Lektüre von etwas aufzuwenden und es zu verstehen. Ich hoffe, dass Sie Spaß haben und sich unterhalten oder davon berührt fühlen werden, aber das kann man nie vorhersagen. Danke, dass Sie das Risiko eingehen.

Wie Sie wahrscheinlich wissen, geht Robin Wilde auch ein paar Risiken ein. In *Verrückt wie du und ich* hat sie Marnie beschützt und sich gegen Val behauptet, und jetzt in *Verrückt wie unser Leben* lässt sie Edward in ihr Herz und nimmt so viel in der Agentur auf sich. Sie sollen wissen, dass Robin nicht mutiger, stärker oder risikofreudiger als Sie ist. Robin ist eine normale Frau mit dem Potenzial, alles zu schaffen, genau wie Sie und ich.

Robin zeigt uns, dass selbst die schwächsten Menschen für das kämpfen können, woran sie glauben. Dass wir selbst aus unseren schmerzlichsten Momenten noch etwas Gutes lernen und wir uns selbst aus den tiefsten Löchern herausziehen können. Wie gesagt, Robin ist wie Sie und ich, und wenn sie es kann, können wir es auch. Es gibt nichts, das Sie nicht können, solange Sie sich darauf konzentrieren.

Vielen Dank, dass Sie an Robin glauben und ihr für ein weiteres Buch die Treue halten. Sie weiß das zu schätzen. Es war ein wichtiges Jahr für sie und ihre Lieben. Ich habe so gern zugesehen, wie sich die Figuren weiterentwickelt haben, aber mein Liebling ist Kath. Ich habe so oft mit ihr gejubelt, bin aber auch peinlich berührt zusammengezuckt – Sie wissen, was ich meine.

Dieses Buch geht so viel mehr in die Tiefe als das erste und behandelt einige wirklich große Themen. Ich möchte Ihnen danken, dass Sie es gelesen und zugelassen haben, dass Robin und ihre »Gang« sich durchkämpfen.

Sie sollen wissen, dass mir Ihre Unterstützung unendlich viel bedeutet. Danke für Ihre Verpflichtung, danke, dass Sie ein tiefgründigeres und (hoffentlich) anspruchsvolleres Buch gelesen haben, aber vor allem danke ich Ihnen, dass Sie Robin wieder geliebt haben. Dafür liebe ich Sie. Wenn ich Ihnen allen eine Luftumarmung (ich bin kein großer Fan von Körperkontakt, haha) geben könnte, würde ich es tun. Ich liebe Sie alle!

Dicke Küsse,

Louise xxx

Zwei in einem Zug: wunderbar leichtfüßige Liebeskomödie um verpasste Chancen

LAURA JANE WILLIAMS

Dein Lächeln um halb acht

ROMAN

Was wäre, wenn du die Liebe deines Lebens jeden Morgen knapp verpasst?
Normalerweise nimmt die Londonerin Nadia die 7:30-U-Bahn – es sei denn, es kommt etwas dazwischen. Schließlich ahnt sie nicht, dass Daniel jeden Morgen auf sie wartet, seit er sie in einem mit Kaffee bespritzten Kleid gesehen hat. Dann entdeckt Nadia eines Tages eine Anzeige in der Zeitung: »An die hinreißende Frau mit den Kaffeeflecken auf dem Kleid: Lust auf einen Drink?«
Nach einer schweren Enttäuschung glaubt Nadia nicht mehr so recht an die Liebe, trotzdem stimmt sie nach einigem Zögern einem Treffen zu. Und damit beginnt eine ebenso romantische wie amüsante Reihe von Beinahe-Begegnungen …

KNAUR